Jacqueline Monsigny
Edward Meeks

Le Roman du Festival de Cannes

戛纳电影节的故事

（法）雅克琳娜·蒙西妮　爱德华·米克斯 著　彭怡 译

作家出版社

（京权）图字：01-2011-8003
图书在版编目(CIP)数据

夏纳电影节的故事／（法）蒙西尼，（美）米克斯著；彭怡译，
—北京：作家出版社，2012.9
（神奇之地系列丛书）
ISBN 978-7-5063-6509-3

Ⅰ.①戛… Ⅱ.①蒙…②米…③彭… Ⅲ.①纪实文学—法国—现代②纪实文学—美国—现代 Ⅳ.①I565.55②I712.55

中国版本图书馆CIP数据核字 (2012) 第159650号

策划：猎文文化发展有限公司

Chasse Litté
Centre du Livre Etranger des Editions Mer-Ciel

夏纳电影节的故事

作者：（法）雅克琳娜·蒙西妮　爱德华·米克斯
译者：彭怡
责任编辑：王炘　周茹　翟婧婧
装帧设计：视觉共振设计工作室
出版发行：作家出版社
社址：北京农展馆南里10号　　邮编：100125
电话传真：86-10-65930756（出版发行部）
86-10-65004079（总编室）
86-10-65015116（邮购部）
E-mail: zuojia@zuojia.net.cn
http://www.haozuojia.com（作家在线）
印刷：紫恒印装有限公司
成品尺寸：152×230
字数：280千
印张：18.5
插页：8
版次：2012年 9 月第 1 版
印次：2012年 9 月第 1 次印刷
ISBN 978-7-5063-6509-3
定价：32.00元

如果奥林匹斯山上真的住着众神，应该也就是戛纳电影节这个样子了。

——维塔里·卡涅夫斯基

1989年在柏林墙倒塌和苏联解体之前，卡涅夫斯基大胆地通过他的人物——两个无辜的儿童——揭示了西伯利亚的一个劳教村苏昌的生与死。这部叫做《别动，死亡，复活》的自传体电影获得了“金镜头奖”。

对于这个从地狱里出来的苏联大导演而言，戛纳和它的电影节、它的金奖和金箔，显然就是宙斯及其女神的天堂。

但对那些志在必得地登上铺着红地毯的台阶，却在夺魁的角逐中一无所获、失望有时甚至是痛苦地走下来的那些人来说，情况却未必如此。

可是，这不就是让·雷诺阿所说的“游戏规则”吗？

目 录

戛纳的第一个明星（序）

“该死的！这里还有活人吗？”

1687年7月的一天，天气炎热。下午3点，这个住着渔夫和农民、面向蓝色的大海、处于明亮的小海湾里的村镇正在休息，蟋蟀的叫声和“咚咚”的泉水声伴随着午睡的村民。当太阳没那么毒热的时候，他们才会重新出来干活。突然，外面响起几声清脆的马鞭声，还有威严的命令。

“喂！懒鬼们，起来！我们需要几条小船，运送圣马尔侯爵先生，国王的使臣！”

最后这五个字让村民们惊跳起来，他们醒来了，跑出柴泥砌成的简陋小屋。一辆由六匹马拉着的豪华马车，前面由二十名火枪手开路，刚刚在小码头上停下来。码头边有条海堤，停着各式船只，有平底渔船，有自航驳船，也有手划的小船。圣马尔侯爵先生非常威严，戴着浓密的假发，应该很热，他假惺惺地给大家分发了几个小钱。

从火枪手们的命令中，村民们得知，圣马尔先生是戛纳村对面的国家监狱的新典狱长。戛纳的对面是莱兰群岛，包括两个岛：一个叫圣马格丽特岛，岛上是监狱；另一个叫圣奥诺拉岛，上面只有几个修女，住在修道院里。至今为止，村民们只听来村里补充给养的看守说，所谓的囚犯，其实只有三个新教牧师，被关在塔楼底下阴暗的囚室里，奄奄一息，大家都不怎么管他们。

在圣马尔先生的豪华马车后面，停着一辆窗帘低垂的黑漆小马车，十五名端着火枪的卫兵把它团团围住。这时，一艘大船，由两个水手和船东安托万操作，慢慢靠岸，准备运送圣玛格丽特岛新长官的马车和马匹。安托万是个强壮的汉子，风里来浪里去，晒出一身古铜色皮肤。两个卫兵小心翼翼地打开马车上的锁，其余卫兵马上列队成形，并用枪指着马车。马车上下来一个气宇轩昂的年轻人，脚蹬褐色长靴，身穿法兰绒的齐膝紧身外套，领口绣着花边，黑色燕尾。他戴着插着羽毛的帽子，风度翩翩，但最让村民们感到惊奇的是，这个囚犯的脸被一块黑色的绒布面罩蒙着。火枪手们紧紧地簇拥着他，推着他往船上走，圣马尔先生寸步不离地跟着。车辆和马匹都上了平底船，圣马尔先生让囚犯上了他的马车。就这样，那个神秘的男人在地中海上驶远了，在村民们惊讶目光的护送下前往附近的圣玛格丽特岛。

傍晚，当所有的火枪手和黑色马车都被运到王家监狱后，安托万回到了戛纳。大家七嘴八舌地问他，是否偶然听到一点秘密，知道那个蒙面人的身份?

“什么都不知道!”

安托万尽管很机灵，却也什么都没打探到。日子一天天过去，但戛纳村民的好奇心并没有随之消减。小道消息开始流传。圣玛格丽特王家监狱的看守时不时会来村里喝几杯，村民们从他们嘴里得知，圣马尔侯爵先生是国王的“第一狱卒”，深得国王陛下路易十四的信任。他是从皮涅罗尔监狱调来的，皮埃蒙寒冷山区中的那座监狱，关着洛赞公爵先生、尼古拉·富凯和这个谁也不知其名的蒙面人。大家听了不禁心生敬意。

戛纳的渔民们还想知道得更多一些，便以采海胆为由，来到了监狱下面的岩石上。有时，他们能看见囚犯在巡查道的平地上散步晒太阳——这是圣马尔先生恩准给他的特别照顾，但他还是被蒙着面。据说，他的牢房在碉楼上方，设计合理、非常漂亮，有个大窗“当然”装着窗栅，但室内的家具布置精美，蒙面人大小便都可享用最完善的“卫生设施”。确实，什么都想到了。在巨石上凿刻了一张椅，椅子上有个洞直通大海，下面惊涛拍岸。坐在这张穿洞的椅上，蒙面人就不会感到烦闷了。戛纳还有人说，来自孟德里厄的一个兼当水手的渔夫，在碉楼下采银锦蛤的时候，发现脚边有个银盘，是蒙面人从监牢里扔出来的，盘底用刀刻着几个字。看守好像马上就把他抓住了，强行把这个被吓得浑身发抖的马里奥人带到圣马尔先生跟前。圣马尔先生拿过银盘，严厉地问他："你识字吗？"

"不认识。大人，我一个字都不识！"

"那就滚吧！你的文盲救了你的小命！"

这一切是否都是真的？抑或是大仲马丰富的想象力带来的后果？大仲马在小说《布拉热洛纳子爵》中，把碉楼脚下的渔夫换成了读书识字的阿多斯。让我们兴奋得直颤的是，他在盘子的底部读到了这么几行字："我是法国国王的兄弟，今日的囚徒，明天的疯子。法国的绅士和基督徒们，请乞求上帝，让他保佑你们的主人之子的灵魂与理智。"那个蒙面人在圣玛格丽特岛待了十年，一直让戛纳人挂念和好奇。他是谁？当他离开此地前往巴士底狱的时候，还是由总不知疲倦的圣马尔先生看守。1703年，他死于巴士底狱，带走了所有的秘密。

可以说，那个陌生人是戛纳的第一个大"明星"——当然，"明星"这个词当时还完全不为人所知。戛纳人一代代对他们的子孙讲述他的故事。在伏尔泰笔下，这个故事变得更有趣了，他在《路易十四的世纪》中，把这个人叫做"铁面人"。

所有的说法都相互矛盾：国王的孪生兄弟，马扎兰公爵或白金汉公爵与风流成性的安娜·奥特里谢王后的私生子；蒙穆特公爵，英格兰的查理二世的私生子；反叛的马蒂奥里伯爵，他竟然与芒图公爵把路易十四的秘密交易出卖给了西班牙，好像在皮涅罗尔给尼古拉·富凯和劳泽当过跟班的厄斯塔什·道热——劳泽这疯子曾想娶国王的堂妹"大郡主"……掌握某个重大秘密的人……甚至连莫里哀也出现在名单上！

从无声电影开始，后来是有声电影，许多国家包括日本，都拍摄过关于这个人物的电影，美国人最近还翻拍过。现在，全世界都知道这个蒙面人了。必须承认，在戛纳电影节期间，很多人都会出于好奇而去圣玛格丽特岛参观那个单人囚室。房间之大、景色之美，令人惊叹，阳光、沙滩尽现在囚犯眼前。与那些被关在塔底潮湿的地牢里、很快就会因"肺病"而死去的新教牧师相比，他显然是有特权的。

电影节期间，蒙面人的房间如今少说也要一千欧元一天，因为肯定要让里面有自来水，除非住的是像布拉德·皮特那样的演员，他们喜欢原汁原味，具有强烈的历史感，为了更好地扮演角色，希望使用那个"著名的陌生人"当年使用过的简陋的卫生设施。关于那个神秘的人物，维克多·雨果曾这样写道："铁面人这个囚徒，没有人知道他的名字，没有人见过他的面，这是一个巨大的秘密，一个影子、一个谜、一个问题。”让人好奇的是，这个蒙面人是在戛纳，一个注定要成为想象和创作之地的城市，开始他的传奇故事……

第一章
多漂亮的小村庄

从1030年起，戛纳的名字就以各种形式出现在羊皮书上。这个村庄很穷，但拥有一种巨大的财富：全年气候温和、阳光普照。这是一个迷人的海湾，几座小山挡住了海风。小麦、大麦、葡萄、橙子、橄榄和金合欢生长迅速，到了18世纪，很快又出现了棕榈。旧王朝结束的时候，戛纳北部一个叫戛内的小村庄，脱离了这个海边小镇独立了。这是路易十四亲自签署的，就在大革命爆发前，盖着他的王印。但这一举动没有给他带来幸运，后来的事情大家都知道了。

戛纳的水手都很勇敢，喜欢冒险，其中七十三人参加过美国独立战争。他们在德格拉斯海军上将的指挥下，与英国人作战，帮那里的人赢得了自由，有的还为此献出了自己的生命。大革命对戛纳好像没有太大的影响，最后，在太阳底下，一切都摆平了。不过，当拿破仑从厄尔巴岛回来，派康布罗纳将军——那时他已喊出了那句名言①？——来说情（这真是一个怪念头），请求市长布勒先生准许他们在戛纳露营，结果遭到拥护复辟的市长先生的断然拒绝。皇帝不得不另找地方睡觉！人们在想：如果那个雄鹰王在滑铁卢打胜了，布勒先生会有什么后果。但拿破仑后来被软禁在圣赫勒拿岛上的“别墅”里，勇敢的戛纳市长可以大大地松一口气了。

---

① 拿破仑手下的将军，滑铁卢战役中，面对强大的英军，他曾大喊：“禁卫军宁愿战死也决不投降！”雨果在《悲惨世界》中写道：滑铁卢的胜利者不是拿破仑，也不是英军统帅威灵顿，滑铁卢的胜利者是康布罗纳。——译注

19世纪初，戛纳村扩大了。1830年“光荣的三天”[1]之后，尤其是1834年之后，由于一个旧敌的缘故，小村恢复了平静。那个敌人就是布鲁厄姆勋爵，伦敦的大法官兼上院议长，一位英国富翁。他想去尼斯，但尼斯爆发了天花，布鲁厄姆勋爵无法进城。他非常生气，只好原路返回，中途，他与女儿埃莉诺在戛纳停留，借宿在一家叫做潘舍纳的小旅店里。旅店老板给客人们上了普罗旺斯鱼汤，这是那些英国人从来没有尝过的美味。大家都知道，他们喜欢用滚汤煮的上等熟羊腿，浇上可怕的薄荷调味汁。布鲁厄姆勋爵和埃莉诺开始很迟疑，后来喜欢上了，每天都要潘舍纳先生做这道菜。最后，布鲁厄姆勋爵被这个地方迷住了，在一个小山坡上让人修建了漂亮的埃莉诺别墅。戛纳出名了。首先是由于“英法协约”[2]。来了很多“上流社会”的英国人，他们在戛纳周围建了许多豪华别墅，有的甚至建了名副其实的城堡，简直是亚瑟王的圣杯城堡的翻版。这个村庄成了一个小城市。1838年，人们修建了一个像样的码头，进港的游艇都停泊在那里。1863年，开始兴建火车站。从巴黎到戛纳只要二十二个小时。这速度在当时可是破纪录的！

继英国人之后，俄罗斯贵族又蜂拥而至。威尔士亲王、维多利亚女王的儿子、未来的爱德华七世国王及大公、爵士，还有一些有产者、蒙索平原上的新贵都曾到过这里。知识分子也来了，比如普罗斯佩·梅里美和居伊·德·莫泊桑，后者坐着他的“俊友号”，在海上游逛。后来，“咱们去蓝色海岸！”[3]或者“我们在里维埃拉[4]下船！”就成了大家的口头禅。

戛纳的人口从1814年的三千人上升到1914年的三万人，可惜，到了1918年第一次世界大战结束时又下降了。不过，戛纳今天的居民已达到七万，不包括暂住人口。

为了迎接这些有钱的游客——“Touristes”（旅游者）这个词才刚

① 1830年7月27日至29日，巴黎市民为推翻波旁王朝，与保皇党展开了战斗，并占领了王宫，史称“光荣的三天”。——译注

② 指1904年4月8日英法两国签订的一系列协定，它标志着两国停止关于争夺海外殖民地的冲突，合作对抗新崛起的德国。——译注

③ 蓝色海岸（Côte d'Azur）在法国特指地中海沿岸，法国东南沿海普罗旺斯—阿尔卑斯—蓝色海岸大区一部分，含戛纳和尼斯。——译注

④ 地中海沿岸地区，从尼斯到意大利拉斯佩齐亚一段。——译注

刚出现——大酒店纷纷建造起来：1961年，美景酒店和格莱酒店（后来成了电影节来宾所喜欢的著名的格莱·达尔必翁酒店，因为它紧挨着电影节的新大楼）落成。在克罗瓦赛特大街，有加内与王后酒店，这是以其业主加内先生的名字命名的。1912年，亨利·鲁尔出资建造卡尔顿酒店，"鲜花赌场"也完成了第一期工程，萨拉·伯恩哈特在那里演了两场，全场爆满。她演的"芙萝-芙萝"和"费德尔"，两场戏完全不同，但都引起了观众的巨大热情。接着，市政厅的赌场也完工了，里面的游戏非常时髦，许多人在转盘和赌牌游戏前惨败。网球场也建起来了，狂热的网球爱好者非常讲究，穿着白色的灯芯绒长裤，在球场上比赛。女性也加入了，穿着长裙；后来，哦，太轰动了，她们竟然穿起了齐膝短裙。

1910年，开始了第一场飞行聚会。尼古拉·波波夫——这个名字可能是编的吧？一个怪异的俄国人，在众人的欢呼声中，成功地驾驶着他的飞机，一架双翼"莱特"，在戛纳-芒德里厄和莱兰群岛之间飞了个来回。他飞过戛纳湾上空，越过克罗瓦赛特，最后停在拉纳布尔，打破了当时的世界纪录，因为他是在二百零七米的高度飞行的。他成了一个英雄。

人们还建了一个高尔夫球场。米歇尔·米谢伊洛维奇大公在绿茵场乐此不疲，他是亚历山大三世的兄弟，而亚历山大三世是所有苏联人的沙皇。有个叫温斯顿·丘吉尔的英国政客，在伦敦已没什么指望：他也于1935年来到"戛纳高尔夫俱乐部"。这个吸食毒品的人宣称："高尔夫充其量是被一个小球破坏了兴致的美好散步。"他宁愿待在卡尔顿酒店的平台上抽雪茄，等待重返政坛的那一天，而据专家们说，他也许永远也等不到那一天！

在建的大楼不断增加，但由于1914年的冲突，马杰斯特酒店和马丁内斯酒店的工程停了下来。第一次世界大战让戛纳停了下来。客人们，无论是有钱的还是没钱的，都在前线与德国皇帝作战。大酒店和市政厅的赌场都被征用，改成了医院。戛纳人很快就主动要求去帮助照料法国、英国和比利时的伤员……到了1917年，还有美国伤员。当这些不幸者能够行走之后，战时代母[①]便陪同"她们的"康复的士

① 指战争期间法国等地的一些负责向前线士兵写信慰问、邮寄包裹的妇女，她们还负责伤员的护理。——译注

兵，在沙滩上或克罗瓦赛特大街的棕榈树下散步。人们常常看见伤员坐在长凳上，紧挨着无微不至地关怀他们的女保护人。经历了四年的恐怖，战争终于结束了。戛纳敬重牺牲者，像法国所有的城市一样，为他们建立了纪念碑。和平重返，快乐、欢笑和闲逸，一切又重新在戛纳出现。马杰斯特酒店和马丁内斯酒店终于高调开张。被严重毁坏的市政厅赌场也由弗朗索瓦·安德烈恢复了原样，后来，他的侄子吕西安·巴里耶尔前来接班。桃丽姐妹曾来此演唱，还有正走红的歌星艾迪特·皮亚芙，巴斯特·基顿也在那里演出了这个忧伤男子的著名曲目。1937年，大家在戛纳笑啊、玩啊，根本没想到这是在火山口跳舞。戛纳的方案很多，甚至有点太多了，市政厅不知道选择哪个方案来让它的外国客人开心，从而让戛纳享有国际名声。

有意思的是，那个天才的主张是因为在威尼斯蒙受了奇耻大辱而萌发的。

第二章
威尼斯的法西斯

“浑蛋！我们去哪？这些卑鄙的法西斯分子把自己当成什么人了？”

1938年8月，在开往巴黎的辛普朗东方快车的卧铺上，菲利普·艾蓝杰义愤填膺。他英俊而儒雅，三十五岁，是名外交官，还是才华卓著的历史学家、“法兰西艺术行动委员会”主任。他刚从威尼斯电影节回来，那是世界上的第一个电影节，创办于1932年。菲利普·艾蓝杰是法国代表团的正式代表，一登上影片放映的利多岛，他马上就发现，作为艺术盛事的电影节已完全被纳粹和意大利的法西斯分子所控制。纳粹宣传部长约瑟夫·戈培尔（他邪恶的想象力在那个位置上发挥到了极致）在打电话给贝尼托·墨索里尼，口述了命令。早在一年前的1937年，电影节评审团就想把大奖颁给让·雷诺阿的《大幻灭》。这部片子的竞争对手是卡尔米内·加罗内导演的《女人与海》[①]，那是一部货真价实的宣传法西斯的巨片。当然，根据墨索里尼的命令，西庇阿这个古罗马英雄最后夺得了胜利。

1938年，菲利普·艾蓝杰出席了《雾码头》的放映。那是由马塞尔·卡尔内导演、米歇尔·摩根和让·迦本主演的影片，片中的著名台词“你知道，你有双漂亮的眼睛”至今还回响在我们耳边。由沃尔比伯爵[②]担任主席的评审团被卡尔内和普雷维尔[③]的这部杰作深深打动，

---

① 该片直译为《非洲的征服者西庇阿》。——译注

② 沃尔比（Giuseppe Volpi di Misurata），威尼斯电影节创办人，被誉为“威尼斯电影之父”。——译注

③ 雅克·普雷维尔（Jacqnes Prevert，1900—1977），法国抒情诗人、剧作家。——译注

大家都知道他想嘉奖这部法国影片，但戈培尔成了电影节的真正主人，他否决了这部“下流电影”，公然违反威尼斯电影节不给纪录片颁奖的规定，通过墨索里尼，强迫人们接受《竞技场之神》。《竞技场之神》分上下两集，导演为希特勒的艺术顾问莱尼·里芬斯塔尔，拍的是1936年奥运会的情况，鼓吹雅利安人种高人一等，完全是在给纳粹唱赞歌。据说，希特勒拒绝与四次获奥林匹克冠军的美国黑人田径运动员杰西·欧文斯握手。那是对希特勒莫大的“侮辱”！但这对参加奥运会的民主国家——英国、法国、美国来说也太过分了！这些国家感到非常愤怒，表示不再携片前往墨索里尼统治的意大利参赛，那里完全无视艺术评判原则，而是“高层”暗箱操作。

菲利普·艾蓝杰在卧铺上无法入睡。尽管他像所有同龄的法国人一样，随时准备哪天再次应征入伍，因为即将于1938年9月29日和30日召开的慕尼黑会议，情况似乎不妙，但他还是萌生了一个疯狂的想法：在法国创办一个“自由的”电影节，来跟已经出卖给纳粹的威尼斯电影节对抗。在巴黎，他一下火车，马上就去找尚·杰伊，那是他的一个好朋友，与他同龄，但已经当了法国艺术与教育部部长，电影就归他管。尚·杰伊本名叫让·查夏里，很不幸，这个名字会有麻烦。尚·杰伊的父亲是犹太人，母亲是新教徒。艾蓝杰的计划马上就让他激动起来，但法国政府已四分五裂，有些部长很“谨慎”，担心创办一个与威尼斯电影节抗衡的电影节会惹希特勒和墨索里尼“不快”，但也有一些勇敢的部长支持艾蓝杰和尚·杰伊，如当时任内政部长的阿贝尔·萨洛。在1939年那个炎热的春天，就在希特勒进入捷克斯洛伐克的前几天，尚·杰伊成功地获得了法国政府的准许。于是艾蓝杰和杰伊开始寻找城市，创办“自己的”电影节。瑞士的卢塞恩、比利时的奥斯坦德甚至阿尔及尔都上了名单，在法国，已经拥有美丽疗养院的维希，很想让电影节落户那里。也许有不祥的预感，两个朋友拒绝了。只剩下大西洋边的富裕城市比亚里茨和蓝色海岸的明珠——戛纳。政府内部发生了激烈的争执。每个城市都有自己的支持者，都在利用自己的关系。最后，是戛纳得胜，它允诺很快就会建成一座真正的电影节大楼。在那座壮丽的建筑物落成之前，活动将在市政厅的赌场举行。这一国际盛事的开幕日期选在1939年9月1日至20日。

菲利普·艾蓝杰和尚·杰伊非常兴奋。他们赢了。这两个年轻人并不笨，他们知道乌云正笼罩在整个欧洲上空，但没有什么能浇灭他们的热情，巨大的威胁甚至使他们更加热情高涨。他们和戛纳市政厅一道，工作得很卖力，效率很高。两千份请帖发了出去。菲利普·艾蓝杰成了电影节的总干事。伟大的路易·卢米埃尔，也就是和哥哥奥古斯特一道发明了电影的卢米埃尔，同意担任名誉主席。尚·杰伊将担任电影节主席（这理所当然），组委会由艺术委员会主任乔治·于斯曼负责组建。在那么短的时间里要办这么大的事可不容易！在顾问当中，有个十分机灵的年轻记者，他是皮埃尔·拉扎雷夫主编的《巴黎晚报》的专栏作家，名叫乔治·克拉韦纳，后来创办了恺撒奖。电影节的海报由当时很红的大画家让–加布里埃尔·多梅尔格承接，后来成了他最杰出的作品之一。海报上画着一个十分漂亮的年轻女子，穿着橘黄色晚礼服，飘飘欲仙，金色的头发后面露出漂亮的后背，旁边站着一个穿燕尾服的男人。她鼓着掌，两人都望着同一个方向，也许是电影的银幕。海报上大写着这么几个字：

国际电影节

戛纳，1939年

法国的这一艺术盛事似乎将获得巨大的成功：许多国家（除了德国和意大利，他们没有被邀请，这是理所当然的事）都回应了戛纳电影节的邀请，他们甚至争先恐后地报名参赛，寄来了许多高质量的影片。

比利时：

阿尔芒·德尼的纪录片《神奇的非洲》。

美国：

贾森·卡林的喜剧片《未婚妈妈》，由琴格·罗杰斯和戴维·尼文主演；

鲁宾·马莫利安描写拳击的影片《金童》，威廉·霍尔登和芭芭拉·斯坦威克主演；

维克多·弗莱明的音乐片《绿野仙踪》，朱迪·加兰和弗兰克·摩根主演；

赛西尔·B.戴米尔的西部片《和平联盟》，芭芭拉·斯坦威克和乔尔·麦克雷主演；

威廉·凯利导演、詹姆斯·卡格尼和乔治·拉夫特主演的《法网惊魂》。

英国：

山姆·伍德《万世师表》，罗伯特·多纳特、葛丽亚·嘉逊和保罗·亨雷德主演；

查尔登·柯达的《四羽毛》，约翰·克莱芒、拉尔夫·理查德森和C·奥布雷–史密斯主演。

荷兰：

道格拉斯·塞克的长片《布尔人》。

卢森堡：

勒内·勒克莱尔的《水之歌》和《把车开走》。

瑞典：

拉格纳·希尔滕–卡瓦留斯的《我们俩》。

捷克斯洛伐克：

出乎意料！1939年3月15日被纳粹入侵的这个小国家，勇敢地送来了一部影片，片名让人不寒而栗：《巨大的结局》。导演的名字没有出现，也许是抹掉了，怕受到占领者的迫害。

苏联：

苏联参赛的电影片名与斯大林的统治十分吻合。亚历山大·伊凡诺夫的长片《国境线上》；

伊万·培利耶夫的长片《拖拉机驾驶员》；

米哈依尔·罗姆的长片《列宁在1918》；

集体创作的长片《假如明天发生战争》，叶菲姆·济冈主创，导演们在片中也表现出了一定的想象力；

B.韦兰的短片《“红十月”合作社》；

R.阿佩尔的短片《苏联的公共卫生》。

最后来看主办国法国：

朱利恩·杜维威尔的《幽灵马车》，皮埃尔·费斯内、玛丽·贝尔、路易·儒韦和罗伯特·勒维冈主演；

雅克·德布隆塞利的《尼罗河男人》，安尼·杜考克斯、维克多·弗朗辛和雅克·迪梅斯特主演；

克里斯蒂昂–雅克的《天使的地狱》，路易丝·卡莱特、让·蒂西埃和多维尔主演；

雅克·费代尔的《北方的法律》，米歇尔·摩根、皮埃尔·里夏尔–威尔姆、查尔斯·文恩和雅克·特拉内演出，后者是一个正正红的爱情剧男主角。

法国的最后一部参赛片，是部片名十分自豪的纪录片《法兰西是个帝国》。让·达雷夫和艾玛纽埃尔·布尔西埃执导。

六十八年之后，对我们来说，数一数法国片（主要是情节剧）和其他国家的影片也不乏乐趣，那些参加电影节的国家很快就将成为盟友。

第三章
破灭的梦想

“快！加快速度！”

“材料还没有到！”

“小心！教堂要倒了！”

“玫瑰马车没有做完！”

“完了，完了，我们马上就完成了！”

在离电影节开幕还有几个小时的时候，“马上”在戛纳是句假话，因为大家都这么说。1939年8月31日，人们在卡尔顿酒店的沙滩上，用纸板建造了一个巴黎教堂，以配合当晚即将放映的开幕电影《钟楼怪人》，这是一部非参赛片，由查尔斯·劳顿主演。

在棕榈沙滩酒店，人们在筹备8月22日的晚会，著名的“小白床舞会”必须比电影节开幕早几天，该舞会的收益将捐给住院的儿童。

米高梅电影公司租来的大轮船靠岸了，比预计得要早，船是直接从美国来的，船上坐着贾利·古柏、泰龙·鲍华、诺玛·希拉、乔治·拉夫特、大腹便便的马埃·韦斯特、查尔斯·博耶、安娜贝拉、道格拉斯·范朋克。温莎公爵和公爵夫人也到了，他们是坐蓝色火车来的，带着五百多个手提箱。安南皇帝[1]则带来了五十个仆人。这些名人要付一千法郎，才能自豪地应邀加入世界著名的“小白床舞会”一千个捐赠者的行列。在戛纳，人们迅速地把这些明星安排到大酒店里。他们都在沙滩上晒太阳，穿着游泳裤——女性是游泳衣。气氛融洽，好

① 安南：前越南王国中部地区。——译注

像是在度假。英俊的泰龙·鲍华穿着游泳裤，光着健美的上身，在追逐相当著名的法国女演员——萨夏·吉特里的前妻雅克琳娜·德吕巴克。8月22日晚，就在圣玛格丽特岛和关押铁面人的碉牢对面的棕榈沙滩酒店的露天座上，华灯齐放：天底下最美的造物，穿着著名设计师设计的服装，戴着珠宝首饰，以其美丽和优雅让现场一片惊艳，大家都开开心心的。然而，当天下午，在戛纳城，就在电影节的海报旁边，市政厅像法国所有的城市一样，张贴了布告，提醒第一批预备役军人他们所属哪个军团……

掌声"噼噼啪啪"地响起。首先在棕榈海滩出场的是费南代尔，其演出大获成功。接着是当时最出名的男女声二重唱、《未完成交响曲》的主演让·奇耶普拉和玛塔·艾格丝音乐片中的著名歌曲，人们报以热烈的掌声，随后开始放焰火。突然，一场猛烈的暴风雨向戛纳湾袭来，船只纷纷进港躲避，焰火掉得到处都是，甚至落在电闪雷鸣中逃离棕榈海滩的来宾头上。有人大喊：那是对面的铁面人的幽灵在报复。女士的裙子湿了，头发散了。昔日的默片巨星宝拉·奈格丽目睹了这场被疯狂的自然力破坏的节日，她说，她在这场摧毁一切的狂风中看到了一个先兆，一个不祥之兆。

然而，尚·杰伊、菲利普·艾蓝杰、乔治·于斯曼、阿贝尔·萨洛特并没有失去信心。在正式的外国代表团带着片子和演员前来参赛之前，他们还有九天时间将之恢复原样。法国方面，人们在等待9月1日放映皮埃尔·费斯内、玛丽·贝尔和路易·儒韦主演的《幽灵马车》。3日是《北方的法律》，由年轻演员米歇尔·摩根、皮埃尔·里夏尔-威尔姆、查尔斯·文恩和雅克·特拉内主演。雅克·特拉内才华卓著、风度翩翩、富有魅力，注定要成为一个大演员，非常被制片人看好。人们也希望5日能看到罗伯特·赖能的到来，赖能现在已经二十岁了，他十二岁就在朱利恩·杜维威尔的影片《胡萝卜须》中扮演角色，法国人全为他倾倒。他的最新出演是亚历山大·埃斯韦导演的电影《王子的教育》，也获得了巨大成功。他和雅克·特拉内一样，都是前途无量的影坛明星。

终于到了8月31日，开幕式晚会上放映了美国影片《钟楼怪人》。片中的卡西莫多大获成功。豪华的招待会之后，大家都心满意足地回去休息，尤其是尚·杰伊和菲利普·艾蓝杰，他们迎着风浪、冒着大雨，把电影节这艘大船带到了安全的港湾。明天，正事将开始，演员将到达。

然而，第二天，电影节的来宾们醒来时，却听到了让人不敢相信的消息……

就在那天，9月1日上午，希特勒入侵了波兰。大家都明白，这回，战争真的爆发了！格但斯克走廊一定在激战。电影节夭折了。当时保持中立的美国急忙再次登陆。英国、比利时和法国紧急出动。参加过1914年大战的老兵归队了，年轻人也应征入伍。

1939年9月3日，英国和法国向德国宣战。完了，美梦消失了，前来做梦的幸运儿大多都这样想：戛纳电影节万劫不复了。也有的人比较乐观，希望这场战争也像1914年那样不会持续太久，他们唱道："我们将在齐格菲防线洗涤我们的衣衫。"

第四章
被遗忘的英雄们

“永别了，朋友！”

“不，是再见，我亲爱的让……我们会平安回来的，我们的电影节会凤凰涅槃……”菲利普·艾蓝杰坚定地说。

尚·杰伊和他的朋友艾蓝杰紧紧地拥抱之后便前往巴黎，他马上就辞去了部长一职，其实他并不一定非要这样做。他很快就作为一个法国军官，上了前线。

1940年6月法国战败后，支持抵抗运动、反对德国占领者和拒绝承认贝当政府签署的停战协议的尚·杰伊，与乔治·曼德尔和皮埃尔·孟代斯·弗朗斯一同登上了“马西里亚号”邮轮，想继续跟纳粹作斗争。但他们在摩洛哥被捕了，维希政府以“开小差”为由，下令逮捕了他们。尚·杰伊被强行带回法国所谓的自由区，维希政府控制的法庭判处其流放、降军级。他先是被关在马赛的圣尼古拉监狱，后来转到里永监狱——噩梦般的莱昂·布鲁姆诉讼就是在那个城市进行的——尚·杰伊本来会一直关在那里，直到1944年解放。但贝当政府的信息部部长菲利普·亨里奥组织了一场新闻发布会，宣布判处让·查夏里，“又名为尚·杰伊的犹太人”死刑。菲利普·亨里奥是个对德合作分子，当过公证师、巴黎电台的雄辩家——“巴黎电台撒谎……巴黎电台是德国人的”，皮埃尔·达克在伦敦曾用“蟑螂歌”①的曲调这样唱道。就在解放前的几天，尚·杰伊在转送到默伦监狱的途中遭到绑

① 西班牙语传统民歌。——译注

架，在阿列省的莫尔森林中遭到约瑟夫·达南的民兵枪杀，年仅四十岁。这个了不起的人物、第三共和国的要人，在监狱里写了许多书和怀旧文章，其中包括《回忆与孤独》。

雅克·特拉内——乔治·费多的孙子、《北方的法律》中的主角，没有来戛纳宣传他的影片。1939年9月1日，他参了军。当时，他正在度假。由于肺部有病，他退伍了三次。本来，这个年轻演员是可以待在巴黎、不慌不忙地拍电影的，但他的英语说得很流利，与父亲在美国生活过，又娶了美国演员德鲁·林顿，所以他拥有法国和美国双重国籍。特拉内从参谋部获得了一个翻译职位，负责联络英军。他一心想上战场，所以谎称自己也懂挪威语，其实他一点儿都不会。结果，雅克·特拉内，其实当时叫雅克·塔蒂埃尔，和外籍军团到了挪威。他是冒着敌人的炮火，坐着给挪威人运送弹药的一艘船去的。1940年6月，回到法国后，贝当政府一签投降协议，他就参加了"自由法国力量"。他和外籍军团第十三团到了达卡尔，参加了"法国西非部队"和"自由法国"的合并，然后在蒙克拉尔将军的东方战团当摩托化侦察连连长。他参加了争夺科伦和马苏阿的战斗，然后攻占了巴勒斯坦，并在叙利亚准备反德战争。1941年6月18日，他在受理维希政府的一支法国部队的投降之后，骑摩托车返回自己的营地，途中中了埋伏，背部中弹。1941年6月20日，三十八岁的雅克·特拉内死于塞拉潘医院。那天，"自由法国力量"刚好胜利挺进大马士革。

战友们含泪把他埋在了叙利亚的拉姆莱特，他一直安眠在那里。

罗伯特·赖能是1920年出生的年轻演员，因在《胡萝卜须》中的出色表现被誉为是法国电影界的神童，成了国际知名演员。"胡萝卜须"是儒勒·勒纳尔同名小说中的人物，后来被搬上银幕。年轻的罗伯特·赖能走红了，他不停地拍片：《小国王》《苦儿流浪记》《同心协力》《舞会的名册》《王子的教育》，一部接着一部。战争爆发后，他跟雅克·特拉内和所有被邀请的演员一样，没有再来戛纳。1940年"奇怪的战争"[①]之后，他有机会在被占时期拍一些电影，让法国人忘记生活的艰辛、食物配给和轰炸，他的不少同代演员都这样做了。然

① 1939年9月，德国进攻波兰后，英、法虽对德宣战，但并未按有关协定给波兰以实际的军事援助，部队在战壕里静坐观望，出现了战争史上罕见的宣而不战的奇怪现象，史称"奇怪的战争"。——译注

而，从1940年开始，他就在拍片过程中，加入了马赛的抵抗组织。像他这样年轻的成员非常罕见，所以他的加入格外引人注目。

弗朗索瓦·特吕弗在拍摄《最后一班地铁》中，热拉尔·德帕迪厄扮演的那个角色就受罗伯特·赖能影响，尽管他没有点出名字。赖能是凯瑟琳·德纳芙领导的剧院里的年轻演员，抵抗运动成员。1941年，马赛的抵抗组织被破坏时，正在拍《大海航行》的赖能参加了玛丽–玛德莱娜·福卡德发起的“联盟”组织，当联络员，他搜集有关占领者的情报，传送信件和收发报机，招募抵抗运动成员。他太大胆了，也许是被揭发的，1943年2月7日，他和整个网络的成员都被逮捕了。罗伯特·赖能受到了折磨，但表现得十分英勇和勇敢，拒不招供，也不交出名单，于是被流放到德国。也许是命运在跟他开玩笑，1944年4月1日，罗伯特·赖能和组织里的十四名成员被枪杀在卡尔斯鲁厄集中营，而他要到5月24日才满二十四岁。

这三个年轻人的故事堪称典范，因为他们全都前途无量。像他们这样的人并不在少数，因为在这场持续了六年之久的大混乱中，有许多前途光明的陌生人死去。但最让人不可思议的是，尚·杰伊、雅克·特拉内和罗伯特·赖能，这三个人的英雄壮举几乎已被人遗忘。据我们所知，现在任何一家剧院或影院都没有他们的肖像、照片或半身塑像。他们在戛纳似乎也没有受到重视，这好像是不应该的，至少对尚·杰伊来说，他是戛纳电影节的第一任主席，没有他，一切都无从谈起。

不过，我们也应该说句公道话，一些大演员，其中包括让·迦本、让–皮埃尔·奥蒙特、克洛德·道芬，他们毫不犹豫地离开了安乐窝，有的参加了海军，有的进了第二军团的坦克师。他们尽管在北非和意大利作战，但都幸运地活着回来了，战后还能重操旧业，继续当他们的演员。

让我们用菲利普·艾蓝杰的美丽语言来结束这一章吧，是他组织了这场流产的盛宴：“当人类的疯狂熄灭了灯光，电影节的名字已在市政厅‘赌场’门前的霓虹灯上闪耀。”

1939年的戛纳电影节，留给我们的只有一些回忆和让–加布里埃尔·多梅尔格设计的漂亮的海报。

第五章
永别了，沉重的岁月

“啊，是你啊！重新见到你真是太好了！”“亲爱的！”“宝贝！”“你好吗？”“啊，米歇尔！”“丹尼尔！”“西蒙娜！”“埃里克！”“让！”“雅诺特！”“朱赛特！”“玛德莱娜！”“让-路易！”

多少欢乐的惊叹啊！都以为见不到他们了，没想到他们全来了，来自四面八方，走下蓝色火车。铁路已经修好。大家惊叫着、拥抱着、大喊着，好像只有演员才能这样，让戛纳人都好奇地扭过头来。他们互相讲述“这些年是怎么过的”，在被占领期间做了些什么：对有的人来说是流放，在自由区或巴黎，或在外省转来转去。由于生活拮据，大部分人都很瘦，但这些年轻人，因活着而高兴，小伙子们因为没有被德国强劳处抓去而感到庆幸。看到蓝色的大海、依然高挂的太阳，来参加1946年9月20日到10月5日举办的第一届戛纳电影节，他们太高兴了。1939年的尝试差不多已被遗忘了。

克鲁瓦塞特大街已经出现米歇尔·奥克莱尔、西蒙娜·西尼奥莱、丹尼尔·盖林、埃里克·冯·施特罗海姆、让·科克多、让·马莱、朱赛特·黛、玛德莱娜·雷诺和让-路易·巴劳特的身影，他们穿着短裤和拖鞋，连袜子都省了。让-路易因为在《天堂的孩子》中出色地扮演了德布罗这个哑剧演员的角色而笼罩在光环之中，那是马塞尔·卡尔内和雅克·普雷维尔的杰作，被占领时期在尼斯的维克多琳娜电影厂拍摄的；玛德莱娜则刚刚在让·格莱米永的《夏日时光》中成功扮演了角色。雷诺-巴劳特夫妇，两人的年龄相差十岁——一个四十六岁、一个三十六岁，今天也许没人会在意，但当年却让观众和演艺圈里的人在背后议论个不停。他们在克鲁瓦塞特大街宣布成立自己的剧社。有人讽刺说，他们很快就会关门。那些人错了，在以后三十多年的时间里，剧社的足迹遍及世界，在国外成了法国的代表。

突然，有消息传来：《雾码头》《北方的法律》和《拖车》的女主演米歇尔·摩根也来戛纳了！她来参加法国代表团选送的影片之一——《田园交响乐》的首映。1940年之后，摩根便流亡美国，嫁给了美国导演威廉·马歇尔（外号比尔），并跟他生了儿子，叫迈克。在让·德兰诺瓦导演的《田园交响乐》中，摩根扮演一个年轻女子，盲目地爱上了听她忏悔的牧师。摩根二十六岁，美丽惊人，因回到法国而充满喜悦。她惊讶地发现，尽管已离开六年，但人们并没有忘记她。她曾在好莱坞演戏，但并不满意，尽管拍摄了五部电影，其中包括她跟亨弗莱·鲍嘉演对手戏的《马赛之路》和在法国被奇怪地译成《爱情与摇摆舞》的《越来越高》。她一头棕色的鬈发，和弗兰克·辛纳特拉又唱又跳。从她来到戛纳的第一天起，人们就预言她肯定会得奖，她大笑，因为她不信。她无忧无虑地在沙滩上打发时光，偶尔会有摄影师对着她拍摄，或许当地的两三个记者会注意她，因为这个电影节当时并没有引起全世界的关注。巴黎只来了一个年轻记者，老板派他来“随便看看”戛纳有些什么事。那个年轻人说，那座城市没什么大事，不过气候还算不错。他叫弗朗索瓦·沙莱。他在发现戛纳的同时，也发现了电影。他在他的著作《幕间的巧克力》中这样幽默地写道：“电影节一开始，必须看四五部没有字幕的原版电影，关于‘巴基斯坦的社会复兴’‘深海捕捞’或‘墨西哥的三个火枪手’，接着是一个匈牙利叛逃者拍摄的《恺撒与克娄巴特拉》。”然后，屈指可数的几个记者，从空气污浊的“赌场”放映厅里出来，到对面的酒吧去喝啤酒，因为他们看电影看得累坏了。从游艇上下来的麻雀姑娘（别跟皮亚芙姑娘搞混了），头上扣着轻歌剧里的船长帽，和他们一起喝得酩酊大醉。

弗朗索瓦·沙莱是笔者的朋友，他和他太太，即后来成了制片人的极漂亮的梅骋，一直没有放弃戛纳电影节和他在电视上的著名节目《电影博览》，直到1996年5月1日离开这个世界。

“谁能相信，熄灭了的灯光七年后又能重新亮起来？”菲利普·艾蓝杰心想。但我们至少可以说，这个人很有恒心。他在一篇文章中承认，在战争期间，尽管经受了种种考验，但他从来没有放弃过自己“疯狂的计划”。

菲利普·艾蓝杰很低调，没有说自己遭受了什么考验，而我们却出于好奇，研究了他的生平，发现他是个历史学家，写了四十来部传记，1938年写完《摄政王》之后就搁笔了，直到1946年才重新开始写《路易十三》。这个“黑洞”当然让我们感到惊奇：1940年投降协议签订之后，在外交部艺术处工作的菲利普·艾蓝杰被赶出了自己的部门，这个部门已成了维希政府的机构。他的上司突然“惊恐地”发现，艾蓝杰的母亲方面有犹太人血统。菲利普·艾蓝杰成了流亡者，失去了工作、无法再发表作品，但他成功地越过了界线，来到了自由区。他回到了戛纳——这是理所当然的事，并在那里待了三年。1943年，德国人和盖世太保来了，驻扎在过去的蒙弗里饭店（后来重建了），菲利普·艾蓝杰不得不重新逃亡，躲在朋友们在热尔省的城堡里。1945年战争结束后，菲利普·艾蓝杰重返艺术处并任主任，外交部好像什么事都没发生过一样。他一直没有忘记心中的计划。可惜，他的朋友尚·杰伊不在了，不能再助他一臂之力。他有幸说服了歌剧院总干事罗贝尔·法弗尔-勒布埃义务给他帮忙，重新操办戛纳电影节。

罗贝尔·法弗尔-勒布埃是个性情中人，很快就冲动起来，但这次显然比1939年的初次尝试更不现实。

战争刚刚结束，法国仍实行粮食配给制，发放食品卡，缺电、缺汽油。这个遭到轰炸的国家需要重建。还有许多人住在被占领者遗弃的坦克里或是地窖中，德国和意大利占领者对里维埃拉地区造成了巨大的破坏。1944年底，甚至连法国的好朋友——小道格拉斯·范朋克也在美国海军的军舰“爱德华王子号”上对戛纳开炮，当时他是司令官，以为戛纳仍被德国人占领。幸亏没造成太大的损失，一些棕榈树被炸断，一些屋檐、墙壁、屋顶被炸飞，其实没必要炸这些东西。不过，大酒店还在，尽管受到一些损坏。戛纳人只受到了惊吓，甚至并不憎恨老道格拉斯·范朋克的那个当明星的儿子[1]，还邀请他上岸喝剩下的茴香酒。

---

① 第二次世界大战期间，小范朋克曾入伍，受罗斯福委派，前往北非法国等地执行任务。——译注

尽管与戛纳市政厅一道寄走了很多邀请信，艾蓝杰和法弗尔-勒布埃还是担心这届电影节会比上一届更惨，因为离开幕只剩下两个月了，却连一个回复都没有。突然，在开幕前几个星期，报名参加电影节的国家越来越多：苏联、墨西哥、美国、阿根廷、埃及、葡萄牙、丹麦、意大利（没有记仇，因为与法西斯和墨索里尼没有关系）、荷兰、波兰、罗马尼亚、瑞典、瑞士、捷克斯洛伐克、印度、加拿大，当然还有法国。

代表团纷纷来到戛纳。代表和导演都是自己搬运电影胶片。起初，评审团是由各国代表组成，主席是法国艺术委员会主任乔治·于斯曼。他很快就回来帮菲利普·艾蓝杰了。作为总干事，当然是义务的，菲利普·艾蓝杰和罗贝尔·法弗尔-勒布埃什么都要管。尽管缺钱，那也得找房间安顿客人，组织庆典和冷餐会，大家冲向餐台，吃的喝的很快就被一扫而光。“那种战斗既英勇又嘈杂，非常激动人心，让人难忘。”艾蓝杰说。

最难的是在市政厅的“赌场”组织放映。在电影大厦次年落成之前，“赌场”大厅被匆匆改成电影放映厅。只有一个放映员，那么多影片把他累得半死。为了不让他倒下去，人们派了三个园丁去帮助他。这三个园丁，从来没有见过电影胶片卷盘，当然也不认得各种语言的电影片名，更不懂胶片的顺序。

1946年9月20日，面对二十来个国家的代表（尽管著名演员雷姆死了，为了不给晚会蒙上阴影，这个消息第二天早上才宣布；也不管总罢工了，这在法国是少不了的），菲利普·艾蓝杰和罗贝尔·法弗尔-勒布埃松了一口气。真是奇迹啊！他们选择的第一部电影，是苏联导演米哈依尔·罗姆的《217号注册证》。放映时，大厅里乱哄哄的，因为大家怎么也看不懂，原来，园丁把电影胶片递给放映员时，把顺序搞错了。那个可怜的放映员已累得筋疲力尽。他妈的！苏联代表团生气了，要离开戛纳。

第二天，放映阿尔弗雷德·希区柯克的《美人计》，发生了同样的悲剧。这次，园丁干脆忘了一盘胶片。这是一部真正的间谍片，顺序不搞错都很难看懂，何况缺了那么多。不过，这一差错让观众们欣赏了加里·格兰特和英格丽·褒曼在电影史上时间最长的吻。

美国人很愤怒，但没有走；苏联人最后也决定留下，况且港口每天都放焰火，街上有火把游行、摩洛哥军乐表演，到处是鲜花的海洋。罗贝尔·法弗尔–勒布埃带来的巴黎歌剧院舞蹈团在“大饭店”的花园里跳舞，美国的一架大型水上飞机停在海面上，英国海军航母“巨人号”也对空鸣炮助兴。最后，还有著名电影演员兼歌唱演员格蕾丝·摩尔一展歌喉，唱起了《马赛曲》，所有的观众都激动万分，一起跟着唱起来。

埃里克·冯·施特罗海姆、丹尼尔·盖林、米歇尔·奥克莱尔、马塞尔·达利奥、皮埃尔·拉尔凯不断地制造节日气氛，他们出席所有的鸡尾酒会和招待会，大喊大叫，像疯了一样在找乐子，并试图把自己的女同事也带去。西蒙娜·西尼奥莱、玛丽娅·莫邦、加比·西尔维亚和米歇尔·摩根常常跟着他们。朱赛特·黛却从不，她每天都乖乖地回卡尔顿酒店，那些疯狂地玩到天亮才回去的年轻人觉得很奇怪。导演就要比演员严肃得多，如勒内·克莱芒、让·德兰诺瓦、克里斯蒂昂–雅克、罗伯托·罗西里尼和大卫·里恩等，他们有点不安地等待自己的影片放映，好像最先意识到这一新电影节的重要性，因为，很奇怪啊，尽管放映时出现了许多问题，但渴望新影片的观众还是涌向市政厅的“赌场”，放映厅里往往找不到空位子。

皮埃尔·罗歇在《尼斯晨报》中惊讶地写道：“人们怎么也不会相信，有那么多人对电影感兴趣。大家一进来就抢位置，完全不管邀请函上的座位号。”许多机灵的小孩溜进大厅，站在角落里看电影。评审团成员汗流浃背，与观众隔开，拥挤在一个很小的地方。在参赛影片中，让·德兰诺瓦的《田园交响乐》，受到了热烈欢迎，片中扮演盲女的米歇尔·摩根，有着那么美丽的眼睛。罗伯托·罗西里尼的《罗马不设防》也受到了同样的欢迎，这部电影开创了当时完全陌生的后现实主义风格。影片讲述的是1944年冬，在所谓的开放城市罗马，同属某抵抗组织的一个共产党人、一个牧师和一个印刷厂老板被盖世太保逮捕……观众深受震撼，都哭了。埃米里奥·费南德斯的《玛丽娅·康德莱西娅》向人们展示了激情、墨西哥及其美丽的天空，片中的俊男靓女朵乐丝·德里奥和比德洛·阿门德里兹让人大饱眼福。当然，还有其他精彩影片，美国方面，有比利·怀尔德的《失去的周末》，雷·米兰德在片中扮演的醉汉十分好笑；大卫·里恩导演、西莉亚·约翰逊和特瑞沃·霍华德主演的英国片《相见恨晚》，以美丽的爱情故事打动了全场观众；让·科克多的《美女与野兽》把观众迷住了，可评审团却不买账。在当时来说，这部片子太别出心裁了，就像是一个梦。朱赛特·黛漂亮得惊人，而让·马莱扮演的野兽却让人不安。特技制作的宫殿、墙里伸出来的手、摄影师亨利·阿勒康所使用的灯光及众多的新玩意儿让观众们难以忘怀。最后是勒内·克莱芒的《铁路游击队》征服了评审团。这部影片讲述的是铁路工人的斗争，他们试图破坏一列装满弹药前往诺曼底的火车。为了惩罚让火车出轨的抵抗运动成员，纳粹枪毙了六个人质。观众们激动得无法从戏里的战争中出来，个个都泪流满面。

当然，在电影节的两个星期当中，还放映了其他许多好片，如丽塔·海华斯演出的著名的《吉尔达》，这部电影当时影响相当大。

颁奖晚会终于开始了。获“国际电影节大奖”（“金棕榈奖”是1955年才有的）的影片包括：

比利·怀尔德的《失去的周末》；

让·德兰诺瓦的《田园交响乐》；

大卫·里恩的《相见恨晚》；

罗伯托·罗西里尼的《罗马不设防》（这个奖将改变这个导演的艺术生涯，他后来成了一个真正的神话）；

埃米里奥·费南德斯的《玛丽娅·康德莱西娅》。

苏联、印度、瑞典、瑞士、捷克斯洛伐克和丹麦的影片也得到了奖励。只有阿尔弗雷德·希区柯克的《美人计》和查尔斯·维多的《吉尔达》被遗忘了。

大家一致同意，把“最佳女演员奖”颁给了《田园交响乐》中的米歇尔·摩根。

获“最佳男演员奖”的是《失去的周末》中的主演雷·米兰德。

获“评审团奖”和“最佳导演奖”的是《铁路游击队》的导演勒内·克莱芒。

当时，奖品是当地画家的一幅画。有的人走的时候有幸带走了某个叫夏加尔、乌特里奥或夏普兰-米迪的人的作品。米歇尔·摩根珍爱地把一幅画着普罗旺斯教堂的小油画挂在壁炉上方，其唯一的价值是能让她回忆起当年的获胜。

所有的客人都回去了。菲利普·艾蓝杰和罗贝尔·法弗尔-勒布埃紧紧握手，他们没料到会取得这么大的成功。艾蓝杰理智地从第一届电影节中吸取了如下教训：“尽管我们可以以法国人高超的应付能力自豪，但这是我们应该放弃的一个危险的办法。在不到五个月的时间里筹备电影节，以后再也不能这样做了。而且，经费缺乏，直到最后一刻还不知道会有多少资金。第二届国际电影节，必须提前保证必需的资金和必要的人员，放映大厅的面积和舒适度也必须与电影节的重要性相称。”

将成为世界上最重要电影节的戛纳电影节，其基本要素全都概括在创始人发表在《面具》杂志上的这篇文章中了。

在结束1946年的电影节那一章之前，我们一直想弄清为什么朱赛特·黛对《美女与野兽》没有获得任何奖项毫不在乎；为什么她天天晚上那么早就回卡尔顿酒店。就在战争爆发之前，这位年轻的女演员在购物时遇到了一个富翁，一个叫莫里斯·索尔韦的比利时药厂老板。他们互有好感，朱赛特·黛曾邀请索尔韦参加她在巴黎家中举行的鸡尾酒会。那天晚上，他们谈了许多，但关系没有发展得太快，因为几天后就爆发了战争。

1943年的一个晚上，朱赛特·黛独自在家，听到门铃响了。她有点不安，开了门，几乎认不出站在门口的那个消瘦、苍白、疲惫、满脸胡子的男人——莫里斯·索尔韦。他低声地说，盖世太保正在找他，他不知道去哪。但找到她家的马路，上楼向她求救的时候他就已经后悔了。给她带来危险，他感到很难为情，转身想走。朱赛特·黛拦住了他。门房看见他进来了吗？没有。门帘已经放下来。朱赛特·黛放心了，把门关上，给他做吃的，又给他治疗，因为他负了轻伤，还帮他刮胡子。她一直等到他的身子暖和过来，然后给他找了几件合适的衣服——这是最难的事情，让别人认不出他来。女佣回来的时候(尽管她还是很相信这个女佣的)，她把索尔韦锁在一个小房间里，自己拿着钥匙。当时，到处都有人告密和揭发，小心一点没错。索尔韦在朱赛特·黛家里待了半个月后，终于在一个晚上，在宵禁之前，悄悄地离开了，去寻找自己的组织。临走前，他轻声地对朱赛特·黛说：“战争结束后，如果我还活着，我要回来向你求婚。”在两年半的时间里，朱赛特·黛没有莫里斯·索尔韦的任何消息，直到1946年春，索尔韦才重新出现。他仍然很虚弱，因为他被纳粹抓住了，关在集中营里。我们是否可以说他很幸运？因为他只被关了几个月。解放后，他治了治病，便遵守自己的诺言，回来向他从1939年起就爱上了的救命恩人求婚。

像菲利普·艾蓝杰一样，莫里斯·索尔韦也是个有恒心的人。朱赛特·黛也同样，一直挂念着他，为他担心。她接受了他的求婚，但还有几件工作没有完成：有几部电影要拍，要参加第一届戛纳电影节。这对恋人不想把他们的浪漫故事告诉给任何人，于是，电影节期间，朱赛特·黛在卡尔顿酒店订了一个套间，懒得去参加各种招待会，每天晚上都匆匆来与他会面。

他们觉得这样非常幸福，两个忙于旅行和恋爱的恋人，终于在1950年结婚了。他们过了十年他们完全应该过的幸福生活，但索尔韦在战争期间受了太多的苦，健康状况不佳，1960年就去世了。他给妻子留下了巨额财产。朱赛特·黛伤心欲绝，从此不进影院，只做善事，照料他们领养的女儿，直到1978年去世。

这个美丽的爱情故事，是朱赛特·黛的好朋友、也是在《美女与野兽》中跟她演对手戏的米歇尔·奥克莱尔详细地告诉我们的，它本身就可以成为戛纳电影节的一部电影。

第六章
梦想家园

“性感美女！”

这个词是1947年诞生的。要取得成功，要让人们谈论电影节，就需要性感美女，需要很多！戛纳城很快就知道，克鲁瓦塞特大街之所以吸引人的原因之一，就是因为有漂亮的女孩。从此，市政厅每年都将组织选美比赛，什么“戛纳小姐”“电影节小姐”“棕榈海滩小姐”……“她们穿着各种颜色的比基尼，有紫的、有苹果绿的、有白的、有黑的、有橙黄的。”日内瓦的一个女记者这样写道，她惊呆了，在莱芒湖边从来没有见到过那么多性感美女。今天，大家都忘了“比基尼”这个有趣的词，来源于1946年7月25日上午8点45分，美军参谋部在太平洋的比基尼珊瑚岛对一颗新原子弹进行的第二次试验。试验并没有像预计的那样引起海啸，只引起了学者对未来和平和这两条小布匹的担心，这布匹太“刺激”了，几乎完全暴露了明星们诱人的身体。

她们大批地前来争夺荣誉，其中一人曾取得巨大成功，人们到处都可看到她：她叫阿内特·巴斯蒂德，但她只在一届电影节出现过，后来就残酷地被人遗忘了。而玛蒂娜·卡洛尔，一个事业尚未起步的年轻女演员，则好像陷入了失恋的剧痛之中：出演过《情陷夜巴黎》的当红男演员，英俊的乔治·马夏尔娶了《夜之门》的女主演妲妮·罗宾。

玛蒂娜·卡洛尔绝望了，从德拉马桥上跳入了塞纳河。刚好，旁边有个摄影师，用镜头把那一刻定格了下来。这一社会新闻很快就让这个被人捞上来的女演员成名了。

玛蒂娜·卡洛尔来到戛纳，把摄影师们乐坏了，他们拍到了她穿泳装的镜头，让人们领略到了她的魅力：她站在岩石上，望着远方，美丽地朝海面抬起一只手。

她成了明星，每天晚上都被人追捧。很快，塞西尔·圣洛朗，一个成功的小说家，一定要选她扮演根据他的畅销书《卡洛琳娜·雪莉》改编的同名电影，结果，玛蒂娜·“雪莉”成名了，红了许多年，直到1956年，才被一个大家完全陌生、姓名起首字母为B.B的女演员取代。但我们还没讲到那里。

1947年的那届电影节，将在9月12日到25日举办。人们最担心的是，前一年意想不到的成功不会再来了，尤其是在克鲁瓦塞特大街中心、以前的圆形水池原址拼命赶建的电影节大楼，可能无法按时完成。戛纳市长皮戈医生额头上冒出了冷汗，罗贝尔·法弗尔-勒布埃和菲利普·艾蓝杰也一样。尽管艾蓝杰又去忙他的文学创作，来得不那么勤了，在以后几年当中，他仍然当了一届评审团主席、两届评审团成员，不过，他以其惯有的风度，慢慢地缩回脚，给法弗尔-勒布埃腾位置了。所以，离电影节开幕还有两天，三百多工人在加班加点的工地仍布满了梯子、镘刀、运水泥的双轮车，一切都淹没在灰尘和震耳欲聋的声音之中……

这届电影节能否成功？组织者有点放心了，因为客人和代表团争先恐后地从蓝色火车上下来。戛纳隆重接待“环球先生”斯蒂夫·李维斯，他从加州的圣莫尼卡来到戛纳，很快就会在海边沙滩上一展他漂亮的二头肌。莫里斯·切瓦力亚就更隆重，他坐着敞篷车，由西蒙娜·勒南和勒妮·圣-西尔陪伴，从车站到酒店，一路鲜花，夹道欢迎。坐敞篷车的还有：漂亮的米谢琳·普雷斯勒，她出演过许多女主角，其中包括阿贝尔·冈斯的《失去的天堂》和雅克·贝克尔的《装饰》，尤其是最近即1946年，她又在根据雷蒙·拉迪盖的小说改编的《肉欲之魔》中扮演角色，跟她演对手戏的是出色的杰拉·菲利普。克洛德·奥当-拉哈导演的这部影片当时就已经受到好评。菲利普的真名最后没有“e”，在《一个如此简朴的大女孩》的作者安德烈·卢森的建议下（杰拉在片中出演了角色），他在后面加了一个“e”，卢森说，这样更法国化。

在1947年9月12日的这个美丽的上午，戛纳又一次获得成功。到场的法国影星有：电影《美丽的磨坊女主人》中的三位主角提诺·罗西、马塞尔·帕尼奥尔和杰奎琳·布维尔，还有加比·莫莱、布兰切特·布若尼、加比·西尔维亚、查尔斯·文恩，甚至连米歇尔·摩根也回来了。在鲜花与乐曲中，大家穿得漂漂亮亮，坐着敞篷车在街上游行。美国海军第六舰队的航空母舰停泊在锚地，但游泳冠军埃丝特·威廉斯，这个漂亮的水上女神却迈着轻快的脚步上了岸。她后来成了米高梅电影公司的女主演，成了水上电影的王后。奇怪的是，人们看见让-保尔·萨特紧挨着她。萨特是让·德兰诺瓦的电影《戏演完了》的编剧。这个存在主义的创始人暂时离开了他所统治的花神咖啡馆几天，独自一人，没有带西蒙娜·德·波伏瓦，到电影节来呼吸新鲜空气了。

所有的明星、评审团主席（仍然是乔治·于斯曼）、代表团（那年，苏联也参加了）都出席了，克鲁瓦塞特大街的电影大楼终于揭幕，结果遭到一致批评：大家都觉得太可怕了。1983年，新楼启用，人们听到了同一首歌。

眼下，在1947年的这个晚上，人们发牢骚不是没有理由。开幕式上，所有的工人都穿着蓝色的工装上了台，受到与会者的鼓掌欢迎，因为大家都知道，为了赶工期，他们不分昼夜，累得疲惫不堪。尽管如此，大楼还是没有完成，油漆没有干，砂浆也一样。漂亮的美人们穿着轻盈透明的裙子，薄纱和锦缎上布满了大块大块的污迹。男士的燕尾服也同样难逃厄运。

开幕式由很年轻的法国信息部部长弗朗索瓦·密特朗主持，他非常镇定。直到最后一刻，法弗尔-勒布埃才恐怖地发现，建筑师什么都想到了，唯独忘了放映间！对于电影节来说，这显然会有不良后果。于是，人们在屋顶挂了一张篷布，把放映机和放映师遮了起来。放映师名叫皮埃尔·戈斯兰，“帮助”他的三名园丁已经不见了。他后来说，在那个英勇的时期，风一吹，篷布就会飘起来，但它坚守岗位，像一只巨大的怪鸟，与大自然的力量搏斗。

尽管遇到了种种困难，但大家都一致认为，1947年的电影节很成功。像前一年一样，焰火、举着火把游行的卡尔马格卫兵、花园里的铜管乐队、歌剧院的新芭蕾舞团、雅克·海里安的交响乐队，一个都不少。晚会和鸡尾酒会结束之后，庆典继续进行。

隆重的颁奖晚会即将开始，大家都准备走上电影节大楼的台阶，但狂风掀走了（完全是临时性的）屋顶。必须迅速转移到市政厅“赌场”里去。在宣布得奖名单之前，女星玛丽亚·蒙特兹——让-皮埃尔·奥蒙特的妻子，介绍了著名的时装设计师、风度翩翩、永远都穿白色斯宾塞式上衣的雅克·法特。

评审团终于开始宣布评审结果。

今年，有变化：不再每个国家一个奖了，而是分类设奖。去年，评审团有点想安慰所有的国家，这太过分了。而且，提法也变了——

最佳心理爱情片：法国获得了该奖。获奖影片是雅克·贝克尔导演、罗歇·皮戈和加里尔·马费伊参演的《安东尼夫妇》。

最佳惊险侦探片：还是法国得奖。获奖影片是勒内·克莱芒的《海牙》，主演是一个叫米歇尔·奥克莱尔的演员，十分懦弱和胆怯。据我们所知，继《铁路游击队》之后，克莱芒是唯一一个在戛纳连续两年获得大奖的导演。

最佳社会片：美国电影《交叉火网》得奖，导演是爱德华·迪麦特雷克。很多年之后即1972年的一天晚上，他跟我们讲述了他跟理查德·伯顿和爱德华·米克斯在布达佩斯特拍摄《蓝胡子》时，在戛纳获得这个奖让他这个年轻导演感到非常自豪。

“而这不过是刚刚开始？”爱德华反问道。

“不，我马上就意识到了这个电影节的重要性，当然，它刚刚起步。它现在就如此成功，我一点都不感到奇怪，它只能越来越好。它代表了灿烂的法兰西文化，全世界的人都想接近它。我敢预言，这肯定不会错，将来有一天，戛纳电影节会成为世界上最大的电影节，大家会争先恐后地前往参加！”

《蓝胡子》完成几年之后，《百战雄狮》的导演爱德华·迪麦特雷克和马龙·白兰度在好莱坞接待了我们。迪麦特雷克在那里创办了一个暹罗看门猫养殖场，据他说，那种猫比高大的看守犬要管用得多。他叫着它们的名字一一给我们作了介绍：帖木儿、成吉思汗、拿破仑……我们永远也不会忘记他一边介绍、猫一边叫的情形。

在1947年9月25日的那个晚上，颁奖在继续进行。

最佳音乐喜剧片：《齐格菲歌舞团》，文森特·明奈利导演，美国。

最佳动画片：《小飞象》，瓦特·迪斯尼。

最佳纪录片：短片《波兰洪水》（我们查不到导演的名字）。

乔治·于斯曼代表评审团，向前来参赛的代表团表示感谢，并补充说，根据规定，每个类型只能有一个奖，很遗憾不能给以下影片颁发特别提名奖：

英国，安东尼·基明斯的《杀人狂时代》。瑞典，《欲望岛》。该片导演英格玛·伯格曼当时默默无名，但后来大家都在谈论他。

颁奖结果一公布，记者们就开始猛烈炮轰了，尽管他们的人数并不多。把奖颁给迪斯尼的《小飞象》和文森特·明奈利《齐格菲歌舞团》里插着羽毛的“小女孩”，他们觉得这很可笑。对知识分子来说，好莱坞聚集了一群没文化的家伙，他们只知道不择手段地赚钱！

罗贝尔·法弗尔-勒布埃并不担心，他很有远见地对菲利普·艾蓝杰说：“这很正常！像我们这样的国际盛会，肯定会甚至应该引起批评和争论，对参赛影片表示喜欢或骂上几句。”罗贝尔·法弗尔-勒布埃说得太对了。戛纳将成为一个充满激情、冲突、争吵和否决的地方，有时甚至很激烈，但这永远是为了电影好。

1947年的电影节结束了。大家都整理行装，准备高高兴兴地回家，甚至包括那些一无所获的人。就在这时，传来一个不好的消息：法国政府尽管答应过，但还是决定1948年不举办电影节了。原因：缺钱！议会不同意拨款。现在，很少人认为电影节还能从这个新的沉重打击中重整旗鼓。

梦想家园只持续了两届。

第七章
苏丹王妃的珠宝

“看电影是个苦差事。电影院里黑乎乎的，室温二十八度。每天十五场鸡尾酒会。而且，人们会想，回到巴黎，身上一点也没晒黑，这不让人笑话吗？不过，我遇到的所有评论家都信誓旦旦地说，他们看了所有的影片。是不是有些场次是秘密的，得在夜幕降临的时候偷偷地溜进去？这一切都太奇怪了，非常奇怪……”

1949年，鲍里斯·维昂曾写下这样的文字，也只有这个才子写得出来。他心脏不好，所以从来不去晒太阳。他抱怨放映大厅里记者太少。尽管他很喜欢批评人，但他还是应该鼓掌，因为这个电影节，大家都以为永远被埋葬了，却又一次像凤凰一样从灰烬中涅槃了。

在筹备期间，罗贝尔·法弗尔-勒布埃像以往一样，总是匆匆忙忙，他和被任命为秘书长的让·图泽以及乔治·克拉韦纳都承认，要吸引媒体，必须要有一个像样的新闻办公室，（这等于是废话！）要比前几届都更重视，组织得更好。最初，首批寥寥十来家媒体由后来写过《枕边细语》的克里斯蒂安娜·罗歇福负责，到了1949年，路易塞特·法尔热特被招去联系媒体。千头万绪。谁也没有胸牌，因为没有制作。电影大楼还是没有完工，但台阶已经建好了，这是最重要的。一个美国记者露面了，他是《综艺》杂志的人，在巴黎办事处当主任，他可被宠坏了。路易塞特·法尔热特原打算只干一年，结果一干就是四十二年，直到1992年。这个克拉韦纳的好帮手，曾统计过前来采访的记者人数，从五十人到一百、二百、三百、一千……2006年，新闻联络与服务处的两位现任主任玛丽-皮埃尔·奥维尔和克里斯蒂娜·埃梅接待了来自全球的三千五百多名记者！谁说得准呢？2007年，是戛纳电影节六十周年，记者的人数也许会达到五千，甚至一万！

路易塞特·法尔热特幽默地说，她一来到这个重要的岗位，马上就明白了，在戛纳，真正重要的事情只有一件，那就是“有一张参加开幕式的邀请函，能穿着燕尾服和晚礼服，手里拿着请帖，登上铺着红地毯的台阶。这时，人仿佛也身价倍增，似乎步入了维塔里·卡涅夫斯基所想象的神殿”。路易塞特还补充说，人们用尽一切手段来“收买”她，用鲜花、首饰、名牌鞋子、高级裙子、请她免费美发和吃饭，甚至送钱，以得到那张神奇的请帖。正直的路易塞特一概拒绝，全心全意地为电影节服务，只为电影节服务。

“可是，1949年，谁来组织这场苦差事？”乔治·克拉韦纳忧心忡忡地问罗贝尔·法弗尔–勒布埃，他对戛纳电影节的前途也没有把握。

1948年没有举办电影节，这无疑扑灭了许多热情。

他们错了：共有二十五个国家报名，除了苏联，它没有派代表（也许他们还在莫斯科寻找被那些法国疯子弄丢的那几盒电影胶片）。不过，人们没有料到的一些新的国家，奥地利、澳大利亚、巴西、智利、芬兰、摩洛哥前来参加竞赛了。有人甚至发现，刚刚成立的联合国也送来了两部电影。

9月2日，开幕那天，明星们要么住在马杰斯特酒店，要么住在卡尔顿酒店。为了争夺最著名的明星，两家酒店差点发生冲突。当时，海边尚无饭店，大家都集中在克鲁瓦塞特大街的蓝酒吧，酒吧位于一直在建设当中的电影大楼旁边。埃罗尔·弗林埃就在首批来宾当中。他是从海上自由城港口赶过来的，他著名的黑色“扎卡”游艇就停泊在那里。埃罗尔·弗林埃喜欢搞怪，他这方面的名声无以复加，大家都等着他做出种种疯狂的举动。他经过时，公众和参加电影节的客人都跑过去看，但都大失所望。林中的罗宾逊没有惹事。英俊的埃罗尔显得十分冷静，举止端庄。而且面对“阿根廷炸弹”蒂尔德·塔马尔，他甚至还有些腼腆。人们还看见了泰龙·鲍华，他还是那么性感。玛蒂娜·卡洛尔也与斯蒂芬·克莱恩一道回来了，后者是拉娜·特纳的前夫。她宣布说，她和这个富有魅力的美国人订婚了。一个名叫多德罗的阿根廷亿万富翁为了给这对夫妇接风，在拉纳布尔举办了一场午宴。祝酒时，一个记者冲过去给马蒂娜、斯蒂夫和多德罗拍照。多德罗发火了，把手中的香槟泼在记者脸上。记者和亿万富翁大吵起来。我们的老朋友马里奥·布鲁姆是很了不起的人，他也是蓝色海岸的著名人物。他告诉我们说，他当时威严地站起来，像罗德里格一样，对那个亿万富翁大喊："多德罗先生，你不过是个牛仔！"

亲爱的马里奥·布鲁姆，才华横溢，他完全能以此来写一首歌！让-皮埃尔·奥蒙也出现了，身上好像还围绕着光环，他在第二装甲师[1]以骁勇著称。在克拉鲁瓦塞特大街，人们还看到了乔治·盖特瑞、费纳尔·格拉韦、让·穆拉和十分年轻的塞尔日·雷吉亚尼——他的事业蒸蒸日上，刚刚拍完两部片子：在亨利-乔治·克鲁佐的《玛侬》中与塞西尔·奥布里演对手戏，在安德烈·卡耶特的《维罗纳的情人》中则与阿努克·艾梅合作。

一对新伴侣引起了人们的无数联想，那就是米歇尔·摩根和亨利·维达尔，他们刚刚在意大利合拍了《法比奥拉》，双双坠入爱河，无法再遮掩。米歇尔·摩根那副幸福的样子让所有爱她的人都充满了喜悦。她很快就会与威廉·马歇尔离婚，嫁给亨利·维达尔。但她的幸福为时不久，因为这个充满魅力的演员，尽管长得很英俊、拍摄了三十七部电影，但他隐瞒了一个秘密——他吸毒！米歇尔·摩根并不是完全不知道，但一直不知道（医生们也一样）她丈夫究竟得了什么病。过了很长时间，她才发现这个悲剧，但已为时太晚，1959年，四十岁的亨利·维达尔因心脏病发作而死亡。米歇尔·摩根和一直爱着她的热拉尔·乌里重新开始了新的生活。他们成了般配的一对儿，但直到2006年热拉尔·乌里去世他们也没有结婚。

丽塔·海华斯也到了戛纳，她为事业而来。新婚丈夫阿里汗王子挽着手臂陪同着她。她们的婚礼是前一年5月举行的，十分隆重。两人都住在"海景城堡"里，这是阿里汗的"一千零一夜"中的宫殿，面对着地中海。丽塔一年前与奥森·威尔斯离婚，她疲惫地喃喃道："不能跟才子一起生活。"她和阿里汗一起能幸福吗？她在照片上忧郁的表情似乎告诉人们并非如此。人们私下嘀咕，说阿里汗已经有外遇了。丽塔·海华斯和阿里汗有个女儿，叫雅丝米娜，但两人后来还是离婚了。丽塔愈发看破红尘了，说："那些男人啊，他们遇到我的时候，以为是跟吉尔达睡觉，醒来却发现是跟丽塔睡觉！"不过，她的公公阿迦汗是世界上最有钱的人之一。他是穆斯林的精神领袖，每

---

① 该装甲师在二战中由法国著名将军菲利普·勒克莱尔组建，以善战著称。——译注

年过生日，都能从信徒那里收到都相当于他的体重—— 一百零九公斤——的黄金、白银和钻石。所以，对他来说，最好是不要节食。

阿迦汗的第四任太太是美丽的伊维特·拉布露丝，她当选过里昂小姐，后来又被选为法国小姐。成了苏丹王妃之后，曾是拉布露丝夫人的伊维特十分认真地扮演自己的角色。她穿着东方式样的服装，脸上罩着面纱，经常出入上流社会，接待“high society”（上流社会）人士，“Jet-set”这个词[①]是后来才有的。1949年，阿迦汗和苏丹王妃住在戛纳高地上的一座辉煌的别墅里，别墅名叫“迦伊爱”（Yakimou），综合了阿迦汗（Aga Khan）和伊维特（Yvette）的名字及爱情（amour）一词。阿迦汗非常爱他年轻的太太，让她全身戴满了贵重的首饰——豪华得让人惊叹。电影节开幕前几天，这对王家夫妇开着劳斯莱斯轿车从戛纳前往尼斯，半路上遭到伏击。“可怜的”苏丹王妃在威逼之下，不得不把她装满珠宝的小箱子交给蒙面大盗。强盗好像是从马赛来的，人们后来再也没有见到过他们。他们收获颇丰：抢得的东西价值两亿旧法郎，现在值多少钱就很难估计了，但数额肯定极大，但热爱妻子的阿迦汗发誓说会送她更多的金银首饰。电影节开幕时，大家都在谈论这件事，几乎把电影给忘了。

不过，被蓝色海岸所吸引的埃丝特·威廉斯也回到了戛纳。但来自好莱坞的这个“出水芙蓉”不喜欢下海，当时，酒店里的游泳池还很少，她能独自练习的游泳池就更少。她把这个问题告诉了《电影杂志》的创办人若望·科顿。《电影杂志》是比利时的一份很有影响的电影周刊，而若望·科顿是个真正的人物，善于周旋，人脉活络。他联系了内塔·杜夏多——内塔是前环球小姐、苏丹王妃的朋友，而苏丹王妃本人是前法国小姐。内塔常到“迦伊爱”的大游泳池去游泳。若望·科顿便请内塔当中间人，请求苏丹王妃让埃丝特·威廉斯去她那里练习。苏丹王妃感到很好奇，同意了。埃丝特·威廉斯和她很合得来，况且这位明星还把自己的一顶全新的塑料防水游泳帽送给了她，因为王妃不想弄湿自己浓密的头发。据若望·科顿说，苏丹王妃完全被那些“在电影中如此可爱的人”吸引住了，而若望·科顿也乘机拍了一些照片。王妃后来常常在“迦伊爱”设鸡尾酒会，款待所有的明星和电影节的组织者。她每年都邀请评审团成员吃大餐，然后到“迦

① 指坐喷气式飞机周游世界的阔佬阶层。——译注

伊爱”宫中的某个大厅颁奖，评委们高兴坏了。王妃和戛纳电影节的蜜月一直持续到1968年5月，这是一个命中注定的日子……我们还是先不要说吧，当时才1949年！

尽管鲍里斯·维昂把看电影说得那么辛苦，放映厅还是挤满了人。评审团仍由乔治·于斯曼当主席，成员有乔治·夏朗索尔、卡罗尔·林、儒勒·罗曼，他们工作得非常卖力，每天要看五六部电影，还不算许多短片，短片竟然共有七十四部！

法国送了四部片子。亨利·德库安和马塞尔·里韦的《凭栏远眺》和克洛德·奥当–拉哈的《留心阿梅丽》及安德烈·卡耶特、亨利–乔治·克鲁佐、让·德维尔和乔治·朗潘的长片独幕剧《重返生活》，还有雅克·贝克尔的《今日青年》——这部片子已经受到大家的好评，讲的是战后年轻人的故事，他们无拘无束，笑口常开，只想欢欢喜喜，忘记战争。整整一代人都从片中的男女主角身上找到了自己的影子。除了丹尼尔·盖林，那些演员大多名不见经传，碧姬·欧柏、尼古尔·古赛尔、莫里斯·罗内、贝纳尔·拉雅里热、皮埃尔·特拉博，他们出没于圣日耳曼德普雷的禁忌酒吧和地窖里的娱乐场所，听着克洛特·吕特和西德尼·贝切特的新奥尔良音乐。在克鲁瓦塞特大街，大家都说《今日青年》会得大奖。

还有一部电影也打动了参加电影节的来宾和评委们，这是一部英语片：《第三个人》。它是由卡罗尔·里德导演的。战后的维也纳，一片废墟，它像柏林一样，也被切割成盟军占领区：美国区、英国区、法国区、苏联区。约瑟夫·科顿扮演的角色试图弄清一个朋友神秘死亡的真相。哈里（奥森·威尔斯扮演）在普拉特公园的摩天轮上疯狂转动的情景让人印象深刻，安东·卡拉斯的音乐用齐特拉琴演奏出来，其怀旧的曲调自始至终在影片中回响，后来电台也开始播放那段音乐，所有的参赛者都在蓝酒吧里哼唱。

最后，第三部影片，这回是意大利电影，朱塞佩·德·桑蒂斯导演的《粒粒皆辛苦》，在某些方面有点罗伯托·罗西里尼的《罗马不设防》的那种后现实主义味道。但反映波城地区种稻谷的贫穷季节工的《粒粒皆辛苦》拥有一个杀手锏：肖瓦纳·曼加诺，他有着原始的美，穿着很短很脏的短裤，露出肌肉发达的大腿。在人们的记忆中，肖瓦纳·曼加诺总是那么性感、野性而英俊。法国人还在这部影片中发现了雷夫·瓦朗拉夫和维托里奥·加斯曼。

偏爱很正常。在戛纳，每个人都有自己心仪的电影。

颁奖盛会在一栋一直没有完工的建筑里举行。在雷鸣般的掌声中，国际电影节大奖（1947年的分类被取消了，仍采用以前的大奖）颁给了卡罗尔·里德的《第三个人》。

“最佳导演奖”再次颁给了勒内·克莱芒，奖励他的《马拉帕加之墙》。

“最佳女演员奖”颁给了好莱坞的意大利女星伊莎·米兰达，她在《马拉帕加之墙》中表演出色。

获“最佳男演员奖”的是爱德华·G·罗宾逊，他在约瑟夫·L·曼凯维奇导演的《陌生人之屋》中扮演主角。

接着是“最佳编剧奖”“最佳音乐奖”“最佳布景奖”“最佳剪辑奖”“最佳摄影奖”和“最佳色彩奖”。

“最佳纪录片奖”颁给了瓦特·迪斯尼导演的《海豹岛》。

除了“最佳布景奖”（《留心阿梅丽》）和“最佳剪辑奖”（让·米特里导演的短片《和平联盟231》），法国没有获得什么大奖，大部分成员为法国人的评审团以此证明了自己的诚实。各国代表离开戛纳时都对电影节非常满意，它确实成熟了，树立了自己的威信。但组织者却再次被浇了一盆冷水：1950年不能举办电影节了，首要原因是缺乏资金。

财政部长严肃地提醒道：“战争期间，法国有一百七十八万五千栋建筑被摧毁，五座桥梁被炸，在四十亿居民当中，有一百一十一万五千名军人、抵抗运动成员和平民被杀、被伤或被肢解，65%的火车头被‘运往’了德国！65%的车厢、68%的卡车和汽车，70%的商船被纳粹抢走！至于飞机，我们一架都没有了，要向美国借！据估计，法国在战争中的损失共达九百八十亿美元，而美国‘只耗费’了三百亿美元，要知道，法国比美国小十四倍，只有犹他州和内华达州加起来那么大！”

很少人知道美国的那两个州在什么地方！但部长的这段话无疑给戛纳电影节泼了一盆冷水。怎样才能得到必需的预算？应该承认，国家的重建远没有结束，而且，法国又发起了一场新的战争，在很远的地方，印度支那！另一方面，戛纳市政厅也想最终完成电影大楼的建设，必需的东西缺得太多了：电梯、暖气、起居设备、屋顶、座椅等等，甚至连厕所都没有建完……组织者最后与政府部门决定，把电影节从9月移到次年春天，以避开威尼斯电影节，后者一直是它的竞争对手。

1950年“跳过去”了——那一年，只放了一周电影，来宾很少，而且风雨交加。下一届的戛纳聚会定在1951年4月3日到20日。

电影节还会带来什么出其不意的事情呢？好事还是坏事？

第八章
神奇的20世纪50年代

第七号国道

无论你去罗马还是去塞德港

无论你是两三个人还是六七个人

都必须走这条路

这是一条致富之路

“这……就是通往戛纳的路”，为了电影节的复苏，夏尔·特雷内也可以这样写。其实，那个“疯狂歌手”到了1955年才写出这个著名的歌曲，但其内容已经深入人心。

是的，不可思议的20世纪50年代。如果说电影节的明星坐的是“蓝色火车”的豪华卧铺，那么整个疯狂的年轻一代——记者、艺术家，则激动万分、高高兴兴地挤在颠簸的破汽车里，那是从爷爷奶奶被德国占领者遗忘的谷仓或车库里找出来的。

“罗桑卡”“德拉日”及旧“柠檬”——也就是“雪铁龙”，这些上世纪三四十年代著名的前轴驱动车，起初是有钱人的座驾，后来很快就用来拍警匪片了，让·迦本带头，在7号国道上“轰隆隆”地朝着将成为电影圣殿的地方疾驰而去。由于一路故障，夹布胶皮管破裂、传动杆因缺油而损坏，各种零件爆裂，要赶上“蓝色火车”，必须提前三天。没关系！初出茅庐的年轻记者在一个好说话的农民的田里搭帐篷睡下。到了奥朗日，要经过著名的罗马门，一次只能通过一辆车。人们一边等，一边大喊……当然要按喇叭。马达轰鸣，才不管污染不污染呢！汽油不贵——那是多么幸福的时光。下来的便成了路上的国王，这些年轻的人很多都来自法国广播电视公司，该公司现在刚刚成了法国电视台。当时，大家常开开心心地到咖啡馆去看黑白电视，因为买一台家用电视还非常昂贵。直到1953年英国的伊丽莎白二世女王加冕，欧洲广播联盟转播，才有大量的人买电视机。很快，全法国有了三十万台小荧幕，而且不断地快速增加。当时，“大”“小”荧屏之间尚无竞争，竞争是以后的事了。

上世纪50年代，巴黎人开始把奇特的戛纳电影节挂在嘴边，它不断地死去，是为了在1951年更好地复苏。

“是不是南下看看戛纳发生了什么？”新老板问。

在哥纳克-珍路的电视台里，让·达西男爵将表明自己是个独特的领导。他是个大绅士、职业外交家，好像离那些“街头卖艺者”非常遥远，但他喜欢看戏、喜欢艺术作品，而且理解艺术家。达西很快就意识到了戛纳电影节的重要性，马上派人去蓝色海岸，但给的经费很少，因为电视台很穷，团队中大多是初出茅庐的年轻人，领头的是皮埃尔·萨巴赫。罗贝尔·法弗尔-勒布埃、路易塞特·法尔热特、乔治·克拉韦纳和菲利普·艾蓝杰等待的正是媒体的这种转向，艾蓝杰虽然为人谨慎，但住在戛纳，密切地关注“他的”电影节的变化。弗朗索瓦·夏雷也在戛纳，他每年都用他金属般独一无二的响亮声音，有趣而大胆地为他的节目采访明星，比如“迈上电影大楼的台阶”“戛纳报道”以及很快就要推出、我们已经提到过的“电影大观”等栏目。

斯泰里奥·劳伦齐（后来曾天才地导演过阿兰·德科和安德烈·卡斯特洛合写的著名大诉讼[①]）待在巴黎，等着接收十三毫米的电影胶片，在让·达西的支持下，他每天可以播出三分钟关于戛纳电影节的新闻。

卢森堡电台也没闲着。这个频道也开办了两个时长一个半小时的节目，每周两次。听众们被深深地吸引住了，怎么也听不厌。蒙特卡罗电视台也来戛纳串门，每天都播出一个节目，由非常漂亮和专业的弗朗丝·罗什在卡尔顿酒店主持。有意思的是，蒙特卡罗电台——当时是蒙特卡罗电视台的小小（其实不小）的竞争对手，就在电影大楼的中间，著名的红地毯台阶上方，设了一个真正的播音室。参加电影

① 指1958年劳伦齐导演的电视剧《王后的诉讼》。——译注

节的人谁都躲不过蒙特卡罗电台，它成了电影节之约。

可以开始了。当时，人们还只是拍电影，真正的直播始于1956年，但登台阶已成为一个正式仪式。公众们争先恐后地挤过去看明星。没有围栏，于是出现了大混乱，漂亮的裙子和燕尾服往往会被撕碎。

“太棒了！”

《纽约时报》刊登了四小行关于1951年戛纳电影节的报道，乐得罗贝尔·法弗尔–勒布埃和乔治·克拉韦纳要跳起来。今年，他们信心十足地等待二十九个代表团，其中包括苏联——它老是生气。

“赫拉晓！”苏联代表一看到了棕榈树和地中海，就齐声大叫起来。

这个词在俄语里的意思是“好”“美妙”“漂亮”。

他们带来了八部影片，六十公斤鱼子酱，二百五十瓶伏特加，想让他们的鸡尾酒会来客最多。他们估计得很准，因为参加电影节的人，正没地方吃饭呢，他们纷纷涌去苏联的冷餐会，饱餐黑色的鱼子酱，大喝伏特加。

这时，发生了一件严重的外交事件：那个时候，是大使馆，也就是法国使馆发的请帖。当时正处于冷战期间，气氛变得紧张起来了，很快就不再“赫拉晓”了。

“太让人愤怒了！侮辱苏联，用卑鄙的电影来取笑苏联！”

苏联代表团要求立即撤下利奥波德·林特伯格的长片《吉普车上的四个人》，否则，他们将带着鱼子酱和伏特加离开。

这部瑞士影片的片名很清楚地说明了内容：四个士兵在柏林巡逻，一个美国兵、一个英国兵、一个法国兵和一个俄罗斯兵。柏林被四个“老大”占领，仍然是一片废墟，这几个士兵之间起初很冷漠，甚至有敌意，但关系慢慢变得友好起来，成了与国际纠纷无关的朋友。

罗贝尔·法弗尔–勒布埃不得不去交涉，说服苏联人，苏联人最后很不情愿地让步了，但事情并没有平息。

“喂，喂，是罗贝尔·法弗尔–勒布埃先生吗？外交部长很不高兴……”

糟糕！外交部得知该事件之后，要求苏联人撤回他们的影片《新中国》，因为法国还没有承认中华人民共和国。法国当时在亚洲的朋友是那个被赶走的中国将军、毛泽东的敌人、中华民国“总统”（当时在台湾）——蒋介石。

这对苏联人来说是一个沉重的打击，他们恨得直咬牙，但仍然不得不撤回《新中国》。这件事波及到了美国，美国方面也强烈要求撤下日本影片《广岛之子》。苏联人现在高兴了，他们赢了。

罗贝尔·法弗尔–勒布埃成了巡回大使，往来于住着美国人的卡尔顿酒店和苏联人下榻的马杰斯特酒店，面对也威胁说要走人的“山姆大叔”，他表现得很坚决。最后，“山姆大叔”改变了主张，留下来不走了。

苏联人搓着手，他们知道要压下怒火的并不仅仅是他们。那些该死的美国佬也一样！总算没丢面子。

如果说，在电影大楼和大酒店的斗争非常激烈，在克鲁瓦塞特大街，却只有鲜花之战。苏联的花车上，一只巨大的鸽子，张开白色的翅膀，表示和平。

但在幕后，罗贝尔·法弗尔–勒布埃的麻烦并没有结束：“喂，喂，部长先生对伊比利亚半岛问题很头疼……”

又来了！新的风波出现了：那个勇敢的西班牙导演被可怕的佛朗哥革职了，幸亏没有被枪毙。总统十分“讨厌”的路易·布努埃尔，竟敢打着佛朗哥的旗号到戛纳当代表。佛朗哥愤怒极了。唉，最后这个麻烦终于过去，放映可以开始了。著名批评家安德烈·巴赞直言不讳，在一篇文章中，要求电影节“少管庆典和外交，多操心电影”！

由于罗贝尔·法弗尔–勒布埃暗中使劲，政治干涉慢慢地被排除了，电影节获得了独立。有关方面终于同意，请帖不再由法国大使馆负责，而是由电影节组委会直接发送。

“想去圣玛格丽特岛吃午饭吗？我们去尝尝普罗旺斯鱼汤！”乔治·克拉韦纳建议道。

远远地抛弃了外交上的不愉快之后，勒妮·圣–西尔、米歇尔·奥克莱尔、多拉·道尔、布兰切特·布若尼和让·马莱愉快地接受了邀请。伊丽莎白·泰勒当时还十分年轻，只有十九岁，长得瘦瘦小小，穿着泳装，站在两个狂喜的美国水手之间，摆着姿势让人照相，那时的明星完全没有个人崇拜。

伊丽莎白刚刚与她的第一任丈夫尼基·希尔顿离婚。尼基是个富家子弟，父亲是希尔顿连锁酒店的创始人。20世纪70年代，当时伊丽莎白已与理查德·伯顿结婚，她的女理发师克洛迪曾在布达佩斯特告诉我们，尼基跟她结婚后，很快就打她，她甚至流了一个孩子，因为那个“诱人的亿万富翁”生气时一脚踢在了她的肚子上。离开那个疯子后，伊丽莎白很高兴地来到蓝色海岸，参加了这场临时决定的午餐。前来电影节推介《爱德华与卡罗琳》的安娜·韦农和雅克·贝克尔，还有“电影节情人”米歇尔·摩根和亨利·维达尔，在开船的最后一刻赶到了，大家一起去城堡脚下的小饭店吃普罗旺斯鱼汤。那鱼汤不仅好吃，而且具有历史意义。大家吃得很高兴，回来的路上，搭载着米歇尔·摩根、亨利·维达尔、伊丽莎白·泰勒和让·马莱的汽船与一艘跟电影节毫无关系的大船相撞，两名年轻女演员落水了，维达尔和马莱像在《法波奥拉》和《永恒的回忆》中一样，马上跳下海去，救起这两位呛了水的女演员。很像是电影中的特技！好在米歇尔和伊丽莎白只是受了惊吓，她们眼里闪着激动的泪花，感谢“救命恩人”。上岸之后，她们马上去做头发，然后漂亮地登上电影大楼的台阶，参加当晚的放映。那天晚上，米歇尔·摩根和让·马莱惊魂甫定之后，还获得了电影奖。让·科克多仍像以往那么抒情，出色地概括了那场午餐：“不该去城堡底下用欢笑打搅铁面人的幽灵……”

据我们所知，在来戛纳参加电影节的嘉宾当中，只有这位创作和拍摄了《美女与野兽》的诗人和马塞尔·帕尼奥尔想起过圣玛格丽特岛的那位囚徒。著名的帕尼奥尔还写过一本关于铁面人秘密的书，然而他跟让·科克多一样，从来不敢在囚窗下蔑视那个铁面人。谁知道呢？真正的作家都懂得要尊重传奇。

1951年的评审团由安德烈·莫洛亚当主席。多年来，主席都由法兰西学院院士、著名作家或剧作家担任，如马塞尔·阿夏尔、乔治·西默农、让·吉奥诺、马塞尔·帕尼奥尔、让·科克多、阿曼德·拉克鲁。到了20世纪60年代，情况发生了变化，文字让位于图像，此后都由导演和男女演员来当主席。

在法国选送的影片中，人们当然注意到了安娜·韦农和丹尼尔·盖林出演的有趣的《爱德华与卡罗琳》。马塞尔·卡尔内导演、苏珊娜·克劳蒂尔和杰拉·菲利普出演的《朱丽特或梦的关键》也很引人注目。克劳蒂尔是个非常可爱的加拿大女演员，体态轻盈、满脸微笑，而菲利普也很活跃，当时就表现出大演员的潜质。

卡尔内达到了荣誉的高峰，他导演过《雾码头》《天色破晓》《夜间来客》《天堂的孩子》《海港的玛丽》，一直与雅克·普雷维尔搭档。然而，《朱丽特或梦的关键》在戛纳放映时遭到了失败，让这个已经习惯成功的导演感到十分痛苦。卡尔内坚持让杰拉·菲利普表现出一个非常独特的性格特点——慷慨。菲利普当时还非常年轻，尽管已获得过“最佳表演奖”（《肉欲之魔》）。不久，他又在让·维拉尔的帮助下，前往阿维尼翁演出《熙德》《罗朗沙丘》和《洪堡王子》。谜一样的杰拉·菲利普因出演克里斯蒂昂-雅克导演的《勇士的奇遇》而走红。在戛纳的那个凄惨的晚上，卡尔内讲述了杰拉·菲利普是如何安慰他的：“放映失败了，影片受到冷落。我们当然非常伤心，便在门口碰头，然后和亚历山大·科达一起去蓝酒吧喝一杯。我们刚刚坐下来，我现在还记得，菲利普就直截了当地说：‘你们看见《朱丽特或梦的关键》遭到的不公正对待了？但如果马塞尔·卡尔内明天请我拍片，我会同意的。’说着，他朝我转过身来，补充说：‘这部影片会得到回报的，但我想现在就感谢马塞尔·卡尔内让我荣幸地曾与他一起工作。’”“很少有演员，”卡尔内接着说，“面对失败有这种勇气和这种态度。一个月后，《朱丽特或梦的关键》在玛德莱娜影院放映，受到了欢迎。杰拉·菲利普和我都在放映大厅里，他远远地对我眨了一下眼睛，好像对我说，面对逆转的形势，他很真诚、很开心……”

英国方面，他们选送了两个天才导演麦克尔·鲍威尔和艾默力·皮斯伯格合拍的《曲终梦回》，1948年，他们曾拍摄过一部关于舞蹈的出色影片《红菱艳》，在全球受到好评。

美国人则携约瑟夫·L·曼凯维奇导演、贝蒂·戴维斯主演的《彗星美人》前来竞争。贝蒂·戴维斯是个了不起的演员，出色地扮演过许多无情的有时甚至是歇斯底里的女人。被贝蒂·戴维斯的性格所吸引的吉娜·罗兰兹是这样评论她的：“她很无情，喜欢争吵，因为争吵能给她以力量。”贝蒂·戴维斯生前在好莱坞被叫做“华纳的第四个兄弟”，因为她当时是华纳摄影棚里的王后。她成功地在《彗星美人》中扮演了马戈·钱宁这个角色，在戛纳电影节上获得了“最佳女演员奖”。我们吃惊地发现，演员这个职业——比如说戴维斯——是多么脆弱。十多年后，贝蒂·戴维斯没有再接到片约，她是第一个敢在《综艺》杂志上刊登小广告、让电影界大为震惊的人：“女演员，有演出经验，不再年轻，有三个孩子，工作表现不错，寻找工作。写信给贝蒂·戴维斯联系。”

这个行当真是残酷！

那天晚上，国际电影大奖在热烈的掌声中同时颁给了两部影片。维托里奥·德西卡的《米兰的奇迹》是其中一部，德西卡先是当演员出名，后来又成了一个后现实主义的大导演。他在《米兰的奇迹》中讲述的故事感动了大家：托托，被遗弃在篮子里的孩子，被一位十分年老的女士（艾玛·格拉玛蒂卡扮演）收养，这个老太太其实就是罗洛塔仙女。她死了之后，托托——这个托托和演员托托没有任何关系——和流浪汉住在被弃的破屋里，勇敢地与想夺取贫民窟底下的石油的权贵作斗争。《米兰的奇迹》获得了巨大的胜利，德西卡将带着意大利式的风度，成为戛纳的常客。他一副大人物的样子，频频出入“赌场”和电影城。

阿尔夫·斯约贝格导演的瑞典影片《朱莉小姐》也获得了此项大奖。

也许是为了嘲讽佛朗哥统治的西班牙，导演奖颁给了路易·布努埃尔，表彰他在墨西哥影片《被遗忘的人》中的表现出的杰出才能。

获“最佳男演员奖”的是在《白朗宁版本》（安东尼·阿斯奎斯导演）中扮演主角的迈克尔·雷德格瑞夫，他是著名女演员瓦妮莎的父亲。

《曲终梦回》获得了“特别创新奖”。

发生了那么多事件之后，评审团显然想安慰苏联，他们的影片《鲜花盛开的乌克兰》《苏联的立陶宛》《苏联的爱沙尼亚》和《苏联的阿塞拜疆》获得了特别奖。看到这些具有挑衅性的片名，人们会忍不住地问，这是不是一个安慰奖，免得导演斯洛齐基、基西廖夫、通贝、吉蒂娜和达达切夫被送入劳动收容所？

1951年的电影节刚刚结束，罗贝尔·法弗尔-勒布埃马上就着手组织1952年的电影节了，他正式被任命为总干事，“几乎”被赋予全权。

第九章
岁月流逝，而电影节仍在

“他回来了！”有人在克鲁瓦塞特大街大喊。

1952年，像玩跳脚游戏一样跳过被遗忘的那几年之后，我们迎来了第五届电影节。不过，那是多么成功的电影节啊！

这里的“他”指的是奥森·威尔斯，美国电影可怕的孩子。这个年轻导演1938年根据H·G·威尔斯的小说改编的广播节目《星球大战》——那个威尔斯和奥森丝毫没有亲戚关系——让人们逃出家门，真的以为火星人入侵了；“他”在1941年拍摄的《公民凯恩》被国际评论界认为是一部最有创造性、最出色、最有天才的电影，尽管当时的美国公众对这部杰作颠覆了用电影来客观叙述故事的方式有些不满。于是，法国人喜爱而美国人讨厌的奥森·威尔斯回到了戛纳，戛纳人喜欢他完全是有理由的。他悄悄地在亚历山大·科达导演停泊在戛纳湾的游艇上住了下来，好像是在那里安安静静地写他的小说《阿卡汀先生》，他将根据这部小说来拍电影，而格雷厄姆·格林就在他隔壁的船舱里苦战一个新剧本。奥森·威尔斯的《奥赛罗》进入了正式候选名单，奇怪的是，由于制作方面的原因，这部电影是代表摩洛哥参赛的。

那一年，共有二十七个国家前来参加电影节，有些新面孔：以色列、拉舌尔、南非联盟、委内瑞拉、南斯拉夫。戛纳像维托里奥·德西卡老说的那样，成了“向世界打开的大窗户”，而刚刚诞生的电视，则是“小窗户”。

在来宾当中，人们注意到最年轻的演员只有五岁，布里吉特·福塞在勒内·克莱芒的影片《禁忌的游戏》中表现得那么天真幼稚，引人注目；年龄最大的是马克·森内特，高大的、了不起的马克·森内特，是警匪片的创始人，已经拍了七百多部默片。他已经七十岁了，很开心，满脑子计划。好莱坞已经完全把他忘了，虽然他是好莱坞的创始先锋之一。在戛纳，马克·森内特受到了所有参赛者的爱戴，遇到他大家都感到十分荣幸。他喜欢讲笑话，让小布里吉特·福塞在他怀里撒欢，接受所有的采访。他曾对当时的《电影世界》主编莫里斯·贝西说："当人们采访我时，我仿佛面对一个牧师，他对我说：'孩子，把你的罪恶告诉我！'"

贝西都不敢相信自己的耳朵。

森内特不知疲倦地与墨西哥美女朵乐丝·德里奥跳舞，深深地陶醉其中，不断地轻声说："紧挨着她，贴着她长长的黑发，把头枕在她的肩膀上，我梦想成为第二个她……"

一个"炸弹"落到了戛纳：吉娜·劳洛勃丽吉达。大家都在谈论她，谈论她玉体丰满的美，谈论她在已入围的《勇士的奇遇》中所穿的迷人的袒胸露背衣。漂亮的吉娜属于意大利美人先锋队，她们很快就向电影节进发了，让所有的摄影师都频频回头。吉娜当时只有一个竞争对手，谁也没有料到是《幸福的夏天》（阿恩·马特森导演）中的瑞典女星厄拉·亚科布松。厄拉在银幕上全裸出境，轰动一时。以前在电影中从来没有看到过！必须习惯，这才刚刚开始呢！美人们很快就要展示其所有的魅力，成群地出现在戛纳和全世界的银幕上。

另一个性偶像差点盖过了所有女演员的风头，那就是《萨巴达万岁》（伊利亚·卡赞导演）中的马龙·白兰度。英俊的马龙·白兰度正成为一个传奇，他当时才二十八岁。1951 年，同样由伊利亚·卡赞导演、根据田纳西·威廉斯的著名本子改编的《欲望号街车》使他一举成名。

女性们全都疯狂地爱上了他，奇怪得很，年轻的女演员（我们在这里就不公开她们的姓名了）常常在巴黎或在克鲁瓦塞特大街炫耀，以诱惑过他、跟他上过床而感到荣耀。马龙·白兰度装得很谦虚，没有回答这个问题。世界颠倒过来了。战前，是男人在吹嘘征服了某某女性，从此之后，事情反过来了，她们必须习惯这一点。

至于获奖，国际电影节大奖同时颁给了雷纳托·卡斯特拉尼的意大利电影《两分钱的希望》和奥森·威尔斯的摩洛哥影片《奥赛罗》。

奥森·威尔斯既担任导演，又在片中扮演奥赛罗。这个人物迷人、动人、可怕，因爱上和妒忌由十分纤弱和可爱的苏珊娜·克劳蒂尔扮演的苔丝德蒙娜而深感痛苦。

安德烈·卡耶特的法国片《我们都是杀人犯》夺得了“评审团特别奖”，扮演主角的年轻演员穆卢吉演得十分真实，充满了激情。

杰拉·菲利普也很高兴：克里斯蒂昂–雅克凭借《勇士的奇遇》获得了“最佳导演奖”。杰拉和克里斯蒂昂在这部片子上倾注了大量心血，他们有时会发生争吵，对如何表现这个角色，两人都有自己的看法。面对《勇士的奇遇》所取得的胜利，两人忍不住热烈拥抱起来。

“最佳女演员奖”颁给了在《侦探的故事》（威廉·惠勒导演）中扮演在货架上偷东西的女贼的李·格兰特；“最佳男演员奖”颁给《萨巴达万岁》中一脸胡子的性感的马龙·白兰度。

“白兰度万岁！”全场热烈欢呼。

那年，人们注意到苏联又缺席了，也许是《新中国》的事惹恼了他们。让他们冷静冷静吧！没别的办法：所有的人，不管是生气的、复仇的还是愤怒的，受荣誉的光芒所吸引，总有一天都会像蝴蝶一样飞回戛纳。

戛纳会改变他们的前途，让女演员出名，让“丑小鸭”导演受到尊重和爱戴。它就像德尔斐[①]的女预言者，用神奇的戒指，让人难以置信、几乎是不可思议地影响许多艺术家的命运。当然，往往都是好的影响，但也会有负面影响。

1953年4月28日，伊夫·蒙当不安地问他的导演亨利–乔治·克鲁佐：“哎，你说，这个他妈的大奖，我们能得到吗？”

“有机会得到，”克鲁佐平静地回答说，“但有评审团在，谁知道呢！”

1953年4月15日到29日举办的这届电影节，从1946年那届开始算，应该是第六届了。第二天就是颁奖晚会了。共有二十七个国家出席（苏联还是缺席），在“新参加的小国家”当中，有缅甸、危地马拉和秘鲁。

法国的参赛片，包括亨利–乔治·克鲁佐导演、伊夫·蒙当和查尔

---

① 古希腊城市，阿波罗神殿所在地。——译注

斯·文恩主演的《恐惧的代价》。影片讲述两个司机，开着卡车运送硝化甘油，每次颠簸都有可能引爆炸药，给观众留下了十分深刻的影响。在克鲁瓦塞特大街，人们都在谈论这部影片。

伊夫·蒙当从卢克斯夫人位于圣保罗德旺斯的饭店兼旅店下来（他常和西蒙娜·西尼奥莱住在这家酒店），去参加盛大的颁奖晚会。他难以控制住自己的急躁心情，他知道，在戛纳获一个奖，会把他这个歌唱演员一下子推入电影大演员的行列。在崭新的（终于完工了！）的大厅里，他看见了一些名人：贾利·古柏在戛纳显然很开心，也许是因为吉塞尔·帕斯卡；还有正在追逐肖瓦纳·曼加诺的柯克·道格拉斯。瓦特·迪斯尼很高兴地从信息部长手中接过了荣誉军团勋章，部长本人也很自豪地与迪斯尼合影。谁也不知道迪斯尼为法国作出了什么贡献，但这不重要，大家都高兴。让·科克多也出现了，当然，他还是评审团主席。安纳托尔·李维克导演和奥利维娅·德哈维兰坐在第一排……还是和埃罗尔·弗林在一起，埃罗尔总是那么害羞和迷人，好像戛纳的空气让他平静了下来。没有丑闻，也没有醉酒，出现在克鲁瓦塞特大街棕榈树下的是圣人埃罗尔！

“国际娱乐奖”颁给了《莉莉》，这是查尔斯·沃尔特斯导演的一部很好看的电影，可爱的莱斯利·卡伦、梅尔·弗尔和让-皮埃尔·奥蒙特分别在片中扮演魔术师和木偶，奥蒙特继续在好莱坞发展，前程光明。

“最佳惊险片奖”颁给了巴西导演利马·布列托的《匪徒》，该片还获得了“音乐特别提名奖”。

在后来的许多年当中，《匪徒》中的歌曲出现在许多电台中，掀起了一股南美旋风。

最后是“国际电影大奖”，颁给了……法国影片《恐惧的代价》。

伊夫·蒙当忍不住和全场观众一起站起来，大家都在为这部电影、导演克鲁佐和两个演员鼓掌，但伊夫·蒙当有点失落，获电影节“最佳男演员”的是查尔斯·文恩。但面对这一成功和西蒙娜·西尼奥莱奖给“她的”蒙当的无数的吻，他还是高兴起来了，为胜利而欣喜。

在这巨大的欢乐中，人们几乎把获“最佳女演员奖”的雪莉·布思忘了，她是丹尼尔·曼导演的美国影片《兰闺春怨》中的主演。

事实上，在克鲁瓦塞特大街的棕榈树下，人们谈论最多的不是雪莉·布思，而是身材柔软丰满的意大利女演员罗桑娜·珀德斯塔。罗桑娜胸脯饱满，一双美腿，在埃米里奥·费南德斯导演、获“最佳形象奖”的影片《网》中扮演角色，形体优美的罗桑娜对这部电影贡献很大。但她不过是个开始，大批漂亮的意大利美女将向电影节进攻。

最后那天，闭幕晚会召开之前，柯克·道格拉斯应乔治·克拉韦纳之邀，前往圣玛格丽特岛碉楼下的弗莱德里克饭店吃龙虾，一同被邀的还有西尔瓦娜·曼戈纳、吉塞尔·帕斯卡、梅尔·弗尔、莱斯利·卡伦和维托里奥·德·西卡。这个故事后来不断被人重复，但版本不同。

回来的时候，柯克听到有人在一艘小船上绝望地大叫，一个肥胖的意大利人无法发动他的马达了。柯克喜欢运动，肌肉发达，在同伴们的鼓动下，当机立断，脱掉自己蓝白条的上衣，如同他将在1960年扮演的斯巴达克斯，跳入海中，把缠住小船的海藻拔掉。那个正在发愁的意大利人自我介绍说，他叫保罗·巴拉特雷西，非常感谢这个勇敢的小伙子。他把柯克当做带领游客观光的水手了，掏出几张意大利里拉，塞到柯克手里。柯克很尴尬，谢了他，但拒绝了他的钱，然后游着爬泳返回自己的小艇，欣喜若狂的朋友们正在等待他。

奖项揭晓后，大型的烛光晚餐开始了。柯克·道格拉斯和保罗·巴拉特雷西刚好被安排在同一桌，两人都非常吃惊。巴拉特雷西是米兰富裕的工厂主，对电影一无所知，但朋友很多，因而才应邀参加晚会的。这个意大利人侧身问他的邻座，想知道这个“勇敢的港口小伙子”在这场盛大晚会中做什么。这时，巴拉特雷西才发现，和他同桌的竟是在许多西部片扮演角色的著名影星柯克·道格拉斯，尤其是他最近的影片，文森特·明奈利导演的《玉女奇遇》在银幕上大获成功。

保罗·巴拉特雷西惊呆了，他曾想给好莱坞最著名的演员之一小费呢！他尴尬极了，想道歉，但一不小心，掀翻了自己盘中的龙虾，把鲜红的美式调味汁全都倒在了柯克·道格拉斯白色的高级西装上了。道格拉斯很有风度地笑了，说：“先生，我最后还是接受你的小费吧，用来清洗我的西服！”

在赌场里，晚宴结束得很晚，道格拉斯和巴拉特雷西先生成了难舍难分的朋友，直到第二天上午才分手，并互相允诺永远做朋友，以后还要再见……当然，都是说说而已！

戛纳的生活就是这样。相遇，快乐地相处，然后离开，也许将来有一天会重逢。但天知道！也有可能将来连看都懒得看！这段逸事是柯克·道格拉斯本人亲口讲给我们听的。1988年，他来法国出席他的自传的首发式，这是一本相当不错的书，讲述了他独一无二的经历。美国大使馆举办了一个鸡尾酒会，欢迎他和他的妻子。三十五年后，谈起他和巴拉特雷西先生的水中历险，他还忍不住要笑。

后来，圣玛格丽特岛的碉楼前又发生了故障，但谁都不再提及铁面人的诅咒，甚至包括让·科克多……

第二年，情况就不一样了。一个普通的玩笑，被当场拍了照，成了一个真正的国际悲剧！

第十章
“杀死”米彻姆

“赫拉晓！”

1954年，苏联代表团脸带微笑，又来参加新一届电影节了。这次，苏联人无疑想让大家大吃一惊，他们带来的武器虽然不是致命的，但数量翻了一番，谁也抵挡不住：一百二十公斤黑色鱼子酱和五百瓶伏特加。

但强大的竞争对手在等待着苏联人：由七十二位代表组成的意大利先锋队占领了克鲁瓦塞特大街，带着举办大型意大利鹅肝酱派对所需的一切配料，还有吉昂蒂红葡萄酒。在烹调方面，苏联人要与意大利人竞争并不太难，但意大利人还拥有几门可怕的“大炮”：吉娜·劳洛勃丽吉达、索菲娅·罗兰（已经开始出名）、肖瓦纳·曼加诺、伊冯娜·桑松（曾在许多以历史神话为题材的影片中扮演角色）；在男演员方面，英俊的雷夫·瓦朗让所有女性都频频回头，保罗·斯陶帕和维托里奥·德西卡则尽展其表演才能和古典魅力。

大家都目睹了意大利最著名的两个女演员吉娜和索菲娅之间的“大战”，电影节的来宾都看呆了，最开心的是摄影记者。当然，这是一场有风度的战争，但十分残酷。记者们数着一个个回合，心想自己来对了：吉娜上了《巴黎竞赛画报》的封面，索菲娅就长时间地接受弗朗索瓦·沙莱的采访，两人的荣誉和光环不相上下，直到杀出一个漂亮的法国小演员，这两头意大利母狼之间的大战才缓和了一点，转过身来疯狂地去对付那个刚刚出现的性感炸弹，大家都知道她的姓名的起首字母：B.B！

关于索菲娅·罗兰，弗朗丝·罗什曾写道：“索菲娅是拿波里艺术界的一座丰碑。她很温顺，表现得十全十美。”概括得太好了！

路易·布努埃尔虽不魅力四射，但总是充满才气，他是电影节的评审团成员。评审团还是由让·科克多当主席，这个诗人对这个角色乐此不疲，他喜欢来戛纳，当了三任主席。组织者发现，布努埃尔甚至没有燕尾服。从尼斯匆匆赶来一个裁缝，根据他的尺寸借给他一件。高大的布努埃尔觉得卡尔顿酒店的床垫太软。并不是天才就不会背痛！于是人们紧急召来一个木匠，跟裁缝同时赶到，两人在布努埃尔的套房里完全搞混了。最后，如果说燕尾服还差强人意，床板却还是不行。导演决定睡地板！卡尔顿酒店的经理急得直挠头。这个当代的瓦泰尔[1]不用自杀了，但酒店经理的名声被破坏了。

除了苏联和意大利，还来了二十八个国家的代表团，有几个新国家：英格兰、卢森堡、日本和巴基斯坦。

在法国演员当中，出现了十分年轻的玛丽娜·维拉迪。她刚刚拍完安德烈·卡耶特导演的《洪水之夜》；伯纳德·布莱尔、让-克洛德·帕斯卡尔和弗朗索瓦丝·阿努尔也来了，并显得十分高兴。越来越喜欢电影的苏丹王妃珠光宝气，每场晚会都不漏。她在“迦伊爱”举办了许多场鸡尾酒会，总是让评委都住在她那里，管吃管住，好饭好菜招待，让他们安心评奖。

在美国方面，来了《乱世佳人》中的奥利维娜·德哈维兰。漂亮的奥地利演员玛丽娅·雪儿也到了，她刚拍完萨夏·吉特里导演的《拿破仑》，很快就将在根据左拉的小说改编、勒内·克莱芒导演的《洗衣女的一生》中扮演动人的热韦丝，著名男演员弗朗索瓦·佩里埃将扮演她酗酒的丈夫。

花边新闻呢？好莱坞巨星奥利维娜·德哈维兰在电影节期间遇到了《巴黎竞赛画报》的著名记者皮埃尔·加兰特[2]，这个名字注定他要这样。两人马上就碰出了爱情的火花，明星和记者很快结婚，生了两个孩子：一个不幸夭折；而另一个——女儿吉塞尔·加兰特现在是《巴黎竞赛画报》的大记者。

在戈尔夫让的特图饭店吃饭时，弗朗索瓦丝·阿努尔抵挡住了国务

---

① 瓦泰尔（François Vatel，1631—1671），17世纪法国王宫的膳食总管。——译注

② 加兰特（galante）在法语中是“风流”的意思。——译注

秘书弗朗索瓦·密特朗的诱惑，但倒在了乔治·克拉韦纳怀里。两人很快结婚。

与弗莱德·阿斯泰尔在很多部大获成功的音乐剧里演过对手戏的琴格·罗杰斯，是独自一人来戛纳的，走的时候却多了一人。她看中了法国英俊的男演员雅克·伯格拉克，并立即就嫁给了他，以便能把他像战利品一样带回好莱坞。有多少女性的人生因来了一趟戛纳而发生了改变！变好，或者变坏……

对二十一岁的英国女星西蒙娜·西尔法来说，生活马上变成了噩梦，罗伯特·米彻姆也同样。他是悄悄地来到戛纳的，在美国，人们谴责他酗酒、滥用毒品、在低级酒吧寻衅闹事。罗伯特·米彻姆不想再在银幕上扮演坏孩子，而媒体关注的是他在城里扮演的坏孩子。他不想惹麻烦，所以悄悄地待在一边。当乔治·克拉韦纳约他去圣玛格丽特岛——碉楼脚下，铁面人的囚室下面——透透气、吃个饭时，他没有觉得有什么不妥。晒晒太阳，放松放松吧！事实上，午饭吃得很放松，甚至很温馨，吃的还是美味的普罗旺斯鱼汤。迷人的英国女孩西蒙娜·西尔法——总得邀请一个漂亮女孩——参加了这场十分平静、过于平静的午餐。摄影师们在餐桌边走来走去，但没有任何有趣的东西可拍，因为罗伯特·米彻姆的举止表现得十分得体，没有说一句比别人声音大的话。吃完这顿如此放松的午餐后，客人们慢慢地朝自己的船上走去，想回戛纳。

突然，走在罗伯特·米彻姆身边的西蒙娜·西尔法听到摄影记者们朝她大喊一声，也许是想无事生非："解开游泳衣里的胸罩！"

她一听，就露出了自己咄咄逼人的乳房。闪光灯从四面八方"噼噼啪啪"地亮起，罗伯特·米彻姆有点惊呆了，在后面停住脚步。这时，一个摄影师要他搂住西蒙娜·西尔法的肩膀，他照办了，没有太在意，那个英国女孩则用双手半遮起自己的胸脯。拍摄结束后，大家都很高兴地回到船上。但罗伯特·米彻姆没想到，铁面人的诅咒已经降临到他头上。

第二天，罗伯特·米彻姆和西蒙娜·西尔法的照片就上了所有报纸的头版，下面有一行大字："罗伯特·米彻姆用他的大手捧住了西蒙娜·西尔法的乳房。"在法国，这并不算什么丑闻，但有清教徒倾向的英国代表团愤怒了，把那个可怜的女星赶出了戛纳。至于美国的媒体，则连篇累牍地用难以想象的粗暴语言来攻击罗伯特·米彻姆，说他卑鄙放荡，用手捧住那个极富挑逗性的少女的乳房……这完全不是真的。关于那个让人难忘的场景，我们看过许多照片：罗伯特·米彻姆只是扶住了那个女星的肩膀。大洋彼岸的一些妇女团体和道德团体义愤填膺，要求好莱坞把罗伯特·米彻姆这个“坏孩子”赶出去。有些凶恶的妇人甚至呼吁要把无耻的他送进牢房，要美国电影界抵制戛纳电影节，说那是一个伤风败俗、下流淫荡之所。那些法国人真是太坏了！

这个故事也许很滑稽：其实，已经习惯被人攻击的罗伯特·米彻姆，很快就从这场仇恨的暴风雨中恢复过来，甚至连他的妻子，一个上流社会的女士，也耸耸肩，没有责怪他。但可怜的西蒙娜·西尔法，不敢再回英国，后来得了精神抑郁症，自杀了。在这之前，她还拍了一两部小电影。坦白地说，罗伯特·米彻姆永远也不会忘记这个愚蠢而卑鄙的悲剧，由于无意之中挑战了铁面人的诅咒而让一个可怜的少女悲哀地死去！

第二年，也许是受这一事件的启发，罗伯特·米彻姆同意在查尔斯·劳顿的神秘影片《猎人之夜》中扮演一个可怕的说道者，谁也不会忘记那个角色。那个阴森可怕、给人带来灾难的人物，在杀死两个无辜儿童的母亲之后，又在追寻他们，以得到他们的母亲留下的财富。用文身刺在手指上的可怕的“恨”字与“爱”字，让人怎能忘记呢？这个大演员敢于扮演这样的角色，并且取得了成功，这对那些愚蠢和庸俗的攻击也许是最好的回答。

不过，铁面人的传说将会慢慢地淡出，因为从此以后，新闻界的午餐大多都将在海边沙滩上进行，尤其是在玛德莱娜经营的体育沙滩上进行。玛德莱娜是所有与会者的朋友，她热情好客，充满了感染力。

很快，非常快，轮到那些不脱胸罩的女星让人指指点点了。其实，路易·德菲耐斯还没到圣特罗佩的时候，裸体浴女就遍布塔希提海滩了，并没有警察来干涉[1]。

在闭幕式晚会上，菲利普·艾蓝杰宣布，由弗莱德·金尼曼导演、伯特·兰卡斯特和黛博拉·蔻儿主演、已经获得了许多奖项的《乱世忠

① 路易·德菲耐斯曾在法国影片《圣特罗佩的警察》中饰演警官，其任务之一，就是驱赶沙滩上的裸体浴女。——译注

魂》，因不符合参赛规定，被评审团排除在外。评审团也许想用这种方式来回敬好莱坞和清教团体。

接着，“国际大奖”颁给了衣笠贞之助导演的日本影片《地狱门》。

奥地利也获得了一个奖项，温柔的玛丽娅·雪儿在赫尔穆特·考特纳导演的《最后之桥》中，因表演出色而获荣誉提名。

安德烈·卡耶特导演的法国片《洪水之夜》获得了“评审团特别奖”，美艳惊人的玛丽娜·维拉迪和她的导演得到了喝彩。一条光明大道展现在她眼前，她将在银幕上成为“克莱芙王妃”。第二年她在戛纳嫁给了罗伯特·何森，生育了两个儿子，后来两人分道扬镳。

意大利（埃托雷·贾尼尼导演的《那不勒斯马车》）、印度、波兰和勇敢的捷克斯洛伐克也获得了“评审团特别奖”，英国也同样，其获奖片是勒内·克莱芒的《相逢》，已经出道的杰拉·菲利普在片中担任主角。

最后，苏联的《阿尔巴尼亚伟大的战士——斯坎德培》也获得了评审团特别奖，导演谢尔盖·尤特凯维奇则获得了荣誉提名。

苏联人可以自豪地收拾行李了，他们昂着头回到了苏联。他们会回来的，这是说好了的，带着鱼子酱、伏特加还有——“赫拉晓”！

总的来说，1954年的这届电影节获得了巨大的成功，除了那个英国小女星的悲惨事件。罗贝尔·法弗尔–勒布埃和他的团队在总结的时候，不无道理地认为，评审团特别奖有点太多了，1955年的电影节应该有点新花样。主席在台上颁发的证书是普通的羊皮纸，开头几年用名画家的作品来奖励的传统已被人忘记。

这时，一位女士、巴黎的一个女珠宝商——苏珊娜·拉宗向戛纳电影节的组织者出了一个主意……她的主意！

第十一章
金棕榈

“奥斯卡颁奖仪式有小塑像，威尼斯有金狮和银狮，戛纳什么都没有！”在一次午宴上，苏珊娜·拉宗这样对罗贝尔·法弗尔-勒布埃、莫里斯·贝西和乔治·克拉韦纳说。

“这倒是真的。”法弗尔-勒布埃承认道，“可是，苏珊娜，你有什么建议？”

“搞一个真正的首饰——金棕榈！”那位女珠宝商激动地说。

“嗯！好啊……可为什么是棕榈而不是一个小塑像？”

“因为，罗贝尔，你看，棕榈，是戛纳和莱兰群岛的传奇，你承认吗？很久以前，善良的圣奥诺拉，为了寻求清静，在莱兰群岛的第二个岛，就在圣玛格丽特岛和他的铁面人后面，建造了一所隐修院。可当时蛇太多，他无法平静地生活，于是他去找上帝，要求上帝把那些危险的爬行动物赶走。上帝答应了他的祈求，用海啸把蛇全都赶走了。圣奥诺拉死里逃生，为了躲避巨浪，他爬到了一棵棕榈树上……像克鲁瓦塞特大街上的棕榈树那样美丽而粗壮……你要知道，所有的戛纳人都知道这个传说……对了，这是我在朋友塞巴斯蒂安那里订做的图案，他是个雕塑家和画家，大家还不怎么认识他，但他确实很有才能！”

苏珊娜·拉宗打开一个纸盒，把自己的计划拿出来给三个人看。草图和圣奥诺拉的故事把他们深深地吸引住了，但他们说，不管怎么样，还是要组织一场正式的招标，否则，大家会抗议。于是成立了一个评审团，讨论和研究各种建议：奖章、雕像、各种绘画，最后大家选中了苏珊娜·拉宗和塞巴斯蒂安的方案。从此，那个雕塑家每年为电影节制作不同的底座，用来放金棕榈。所以说，1955年，电影节的真正明星是塞巴斯蒂安和苏珊娜·拉宗，虽然大家都没听说过他们。

此后，装在一个红盒子里的金棕榈成了大家觊觎的目标，全世界的导演和制片人都梦想夺得这一战利品。不知道为什么大家都认为这个主意是让·科克多出的，也许是因为这个诗人无时无刻不在发明、创造和产生新的念头，让大家目不暇接。

第一个“金棕榈”是用足金做的，确实价值不菲。

那年，谁将有幸获得这金光闪闪的宝物？后来，由于经济方面的原因——这大家都理解——著名的“金棕榈”慢慢地成镀金的了，不过，它还是在不断地升值，无论是在象征性方面还是在商业方面，因为获得“金棕榈”的电影很快就会引起大家的关注，在市场上获得成功。在以后几年里，戛纳电影节将成为仅次于奥林匹克运动会的全球第二大盛事。

但它走过了多么艰难的道路啊！

1955年4月26日到5月10日举办的那届电影节，有三十五个国家带着作品来参赛，打破了纪录。

在蓝酒吧，很多人都在谈论奥托·普雷明格的非参赛影片《卡门·琼斯》，大家都想一睹为快。为什么？因为它遭禁了！该片之所以引起麻烦，是因为片中的演员多萝西·丹德里奇和哈里·贝拉方特是黑人。乔治·比才的后代和这部抒情影片的作曲者，听说由一个“有色人种女人”来扮演卡门，这太可怕了！他通过紧急审理，禁止这部影片在全法国上映，当然也包括戛纳电影节。这种任意仲裁让电影爱好者们气坏了，他们偷偷地集体去比利时看。罗贝尔·法弗尔-勒布埃也很生气，他在美国政府的正式允许下，在美军停泊在戛纳的航空母舰上，组织了电影节开幕晚会，放映这部影片，从而绕过了这一法令。比才的后代们总不能控告美国吧！当局于是不得不让步。面对这特别的情况，他们违心地同意，开幕式那天晚上，在克鲁瓦塞特大街的电影大楼里，可以放映《卡门·琼斯》，但“只准放一场”。已经到达的参赛者当然都争着要请帖。放映获得了成功。多萝西·丹德里奇来到了戛纳，她和哈里·贝拉方特一道证明了他们的表演和歌唱才能及在银幕上的神奇本领。五十多年以后，我们再回头看看，会感到十分惊奇：仅仅因为“一般”让白人来演的角色让有色演员来演了，就引起了轩然大波。

戛纳电影节的这场风波将被写入世界历史，并预示和伴随着它的演变：四个大国之间的冷战、和约翰·肯尼迪站在一起为争取种族平等而斗争、柏林墙的倒塌，等等。电影导演通过自己的作品来反映这个世界的过去和现在，表现对未来的想象。

去，还是不去?

在好莱坞，格蕾丝·凯利疲惫不堪。一年当中，她连轴转地拍了三部电影：和斯图尔特·格兰杰搭档的《碧玉青山》，她自己一点都不喜欢；乔治·西顿导演的《乡下姑娘》，这部电影让她获得了奥斯卡奖；阿尔弗雷德·希区柯克导演的著名影片《捉贼记》，她与加里·格兰特主演的这部电影成了她最成功的作品之一，影片是在蓝色海岸拍的，从1954年6月初一直拍到8月14日。大家经常说或者写道：格蕾丝·凯利就是在这期间遇到摩纳哥王子雷尼尔的，可这完全不是事实。

在《捉贼记》的拍摄过程中，格蕾丝·凯利发现了里维埃拉，甚至有几个场景就是在那个地方拍摄的。有一个镜头，后来成了经典，格蕾丝开着敞篷车——专门安排的，脚踩油门，和扮演恐怖分子的加里·格兰特一起，一个急转弯，最后终于停在了悬崖边上，眼前是仙境一般美丽的摩纳哥城，脚下就是摩纳哥王宫。风吹动着她的长发，她意味深长地问加里·格兰特："你见过这么美丽的地方吗?"写在剧本上的这几个字，在来戛纳电影节一年之前格蕾丝就把它说出来了。

所以，1955年，格蕾丝·凯利手里拿着请帖，犹豫不决，不知道要不要重回蓝色海岸。她想搬家，休息一阵，读读脚本，放松放松。她的新闻专员鲁珀特·阿兰劝她接受电影节的邀请，但格蕾丝拒绝了。阿兰坚持不懈："法国人喜欢你，他们会像欢迎公主一样欢迎你……"

格蕾丝感到很不安，言辞有理地回答说："我没忘记一年前戛纳发生的风波。罗伯特·米彻姆告诉我，一场可以说是裸体的摄影把他害苦了。我真不想遇到同样的事。"

鲁珀特·阿兰笑了，提醒说米彻姆可不是一个那么容易就被吓坏的男人。格蕾丝点点头，也笑了。

"这倒是真的……你好像很希望我去……那我就去吧，不过是违心的!"

奥利维娜·德哈维兰和她当记者的丈夫皮埃尔·加兰特一大早就在

车站等这个明星。从洛杉矶一直到戛纳，长途旅行把她累坏了。加兰特很快就告诉格蕾丝·凯利，他可以在《巴黎竞赛画报》上登她一张封面照，写一篇关于她的长文。为了完成这一独家采访，他今天已跟摩纳哥王子雷尼尔约好，下午带凯利小姐去参观王宫里的花园。

格蕾丝很生气，加兰特没有征求她的意见，就悄悄地把一切都安排好了。

"我不去，请取消参观摩纳哥的计划！"格蕾丝说。

加兰特显得十分尴尬，奥利维娜·德哈维兰采取了主动："要知道，格蕾丝，这是很荣幸的事……跟摩纳哥王子这样的重要人物约会是不能随便取消的。这会引起外交纠纷，跟电影节，也许跟法国，甚至跟你在这里所代表的美国！"

为了援救自己的丈夫，奥利维娜·德哈维兰有点言过其实了。

格蕾丝最后违心地同意了，但她装在箱子里的裙子弄皱了，而且，她的头发乱糟糟的，甚至来不及去洗个头。最后，在她的朋友兼服装师格拉迪·德塞宫扎克的帮助下，格蕾丝换上了一条由卡尔顿酒店的女佣刚刚熨烫过的花裙子，又弄了头发，做了一个发髻并包上一块小小的花头巾。她显得十分漂亮，那张照片传遍了全世界。

时间不等人。必须马上出发。

不巧的是，格蕾丝·凯利和皮埃尔·加兰特乘坐的车在门口被《巴黎竞赛画报》的记者的车猛地撞了一下，记者太急了，车子靠得太近。看来，真的要取消约会了。从来没有一场采访或约会碰到这样的噩兆！最后，他们找了一个机修工，修了车子，继续上路。

到了摩纳哥，离约会的时间只剩下一刻钟。格蕾丝从早上起来就没吃一点东西，这会儿感到有些饿了。大家在巴黎饭店停下来吃了个三明治，最后终于按时赶到了罗歇。大事不好：雷尼尔王子迟到了。负责接待的王室侍从带格蕾丝参观了所有的宴会厅，然后来到花园。格蕾丝有点困了，加兰特急得脸色都变了，他的摄影师对着显然已有些不耐烦的影星不断拍照。格蕾丝看了看表，很想离开现场。突然，她生气了，低声地对狼狈的皮埃尔·加兰特说："让我如此等待，难道不是太没教养了吗……咱们走！"

如同在电影里一般，就在这时，一个极英俊的中年男人，三十来岁，穿着漂亮的海军制服出现在他们面前。他的眼睛是深蓝色的，脸晒得黝黑，棕色的小胡子十分性感。他十分内疚，带格蕾丝·凯利去看他养的豹子。看着轻轻地抚摩着豹子的雷尼尔，格蕾丝芳心暗动，其实双方都一见钟情。格蕾丝回戛纳参加美国方面为她举办的盛大晚会时，心不在焉了。是鲁珀特·阿兰一语道破了天机。

一年后，1956年4月19日，星期四，格蕾丝·凯利隆重地嫁给了摩纳哥英俊的独身王子，成了摩纳哥王妃，欧洲广播电视联盟对这一盛事进行了全程直播。

戛纳电影节和《巴黎竞赛画报》用一根魔棒，完全地改变了格蕾丝·凯利的命运。

辉煌的大厅里，有许多来宾，其中包括前来宣传非参赛影片《法国康康舞》的让·迦本、弗朗索瓦丝、阿努尔和让·雷诺阿；有舞蹈演员、戏剧演员、编舞兼导演的金·凯利，"一个在巴黎的美国人"成了一个在戛纳的美国人①；有索菲娅·罗兰、英格丽·褒曼、金·诺瓦克、马塞尔·帕尼奥尔、让·科克多，当然还有碧姬·芭铎，当时她还很害羞，但没有害羞多久；有马塞尔·阿夏尔、奥利维娜·德哈维兰、丹尼·凯耶、桃丽丝·戴和扬扬得意的埃迪·康斯坦丁，后者刚刚在《这个男人很危险》中成功地扮演了莱米·科雄，他不完全符合戛纳的风格，但已经成了戛纳附近的加布里村的荣誉村民。

主席马塞尔·帕尼奥尔代表评审团，把戛纳电影节的第一个"金棕榈奖"颁给了德尔伯特·曼导演的美国影片《君子好逑》以及演员欧内斯特·博格宁和贝琪·布莱尔。大厅里马上就响起了震耳欲聋的喝倒彩声，让台上的马塞尔·帕尼奥尔大吃一惊，心里很难平静。第一个"金棕榈"没有颁给伊利亚·卡赞的杰作《伊甸园之东》（詹姆斯·迪恩在片中表演出色），让许多记者和参赛者都感到愤怒。大家跺起脚来。真是乱得一团糟了，直到宣布《伊甸园之东》获得了故事片奖，现场才稍微平静了一点。"最佳男演员奖"同时颁给了约瑟夫·赫依费茨导演的苏联片《大家庭》中的全体演员和《黑岩喋血记》（约翰·斯特奇斯导演）中的斯宾塞·屈塞。女演员没有得奖。

被麦卡锡主义赶出好莱坞的朱尔斯·达辛导演的法国片《男人的争斗》获得了"最佳导演奖"。最后，苏联人可以自豪一番了，列夫·阿兰什达和伊万诺夫·拉夫罗夫斯基导演的《罗密欧与朱丽叶》获得

---

① 金·凯利曾出演《花都舞影》（直译《一个美国人在巴黎》）中的美国人，获金球奖。——译注

了“最佳抒情片奖”，开创了苏联影片获胜的辉煌时期。

正如苏珊娜·拉宗曾预言的那样，“金棕榈”获得了巨大的成功。

罗贝尔·法弗尔–勒布埃的团队成员互相庆贺，同时也不忘感谢那位精明的女珠宝商和“金棕榈”的创作者塞巴斯蒂安。

转眼到了1956年的电影节，举办时间是4月10日到24日。当然，4月19日，许多来宾匆匆离开戛纳，去参加格蕾丝·凯利和王子雷尼尔的婚礼了。艾娃·加德纳也同样，她离开得很早，因为九点半客人们就要登上摩洛哥教堂前的红地毯了。阿迦汗和苏丹王妃陪同着前国王法鲁克。葛洛丽亚·斯旺森、制片人杰克·华纳、雅克琳娜·帕尼奥尔、马塞尔·帕尼奥尔和让·科克多等人纷纷前往摩纳哥。诗歌王子写了一首热情洋溢的颂歌，要当众念给“神奇、漂亮而智慧的夫妻”格蕾丝和雷尼尔听，但被好朋友叫做“我的萤火虫”的科克多生气了，因为思想开放的雷尼尔王子觉得诗写得太肉麻、太长、恭维话太多。雷尼尔并没有把自己当做是路易十四。科克多很难受，在车里对帕尼奥尔说：“这是别人第一次拒绝我的礼物！”

在戛纳，随着客人们返回，一切又恢复如初。放电影，往返于电影节大厦、蓝酒吧、“体育沙滩”、卡尔顿酒店和马杰斯特酒店。

路易丝·德维尔莫兰和阿莱缇都是那一年的评审团成员，德维尔莫兰提出设一个“诗意幽默奖”，奖励由一个完全陌生的瑞典人英格玛·伯格曼导演的《夏夜的微笑》，这个与同样也是瑞典人的女影星英格丽·褒曼完全无关[①]。评审团成员都很喜欢德维尔莫兰——谁能不喜欢呢——同意了这个既与众不同又才华横溢的女性的建议。

阿莱缇曾跟一个德国高级军官关系密切，解放后遇到了很多麻烦，所以显得很低调。法国不会老是仇恨《天堂的孩子》中的卡兰丝[②]的。她曾在法庭上大胆地对庭长说：“我的心属于法国，但屁股属于我自己！”

庭长惊呆了，结结巴巴地反驳她：“可是，阿莱缇夫人，你是和一个德国人！”

“那最好当初就别让他们进来！”

---

① 伯格曼和褒曼原文为同一个单词“Bergman”。——译注

② 卡兰丝为阿莱缇在《天堂的孩子》中扮演的角色。——译注

在《天堂的孩子》中，阿莱缇把这段对话重说了一遍。

年轻的碧姬·芭铎在圣特罗佩拍摄由她丈夫罗歇·瓦迪姆导演的《上帝创造女人》。在电影节里，谁都不知道那究竟是一部什么“小电影”。小心，炸弹要爆炸了！

这一年，最出名的女星是金·诺瓦克，她在《野餐》中扮演美丽、轻盈、体态优美、头发金黄的女主角。她与威廉·霍尔登的性感舞蹈，在放映大厅里引起了轰动，但那部电影没有在戛纳放映。金·诺瓦克很快就从失望中恢复过来，因为她燃起了摄影师、记者和参赛者的热情。那年，人们都在谈论她。当她走上台阶时，裙子被刮破了，好像是偶然的，露出了肩膀和酥胸，摄影师疯狂拍照。在大使饭店举办的晚会上，漂亮的金·诺瓦克和《法兰西星期天》的摄影师拉乌尔·利博捷疯狂地跳起了“恰恰舞”。她当时好像很闷，所以拉乌尔·利博捷才大着胆子去邀请她。她放开了，拉乌尔·利博捷也同样。舞池空了，只剩下他们俩，观众们在摄影师的镜头前拍着手。第二天，照片出现在《法兰西星期天》的头版。拉乌尔·利博捷没想到会获得那么大的成功，诺瓦克也没想到，所有的报纸都在谈论她。

甚至连文笔刻薄的年轻的弗朗索瓦·特吕弗也在《艺术》杂志上热情地写道：“想象一下性感的玛丽莲·梦露和魅力四射的劳伦·白考尔吧！诺瓦克聪明、有修养、没那么大的野性。照相机的‘咔嚓’声让她爆发了热情……”

一部关于集中营的纪录片《夜与雾》进入了法国的参赛名单，导演是一个名叫阿伦·雷奈的三十四岁的导演，他就没那么光彩了。台词是让·凯罗尔写的，演员马塞尔布凯贡献了动听的声音，但在电影节上，西德大使愤怒地抗议了：这部影片不能在戛纳代表法国参赛。外交风波又出现了。戛纳不得不对外交部长低头，撤下了《夜与雾》。阿伦·雷奈非常愤怒，离开了电影节。新闻大战爆发了，大家纷纷支持这部勇敢的电影。让·凯罗尔在《世界报》上写道：“我的德国朋友们……是法国自己让黑夜和迷雾降临到我们友好而热烈的关系中的……”阿伦·雷奈遭到的这种不公正的对待，甚至连共和国总统勒内·柯蒂也觉得尴尬了。不过，这种伤害对阿伦有好处，不管怎么样，戛纳让阿伦·雷奈成名了。

三年后，1959年，同样的不幸又降临到他的《广岛之恋》上。这部出色的影片由玛格丽特·杜拉斯编剧，埃玛妞·丽娃和日本男演员冈田英次主演。他这次惹怒的是美国代表团，在他们的压力下，影片不得不撤出比赛。阿伦·雷奈没有摔门而去，他太有礼貌了，只说了一句："够了！"然而，就在他要走的时候，电影节的上级，法国文化部传来指示，要求电影不参赛，但可以放映。

"耻辱啊！反响最大的影片甚至都不能参赛。"克洛德·莫里亚克痛苦地写道。女主角埃玛妞·丽娃也来到阿伦·雷奈身边支持他。在媒体热烈的争论中，两人显得都很高兴，但也有点失落。热情的加拿大人举着"我的爱人"的招牌，在克鲁瓦塞特大街上游行，重现影片中和平示威的场景。阿伦·雷奈后来离开了，他厌倦了这些政治争论，在他看来，这些东西跟电影毫无关系。很久以后，他才重回电影节展现自己的影片。不过，话不要说得太绝……甚至连他也和所有的创作者一样，回到了戛纳……

当生气、愤怒和痛苦都过去之后，仿佛受到一块磁铁的吸引，他们总会回到戛纳这片让人兴奋的森林。

颁奖晚会上，一脸严肃的评审团主席莫里斯·勒曼宣布，"金棕榈"颁给雅克·库斯托担任总导演、一个谁都没有注意的"初出茅庐的小导演"路易·马勒任导演的《寂静的世界》。有观众零零星星地鼓掌，他们被这部别具一格的纪录片所吸引。影片是在海底拍摄的，让当时的人们发现了一个神奇而陌生的世界。但绝大部分现场观众都冷静地保持沉默，然后大叫甚至是狂喊。这已成了戛纳的一个习惯。

"可笑的排行榜！"弗朗索瓦·特吕弗大喊，并随后在《艺术日报》的专栏上撰文。

著名电影编剧亨利·让松大声悲叹："石斑鱼乐乐和库斯托的那些讨厌的鱼，抢了大演员和电影编剧的风头……如果再嘉奖章鱼和鲨鱼，那我们这个世界成了什么了？呸！"

舞台上，站在勒曼后面的评委们，脸色苍白、垂头丧气，不得不鼓足勇气忍受来自观众席中越来越响的口哨声、嘲笑声甚至是谩骂。

啊，这就是戛纳的生活！

别的奖都大受欢迎，比如亨利·乔治-克鲁佐的《毕加索的秘密》，这是一部非常棒的电影，反映了这位大画家的创作历程；在丹尼尔·曼的电影《伤心泪尽话当年》扮演主角的苏珊·海沃德获得了"最佳表演奖"；"短片金棕榈奖"颁给了艾尔伯特·拉摩里斯的《红气球》；“特别提名奖”颁给了捷克斯洛伐克的《杰里·特伦卡的木偶》，但《寂静的世界》引起的巨大喧嚣几乎淹没了这些影片。

仪式已经结束。不管高兴与否，都得上火车回家。罗贝尔·法弗尔-勒布埃和他的团队很快又要筹备第十届电影节了。

第十二章
伊丽莎白的辎重

“亲爱的丽兹，你知道吗？你带着一百只路易·威登手提箱，五十二个爱马仕手袋，三十个香奈儿化妆包，五只狗，十五个理发师、服装师、化妆师，十个新闻秘书和专员旅行。天哪，我一个个都数了！”在兰卡斯特酒店的大堂里，雷克斯·哈里逊用典型的英式幽默说。这位女星每次来巴黎都住这里。

“亲爱的雷克斯，”伊丽莎白·泰勒马上回答说，“你数错了，忘了最重要的东西，我的丈夫迈克·托德。”

迈克·托德腰圆背厚、肌肉发达，他讨厌坐电梯，大步跨下楼梯。他的动作总是很快，非常快。两个男人热烈地握了握手。

“我太太没有行李就不知道怎么旅行。”迈克·托德笑着说，他已经听到他们的一部分谈话。

“你们带着这么庞大的队伍是去哪啊？”谨慎的雷克斯假装不经意地问。

“当然是去戛纳！”伊丽莎白马上答道，“迈克是《环游世界八十天》的制片人，这是参赛片，但要在电影节开幕式上放映。”

伊丽莎白·泰勒显然很为自己的第三任丈夫自豪，她很爱他。那是一个真正的人物，精力旺盛，纯粹是好莱坞的产物，至今为止，他没有不成功的事。1957年，伊丽莎白二十五岁，充满传奇色彩，美丽惊人。迈克·托德的出生日期搞不清楚，1907年6月或是1909年6月，不知道是四十八岁还是五十岁，但年龄差别看不出来，他是那么健康，那么富有活力！伊丽莎白很快与她的第二任丈夫——英国演员麦克尔·怀尔登离婚（他们有两个儿子，并且皈依了犹太教），以便能嫁给迈克·托德。迈克·托德原名阿夫罗姆·希尔什·戈登博根，父亲是移民芝加哥的犹太法学博士，原籍波兰。

“那好，祝你的电影好运……迈克。”雷克斯·哈里逊说，“很遗憾，戴维·尼文偷走了我想扮演的角色斐利亚·福格。”

“亲爱的雷克斯，将来有一天，我会跟你一起拍摄一部大片，一部巨片，你来演尤利乌斯·恺撒，丽兹演克娄巴特拉。请相信我这个制片人的直觉……哎呀，亲爱的，咱们快走吧，‘蓝色火车’不会等我们的，尽管你有一双美丽的紫色眼睛。”

迈克弄错了：十五个被行李压弯了腰的搬运工吸引了大批闹哄哄的公众，摄影师拼命拍照，在里昂车站负责安排明星出行的电影节组委会工作人员扯着大嗓门，而人群则大喊：“丽兹！”“丽兹！”火车司机和他的技师也被吸引住了，他们斜靠在车门上，看着这情景。火车比预定时间晚了半个小时才开动，因为需要整整两节车厢才能安置得了托德-泰勒这对尊贵夫妇的随从。

在戛纳，万事俱备，准备隆重庆祝1957年5月3日到16日召开的第十届电影节。当然，对那些喜欢较真的人来说，第十届戛纳电影应该是在1956年举办的。但大家都记得，由于缺乏经费，1948年没有举办电影节，而1950年短短一周的活动，也称不上是电影节，正如罗贝尔·法弗尔-勒布埃所说，“只不过是1949年至1951年之间的一个破折号”，他很清楚地知道自己在讲什么。

让·科克多第三次担任评审团主席。罗贝尔·法弗尔-勒布埃仍然把他推向这个位置，并对大家解释说：“科克多有热情。他心中的火能燃起大家的巨大热情，更主要的是，他熟悉所有的艺术形式，尽管电影不是他的专长。”科克多虽然写过《诗人之血》《永恒的回忆》《美女与野兽》《可怕的父母》《可怕的孩子们》《奥菲斯》，但知道戛纳电影节不是为“他的”电影而设，不过，他对各种情况都能应付自如，当他感觉到评审团将漏过某部好片时，他总是能有所动作，施加影响。人们常常会看到他坐在楼梯上，与围在他身边的评委们讨论，试图说服他们或建议他们再去看一遍电影。

开幕式非常隆重。大厅里坐满了明星，亨利·方达、尤·伯连纳、库尔特·尤尔根斯、玛丽娅·雪儿、罗密·施奈德、阿梅戴奥·纳扎里、雷夫·瓦朗费德里科·费里尼和他的妻子朱丽叶塔·玛西娜、麦琳娜·德蒙吉奥、薇薇安·罗曼丝、詹姆斯·罗伯逊·贾斯蒂、特瑞沃·霍华德、戴维·尼文，当然还有迈克·托德。一个名叫伊丽莎白·泰勒的女演员，满怀喜悦地站在台上推介她丈夫出品的电影《环游世界八十天》，影片采用创新法拍摄，即著名的“革新”法——七十毫米，宽银幕，多种声音同期录音。

尽管很多人已对好莱坞的大制作表示不满，但这部电影在戛纳还是受到了欢迎。所有来宾都向迈克·托德表示祝贺，赞扬他的新拍摄手法；祝贺导演麦克尔·安德逊；当然还有戴维·尼文，他把凡尔纳笔下的斐利亚·福格演得“那么有英国味”；而演福格的跟班巴斯帕图的墨西哥演员马里奥·莫雷诺（坎丁弗拉斯）也获得了个人奖项。在大使酒店的传统晚宴上，迈克问乔治·克拉韦纳：“我怎么才能做一件在戛纳电影节历史上从未有过的独特的事情？”

克拉韦纳想了想，突然灵机一动：“依我看啊，迈克·托德先生，如果你能给每位来宾相当于二百法郎（当时的价值）的筹码，让他们去‘赌场’赌一把，肯定会大获成功。”

伊丽莎白开心地拍起手来，催促迈克赶快动手。迈克真的做了，结果超过预期，所有参加电影节的人，包括明星、评委和组织者，都像小孩一样，高兴地叫喊着，跑去“挥霍”他们得到的筹码。乔治·克拉韦纳发誓说，罗贝尔·法弗尔-勒布埃在凌晨3点离开“赌场”的时候，用那二百法郎赢了两千五百法郎的巨款。但这里面丝毫没有行贿受贿的成分，因为迈克·托德的电影仅仅是放映而不参赛。

托德夫妇带着大部队和行李回到了美国。伊丽莎白怀孕了，很快就会有一个小女儿，对她和迈克来说，这都是一件非常好的事情。但不幸的是，1958年3月22日，迈克·托德这个经常给人带来惊喜、总是行色匆匆的人，乘坐他的私人飞机——一架名叫“丽兹幸运号”的乐达飞机，在新墨西哥州的格兰特附近的珠尼山上空遇到暴风雨，失事了。伊丽莎白悲痛欲绝。后来，她继承了“托德技法”，也继承了前夫的所有电影和财富，但这一切都无法使她得到安慰。

后来，伊丽莎白嫁给了她挚爱的理查德·伯顿，但她向她的裁缝兼朋友维希·梯也尔说，迈克·托德虽然不在人世了，但她永远不会离开他，因为他是她一生中的最爱。后来，达里尔·F·扎努克在20世纪福克斯公司实现了迈克·托德的遗愿，1963年，伊丽莎白·泰勒成了克娄巴特拉，雷克斯·哈里逊扮演尤利乌斯·恺撒。迈克·托德没有想到的是，扮演马克·安东尼的理查德·伯顿后来成了伊丽莎白的第二最爱……和第五任丈夫。可是，谁知道呢，也许这一切都是迈克·托德在冥界安排的，让他的爱人在人世重新找到幸福。

在这届电影节上，碧姬·芭铎行色匆匆。自从她在罗歇·瓦迪姆导演的《上帝创造女人》中获得全球性的胜利时，她在圣特罗佩和戛纳到处制造神话。不过，碧姬在她的回忆录中写道："对我来说，戛纳太可怕了！"看了技术精湛的特拉韦索摄影家族——先是奥古斯丁，然后是亨利——在戛纳电影节一年年替她拍摄的照片，我们还会相信她的话吗？那真是戛纳的视觉盛宴啊！照片上的碧姬·芭铎年轻、漂亮、自豪，她给与她同龄、跟她同样可爱的无数崇拜者在其自传上签名，脸上露出灿烂的笑容。她们对她微笑，她则回答她们的问题，她显然非常高兴。她很快就成了超级巨星，在电影节"引发战争"，拒绝众多的邀请，为了复仇而把摄影师召到尼斯的摄影棚里，她正在那里跟亨利·维达尔和夏尔·博耶拍摄米歇尔·博斯荣德导演的《巴黎妇人》。记者们响应B.B——皇后的号召，离开电影节整整一天。究竟出了什么事让她如此生气？事实上，没有一个人知道。芭铎从来没有作出过解释。这是属于她的秘密，或是她的任性行为之一。

第十届电影节选出了非常出色的影片。与会者当然都注意到了，威廉·惠勒导演、贾利·古柏主演的美国影片《四海一家》；法国方面，是罗伯特·布列松的《死囚越狱》得奖；安杰依·瓦依达导演的《地下水道》也引人注目；音乐剧天才斯坦利·多南导演、漂亮的奥黛丽·赫本出演的《甜姐儿》深受大家的欢迎；今村贞雄的日本影片《日本之巅》也获了奖。

蓝酒吧和电影大厦的走廊里，也有很多人在谈论娇小的朱丽叶塔·玛西娜在《卡比里亚之夜》中的出色的表演。

电影节快结束的时候，放映了一部苏联片《第四十一》，由完全不见经传的格里高利·丘赫莱依导演。其实，戛纳电影节的作用正是在这里：发现全世界的天才。如果没有电影节，他们可能会一直待在阴影中。

苏联代表团不再谈论鱼子酱，也不再谈论伏特加；他们突然明白了，在电影节，最佳的防御武器不是豪华的鸡尾酒会，而是电影的质量。格里高利·丘赫莱依导演和他的同胞一样，有点处于电影节的边缘，但他比别人看电影看得勤。这个艺术家渴望知道别的地方在发生什么。铁幕仍在，并将长期存在。格里高利·丘赫莱依腰圆膀阔、身体笨重，但眼中闪着智慧的光芒，像契诃夫的作品中的乌拉尔熊，却又具有普希金小说中沙俄时代特权贵族的那种高傲血统，他后来成了我们的朋友。在南斯拉夫的玫瑰港举办的一个电影节中，我们俩都是评审团成员，他是主席。最后那天，跟丘赫莱依和他漂亮的太太分别时，我的眼泪都快掉下来了。告别时，格里萨——格里高利的绰号，甚至差点要给爱德华一个真正的“俄罗斯”吻，爱德华是一个典型的美国人，发现自己要跟他嘴对嘴接吻，差点晕倒。格里萨看到爱德华惊恐的目光，及时“刹车”了，只像法国人那样，吻了吻我的两腮。

在戛纳，放映时，全场掌声雷动，丘赫莱依不敢相信自己的耳朵，苏联代表团也感到惊讶。事实上，这部电影由于题材方面的原因，差点拍不成，因为完全不符合党的路线和方针。

这是一部绝对值得一看再看的影片，丘赫莱依在苏联电影史上第一次讲述1917年革命之后，白军和红军之间发生的一个故事。有支红军队伍，其中有个女英雄玛丽尤特卡，杀死过四十个白匪，在沙漠里抓住了一个白军贵族。这个白军和气、年轻、英俊，很有人情味。玛丽尤特卡起初痛恨那个在圣彼得堡有座宫殿的旧王子，后来对他产生了深厚的感情。两人的社会阶层、政治观点和教育完全不同，然而，当两人由于内战而处在一个孤岛上时，强烈的爱情诞生了。几个星期后，年轻的贵族远远看见海上有一艘装满白军的船，便跑过去大喊，想加入他们的行列，玛丽尤特卡大喊：“不，回来！”说着开枪打死了她的第四十一个白匪，然后号啕大哭地扑过去，抱住已经死去的朋友。她打死他不知是为了党，还是出于爱情？

尼基塔·赫鲁晓夫不得不亲自出面，为格里高利·丘赫莱依的这部电影说话，《第四十一》才得以来戛纳竞逐。格里高利·丘赫莱依是位二战英雄，而且像赫鲁晓夫本人一样，得过列宁勋章。在电影节期间看了很多电影的丘赫莱依，相信自己会一无所获。不过，他还是像所有人一样，穿着燕尾服去参加正式颁奖的仪式。苏联代表团比他更悲观，而且，开局就不利。

“金棕榈奖”颁给了威廉·惠勒导演、贾利·古柏主演的《四海一家》。

安杰依·瓦依达导演的波兰影片《地下水道》和英格玛·伯格曼导演的瑞典影片《第七封印》双双获得“评委奖”。

评奖结果是让·科克多宣读的，然后由男女演员登台给他们的同事颁奖。

“现在宣布我们的‘评审团特别奖’，获奖的是格里高利·丘赫莱依导演的苏联电影《第四十一》，评审团一致认为，剧本富有创新精神、人道主义精神和伟大的浪漫主义色彩。”

丘赫莱依告诉我们，他这个斯大林格勒的英雄，在掌声中双腿发软，上台领奖时如做梦一般。这个奖将改变他的一生，也就是说，他将昂着头回到莫斯科，党不能再阻止他拍电影，也将不再阻止他离开苏联，到铁幕的另一边去宣传他的影片。

“最佳导演奖”颁给了罗伯特·布列松的《死囚越狱》。

在《卡比利亚之夜》中扮演天真的卡比利亚的朱丽叶塔·玛西娜获得了“最佳女演员奖”，她特别感谢了导演费德里科·费里尼。她太激动了，不敢相信这是真的，趴在丈夫的肩膀上哭了起来。亨利·方达和库尔特·尤尔根斯安慰她，告诉她说，她绝对是一个天才演员。她太温柔、太谦逊、太低调了，以致不敢相信这一点。费里尼提到朱丽叶塔时，常用“我的天使”来形容她。

朱尔斯·达辛的《他必须死》获得了“最佳选择奖”，“特别提名奖”则颁给了拉巴斯·卡纳导演的印度电影《乔达摩佛陀》。

华丽的灯光熄灭了，组织者互相庆贺。这是一届十分成功的电影节。然而，那个可怕的孩子，喜欢惹是生非的弗朗索瓦·特吕弗又对电影节发难了，他觉得电影节已经过时。他在《艺术日报》写出了以下具有预言性的文字：“我觉得，未来的电影应该比小说更有个性，应该是个性化的，或者是自传体式的，就像私人日记。年轻的电影编剧将以第一人称给我们讲述他们遇到了什么事……未来的电影将由艺术家来拍摄，对他们来说，拍电影是一场美妙而令人激动的历险。未来的电影将像……”

谁也听不懂或猜不透的意思，两年后，弗朗索瓦·吕弗风风火火地来到戛纳，他将在那里颠覆一切，而他自己的生活也将随之动荡。

罗贝尔·法弗尔-勒布埃、乔治·克拉韦纳、路易塞特·法尔热特、让·图泽和莫里斯·贝西并不知道什么东西在等着他们。分手之前，他们还记得电影节的那些俏皮话。当迈克·托德把让·科克多介绍给伊丽莎白·泰勒时，他说不清法语名字："亲爱的，这是让·科科里科！"

大家笑坏了。

最俏皮的话是大演员詹姆斯·罗伯逊·贾斯蒂说的，他回答莫里斯·贝西的问话时，莫里斯对他纯正的法语感到非常吃惊。他说："我亲爱的朋友，因为我是爱尔兰人，也就是说，像你们法国人一样，出自一个文明的种族。只是英国人把我们分开了！"

这番话是当着特瑞沃·霍华德的面说的，霍华德是纯粹的英国人，他颇有风度地笑了笑。

第十三章
20世纪50年代末

阿尔及利亚战争爆发了。在巴黎的沙龙里，人们在争论法国的阿尔及利亚还是阿尔及利亚的阿尔及利亚。法国士兵，不过他们对外是“维和警察”，在奥莱斯山区向阿尔及利亚民族阵线发起进攻。大家都猜某件事到头了，但是什么事呢？到了什么地步？没有人知道。

不过，1958年，戛纳电影节还是举办了它的盛大节日，从5月2日到18日，为期两周。二十八个国家参加了开幕式，“蓝色火车”把国内和国际的电影精英送到了蓝色海岸。

简·曼斯费尔德，外号叫“上半身”，这个金发女星是一颗新的性感炸弹，她和她的第二任丈夫米基·哈吉塔——“环球先生”，在戛纳车站受到了热烈欢迎。狂热的人群追逐他们挂满鲜花的座驾，一直跟到他们下榻的卡尔顿饭店。这对夫妇住进了四百平方米的总统套间，外带一个巨大的露台，面对着蓝色的大海。

简·曼斯费尔德是一个非常出色的演员，但才能只表现在广告和丑闻上。大家都津津乐道她在好莱坞日落大道上的“粉红色宫殿”，因为在她的豪宅里，一切都是粉红色的：墙、家具、狗、户外烧烤设施，甚至包括心形的游泳池。由于胸脯丰满（美国大众很喜欢），她被认为是“世上唯一可以淋浴不湿脚的女人”。简·曼斯费尔德和米基·哈吉塔的到来，让电影节的启动有声有色，乐坏了戛纳越来越多的摄影记者和公众，他们都想在这两个星期当中忘记地中海对面的“烦恼”。

除了简·曼斯费尔德和她身体健美的丈夫米基，还有让·马莱、索菲娅·罗兰、吉娜·劳洛勃丽吉达（当然啦）、玛蒂娜·卡洛尔，玛蒂娜后来宣布跟克里斯蒂昂-雅克离婚，而克里斯蒂昂却说“他连知道都不知道”，因为他刚刚买了一辆白色的凯迪拉克送给她当生日礼物。奥森·威尔斯也回来了。人们还看到了尤·伯连纳、米歇尔·摩根、西尔维亚·蒙弗特、折了一条腿的玛德莱娜·罗宾森、三个初出茅庐的年轻演员——阿兰·德龙、埃斯泰拉·布兰、埃斯泰拉·布兰以及让-克洛德·布里亚利和夏尔·博耶。最后终于喜欢上了戛纳的阿莱缇，也来推介夏尔·博耶的非参赛影片《死刑台与电梯》，她在片中和莫里斯·荣内特搭档，后者出演一个充满魅力而又让人不寒而栗的杀人犯。

淑女让娜很快就成名了，由于她的本领和口才。这个现代演员什么都不怕，在拉布尔著名的特拉老妈饭店吃饭时，她甚至敢站在桌上唱歌。客人们听着歌，都被她的个性迷住了。让娜有一句只属于她自己的名言：“我走上台阶，又走下几阶，一切都将永远重新开始。我永远都有人伴随。”谁伴随？让娜·莫罗没有说。

就在那年，她在酒店的走廊里偶遇了弗朗索瓦·特吕弗，特吕弗当时是记者，他的文章被认为对电影节“太惹是生非”。他对让娜说：“我有个电影构思……一个女人和两个男人之间的故事。你非常适合……”

那就是后来的《朱尔与吉姆》，以后的事大家都知道了。

这一年的评审团由马塞尔·阿夏尔当主席。评委当中有瘸腿的玛德莱娜·罗宾森，让·马莱在她腿上倒上香槟给她“治疗”，然后在石膏上签上自己的名字；有十分年轻的画家贝尔纳·比费特，他完全被淹没在这嘈杂的人群中了；还有《世界报》的记者让·德布隆塞利，他是苏菲·德马雷的丈夫。电影节创办初期是清一色的法国评委，现在越来越国际化了，评委包括意大利著名编剧塞萨·柴伐蒂尼，他和维托里奥·德西卡合作写了许多剧本；原籍匈牙利的美国导演查尔斯·维多，别跟金·维多搞混了；西班牙导演拉迪斯劳·瓦赫达，苏联的谢尔盖·尤特凯维奇，他不用花什么力气就让米哈依尔·卡拉托佐夫导演、著名女演员塔吉娅娜·萨莫依洛娃主演的苏联影片《雁南飞》获得了“金棕榈奖”。

“赫拉晓！”

苏联代表团高兴得大叫，自豪极了，他们终于扛着战利品“金棕榈”回莫斯科了。

《雁南飞》是一部出色的影片，它像《第四十一》一样，对西方来说象征着冷战的解冻和赫鲁晓夫的苏联体制的倒台，尽管在此之后不久，古巴又泼来了一盆冷水或是热水，怎么说都行。

塔吉娅娜·萨莫依洛娃的风头盖过了所有的女演员，从第一次公映开始，她的美貌、温柔和出色的演技就使她成了电影节最耀眼的明星和摄影记者追逐的对象。

影片的情节很简单：弗罗妮卡等待上战场的未婚夫鲍里斯回来。由于没有他的消息，绝望之后，她嫁给了鲍里斯的表兄马克，那是一个贪生怕死的卑鄙家伙，自私而懦弱，他很快就把她抛弃了。为了恢复勇气，弗罗妮卡把自己的全部精力都投入到爱国主义行为中，照顾和安慰被遣返回国的伤兵。那时，她才发现战争有多恐怖。影片采用了大胆的技巧，十分“爱森斯坦化”[①]，镜头动作非常丰富，弗罗妮卡冲出地铁，在人群中扑向一支部队，然后又跑向一列刚刚到达的火车，希望能在士兵当中找到归来的鲍里斯……《雁南飞》打动了所有的观众，放映结束的时候，大家都掏出了手帕。

由于戛纳电影节，《雁南飞》将成为苏联最罕见的电影之一，同时在西欧和美国取得了成功。

除了这部大获胜利的影片外，“评审团特别奖”还颁给了雅克·塔蒂导演的法国影片《我的舅舅》，评审团特别指出，这部作品具有独创性和强烈的戏剧性。雅克·塔蒂的真名叫做雅克·塔蒂斯切夫，他爷爷是俄罗斯将军，沙皇时期的驻巴黎大使。他喜欢体育，尤其喜欢橄榄球，曾经获得过橄榄球冠军。塔蒂很年轻的时候就投身于默片的创作，1932年之后开始拍摄短片。但直到1947年著名影片《节日》和在戛纳获奖的《我的舅舅》给他带来荣誉后，他才真正开始电影生涯。他后来拍摄了《玩乐时间》，那是一部杰作，但不怎么受欢迎，然后又拍了《游行》。塔蒂是1982年11月4日七十五岁的时候，离开人世、离开了他的崇拜者。他才华卓著且那么独特、那么大胆，大家都意识到，他离开之后，人们就再也享受不到这样的快乐了。

1958年的“最佳导演奖”颁给了瑞典影片《生命的边缘》的导演英格玛·伯格曼，从此，他成了戛纳的常客。“最佳女演员奖”集体颁

---

① 谢尔盖·爱森斯坦（Sergei Eisenstein，1998—1942），苏联导演，俄国电影之父，世界电影的先驱，蒙太奇的发明者。——译注

给了该片的四个瑞典女演员，她们全都是伯格曼的当家花旦：毕比·安德森、伊娃·达尔贝克、芭布洛·约尔特-阿夫-奥纳斯和英格里德·图林。

“最佳男演员奖颁给了马丁·里特导演的《漫长的炎夏》中的主演保罗·纽曼。

电影节以隆重的焰火晚会画上句号。一只美丽的仙鹤飞向了莫斯科，她先是在莫斯科著名的瓦赫坦戈夫戏剧学校学舞蹈，毕业后进入著名的马雅可夫斯基剧院。她拍过《安娜·卡列尼娜》和一部片名不吉利的影片《有来无回》，之后，人们在西方就很难再听到那个如此美丽的塔吉娅娜·萨莫依洛娃的消息。

他们来的时候笼罩在镁光灯下，走的时候也同样，提着沉重的箱子……粉红色的。谁？当然是简·曼斯费尔德和她肌肉发达的“环球先生”。电影节期间，米基·哈吉塔悠闲地在体育沙滩像孩子一样玩沙子，女佣玛德莱娜崇拜地看着他。离开戛纳之后，简·曼斯费尔德只剩下九年的时间生活、拍片、做电视节目，她总是穿着粉红色的衣服，大大的胸脯冲着前方，大胆地袒露着。

1967年6月29日（那年她三十四岁），简·曼斯费尔德疾驰在密西西比从比洛克西通往新奥尔良一条公路上，她要去做一个电视节目，在节目上唱歌，取乐观众。她的三个孩子小米基、佐尔丹、玛里斯卡和一只狗坐在宽大的别克后排，简坐在前排他的新男友萨缪埃尔·布洛迪和司机罗尼·哈里森之间，哼着小调。突然，事故发生了。悲剧啊！前面的大货车突然刹车，别克钻进了货车的车底。简死状甚惨，头都掉了下来。目击者被吓坏了，发誓说，她一头金发的漂亮脑袋在路上滚动。这也许不是真的。萨缪埃尔·布洛迪当场就死了。她的三个孩子都吓呆了，司机和狗却只受了轻伤。

随后又出现了争执。有人说，简的尸体肯定埋在宾夕法尼亚的彭阿吉墓地，头颅则存放在好莱坞的永久纪念公园。然而，我们经过一番十分恐怖的调查，觉得这种可怕的说法其实是一种传言，是喜欢电影的人编造出来的。简·曼斯费尔德的墓地在宾夕法尼亚彭阿吉南部的美丽墓园512号，而好莱坞纪念公园的粉红色大理石墓碑，只是她的朋友和制片人表示哀悼的心意，由于她，她的家人和前夫米基·哈吉塔，她的制片人赚了不少钱。米基·哈吉塔则从此以后将负责安慰失去母亲的可怜的小孤儿。1958年参加过电影节，因此熟悉简·曼斯费尔德的人，比如让·马莱和尤·伯连纳，在1967年得知她去世的消息后，也来过这里，因为他们觉得她很友好、很幽默。

出问题了！或者说，一切都会好的！

1958年5月的阿尔及利亚骚乱敲响了第四共和国的丧钟。为了把法国从国内大战中拯救出来，勇敢的勒内·柯蒂总统作出了牺牲。他呼吁戴高乐将军执政，以“重新扭转局势”。于是戴高乐离开了科隆贝双教堂村，进入爱丽舍宫。1958年10月，他让第五共和国接受了他成立的新政府。

戛纳闹翻了天。电影节是否要完蛋了？

然而，1959年，新的文化事务部部长安德烈·马尔罗大声宣布，他喜欢电影。他果断地签署命令，“向国外传播法兰西荣誉的出色的戛纳电影节”要继续下去！他甚至还宣布将亲自来参加某些影片的放映。马尔罗将是第一位正式来戛纳的文化部长，但不是最后一位。后来，所有的文化部长都来参加开幕式或颁奖晚会，甚至两个仪式都参加。

1959年是不平凡的一年。首先，尽管戴高乐出山了，阿尔及利亚战争还是越打越凶，但对于4月30日到5月15日举办的第十二届电影节，人们可以松一口气了，因为许多来宾都争先恐后地出现在克鲁瓦塞特大街。伊夫·蒙当总是和西蒙娜·西尼奥莱从圣保罗德旺斯的金鸽酒店双双下来。加里·格兰特、金·诺瓦克、朱丽叶·格雷科和奥森·威尔斯也回来了，还有罗密·施奈德及其母亲，奥地利著名老演员玛达·施奈德。正走红的阿兰·德龙经常跟罗密一道露面。电影节和记者都需要未婚妻，需要爱情故事。阿兰和罗密当时还没有热恋，但已经有迹象了。

这一年的来宾还有让娜·莫罗、路易·马勒、伯纳蒂特·拉方特伯、克洛德·夏布洛尔、夏尔·博耶、弗朗索瓦丝·萨冈、劳伦斯·哈维、可爱的费里克斯·马滕（让·迦本十分喜欢他的警匪片）、米歇尔·摩根（她也进入了戛纳忠诚者的行列，因为戛纳给了她太多）、玛尔佩莎·道恩和马塞尔·加缪（他们前来宣传卡罗·庞蒂的《黑人奥菲尔》）、卡罗·庞蒂（庞蒂是评审团成员、制片人，遭遇了一场不可思议的离婚。他在意大利待了十五年，最终才在墨西哥迎娶索菲娅·罗兰)、米歇尔·柯杨尼斯以及也成了戛纳常客的爱德华·G·罗宾森。漂亮的米谢琳·普雷斯勒和格蕾丝·凯利一样，都是评委，评审团主席则由马塞尔·阿夏尔担任。

让人惊讶的是，在《艺术日报》上惹了那么多事，那么猛烈抨击电影的那个可怕的孩子也受到了邀请，带着他年轻的演员让-皮埃尔·莱奥前来展映他的《四百击》了。那是因为被法弗尔-勒布埃任命为终身名誉主席的让·科克多在幕后活动，他让大家选特吕弗的电影，他很欣赏特吕弗的才能。电影节的主办方可不喜欢受虐，起初，他们一点都不想邀请那个喜欢争论的无礼之人。

1959年5月4日，在电影大厦放映《四百击》的那天晚上，片尾字母一结束，场内的灯还没有亮，观众席上就响起了如雷的掌声。坐在正厅后排的明星当中，有当天下午赶到的莎莎·嘉宝，她玉翠羽饰，珠光宝气。弗朗索瓦·特吕弗和他的"影子"——在《四百击》中扮演安东尼·多尼尔的让-皮埃尔·莱奥大受赞扬。让·科克多非常激动，他的"弟子"通过了过关考试。摄影记者纷纷把镜头对着他们，第二天，所有的报纸都用大标题作了报道："一位二十八岁的电影人诞生了"，他和他"十四岁的主人公"震惊戛纳。让·德布隆塞利在《世界报》上写道："自电影节伊始，《四百击》是唯一打动我的电影，我认为它是最佳影片。"不过，要小心了，并不是大家都这样认为。新旧两派可能会发生争论。在评审团里，也是两个世界、两个阵营，互相对立。有人想保护"老一辈的电影"，有人决定绑架新电影。有人在《电影手册》中写道："把中奖者赶出去！"杜维威尔兄弟、卡尔内、阿莱格雷、克莱芒、奥当-拉哈和克鲁佐觉得好的东西，"新浪潮"的那些人就奋起攻击。"新浪潮"这个词是菲利普·布瓦尔在《费加罗报》上发明出来的，他还补充说："这是海底涌浪，是潮汐……"布瓦尔很有远见，他预言，所有的老人都将被这些无拘无束的年轻人赶走，克洛德·夏布洛尔、让-吕克·戈达尔、弗朗索瓦·特吕弗、罗歇·瓦迪姆和路易·马勒，他们要创造"真正的"与众不同的电影。在评审团的最后几场辩论中，作为一个大艺术家，米谢琳·普雷斯勒大胆地站出来反对朱利恩·杜维威尔，支持卡罗·庞蒂和皮埃尔·达尼诺斯，他们嗅出了《四百击》的危险。

电影大厦的大厅里，马塞尔·阿夏尔在闭幕式晚会上，宣布了电影节的评奖结果："金棕榈"授予马塞尔·加缪在里奥拍摄的、玛尔佩莎·道恩和布雷诺·梅洛主演的《黑人奥菲尔》。那是一部非常美的电影，画面和音乐都非常迷人。

大厅里，一部分观众热烈地为加缪的才能鼓掌，另一些人，主要是那些喜欢批评的人，则喝起倒彩来。如果《四百击》一无所获，那将会发生骚乱！

“国际奖”颁给了路易·布努埃尔的《纳扎林》。

“现代”派开始跺脚了，焦急地等待下文。马塞尔·阿夏尔脸色有点苍白，他擦了擦他的圆眼镜，最后宣布：“‘最佳导演奖’颁给《四百击》的导演弗朗索瓦·特吕弗。”

全场雷动。

“我们赢得了这场战斗，但还没有赢得战争！”让-吕克·戈达尔大喊。

在英国影片《上流社会》中扮演主角的西蒙娜·西尼奥莱获得了“最佳女演员奖”，这是个很有个性的人，她在台上就电影这个行业、当演员和拍电影的技巧，发表了精彩的演说，赢得了大家热烈的掌声，当然包括她激动不已的丈夫伊夫·蒙当。然而，特拉韦索的一张照片可以证明，伊夫的脚痛了一个晚上，他油光锃亮的皮鞋太小了。不管怎么说，哪怕是最卖座的演员，也是人，也怕穿小鞋啊！

“最佳男演员奖”颁给了三个著名演员——迪恩·斯托克维尔、布拉福德·迪尔曼和奥森·威尔斯。奥森在理查德·弗莱彻的《朱门孽种》中愉快地扮演了一个十分卑鄙的角色，让大家非常吃惊。

意大利、日本、波兰和越南也有所收获。米洛·伯纳特导演的捷克斯洛伐克电影《这里没有蝴蝶》获得了“短片金棕榈”，片名是在暗讽统治着整个东欧的苏联当局吗？

安德烈·马尔罗在他“当政”的第一年里，用一段精彩的演讲结束了电影节：“奖已经颁发了，电影节结束了，我以你们大家的名义，把一个想象中的金棕榈献给这片看不见的天空，我愿看到幸福之地和哭泣之地或者是被威胁之地的人民友好地团结起来，卓别林和爱因斯坦与你们当中最年轻的人携起手来；献给你们所相继展现的人类梦想，你们为所有的人所展现的最伟大的梦想……”

安德烈·马尔罗将在很长的时间里保护电影。是他制定了用来资助电影创作的规章，其中包括“预助金”，因为这个当部长的作家知道，电影不但是一门艺术，也是一个工业。不过，他像所有的伟人一样，也会犯错，比如说，禁止雅克·里维特的电影《修女》参赛，或试图把亨利·朗格卢瓦从法国电影界赶出去。

在大使饭店举办的晚宴中，马尔罗坐在米歇尔·摩根旁边，所有的参赛者都冷静下来，几乎众口一词地说，1959年这个多事之年，电影节的评选总的来说是令人满意的。

很快就将开始下一个十年，人们满怀期望。罗贝尔·法弗尔-勒布埃和他身边的那些勇敢的火枪手准备迎接挑战。他们作出了一个决定：从今以后，为了避免出事，让大家心平气和，“金棕榈奖”将在闭幕式的最后，在所有奖项结束之后颁发。

说得容易！像所有的事情一样，计划是计划，现实是现实：戛纳将越来越成为一个思想的小锅，只要有一点点事就会爆炸。

第十四章
喧嚣的20世纪60年代

“喂，是乔治吗？我是法弗尔-勒布埃……您能参加1960年5月4日至20日举办的戛纳电影节评审团吗？”

“嗯……哦，多么奇怪的主张！”乔治·西默农回答说，他在电话那头仍咬着好像永远也不拿下来的烟斗，犹豫不决。

“不奇怪……恰恰相反，这是一个绝妙的主张。鉴于您的名望，我敢打赌，您很快就会被选为评审团主席。”

“嗯……不过，在戛纳，好像总是有吵闹、阴谋和争执。我很讨厌这些！”

“啊，差不多没有了……1960年将是一个非常平静、平和的年份，电影非常出色，您将成为一个大电影节的大主席。”罗贝尔·法弗尔-勒布埃对他发誓。

“好吧……如果这能让您高兴，罗贝尔，那我就接受吧！”

法弗尔-勒布埃高兴地挂上电话，对他的团队宣布，乔治·西默农——梅格雷之父、写了二百多部小说其中许多都已改编成电影的著名作家西默农，将离开他自1957年之后一直住的寓所，离开瑞士，前来戛纳。

“太好了！有了乔治·西默农，我们就可放心了，事事都会顺利。”乔治·克拉韦纳激动地说。

确实如此，鉴于乔治·西默农的威望和巨大的名声，评委们，其中包括西蒙娜·罗南、马克·阿勒格莱、路易·卡豪韦（法国）、迪戈·法布里（意大利）、亨利·米勒（美国大作家）、格里戈里·科津采夫（苏联）、尤利斯·佩蒂·德穆拉（阿根廷）、亨利·斯特罗克（比利时），马上一致推举他为评审团主席。

这届电影节似乎会非常隆重。有三十个国家的代表团前来参赛。有名望的客人现在都坐飞机来，坐着法国非常骄傲的“卡拉维尔”著名飞机，降落在尼斯机场，他们站在舷梯上让人拍照。坐“蓝色火车”显得老土了。明星们陆续乘机抵达，跟大家打招呼，女演员还站在飞机的出口向大家送飞吻。“我们是乘风而来的”成了一句时髦用语。是的，以后一定要“乘风”而来了！

费德里科·费里尼和朱丽叶塔·玛西娜住在卡尔顿酒店。费里尼前来宣传他的新片《甜蜜的生活》，谈论的人很多，但还没有人看过。在影片中扮演主角的马塞洛·马斯楚安尼到处跟着费里尼，随行的还有他的搭档，年轻漂亮的玛加丽·诺尔、阿努克·艾梅和安妮塔·艾克伯格。这是一个意大利之年。米开朗基罗·安东尼奥尼也带着他的女星，漂亮的莫妮卡·维蒂前来放映他的影片《奇遇》，参赛者都想先睹为快。放映之前，摄影记者已用镜头对着神秘而平静的莫妮卡·维蒂“狂轰滥炸”。

至于米切尔·西芒，他坐着“蓝色火车”，“不动声色”地到达，热烈地与他的朋友乔治·西默农拥抱，西默农把他看做世界上最出色的演员。

朱尔斯·达辛和他将要迎娶的玛丽娜·墨蔻莉好像是来宣传一部名叫《痴汉艳娃》的影片的。这部在雅典比雷埃夫斯港拍摄的影片讲述了一个滑稽的故事。达辛以前从来没有拍过喜剧，一直都在拍黑色电影。他高兴地见人就说，他的岳母，也就是玛丽娜的母亲曾对他说：“朱尔斯，你拍的电影很棒，但确实太忧伤了。你得拍点开心的东西，能让大家笑的东西。这才是观众所需要的……”达辛愣住了，参加电影节的人也很惊奇，他们并不期望那种插科打诨的闹剧会有什么好东西！

越来越走红的让娜·莫罗，身体丰满而健壮，她和让-保尔·贝尔蒙多一道从一架“卡拉维尔”上下来，前来推荐彼特·布鲁克导演、根据玛格丽特·杜拉斯小说改编的《如歌的行板》。当年最出名的制片人也在场：拉乌尔·莱维，法国电影界最引人瞩目的人物。他富有魅力、才华横溢、诙谐有趣，所有的庆典他都参加，包括艾迪·巴克利的晚会。莱维把整个影视界的人都带来了。年轻的约翰尼·哈里戴也与夏尔·特雷内同机到达。让-克洛德·布里亚利也高高兴兴地来了，他已取得过不少成功，比如《漂亮的赛尔日》。从此，他将每届电影节都参加。

确实，在20世纪60年代初，大家跳啊笑啊，越玩越开心。小萨米·戴维斯常与玛丽·拉福莱做些引人发笑的动作；卡拉斯也来了，但没有演唱；贝尔蒙多和莱维爬上桌子一起跳舞；格伦·福尔在和太太玩卡丁车。格里高利·丘赫莱依带来了新片《士兵之歌》，不过，苏联代表团参加电影节显得更克制了。丘赫莱依现在已是电影节的常客，与所有的演员和导演都很合得来。他喜欢和别人接触，尽管他的英语和法语都不怎么好，但他能让别人听懂他的意思。大家都尊重他、喜欢他、敬仰他，他甚至为让娜·莫罗唱了一首俄罗斯民歌。但他的苏联同志们都十分保守，不无担心地看着他随心所欲，不知道回莫斯科后该怎么向党汇报丘赫莱依在国外过于放任的自由行为。

在这之前，电影交易都是在大厦的一个偏僻小房间里非正式进行的，现在走向台面了，那年，罗贝尔·法弗尔-勒布埃允许制片人和制作方在电影节之外观摩、交换和交易他们的影片。经商不再受到歧视，恰恰相反。在这之后，商业放映将在电影大楼后面昂蒂布路的电影院进行，先是一个厅，后来是许多厅。人们甚至看到明星们也来支援他们的制片人，在门口迎接外国发行人，让他们产生购片的愿望。

乔治·西默农对自己扮演的评审团主席和电影节主席的角色确实感到很开心，正如罗贝尔·法弗尔-勒布埃对他说过的那样，评委当中气氛融洽，在主席面前都很自重。主席只批评过亨利·米勒一次："你在沙滩上打乒乓球太多了，要去看电影，亨利！"

那位写过《性爱之旅》《情欲之网》和《春梦之结》的大作家响亮地大笑："我听你的，乔治，我只玩了一次，下不为例！"

放映米开朗基罗·安东尼奥尼的《奇遇》的那天晚上，电影节的那台高级机器出了毛病。影片"讲述"的是一个悠闲有钱的女继承人安娜（蕾雅·马萨利扮演）和她的未婚夫建筑师桑德罗（加比利艾尔·费泽蒂扮演）的故事。他们与朋友们在地中海乘船旅行时，安娜在一个小岛上失踪了。大家组织搜寻，寻找过程中，桑德罗和安娜最好的女朋友克罗迪娅（莫妮卡·维蒂扮演）越走越近，成了情人。但在一场招待会上，克罗迪娅突然撞见了桑德罗和一个半上流社会的女人在一起。失望之中，她逃开了，桑德罗在一个行人稀少的广场上追她，请求她的原谅，请美丽的莫妮卡·维蒂默默地允许他……

这部画面美丽的浪漫影片没有得到大家的青睐，大部分观众都感到很愤怒。尽管画面漂亮得惊人，充满神秘色彩，后来使这部电影成了一部伟大的杰作，但在放映过程中，大厅里一片喝倒彩的声音。大家叫喊、跺脚。关于安娜的失踪，影片没有解释，观众感到非常愤怒。当时，人们需要逻辑，什么都要讲得一清二楚。安东尼奥尼拍电影的方式让人摸不着头脑。那天晚上奈丽·卡普兰也在场，坐在乐队的池座里。她当时是阿贝尔·冈斯年轻的女助理、阿根廷某日报的特派记者，后来成了非常出名的大导演之一，拍摄过包括偶像片《海盗的未婚妻》在内的许多影片。她给我们讲述了那个场面："电影开始没多久，座椅就'噼啪噼啪'响了，因为观众站起来要走，他们嘴里大喊：'愚蠢！我们什么都看不懂！'"

而包括奈丽·卡普兰在内的铁杆儿支持者则回答说："坐下，让我们看完！这是一部杰作！"

"某某人的……没错！"愤怒的人群离开时说。

口哨声越来越响。奈丽·卡普兰坐在那一排的最边上，一个高大的胖子，在黑暗中诋毁这部片子，又是吹口哨，又是大声叫骂，并朝银幕晃动着拳头。奈丽·卡普兰虽然是一个可爱、有才华而且很有教养的女人，但为了捍卫自己的信仰，也会成为一只发怒的母老虎。她气愤地朝那个口出恶言的胖子转过身去，对着他大喊："别再干蠢事了！"

"住口，蠢货！"那个可爱的家伙回应道。

这太过分了。母老虎奈丽·卡普兰跳起来："你敢把你说过的话再说一遍？"

那家伙气疯了，也站起来，扬起胳膊想揍奈丽·卡普兰。他不知道这个年轻女子在阿根廷学过柔道。奈丽的耳边响起了老师的教诲："如果哪天有坏蛋攻击你，你就用膝盖顶他的睾丸。"愤怒的母老虎飞起一脚，正中目标。那个胖子大叫一声，身体弯成两段，呻吟着走开了。

当然，这一脚并不能让全场安静下来，场内的观众分成两派，大叫着互相对骂和争吵："可笑！""精彩！""看不懂！""清清楚楚！""漂亮！""精神错乱！""无法理喻！"

"我喜欢！我喜欢！我喜欢！"玛格丽特·杜拉斯喊道。

"我讨厌！我讨厌！我讨厌！"一百个声音回应她。

《奇遇》的放映在可怕的混乱中结束，莫妮卡·维蒂趴在安东尼奥尼的肩膀上抽泣，安东尼奥尼感到不知所措。

在这场"欧那尼之战"[①]的第二天，奈丽·卡普兰采访了仍被前一天晚上的事弄得心神不宁的安东尼奥尼，向他预言，风波过后，影片将在观众当中获得巨大成功。第二年，安东尼奥尼推出了他著名三部曲的续集《蚀》和《夜》，还是由他的御用女星莫妮卡·维蒂担纲出演，影片获得了成功，观众们好像一下子就接受了安东尼奥尼的"革命性"风格。

但在评审团当中，和谐的气氛被破坏了。西默农很难让他的评委们平静下来，他们分成两派，有的支持《奇遇》，有的反对；有的人什么也没看懂，有的人被影片迷人的美所打动。只有亨利·米勒不在乎，他只管打乒乓球，丝毫没有帮西默农的忙。

嘈杂混乱的日子没有结束，远没有结束。还有更糟糕的呢！那就是费德里科·费里尼的《甜蜜的生活》。

"这是一部淫秽电影！"放映结束后，有的观众和评委指责说。影片虽然没有像《奇遇》引起那么大的混乱，但争论同样激烈。

其实，影片一开始，费里尼就表现了自己的大胆之举：直升机把一座耶稣雕像运到罗马上空，受到一些穿着比基尼、在一个露台上晒太阳的美丽尤物的欢迎。

马塞洛·马斯楚安尼扮演的马塞洛是一个狗仔队记者，"帕帕拉齐"[②]这个词是费里尼发明的，影片中的那个记者就叫帕拉拉齐，他在守候野猪。晚上，他在罗马的丛林中溜达时，发现了一群猛兽。坐喷气式飞机来意大利旅行的阔佬，各色各样，疯疯癫癫，喝得酩酊大醉，做出各种怪异的动作，其中包括安妮塔·艾克伯格在喷泉的水中撩起裙子的著名镜头。1993年10月31日，费里尼去世时，罗马民众聚集在那个著名的喷泉四周，向那位大师表示哀悼和敬意。

1960年，费里尼非常活跃，他的电影被梵蒂冈列入了黑名单，他也受到开除出教的威胁。甚至在戛纳，也有参赛者和评审团成员对主

---

① 1830年，雨果的戏剧《欧那尼》在巴黎上演，此剧的观念、创作风格不同于传统的古典主义戏剧，因此引起古典主义派与浪漫主义派的激烈争斗，尤以上演之夜的混乱最甚。——译注

② 帕帕拉齐（Paparazzi），中文通译为"狗仔队"。——译注

席不满，作品太极端了，让他们大为恼火，更不用说对神不敬的口吻和放纵的肉欲了。电影放映之后，乔治·西默农马上把罗贝尔·法弗尔-勒布埃拉到一边：“我想先告诉你，对我来说，唯一得‘金棕榈奖’的只能是《甜蜜的生活》……我看见了电影界正在发生最伟大的革命，如果评审团不跟着我，我马上就回瑞士！”

晴天霹雳！如果乔治·西默农离开，那将会对电影节造成致命的打击。一般来说，法弗尔-勒布埃不喜欢介入评审团的投票，但在关键时刻，他试图一一说服评委，让他们听西默农的指挥投票。

“这是一部讨厌的淫秽电影。”有评委大叫。

结果，只缺一票，没能如愿以偿，还是那个“乒乓球选手”——亨利·米勒最后给了他一票：“我嘛，对我来说，这都一样，我无所谓，我什么都没看见。可我喜欢西默农，而且，我崇拜他。如果他说要投《奇遇》和《甜蜜的生活》一票，那我就投吧！”

费里尼后来得知围绕着《甜蜜的生活》所发生的秘密斗争时，说：“我的一生和我的职业生涯都要感谢乔治·西默农！”

可是，事情并没有结束。还有颁奖晚会呢！

“最佳参与奖”颁给了格里高利·丘赫莱依的《士兵之歌》。全票。他可以骄傲而自豪地回莫斯科去了。

接着，在相对平静中——大家的情绪没那么激动了——“特别奖”最后颁给了米开朗基罗·安东尼奥尼的《奇遇》，只引起几声口哨。导演携美丽的莫妮卡·维蒂上台领奖，莫妮卡高兴得流泪了。

“最佳女演员奖”同时颁给了《痴汉艳娃》的女主角玛丽娜·墨蔻莉和《如歌的行板》的主演让娜·莫罗。得到了戛纳电影节的这一承认，就再也没有什么能阻止她们在事业上前进的步伐了。

“金棕榈”最后由西默农亲自颁发给费里尼的《甜蜜的生活》。现场马上就喝起了倒彩，嘘声和叫骂声不绝于耳。费里尼脸色苍白，但还是上台去领取他的“金棕榈”。当他从台上下来的时候，朱丽叶塔·玛西娜趴在丈夫的肩上哭了，而大家仍在攻击他，朝他吹口哨。

乔治·西默农生气了，对沮丧的罗贝尔·法弗尔-勒布埃说：“嗯，很平静？你的电影节，我再也不会来了。朱丽叶塔·玛西娜的眼泪，我受够了！这是一种耻辱！永远不要再叫我了。”

不过，如果说在法国一切都以歌曲结束；那么在戛纳一切则以庆典完结。参赛者忘了围绕着《奇遇》和《甜蜜的生活》所宣泄的情绪，像费里尼的电影里一样，唱着《周日永远不再来》[①]，享受了电影节里最疯狂的一个夜晚。

大家唱着影片《比雷海港的孩子》中的插曲，跳着希腊舞。客人们陶醉在音乐中，喝光了五百瓶茴香烈酒。朱尔斯·达辛陶醉在自己的胜利之中，爬上一张桌子，砸碎了自己的酒杯……这是俄罗斯式的庆祝方式！所有的来宾都鼓起掌来。玛丽娜·墨蔻莉也模仿起达辛来，很快，所有的来宾都一边唱、一边跳，砸碎自己的酒杯，然后开始砸碟子，甚至开始砸露台边种着棕榈的大缸。直到天亮，人们才余兴未尽地离开大使饭店的宴会大厅，而朱尔斯·达辛和玛丽娜·墨蔻莉则去别的地方继续唱歌，凌晨5点才回到自己下榻的马杰斯特酒店。

大家都知道，刚刚度过了一个难忘之夜。尽管非常疯狂，但1960年的这届电影节，仍然是最著名的一届，也许是最有象征性的一届，象征着时代的变化。这场希腊式的庆典也最具有爆炸性。20世纪60年代末也将如此，不过方式不同，就让我们说是……革命性的方式吧！而在这之前，罗贝尔·法弗尔-勒布埃和他筋疲力尽的团队又要开始考虑1961年的第十四届电影节了。

① 《周日永远不再来》为《痴汉艳娃》的原片名。——译注

第十五章
导火索

“老兄，你是去上战场啊！”乔治·西默农警告说，然后又仁慈地补充了一句：“不过……如果你还是要去，那就别当主席。那是最糟糕的活儿！”

大作家让·吉奥诺写过《人世之歌》和《让我的快乐长存》，尤以《屋顶上的轻骑兵》著名，他也被罗贝尔·法弗尔-勒布埃的美人鱼吸引了，同意离开安静的马诺斯克，“南下”戛纳。他住在马诺斯克的一栋很简陋的房子里，窗外就是外省的山谷。

1961年电影节的评委当中，有莉泽洛特·普尔韦尔（瑞士-德国女演员）、比德洛·阿门德里兹（好莱坞的墨西哥演员）、十分年轻的埃德沃德·莫利纳罗（法国导演）和弗雷德·金尼曼。金尼曼是原籍奥地利的美国人，导演过传奇作品《日正当中》和《乱世忠魂》，获得过奥斯卡奖（他一生中共得过三次奥斯卡奖），他当评审团主席是理所当然的，但他非常欣赏让·吉奥诺的才能，说服评委们选让·吉奥诺……让·吉奥诺忘了西默农的劝告，接受了这个沉重的任务，但有言在先：“我去看电影，但不参加鸡尾酒会，也不参加招待会。”罗贝尔·法弗尔-勒布埃的团队放心了。有让·吉奥诺掌舵，这艘大船就可以稳稳地前进了！

对罗贝尔他们来说，似乎一切都非常顺利。三十一个国家送来影片参赛，代表们陆续来到克鲁瓦塞特大街，甚至连联合国儿童基金会也来电影节推介一部短片《太阳的孩子》……但不参赛！

乔治·克拉韦纳包了一架飞机把明星们从巴黎接到戛纳参加开幕

式。开幕式上将放映奥托·普雷明格的非参赛影片《出埃及记》，影片讲述的是一群犹太人的悲剧：战争结束后，他们搭船想回到希望之乡，不料途中被送进了塞浦路斯的监禁营，因为英国不准以色列独立。

乔治·克拉韦纳感到有个小小的遗憾，大家都注意到了，三位名人没有来：让·迦本、费南代尔和萨尔瓦多·达利取消了行程，他们借口说飞机"故障"。算了，不来就不来。索菲娅·罗兰穿着华丽的红色长裙，前来推介维托里奥·德西卡导演的《烽火母女泪》。阿兰·德龙也来了，但不见罗密，罗密在巴黎拍卢奇诺·维斯康蒂导演的《很遗憾，她是一个……》，维斯康蒂同时邀请阿兰和罗密这对戛纳情侣在戏中扮演角色。罗密演的角色太难了，她要放松和休息几天。德龙很快就会回去，在巴黎剧院的舞台上跟她会面。

一个滑稽鬼逗乐了前来参加电影节的嘉宾，把生活的快乐传递给了大家，那就是罗伯特·何森。在电影的放映过程中，他好像"蒸发"了。理查德·威德马克安静一些了，在玛德莱娜的运动沙滩，他和凡·赫夫林躺在折叠式帆布躺椅上休息。伊夫·蒙当、英格丽·褒曼、安东尼·博金斯以及他们的导演安托万·李维克，集体来戛纳宣传他们的《何日君再来》，那是根据弗朗索瓦丝·萨冈的小说《你爱勃拉姆斯吗?》改编的电影，很有味道。让-皮埃尔·奥蒙特在玛丽亚·蒙特兹的浴缸里恐怖地死去之后，重新找到了幸福[①]，他的第二任妻子、漂亮的女演员玛丽莎·帕云陪同着他。吉娜·劳洛勃丽吉达也来了，是准备来"嘲讽"索菲娅·罗兰的，没想到遇见了一个姓名缩写为C.C的新人，C.C是来推介她的影片《手提箱女郎》的。如果说，罗歇·瓦迪姆"创造"了碧姬·芭铎、卡罗·庞蒂和索菲娅·罗兰，《芳芳郁金香》则让吉娜·劳洛勃丽吉达走红了。一个年轻的意大利制片人，弗兰科·克里斯塔尔蒂"创造"了更简朴、更自然、更快乐、皮肤更黝黑的C.C——克劳迪娅·卡汀娜。卡汀娜原来是突尼斯的一个女教师，六年当中拍了二十部电影，其中包括与让-保尔·贝尔蒙多合演的《侠盗风云》。摄影记者都很喜欢她，她不会神经病发作，也不会像去年的安妮塔·艾克伯格那样，用烟灰缸来砸记者的头。他们都很熟悉的费里尼曾诗意地说："克劳迪娅像喷涌的泉水一样富有，这个年轻的女孩，温顺

---

① 暗指让-皮埃尔·奥蒙特和玛丽亚·蒙特兹主演的《大西洋美人鱼》中的情节。——译注

而不羁。”

当然，也有不少不和谐的音符。克洛德·夏布洛尔像他的许多现在已当导演的朋友一样，比如特吕弗，替《电影手册》和《艺术日报》写过文章，他一直不喜欢戛纳电影节，因为1958年，他的处女作《漂亮的赛尔日》曾遭到拒绝。他大声地说：“戛纳，到处都是小动作。一切都是交易！”他在《然而，我还是拍摄》一书中写道：“电影节是块奶酪，首先是组织者的奶酪……因为他们要组织一整年。他们收钱，然后考虑把奖颁给谁！人们请他们吃饭！他们也请人吃午饭、晚饭，不用自己埋单。他们逛来逛去，提前看电影，所以能暗中做点小交易，什么都做。最后，作为组织者的他们，甚至还组织了评奖结果！”

罗贝尔·法弗尔-勒布埃读到这几行直接攻击他的煽动性文字一定感到很“高兴”，除非在戛纳那么多年没有让他练就一副刀枪不入的本领。夏布洛尔对电影节太不满了，以至于有一次在我们家吃饭时（那顿饭一直吃到凌晨5点）告诉我，他在所有的合同上都注明，制片商无论如何都不能用他的影片到戛纳参赛！二十年来，他立场坚定，一直咒骂电影节，直到有一天……谁知道呢？

让·吉奥诺很满意，他差点打电话给乔治·西默农，告诉他说，他的预言远远不是事实。大家都非常心平气和，好像对《烽火母女泪》和《何日君再来》很满意。在弗雷德·金尼曼的建议下，评审团一致同意设立一个奖，以奖励“主题有人文价值的影片”。

这就出问题了。那是在颁奖晚会上，两部同时获得“金棕榈”的影片点燃了火药桶，一部是波兰导演耶尔齐·卡瓦莱罗维奇的《修女乔安娜》，另一部是路易·布努埃尔的西班牙影片《维莉迪安娜》，布努埃尔大胆地对佛朗哥统治的西班牙在政治上、社会上和宗教上进行讽刺。维莉迪安娜是与圣弗朗索瓦·达西斯同时代的一个不怎么出名的女圣人，这个奇怪的名字让布努埃尔大感兴趣，他对宗教不敬，控诉性禁忌，批判“虚伪的道德”，还在狂欢的盛宴和乞丐跳舞的场面中加入了亨德尔《弥赛亚》中的“哈里路亚”……对天主教教徒来说，这样做太过分了。而且，布努埃尔还对达·芬奇的《最后的晚餐》进行妖魔化。在《达·芬奇密码》和……麦当娜之前就已经这样了！

“最佳女演员奖”颁给了维托里奥·德西卡的《烽火母女泪》中容光焕发的索菲娅·罗兰，“最佳男演员奖”颁给了《何日君再来》中的安东尼·博金斯之后，评审团把“贾利·古柏奖”颁给了丹尼尔·皮特里的《阳光下成长》。

获“评审团特别奖”的是《修女乔安娜》，路易·布努埃尔的《维莉迪安娜》和亨利·柯比的《长别离》并列获得“金棕榈奖”。这个奖是评委一致通过的。现场出现了混乱，大家分成两派。和以往一样！有的人给让·吉奥诺和评审团喝倒彩，有的则不停地鼓掌欢迎。应该说，《修女乔安娜》的题材和《维莉迪安娜》同样危险：17世纪一个能驱魔的牧师杀害了两个无辜者，以代替他所爱的一个修女，魔鬼缠身的乔安娜修女受到天神的惩罚……第二天，华沙的宗教高层马上决定起诉耶尔齐·卡瓦莱罗维奇，控告他侵犯波兰宗教的尊严。在共产主义国家的历史上，这一法律行为是独一无二的。梵蒂冈方面也对这部既蔑视宗教又诋毁宗教的电影表示了愤慨。尽管当时的教皇是所谓的好人让二十三世，他说的话却非常严厉、坚决和愤怒。梵蒂冈尤其不能容忍《维莉迪安娜》，它直接迁怒于戛纳电影节，指责电影节评审团既无信仰，又不守法，说主席让·吉奥诺竟敢嘉奖“极其无耻的渎教作品”。他们遭到了极大的威胁，似乎将被赶出天主教堂，弗雷德·金尼曼毫不在乎。在马德里，布努埃尔的电影当然受到佛朗哥政府的禁止，可怜的制片人若塞·米诺兹·方丹当场被免职了。

戴高乐将军在爱丽舍宫的办公室里被这些乱七八糟的事情搞得十分恼火，他紧急召见了文化部长。“你说说，马尔罗，那些开心过头的人在你的戛纳的那个‘什么什么’上都搞了什么？必须把那些乱七八糟的东西马上给我停下来，马上！”

将军非常喜欢用“什么什么”这个词，尤其是反对联合国的时候。但他用这种口吻叫“马尔罗”，表明他真的生气了，否则，他会说“安德烈”。马尔罗知道，将军生起气来的时候，真的会把“渎教”的戛纳电影节一笔画掉，他对此深信不疑。安德烈·马尔罗使出了他的全部口才和外交本领，解释说那只是小小的“失控”，以后不会重犯，还允诺，从此以后，戛纳电影节将不再攻击宗教。

将军的火气慢慢地平息下来：“好吧，除此以外……我希望你，到英国去正式走一趟。”

马尔罗被吓出了一身冷汗。他打电话给罗贝尔·法弗尔-勒布埃，告诉他电影节差点完蛋！现在必须表现出一些诚意：由于来自梵蒂冈、巴黎大主教府和不想在宗教方面惹麻烦的爱丽舍宫的压力越来越大，《维莉迪安娜》的放映时间要悄悄地推迟到1962年，直到大家都忘了，平静下来。

至于布努埃尔，他一味地讽刺：“点燃炸药的导火索，是我露出了一个着火的荆棘圈和一把十字形的刀，可这些东西在西班牙到处都找得到。我妹妹就见过一个修女用这样的一把小刀来削苹果……”

回到他平静的马诺斯克之后，让·吉奥诺就把这些闹哄哄的事情全忘了，就在这时，电话铃响了：“喂，是让吗？我是乔治·西默农……老兄，你差点被开除。我不是早就警告过你吗？”

“是的，不过，电影还是很好玩的。”

“你现在想做什么，让？”

“像你一样，乔治。写作，这要平静得多了！”

第十六章

胡尔必达蹿入戛纳

“先生，请问新闻登记办公室在哪里……”

“啊，小伙子，您是想找路易塞特·法尔热特……上楼，左转，再右转，然后左转，走廊尽头就是了……”

年轻人彬彬有礼地道了谢，上楼走了。看门人目送着他，手里拿着扫把和粗麻布拖把，在大堂里嘀咕道：“又来了一个！真是没完没了……”

没完没了？什么东西？谁？记者呗，各政治派别的：有左派，有右派，有中间派，有戴高乐派，有无政府主义者，有保皇派……哦，是的，还有！各教派，各民族，各种族，各种各样的记者……不过，他们全都是，绝对都是真正的“电影疯子”，正如杰瑞·刘易斯所说的那样。这种对“银幕”的热爱和激情把他们联系了起来，又把他们分开，然后又在热烈的讨论中把他们重新联系起来。电影放完之后，讨论往往会在蓝酒吧持续到深夜，然后在第二天早上继续，喝着咖啡，讨论得更激烈。

这个刚刚来到戛纳的年轻人是来向路易塞特·法尔热特报到，他惊讶地发现，这间办公室很像是“周四的临时祭坛”。到处都是花束，那是人们送来的，女主人后来告诉他。记者由路易塞特·法尔热特负责登记、接待和管理，她非常和蔼，记者前来报到的时候，觉得一定要向她送一束花，以感谢她的关照。

路易塞特·法尔热特是一个身材高大、充满活力的女人，总是那么和蔼亲切。她一头灰白色的头发，穿着十分时髦的高级套裙和短袖衬衣，她总是设法让客人放松一些。这个记者刚到，还很拘束，说：“您好，夫人，我叫贝纳尔·斯潘德莱，蒙特卡罗电台的记者……”

“你来得不是很远。”路易塞特·法尔热特笑着说，“以前在哪工作？”

“嗯……我曾在阿尔及利亚待过，夫人，在北非的乡村里当骑兵……”

“乡村骑兵？”路易塞特·法尔热特重复道，被这个闯入她办公室的怪人惊呆了。

“是的，我刚刚服完两年兵役，蒙特卡罗电台的台长皮埃尔·莱斯屈尔雇用了我，当记者……”

“你进行过很多采访吗？”

“说实话，这是第一次……至少，在电影界采访是头一回……”

年轻的贝纳尔·斯潘德莱看看四周，然后又看了看朝着克鲁瓦塞特大街、沐浴在阳光中的窗户。

“您看，夫人，我觉得自己好像从马上摔了下来，醒来时发现自己来到了一个梦一般的地方……”

路易塞特·法尔热特被这个滑稽的年轻人逗乐了，对他产生了好感，甚至有些感动，马上把电影节的采访证给了他，并祝他采访顺利。这个年轻人像闪电一般敏捷，到处跑，横扫一切，什么都敢碰，“开心起来像只燕雀，严肃起来像个教皇”。年轻的斯潘德莱跟加斯东·勒鲁创作的《黄房间的秘密》中的角色胡尔必达一模一样[①]。这会儿，我们这位新的胡尔必达被抛在了第十五届电影节（1962年5月7日至25日召开）这个“丛林”中。这个初出茅庐的记者，老家在阿尔萨斯，出生在一个十分严厉的职业军官之家，祖先在1870年、1914—1918年和1939—1945年的三场战争中，忠诚地为国家打过仗，而他却不知道为什么，做起了跟艺术有关的事情。拿他的话说，下马之后，他便根据别人的建议，写信给蒙特卡罗电台，他和一个叫让-皮埃尔·福科的人一同参加了考试——两个年轻人都通过了，于是被皮埃尔·莱斯屈尔雇用，在蒙特卡罗电台当记者。年轻的老板对贝纳尔·斯潘德莱的指示“非常简单”：“给我弄回几篇对明星的独家采

① 片中的胡尔必达是个充满活力、喜欢冒险的记者，他去采访著名教授斯坦森，被教授的掌上明珠玛蒂尔德所吸引。——译注

访。你自己去想办法!”

应该说，在上世纪60年代，戛纳的气氛还有很友好的。只要胆大，费里尼、维斯康蒂、索菲娅·罗兰、吉娜·劳洛勃丽吉达、克劳迪娅·卡汀娜都还是有可能接近的，而现在得通过无数的新闻专员。胡尔必达到处跑。他物色到的第一个采访对象，是坐在卡尔顿酒店酒吧间的高脚长凳上的一个传奇女人：玛琳·黛德丽。她冷冷地扫了这个年轻记者一眼。玛琳抽着一支长长的金嘴香烟，穿着黑白相间的冷色调的香奈儿时装。胡尔必达两眼发花、底气不足，艰难地向那位女影星提了几个问题，对方有点轻蔑地抖动着涂抹成红紫色的嘴唇，爱理不理地回答了几句。贝纳尔·斯潘德莱谢了她，告辞离开时，心里明显地感觉到，她并没有把他放在眼里。记者应该把握采访，决定采访的方向，知道自己想得到什么。

从此，胡尔必达就一发而不可收了，没有什么能阻挡得了他。二十多年来，他将“制造”电影节，与所有的人见面。他是许多大事件的真正见证人，后来还把那些事情讲给我们听，因为我们成了多年的朋友，后来竟然到了在戛纳分享一个房间的地步，真心诚意地分享!在电影节期间要找到一个房间，总要经过一番搏斗。贝纳尔·斯潘德莱是蒙特卡罗电台的特派记者，他周一到周四来戛纳，周末回蒙特卡罗去播出。爱德华和我常常是周五、周六和周日来，尤其是爱德华在法国南部拍片时更是这样。贝纳尔·斯潘德莱在昂底布路的世纪酒店订了房间，这个酒店就在卡尔顿酒店后面，老板是耶稣先生，多好的名字!于是，我们三人之间作了安排。周四晚上离开时，贝纳尔·斯潘德莱会把西装留在衣橱里，洗刷用品则留在浴室里。我们轻轻地把这些东西推开，放上我们自己的服装和化妆盒（那是我用的）。星期天晚上走的时候，我们留下常礼服和晚礼服，贝纳尔也同样小心地把它们推开。我们分享房间，却不见面，不过每次都会留张小纸条，写上几句温馨的话。我们这样持续了好多年，双方各取所需。

我们之所以要写贝纳尔·斯潘德莱，或者说胡尔必达，是因为他典型地代表了那一代记者，他们扩大了电影节的影响，我们完全应该向他们致敬。当然，编剧、导演、演员、布景师、音乐家都为电影节作出了贡献，但没有这些疯狂地热爱电影的记者，戛纳不会像现在这样出名。平面媒体、电台和电视台的各类记者全都为如今成了世界上最出名的这个电影节出了力。让我们记住他们的名字：罗伯特·夏扎尔、安德烈·巴赞、让-路易·博里、马里奥·布伦、皮埃尔·麦卡恩、雅克琳娜·卡蒂埃、奥迪尔·格兰特、盖伊·布劳库尔、弗朗索瓦·沙莱、弗朗丝·罗什、荷莫·弗朗尼、菲利普·布瓦尔、雅克·西克利埃、克里斯蒂昂·巴尔比埃、让-克洛德·罗梅尔——罗梅尔是真正的电影百科。此外，还有电视台的"小字辈"，伊丽莎白·奎因、伊莎贝尔·乔达诺、米歇尔·德尼索以及他在"Canal+"[1]上的著名报道，洛朗·韦尔、亚里安娜·马斯内……摄影记者奥古斯特·亨利·特拉韦索（戛纳的资料库）、鲁尔·里波哲、拉夫·盖蒂等等。

有个年轻的新闻专员为戛纳和电影做了很多，他后来成了我们的著名导演之一：贝特朗·塔维涅。正如条条道路通罗马，所有的电影媒体也通戛纳。名单可以拉得很长，并且可以一直延长下去，不过，1962年已经在等我们了。

明星总是给戛纳添彩，但那一年最给戛纳添彩的是弗朗索瓦丝·德尔迪克。她在代表们的注视下，在掌声中，在惊讶的目光下，骑马跑进了卡尔顿酒店的大厅，而胡尔必达已把他的坐骑留在北非。第二天，德尔迪克就上了所有报纸的头版。这是一个出色和可爱的女演员，心直口快，喜欢开巴黎式的玩笑。

开幕式的前一天晚上，秘书长让·图泽被搞得很烦。那年，在三十六个参加电影节的代表团中，有两个"中国"：中华人民共和国即"正式"的中国和福摩萨即台湾。根据规定，参赛国的国旗必须插在电影大厦的门楣上。让·图泽正在办公室准备资料，一个中国代表来了，非常不高兴，要求接待员把他的名片转交给让·图泽。这个中国人名叫李志文（译音）。让·图泽马上就接见了他。李志文先生投诉说，他的国家的旗帜没有出现在门前。让·图泽显得很尴尬，他查了查名单，惊讶地发现还有一个代表叫李志同。是名字搞错了吗？谁是谁啊？让·图泽巧妙地问接待员，是否知道谁是李志文，想弄清他属于哪个国家。"您来自中国……是吗？"

让·图泽希望他回答说来自北京或者台湾，但李志文却直通通地来了一句："我来自中国的'中国'！"

让·图泽马上安慰他，许诺他的旗帜很快就会在电影大厦的门楣上

[1] 法国电视频道，以电影和体育为主。——译注

飘扬，然后和助手们在所有的文件中发狂地寻找，终于发现，李志文是北京的中国代表团成员，而李志同是台湾的代表团成员。于是马上插上两面旗帜，彼此离得很远。外交纠纷避免了，让·图泽还命令，不要再把两个敌对的兄弟安排在同一张桌子上吃饭，也不要让他们坐在一起[①]。

这类小事件或者说是分歧，每天都会在戛纳发生。奥托·普雷明格去参加自己的影片《华府千秋》的放映，却忘了带邀请函。一个执拗的工作人员不肯通融，坚决不放他进去。奥托·普雷明格火了，像在自己的影片中那样大发雷霆。结果，评审团主席，也就是以前的日本驻巴黎大使古垣哲郎，跑去找法弗尔-勒布埃，把他放了进来。他还气呼呼的，因为漏看了影片的开头。

那一年，评委包括法国女演员苏菲·德马雷、让·杜图尔（已经出名的作家和记者），梅尔·弗尔（娶了奥黛丽·赫本的美国演员，两人一起拍摄《战争与和平》并大获成功）、罗曼·加里（原籍俄国的法国作家）、马里奥·苏狄特（意大利导演、编剧）、耶尔齐·卡瓦莱罗维奇（波兰电影《修女乔安娜》的导演，也许是为了安慰他前一年的失败才获邀的），以及……还有一个评委大家经常谈起，尽管他很少说话，那就是弗朗索瓦·特吕弗……他进了这个要害部门，大家还真有点担心：这个牙尖舌利的年轻老虎会做出什么动作来？他是否会攻击所有人？他会跟他的文章一样咄咄逼人吗？一点也不。他温柔、可爱、安静、十分礼貌，这是他的真实天性。特吕弗吸引了所有的评委和参加电影节的来宾，《文学新闻》的弗洛伦·奈尔当时曾这样描写这个将成为电影界传奇人物的导演："我在克鲁瓦塞特大街上隐约看见弗朗索瓦·特吕弗，他忧伤得像农村广场上的小斗牛士，穿着真的斗牛士的服装，可他是个评论家，他把那些瘦马逼上死路，让公牛纷纷求饶！"

大家没有记仇，好像也没有人恨他。更让人欣喜的是，人们很快忘了他过去喜欢批评人，只记得他后来成了《日以继夜》和《最后一班地铁》的导演。在戛纳的来宾当中，有高大的哈罗德·劳埃德，这是一个很喜欢插科打诨的人，曾挂在纽约上空的挂钟上，让整整一代

---

① 1962年，李翰祥曾携《杨贵妃》来到戛纳，邵逸夫及该片的主演李丽华也在戛纳同时亮相，但未查到文中提及的有关资料。——译注

人吓得发抖。他得到了电影节的一个小纪念章，似乎很满足。在影星当中，很难看到娜塔丽·伍德和沃伦·比蒂，因为他们很相爱，很少离开他们位于卡尔顿酒店的三房套间。我们的朋友，莫里斯·比劳德，那是个了不起的人，是欧洲一台做同音异义文字游戏的大师，他在蓝酒吧忍不住大喊："她在伍德的床上！"弗朗西斯·布兰奇和达里·考尔哈哈大笑，也跟着附和。年轻的约翰尼·哈里戴弹着吉他，在为总是满手戒指的苏丹王妃唱歌，王妃听得很开心。在吉恩·蒂尔尼、沃尔特·皮金和卢戴米拉·契琳娜（她是来推介雷蒙·鲁洛的电影《恋人们》的，这部电影很有可能获得"金棕榈"）面前，歌手作曲家勒内·路易·拉福格唱起了小夜曲。格伦·福尔回来了，让·马莱也同样，他扮演过"野兽""钟楼怪人""年轻的鹰"，很快，就将成为"弗拉卡西上尉""千面人方托马斯"和《驴皮公主》中的国王。让·科克多是这样描写他的："让·马莱像一条河，一部作品一部作品地流动着它的金块。"小雅诺，朋友们都是这样称呼他的，总那么高兴、朴实、满脸微笑，以其优雅与和蔼给电影节增色不少；皮埃尔·布拉瑟、罗密·施奈德、阿兰·德龙、安娜贝尔和她的丈夫贝纳尔·比费也来了，还有艾迪·巴克利和费南德·雷诺。奈丽·卡普兰这头母老虎不再发怒，她前来宣传关于法国画家鲁道夫·布雷斯丹的一部短片，该片深受大家欢迎。奈丽很快就将成功地向长片进军，这大家都知道了。

许多有趣的电影不参赛，但会在电影节期间放映，如阿兰·卡瓦利埃的《岛上的战斗》和亨利·维尼尔的《冬天里的一只猴子》，让·迦本和让-保尔·贝尔蒙多都在维尼尔的这部出色影片中扮演了角色，但直到最后一刻，人们也不知道这部影片是否能公映。卫生部的审查官"认为太过分了"！于是这又给罗贝尔·法弗尔-勒布埃和安德烈·马尔罗造成了麻烦，他们不得不向审查官解释说，那不过是部电影，但的确是一部杰作。

由四个小喜剧组成的长片《三艳嬉春》，非常大胆地取笑了当时被习俗和梵蒂冈的宗教秩序统治的意大利社会，许多名人参加了拍摄，如德西卡、费里尼、维斯康蒂和莫尼切利。但组织者觉得全片太长，决定砍掉莫尼切利的那一部分。意大利人罗西里尼、安东尼奥尼和马塞洛·马斯楚安尼大喊表示抗议，他们取消了来戛纳的行程。更糟糕的是，马里奥·苏狄特还愤怒地辞去了评委一职。

在克鲁瓦塞特大街，抗议声不绝于耳，大家显然都想完整地观看这部作品。不幸的是，这番吵闹引起了格拉斯城市法庭的注意，它暂扣了《三艳嬉春》，想弄清这是不是淫秽电影。律师出面了，以艺术和表达自由为由，指责格拉斯法庭甚至没看影片就进行干预。马尔罗在巴黎火了，要求这种小事不要再传到爱丽舍宫去，否则，哪怕他有几张嘴，也无法再向将军解释。

律师们干得不错，但动作太快了。看完《三艳嬉春》，观众们几乎全失望了，他们原以为维斯康蒂、费里尼和德西卡会更加大胆，但这是因为莫尼切利的那一集没有拿出来的缘故。

柯琳妮·玛钱德参演的一部影片《五至七时的奇奥》获得了成功，导演阿涅斯·瓦尔达智慧地说："我想我的这部影片很内心化、很低调，但它引起了很大的反响。"

终于，盼到了颁奖之夜，大厅里安静多了。

迈克尔·卡科雅尼导演的希腊影片《埃勒克特拉》获"最佳电影奖"。

"最佳表演奖"颁给了美国影片《长日入夜行》（西德尼·吕美特导演）中的四个演员凯瑟琳·赫本、拉尔夫·理查德森、小杰森·罗巴兹和迪恩·斯托克维尔。

英国影片《甜言蜜语》（托尼·理查德森导演）中的两位主角丽塔·塔欣厄姆和穆雷·梅尔文也获得了这个奖。

获"最佳喜剧奖"的是意大利影片《意大利式离婚》（马塞洛·马斯楚安尼和丹尼尔拉·洛卡主演）。这部让人耳目一新的讽刺剧表明，在意大利，杀死一个女人要比跟她离婚容易得多！

"评审团特别奖"同时颁给了布列松的法国电影《圣女贞德的审判》和安东尼奥尼导演的意大利影片《蚀》。这一年，安东尼奥尼胜利了，莫妮卡·维蒂笑了。

最后，"金棕榈"给了安塞尔莫·杜阿尔特的《诺言》。

获"短片金棕榈"的是罗伯特·安利可导演的法国影片《猫头鹰桥事件》。

大家都以为"金棕榈"会颁给雷蒙·鲁洛的《特鲁埃尔情人》。但是，但是……评审团里遇到一个障碍。谁？当然是那个变得如此听话的弗朗索瓦·特吕弗！当罗曼·加里让杜图尔、苏菲·德马雷和梅尔·弗尔把票投给《特鲁埃尔情人》时，掀起了轩然大波，因为大家都知道，在戛纳，隔墙有耳，尽管最后的决定是在苏丹王妃的"迦伊爱"

客厅里作出的。最后，获“金棕榈”的是巴西导演杜阿尔特的《诺言》，而《特鲁埃尔情人》一无所获。

雷蒙·鲁洛脸色苍白，卢戴米拉·契琳娜趴在他肩膀上哭了。戛纳失败之后，多少美人洒下了伤心的泪水？“这种意外太罕见了。”一个叫克洛德·夏布洛尔的人说，他总是一副嘲讽的样子，说话带刺，“观众得到承认的影片还有什么奖不能得？龚古尔奖也能得！”阿门！

那天晚上，罗贝尔·法弗尔-勒布埃还是可以放心睡觉了。由于《三艳嬉春》这个插曲，开场不妙，但结局还是完美的：没有叫喊，没有吼叫，也没有打架，只不过有几滴眼泪罢了！

经历过所有这些神奇事件的胡尔必达，已在蒙特卡罗电台焦急地等待1963年5月9日，下一届电影节开幕的日子了。

第十七章
美洲豹和鸟

“必须的……绝对必须……我希望它能参赛！”罗贝尔·法弗尔-勒布埃一再对乔治·克拉韦纳说。

乔治·克拉韦纳耸耸肩：“你知道得很清楚，罗贝尔，那些美国导演很不把戛纳放在眼里。他们在影片中投了巨资，担心万一在电影节中落选，会影响商业运作，从而影响他们收回投资……”

法弗尔-勒布埃摇摇头，听不进去。

“听着，乔治，这是今年最好的影片，我要它参赛，要它参赛！”他固执地说。突然，他产生了一个念头，补充说：“在富凯饭店和达里尔·扎努克吃一顿饭，你，我……赞扬他、恭维他，你要设法让他来……我需要《豹》来戛纳！”

克拉韦纳负责约会和商谈，他很担心，这是一个不可能完成的任务。扎努克现在是好莱坞最重要的人物之一，刚刚制作完成世纪影片《最长的一日》，怎么能劝说得动这个“福克斯公司”之帝来赴这个鸿门宴呢？其实，扎努克已像佐罗一样到了巴黎，来拯救面临破产的“巨人”意大利分公司，伸手援救可怜的制片商戈弗雷多·隆巴多。为了弥补《豹》造成的财务亏损，隆巴多不得不卖掉他位于阿皮亚大道的豪华别墅。所以，在继续拍摄之前，扎努克已经获得了该片的国际版权。

克拉韦纳联系了扎努克。让他大为惊讶的是，扎努克十分爽快地接受了他的邀请，同意来香榭丽舍大街电影人常来的富凯饭店赴午宴。寒暄了几句之后，扎努克便把罗贝尔·法弗尔-勒布埃叫做“鲍伯”，这对美国人来说，是表明友谊和亲密的迹象，大家喝了一瓶马尔戈高级红葡萄酒热身。面对粗大的哈瓦那雪茄，扎努克经不起诱惑了。在克拉韦纳不安的目光下，罗贝尔·法弗尔-勒布埃突然直奔主题：“我知道，达里尔，你对戛纳电影节并不是太感兴趣，但我向你发誓，《豹》很有可能获‘金棕榈奖’。”

“嗯……你那棵著名的棕榈……”扎努克一边腾云驾雾，一边支支吾吾，“如果我的影片得不到呢，鲍伯？那《豹》就会受到嘲笑……我不想冒这个险！”扎努克抒情地说：“这是世界上最美的电影……没有任何电影，绝对没有，能与维斯康蒂的这部杰作竞争！演员极其出色，伯特·兰卡斯特从来没有这么棒过，你的克劳迪娅·卡汀娜非常了不起，光彩照人……”

扎努克越说越激动，法弗尔-勒布埃马上抓住了这个机会：“说得一点没错，赌一把！当然，我不能就评审团的投票说什么。”现在，法弗尔-勒布埃谨慎多了，“但我敢拿我的脑袋担保，最高的票肯定会投给《豹》。”

“好吧，好吧……留着你的脑袋吧，鲍伯，把《豹》拿去吧……”

“你……同意了，达里尔？”

“是的，《豹》归你了。鲍伯，但我可有言在先，如果得不到你那个该死的‘棕榈’，我可要找你算账！”

在这奇特的祝愿中，罗贝尔·法弗尔-勒布埃和克拉韦纳胜利地离开了富凯饭店。《豹》就这样被选中了。

1963年的戛纳电影节，在这一年的5月9日至22日举行，规模好像很大，但对罗贝尔·法弗尔-勒布埃来说，出师不利。至今为止，主席一直是由评委选举，但往往由总干事遥控。必须承认，他做了大量的工作，都是为了电影节好。那年，法弗尔-勒布埃冒失地把评审团主席的位置许给了法国银行总裁维尔弗里德·博加内。评委当中，有原籍亚美尼亚的好莱坞大导演鲁宾·马莫利安，他完全不知道戛纳的这些幕后细节；还有让·德布隆塞利、罗伯特·何森、弗朗索瓦·沙瓦纳（制片人）、阿尔芒·萨拉克鲁（演员、院士）、杰奎琳·奥德丽（《琪琪》的导演，常拍摄根据科莱特的作品改编电影）和著名摄影师亨利·阿勒冈——马塞尔·卡尔内的许多作品都是他拍摄的。

就在投票前，杰奎琳·奥德丽愤怒地红着脸，走到阿勒冈身边，对他耳语道：“他们一切都定好了，博加内要当主席！必须反对这种违规的事情!”

果然，不一会儿，罗贝尔·法弗尔-勒布埃非常自然地说：“至于主席嘛，我觉得在场的维尔弗里德·博加内非常合适!”

法国的评委们开始不满了，亨利·阿勒冈、杰奎琳·奥德丽举起了手，萨拉克鲁、何森、布隆塞利和沙瓦纳也跟着举了起来。阿勒冈在奥德丽的鼓励下，大胆地高声说：“总干事先生，如果您只给我们一个名字，我们没法投票!”

法国人鼓起掌来，鲁宾·马莫利安不解地望着他们。罗贝尔·法弗尔-勒布埃尽管脸色有些苍白，但还是说：“以前一直是这样的。您是不是有其他人要推荐?”

“有，有!”何森、布隆塞利、奥德丽、阿勒冈和沙瓦纳叫了起来……马莫利安也突然明白了，快乐地加入了反对的行列之中。

这时，阿尔芒·萨拉克鲁举起手来，自我推荐当主席。三轮投票下来，他当选了。一致同意，除了一票，博加内的那一票。这是理所当然的。博加内受到了侮辱，气愤极了，要回巴黎。在法弗尔-勒布埃的劝说下，他改变了主意，留下了——作为普通评委；否则，他觉得，事情会传出去，让大家笑话。但这一“宫廷政变”很快就传到了爱丽舍宫，戴高乐将军又开始嘲讽马尔罗了：“我告诉你，安德烈，博加内没有在戛纳当上主席，这对他来说是好事！法国银行的一个总裁……我想问问你……他怎么会掺和到这种事情里面的？他没必要跟那些街头艺人混在一起!”

“希区！蒂比！希区！蒂比!”电影节举行开幕的那天晚上，人们聚集在克鲁瓦塞特大街的电影大厦四周大喊。

当时，公众和影星们之间没有东西阻拦，所以台阶上混乱得令人难以置信，有时甚至很危险，那个叫贝纳尔·斯潘德莱的胡尔必达回忆说，他的蒙特卡罗电台的玻璃墙直播间就安在电影大厦正中。人们把一些女星，比如索菲娅带到了他那里躲避；放映《群鸟》的那个难忘之夜，穿着漂亮的浅黄色裙子的蒂比·海德莉也躲在那里，她差点晕倒。

“那个位置相当好!”贝纳尔·斯潘德莱发誓说，他对那几个裙子已被狂热的观众撕破一半、露出豪华内衣的漂亮女星记得非常清楚。

阿尔弗雷德·希区柯克曾对后来成了摩纳哥王后的格蕾丝·凯利不

满，后来向她“道了歉”。他们一直很要好，但希区柯克不得不换掉对他来说理想的那个女演员。

于是，金发的蒂比·海德莉被选中担任这部影片的主角，她被那些鸟，同时也被希区柯克本人吓坏了。希区柯克在拍片过程中不断地指责和折磨蒂比，蒂比很怀念格蕾丝·凯利！然而，在那个凯旋之夜，当那些海鸥和乌鸦凶猛地用尖喙袭击蒂比美丽的面孔时，往往都很挑剔的电影节观众都陷入晕厥和恐怖当中。她成了最受欢迎的明星。蒂比后来又跟折磨她的可怕的希区柯克拍了《艳贼》，表现得十分出色，接着又跟其他导演拍了十多部电影。蒂比·海德莉是女星梅兰尼·格里菲斯的母亲，后来慢慢淡出，她也许有点失望，觉得获得的荣誉与自己的美貌和才能不相匹配。

但在戛纳，一切都是美好的。蒂比·海德莉和阿尔弗雷德·希区柯克从一个柳条筐里把那些飞鸟放出来了，记者们拼命拍照，照片传遍了全世界。《群鸟》获得了巨大的成功。

我们的胡尔必达，也就是，斯潘德莱，现在已经没什么不敢的了，他问那个著名导演：“您呢，希区柯克先生，您喜欢鸟吗?”

“当然，我喜欢串烧鸟!”那个充满幽默和悬念的大师用他那无法模仿的声音，镇定地答道。

许多名人都涉足戛纳。贝蒂·戴维斯也由女儿陪着，来到了戛纳。她来宣传罗伯特·奥尔德里奇导演的参赛片《兰闺惊变》，大家都认为她最有可能获得“最佳女演员奖”，因为面对如此强大的琼·克劳馥，高大的戴维斯的表演难以挑剔，毫不逊色。

但也有些女星“身在戛纳心在别处”。这成了一种习俗，以表示对媒体的蔑视，从而引起他们更大的关注。

米歇尔·摩根在摩纳哥，肖瓦纳·曼加诺在马丁角正式“休息”，伊夫·蒙当和西蒙娜·西尼奥莱当然在金鸽酒店，琴格·罗杰斯和戴维·尼文在圣让费拉角，夏尔·阿兹纳夫在慕琴斯磨坊酒店，理查德·哈里斯在伊甸洛克酒店，伊万·罗曼在昂蒂布角。这是“我爱你，但不再爱戛纳”的开始。我在，但离得远远的，“你得来找我”。

贝纳尔·斯潘德莱告诉我们，当时他也和别的记者一样，坐在车中打发时间，脚放在油门踏板上，随时准备去豪华酒店或别墅去追逐明星。

然而，格利高里·派克非常专业地站在卡尔顿酒店的窗口让记者拍照，至于已经拍过《筋疲力尽》《女人就是女人》《随心所欲》的让-吕克·戈达尔，则干脆带着他的御用女星安娜·卡里娜在克鲁瓦塞特大街散步。戈达尔是作为一个普通访客来戛纳的，总是戴着墨镜。他的《小兵》因胆敢批评阿尔及利亚战争而被查禁，直到1980年，他才携《人人为己》正式来戛纳代表瑞士参赛。这个天才的捣乱分子，他参加的新闻发布会后来都成了“戈达尔式”经典。

期盼已久的人终于来了。《豹》摄制组大部队抵达，前来参加影片的放映。卢奇诺·维斯康蒂、伯特·兰卡斯特、克劳迪娅·卡汀娜和阿兰·德龙，在公众热烈的欢迎中，走进了卡尔顿酒店，准备参加放映晚会。

“克劳迪娅，克劳迪娅！来张照片！这里！看着我们！”

这是克劳迪娅之年，因为她在两部参赛片中扮演角色：费里尼的《八部半》和维斯康蒂的《豹》。摄影记者们太激动了，一直追到酒店的走廊里，都要她摆姿势。克劳迪娅累极了，要求休息一小时，记者们很乐意地同意了。但是，时间过得很快，漂亮的克劳迪娅突然意识到要去参加活动了，但她还是很有礼貌，让助手对久等的记者们说：“她很抱歉，但没有时间了，她马上要化妆，去参加影片的放映。”等了那么久却一无所获，记者们非常生气，想报复。他们认为，克劳迪娅大大地羞辱了他们，他们要以其人之道，还治其人之身。结果，当神采飞扬的克劳迪娅，穿着紫色的锦缎长裙，挽着伯特·兰卡斯特的胳膊，与卢奇诺·维斯康蒂和阿兰·德龙一道，经过激动地大声欢呼的观众面前，走上电影大厦的台阶时，台阶两旁的大批记者同时把相机放在了地上。观众惊呆了，那四个明星也一样。

事实上，这是戛纳电影节历史上的第一场“罢工”，或者说是抵制。显然，这一反抗行为产生了不好的影响。《豹》在不祥的预兆中开始放映。达里尔·扎努克通过他在戛纳的线人得知此事后，大叫起来：“我早就知道会这样！我不该让‘我的’《豹》前往那个‘疯’窝！”

三个半小时后，电影放完了，掌声和欢呼声经久不息。所有的观众，要知道，他们都很挑剔，都意识到自己刚刚看了一部杰作、一部独一无二的好电影，维斯康蒂的大手笔。连很喜欢吹毛求疵的让-路易·博里也大喊：“这部电影永远说不完。太好看了！”全场雷动！然而，摄影记者们却无动于衷，继续抵制，当演员们走下台阶时，没有人拍照。

在巴黎，扎努克气疯了，他已肯定，“金棕榈”拿不到了，推出影片所需的广告也泡汤了。

“我早知道会这样！我早就知道！我要亲手掐死那个法弗尔-勒布埃！”扎努克咆哮道，他的助手们都吓坏了。

尽管我们当中的许多人都读过西西里亲王朱塞佩·托马西·迪·兰佩杜萨唯一的长篇小说《豹》(其家族的纹章是只猎豹，维斯康蒂把小说改编成了电影)，我们还是用几行字来回顾一下小说的内容吧。

1861—1863年，西西里。加里波第的红衫军在巴马上岸时，法布里契奥·萨利纳亲王（伯特·兰卡斯特扮演）退到了他在乡村的住所。由于财产减少，他已预料到自己的贵族生活即将结束，于是允许在加里波第的红衫军里作战、贫穷但血统高贵的外甥唐克雷迪（阿兰·德龙扮演）与比他社会地位低的人结婚，娶漂亮的安琪莉卡（克劳迪娅·卡汀娜扮演）为妻。安琪莉卡的父亲是个平民，非常粗俗，但很有钱，羡慕贵族。保罗·斯陶帕在影片中把父亲面对亲王时的卑贱行为表演得十分逼真。举办舞会时的神秘场景，尤其是萨利纳亲王的最后一场舞会，表现出了维斯康蒂的杰出才能。服装与布景非常漂亮，尽管那也是一种“诸神的黄昏”[①]……

批评者认为，让以前演斗兽场的杂技演员和在那么多西部片里演牛仔的伯特·兰卡斯特来出演亲王，而且是西西里亲王，简直是愚蠢透顶。但他们的攻击纯属徒劳，伯特·兰卡斯特似乎被那个人物迷住了，他把法布里契奥·萨利纳这个可敬的家族长辈演得出神入化，而阿兰·德龙也把唐克雷迪演得活灵活现，克劳迪娅·卡汀娜则把安琪莉演得美丽动人。放映获得了成功，但……还是没有摄影记者！凌晨4点，罗贝尔·法弗尔-勒布埃被达里尔·扎努克的电话吵醒。扎努克气疯了，不再叫他鲍伯，而是大声地吼道：“勒布埃……我要扒你的皮！”

没法让他平静下来。可怜的总干事过了几个小时后才重新睡着。

奇怪啊！上午10点，罗贝尔·法弗尔-勒布埃来到电影大厦时，看见对面的沙滩有一群摄影记者，他们已经跟克劳迪娅讲和。克劳迪娅穿着白色的西装，用皮带牵着一头美洲豹，显得十分漂亮，维斯康蒂和伯

---

① 暗指维斯康蒂的同名影片。——译注

特·兰卡斯特微笑地站在她身边。这张照片后来传遍了全世界……达里尔·扎努克的火气小了一点。照片上没有阿兰·德龙，因为他在情人罗密·施奈德身边。

颁奖晚会上，观众们都在焦急地等待评奖结果揭晓，阿尔芒·萨拉克鲁请鲁宾·马莫利安、杰奎琳·奥德丽、德布隆塞利和罗伯特·何森先后上台宣布。这一做法后来得到效仿，以后大多请明星给他们的同事发奖。

“贾利·古柏奖”颁给了美国导演罗伯特·马利根的《杀死一只知更鸟》。

亨利·柯比导演的罗马尼亚影片《科迪内》获得了“最佳编剧奖”。

“最佳革新奖”颁给了山姆森·山姆森沃导演的苏联影片《乐观主义的悲剧》。

获“最佳男演员奖”的是在林赛·理查德的影片《超级的男性》中出演主角的英国演员理查德·哈里斯。

“最佳女演员奖”颁给了意大利女演员玛丽娜·维拉迪，她在马尔科·费雷里的《同床鸳梦》中表演得相当出色。这时，场内响起了几声口哨，因为许多参赛者希望把这个奖颁给《兰闺惊变》的贝蒂·戴维斯。有人大叫说，玛丽娜获得这个奖是因为她丈夫罗伯特·何森是评委。这也许是冤枉……

获“评审团特别奖”的是小林正树导演的日本影片《切腹》。这是一部可怕和杰出的影片，恐怕还有些血腥，几个观众走出了放映大厅。

最后，阿尔芒·萨拉克鲁亲自宣布“金棕榈奖”得主。这是一个真正的剧作家，懂得如何制造悬念。

“第十六届戛纳电影节‘金棕榈奖’颁给……大家一致同意……颁给卢奇诺·维斯康蒂导演的意大利电影《豹》。”

雷鸣般的掌声盖住了萨拉克鲁的声音。罗贝尔·法弗尔-勒布埃匆匆离场，马上去给达里尔·扎努克打电话，把这个消息告诉他。扎努克先是高兴地大叫一声，然后低声抱怨道：“鲍伯，让你躲过了一劫！如果得不到‘金棕榈’，我会把你剁成肉酱！”

法弗尔-勒布埃松了一口气，他是在从事一个“高危职业”。他开开心心地去大使酒店吃饭了，像以往一样，盛大的闭幕晚会之后仍在那里举行晚宴。摄影师们对着克劳迪娅·卡汀娜、伯特·兰卡斯特和阿兰·德龙狂拍。《豹》出名了，并将成为一部经典影片。

1981年，即在1963年的这届电影节的十八年之后，爱德华与莫里斯·比罗和他们的法国摄制组在旧金山拍摄我们的朋友简宁·布瓦撒尔创作、罗兰·贝纳尔导演的《家族精神》时，我们有幸遇到了已经上了年纪、但仍那么充满魅力的伯特·兰卡斯特。他头戴一顶软帽，不慌不忙地在一条大街上散步。

爱德华有礼貌地跟他打了个招呼："How are you，sir?"兰卡斯特非常和蔼地回答说："Fine，thank you."当晚，爱德华不拍片，我们匆匆忙忙赶去看贝纳尔·萨巴赫的戏剧《秋天里的孩子们》。马克·吐温的两个主人公哈克·贝利和汤姆·索亚已经老了，由两个著名演员柯克·道格拉斯和伯特·兰卡斯特扮演。他们的对白表演得十分精彩，我们报以热烈的掌声，并把名片传递给我们稍微认识一点的柯克·道格拉斯，然后到后台向他祝贺。道格拉斯向我们介绍了兰卡斯特，他的包厢当然就在旁边。亲切地聊了一会儿之后，我们到戏院旁边去喝一杯，是那两个明星带我们去的，他们好像觉得我们这对"法美"夫妻颇有异国情调。兰卡斯特用他那仍然响亮的声音跟我们讲述了达里尔·扎努克和罗贝尔·法弗尔–勒布埃之间的争端和摄影记者在戛纳的"罢工"。他对克鲁瓦塞特大街记忆犹新，觉得里维埃拉的那个电影节"太激动人心了"，希望能回去看看。

那年，"教父"让·科克多没来戛纳。1963年10月11日，法弗尔–勒布埃和克拉韦纳决定打电话给他，执著地请他明年务必要来。电台刚刚广播，艾迪特·皮亚芙当天上午去世了。全巴黎的人都很哀伤，人们在马路上哭泣。

乔治·克拉韦纳知道让·科克多与皮亚芙之间的感情，当天下午便打电话到诗人居住的米伊森林。接电话的是科克多的朋友埃杜阿–杜杜–德尔米特，他哽咽着说，让·科克多也听到了艾迪特·皮亚芙去世的消息，只轻声说了这么一句："啊！皮亚芙死了，我也可以死了！"说完，这位《奥菲斯》之父马上心脏病发作。罗贝尔·法弗尔–勒布埃和乔治·克拉韦纳听到这个消息后蒙了。科克多似乎是电影节不可替代的灵魂人物。不过，和悲痛欲绝的让·马莱哀伤地埋葬了让·科克多之后，罗贝尔·法弗尔-勒布埃和他的火枪手团队马上又要投入工作，准备迎接1964年的电影节了。

为了纪念让·科克多，吉贝尔·贝科根据路易·阿马德（他同时也是个警长）的歌词，创作了这首美丽的歌曲：

诗人死了之后，
诗人死了之后，
他所有的朋友，
他所有的朋友，
所有的朋友都哭了……

第十八章 如此美好的岁月

“天哪……我怎么爬得上去！你们都以为我是个疯女人！”索菲娅·罗兰从飞机上下来之后，拒绝爬上古罗马的马车，四匹拉车的马急得直跺脚。

马车是由《罗马帝国的衰亡》的广告组带到这里来的，该片将在1964年5月3日的这个夜晚揭开戛纳电影节的序幕，索菲娅在片中扮演了角色。最后，经过几次商量，索菲娅·罗兰和卡罗·庞蒂坐上一辆红色的福特敞篷车，在机场四周的五千多名崇拜者的欢迎下，前往戛纳的电影大楼。

电影节的规则有了重大改变，当然是因为前一年评委提了意见：评审团主席不再选举了，而是由总干事及其顾问在电影节开幕之前指定。必须承认，新一届评审团主席的人选非常合理，无可指摘：身材魁梧的弗里茨·朗是德国传奇影片《大都会》《马布斯博士》《凶手M》的导演，尤其是《凶手M》，让扮演在杜塞多夫杀死多名小女孩的可怕凶手的外国演员彼得·洛一举成名。弗里茨·朗以罕见的勇气拒绝了戈培尔可怕的建议，于1933年逃离纳粹，前往好莱坞重新开始职业生涯。这位杰出的导演开启了选用著名演员、大导演来担任评审团主席这个大家都觊觎的职务，而不再像起初那样由院士来担任。此外，罗贝尔·法弗尔–勒布埃的火枪手们也一致同意，任命半年前去世的让·科克多为电影节终身荣誉主席。那位诗人将永远活在戛纳人的回忆中。

又来了一位轰动性的人物，让克鲁瓦塞特大街沸腾起来。亨利·维尼尔带着他的《阳光下的十万美元》摄制组来了，那部影片是由米歇尔·奥迪亚尔编剧的，摄制组中包括安德丽·帕里西、利诺·文图拉、雷吉纳·克南和让-保尔·贝尔蒙多。贝尔蒙多在沙滩上被公众围在中间表演杂技和滑稽动作，不料钱包被偷。必须指出，亨利·维尼尔的这部所谓的“商业片”很不错，但并不真正符合戛纳的文艺口味。影片虽然跟弗朗索瓦·特吕弗的《柔肤》和雅克·戴米的《瑟堡的雨伞》一道正式入围，但维尼尔的这部场场满座的“大众”电影，由电影院经理颁给“非电影节”的“金票奖”，就已经应该满足了。

然而，贝纳尔·斯潘德莱却说这届电影节让他印象非常深刻，弗朗索瓦丝·多莱亚克前来宣传她和让·德赛利参与演出、弗朗索瓦·特吕弗导演的《柔肤》，她妹妹凯瑟琳·德纳芙也来了。凯瑟琳初出茅庐，一头漂亮的金发，在《瑟堡的雨伞》扮演角色，十分可爱。雅克·戴米肯定自己的这部“彩色歌舞”片什么奖都拿不到，也许太过时了，因为太细腻，米歇尔·勒格朗的音乐非常典雅，但现在是“嬉皮士”时代，《伙伴你好》的时代，没有一个人，甚至包括戴米本人，相信年轻人会从凯瑟琳·德纳芙、尼诺·卡斯泰尔诺沃和安娜·韦农扮演的角色中找到自己的影子。这部情节剧主题很美，以出发参加阿尔及利亚战争为背景——是的，还是这一题材，老是这一题材！人们的耳边仍回响着女主人唱的“不，没有你我无法活着”。贝纳尔·斯潘德莱和他的许多同行一样，被头发红棕色的弗朗索瓦丝·多莱亚克吸引住了，在蒙特卡罗电台对她进行了长时间采访。她漂亮、聪明、有趣，回答问题十分机智。斯潘德莱完全被她迷住了，预言她的艺术道路将非常顺利、长久……他告诉我们，在他一生中所采访的艺术家中，只要她会在接受采访之后写几句漂亮的感谢语。斯潘德莱至今还像宝贝一样保留着几张。

意大利送选了一部甚至还没放映就引起轩然大波的影片：马尔科·费雷里的《原始女人》。亨利·夏比埃在《论争》中写道：“那头母猴应该获得下流电影的‘金棕榈’。影片虚伪、放肆、粗俗。有什么必要让那么著名的女演员安妮·吉拉尔多披上毛皮、扭曲自己呢?”

然而，乔治·布拉切奇在《日内瓦邮报》上承认：“这个野女人的故事震惊了许多人，只是，安妮·吉拉尔多从来没有爬得那么高过……”聪明而细心的弗朗索瓦丝·多莱亚克却已经料到了：特吕弗的《柔肤》讲的是一个成熟男人（让·德赛利扮演），欺骗自己上了一定年纪的太太（娜丽·本内蒂扮演），与一个漂亮的年轻女人（弗朗索瓦丝·多莱亚克扮演）私通，于是他的太太当着那个女人的面杀死了自己的丈夫。”

特吕弗的崇拜者都愣住了。让·杜图尔哆嗦地说：“特吕弗拍了一部只有过时的烂导演才拍得出来的电影，缺乏勇气，缺乏想象力，没有诗意，真令人失望！拍《四百击》的特吕弗哪里去了？……这是一部反映乱伦的情节剧，影片中一切都很虚无、老套……一切都很假。”

亲爱的让·杜图尔，我们都非常喜欢和崇敬他，《柔肤》将被当做是弗朗索瓦·特吕弗的杰作之一。这部真正的偶像片，让我们又见到了既胆怯又大胆的弗朗索瓦丝·多莱亚克，她已经是个大演员了，但目光仍那么躲闪，不过，非常迷人。

在著名评委和电影人当中，我们注意到有夏尔·博耶、珍妮薇芙·佩吉、勒内·克莱芒、《费加罗报》可怕的评论家让-雅克·戈蒂埃，他让巴黎所有的戏剧都发抖、美国历史学家亚瑟·施莱辛格，他与1963年被暗杀的约翰·菲茨杰拉德·肯尼迪总统关系很近。也有一些外国代表，名单上有苏联、瑞典、捷克斯洛伐克、德国、瑞士等。

《大胡子妻子的丈夫》组织了一场新闻发布会，漂亮的安妮·吉拉尔多当然出席了，她说她把自己变丑是大胡子导演马尔科·费雷里给了她灵感；还有精神饱满的乌戈·托格内吉，他后来决定在海边的沙滩上，穿着游泳裤，当着所有参加电影节的客人的面，给大家煮意大利面。有了乌戈·托格内吉，电影节就不会沉闷，有了米歇尔·奥迪亚尔也同样。那个对话编得十分精彩的编剧望着极漂亮的珍妮薇芙·佩吉，突然大喊：“要把所有评委的衣服脱光！”

大家都笑了，包括珍妮薇芙·佩吉，她刚在雷诺·巴罗剧院演完保尔·克洛岱尔的《缎子鞋》。阿涅斯·瓦尔达在《阿涅斯眼中的瓦尔达》一书中讲道，颁奖那天，雅克·戴米和她肯定自己一无所获，便前往昂蒂布角去看阿涅斯的母亲，结果人们在戛纳到处找他们，最后，终于电话联系到了他们：“戴米先生，今晚必须回来……您得了‘金棕榈’！”

阿涅斯·瓦尔达说，她高兴得大叫起来，然后又害怕了——雅克没有燕尾服，他得去租一条，阿涅斯也只有一条非常简朴的黑色晚礼服。母亲借给她一串漂亮的钻石，那是外婆留下来的，家中唯一的首饰。为了避免被盗，阿涅斯把首饰牢牢地缝在裙子里……当晚，获得了巨大的成功。

这届电影节的“最佳女演员奖”颁给了《太太的苦闷》（杰克·克莱顿导演）的主演安娜·班克罗夫特和在拉里·皮尔斯的《天伦泪》扮演主角的芭芭拉·蓓丽；获“最佳男演员奖”的是匈牙利影片《百灵鸟》（拉斯罗·拉诺迪导演）中的主演安达尔·佩吉。

“贾利·古柏奖”被取消了，但“评审团特别奖”恢复了，颁给了敕使河原宏的日本电影《砂之女》……而雅克·戴米则心怯、焦急而自豪地在掌声中走到台上，从珍妮薇芙·佩吉手中接过颁给《瑟堡的雨伞》的“国际电影节大奖”。

由于我们不知道的某个原因，“金棕榈奖”被“遗忘”了，直到1975年。也许是财政紧缩的原因？不过，人们在报刊杂志上继续把“国际电影节大奖”叫做“金棕榈”！而且，两年前创办的“影评人周”[①]把一棵象征性的棕榈树颁给了贝纳尔多·贝托鲁奇的《革命前夕》，这是用来奖励“年度最有创意”影片的。

第二天上午，阿涅斯·瓦尔达和雅克·戴米十分高兴而自豪，这大家都猜得到，早早就开车离开了刚刚建成的“大旅店”。颁奖晚会后，他们只睡了两个小时，之前要接受大家的祝贺，还喝了很多香槟酒。快到普罗旺斯艾克斯省时，阿涅斯突然大叫一声：“我忘了拿黑裙子和缝在裙子里的首饰了！”

怎么办？打电话告诉旅馆还是尽快赶回去？他们选择了第二种办法，于是戴米夫妇又火速回到了戛纳。他们非常担心，生怕家里遗传的“唯一”贵重的首饰被哪个不诚实的人拿走。上午11时，他们回到了旅馆，装出十分自然的样子向服务员拿钥匙，服务员并没有说什么。在电影节期间，人们起得晚睡得晚。戴米夫妇迅速上楼回到自己的房间……非常幸运，房间还没有打扫。黑裙子和首饰都在衣橱里。阿涅斯激动地说，她当时跌坐在床上，雅克和她像两个怕大人骂的孩子，因避免了一场大麻烦而放下心来，开心地笑了。

“那个首饰，妈妈最后还是送给了我。”阿涅斯·瓦尔达说。

我们可以在她的电影《千面珍宝金》中看到，瓦尔达在赌场赌

---

① 戛纳电影节活动的六个单元之一，其他还有“导演双周”“某种注视”“电影新貌”“会外市场展”等。——译注

钱，把这件首饰像扔小费一样扔在桌上，说："这是我个人的！"

剧情突变！

法弗尔-勒布埃成功地赢了一局：1965年，一位女性首次被任命为评审团主席。她就是温柔的奥利维娜·德哈维兰，领导着清一色由男性组成的评审团，其中包括雷克斯·哈里逊、安德烈·莫洛亚、弗朗索瓦·莱兴巴赫、阿兰·罗伯-格里耶和因《豹》而破产但后来重整旗鼓的制片人高菲雷多·隆巴多。

许多明星都是大家所期盼的：米歇尔·摩根和已成为她的伴侣的热拉尔·乌里。厄运结束了，米歇尔漂亮而安静，幸福地挽着乌里的胳膊。乌里的《暗度陈仓》获得了成功，他曾冒出一个念头，让路易·德菲内和布尔维尔在片中扮演角色。第二年，他们坐着一辆宽大的吉普，在出演《虎口脱险》的泰瑞·托马斯和理所当然地获得了观众送的"金棕榈"的热拉尔·乌里的陪同下，在克鲁瓦塞特大街游行。《虎口脱险》是人们在电视里看得最多的法国电影，现在的收视率还打破纪录。

1965年，最引起轰动的，是《詹姆斯·邦德》。终于看到了肖恩·康纳利。他不喜欢别人叫他"詹姆斯·邦德"，这并非没有道理。梵蒂冈刚刚还谴责过《詹姆斯·邦德》（现在也如此）。肖恩·康纳利才不在乎呢！他来戛纳推荐他十分喜欢的一部影片，西德尼·吕美特的《山丘》。当贝纳尔·斯潘德莱问他："您对蓝色海岸印象如何？"

肖恩·康纳利以他爱尔兰式的幽默回答说："我是从海明威和菲茨杰拉德的书中了解它的，但我觉得它已发生了巨大的变化。"

肖恩·康纳利把健壮的前臂上的两个文身展现给卡罗尔·贝克和玛蒂娜·卡洛尔看，那是他当海军时留下的纪念。文身上有这么几个很动人的字"爸爸和妈妈""永远忠于爱尔兰"。这些字，刻在一个以《詹姆斯·邦德》（当时已拍了三部）震惊世界的人身上，非常让人惊讶。

《山丘》是一部杰出的反军事干预电影，某些人感到很意外，因为他们没想到肖恩·康纳利会出现在一个专门对顽固不化的人进行再教育的英国训诫营里，但《山丘》一直是他最喜欢的影片。

摩纳哥的格蕾丝王妃陪同罗丝·肯尼迪——被暗杀的美国总统的母亲前来参加非参赛影片《一个与我们相遇的伟人》的放映，这是一件大事。这部长片是为了纪念民主总统约翰·菲茨杰拉德·肯尼迪而拍摄的。看完影片，格蕾丝王妃泪流满面，搀扶着激动得不能自已的罗丝离开剧场。

一个年轻导演、奠边府英雄，与另外两万五千名法国士兵一道被越南人俘虏，一年后回到法国，体重只剩下三十八公斤，躺在担架上。活着回来的只有四千人。身体恢复后，皮埃尔·施恩多弗的心仍留在印度支那，他和一直支持他的妻子一道，来戛纳宣传根据他的小说改编的正式参赛影片《317分队》。这是一部十分罕见的影片，讲述印度支那战争中发生的可怕悲剧。影片是在柬埔寨拍摄的，当时红色高棉还没掌权。皮埃尔·施恩多弗当时是军中年轻的电影导演，在飞机上“从空中”拍摄奠边府大战役（他认为这是20世纪的最后一场大战）和下面发生的悲剧，但忍不住跳了伞，去跟被越南人俘虏的法国士兵会合。皮埃尔·施恩多弗不像是一个普通人，他很瘦、很有风度、很克制、很有品位，“从外表看”，他与人们所想象的久经沙场的老战士完全不一样。

让我们概述一下这部震撼人心的影片的内容吧：1954年5月4日，奠边府沦陷那天，驻扎在当地的第317分队必须撤离位于吕巴的小阵地，穿过危险的原始森林，前往老挝边界，到一百五十公里外与老寨的部队会合，因为越南的部队开始扑向“可恶的”法国人。刚从圣西尔军校毕业的下士托伦（雅克·贝汉扮演）和参加过第二次世界大战的老兵军士维尔斯多夫（布鲁诺·克雷默扮演）指挥着这支五个人的小分队。在这场让人气喘吁吁的撤退中，他们中了埋伏，发生了伤亡，打了几仗，互生敬意然后是深厚的友谊让托伦和维尔斯多夫两人成了生死之交，直至第317分队的战士全部壮烈牺牲。

这部影片深深地打动了来宾和评委。“最佳编剧奖”同时颁给了西德尼·吕美特的英国影片《山丘》和皮埃尔·施恩多弗的法国片《317分队》，施恩多弗在越南现场拍摄的《安德逊小分队》还于1967年在好莱坞获得了奥斯卡“最佳纪录片奖”。这一炮打响的职业生涯后来还将让我们发现一个“施恩多弗”世界：他拍了不少罕见的影片，比如《队长的荣誉》《奠边府》以及最近的《在那上面》，我们有幸在军校豪华的电影厅里观看了全球首映。在施恩多弗所喜欢的题材中，他的影迷们总能找到大写的“友谊”“部队”“荣誉”“信守诺言”，他要不惜一切代价地把这些价值保留在这个“骚动而疯狂的人类”中。

奥利维娜·德哈维兰、雷克斯·哈里逊、米歇尔·摩根、弗朗索瓦丝·多莱亚克和凯瑟琳·德纳芙上台颁发了其他奖项。

"最佳男、女演员奖"都颁给了威廉·惠勒的《蝴蝶春梦》中的男女主演：萨曼莎·艾加是著名演员凯瑟琳·赫本的侄女，特伦斯·斯坦普则把那个绑架并监禁少女的邪恶疯子演得出神入化。这部影片和2006年发生的那个少女失踪案简直一模一样：奥地利女孩娜塔莎·坎普许被一个变态者关押了八年之后重获自由。

捷克斯洛伐克和苏联得了给人安慰的提名奖，比利时获得了短片部分的评审团特别奖，获奖的是让·布里斯梅的《普拉多先生》。"最佳导演奖"颁给了利维乌·丘列伊的罗马尼亚影片《绞刑的森林》。

日本影片《怪谈》获得了"评审团特别奖"，小林正树导演的这部影片讲述了三个怪异的故事。戛纳电影节将让全世界发现了日本的大导演。

最后是现在被叫做"国际电影大奖"的"金棕榈奖"，获奖的是理查德·莱斯特的英国影片《诀窍》。这是一个巨大的成功，安德烈·拉福格在《自由巴黎人》上写道："滑稽、智慧、有趣，没有戈达尔的戈达尔派的胜利。"

"诀窍"[①]的意思是："引诱少女的……办法。"在闭幕晚会上，大家都兴奋地互相问道："你有诀窍吗？我有。要成功就必须有诀窍。"这一说法很快就传到了巴黎，在巴黎，大家当然都有"诀窍"！

---

① 英文原文为"Knack"。——译注

第十九章
年轻的群狼

“这确实是一个叔叔伯伯的电影节！”米歇尔·奥迪亚尔看了1966年的评委名单时讽刺道。

马塞尔·阿夏尔、莫里斯·萨热纳瓦、让·吉奥诺（最终爱上了电影）、安德烈·莫洛亚、马塞尔·帕尼奥尔和阿尔芒·拉克鲁围着比他们全都高出一个头的新任主席索菲娅·罗兰。索菲娅一头褐发，精心梳理。电影界的几头年轻的狼也跟着米歇尔·奥迪亚尔一道讽刺，尖锐地批评：“大部分由戏剧界人士和院士（走老路了）组成的评审团，他们每年去电影院不会超过三次，评委中还有个当然很漂亮的女演员，但更突出的是她老是缺席。”确实，索菲娅·罗兰在伦敦与马龙·白兰度一道拍摄卓别林的《香港女伯爵》。在电影节期间，她不断坐飞机来回于松林[1]和蓝色海岸两地。由于她无法和评委一起看电影，这让许多先生都感到气愤，她让人在她下榻的卡尔顿酒店的套间隔壁弄了个小放映间，晚上给她放她无法跟其他人一起看的电影。总之，这是正式的说法，我们无法找到在夜里给女主席放电影的那个可怜的放映员，以核实这种说法是不是真的。

不过，除了那些院士以外，索菲娅在评委中有两个要好的圈中朋友暗地里给她一些建议：去年因《诀窍》而成为大赢家的理查德·莱斯特和不能不提的英国演员比特·乌斯蒂诺夫。乌斯蒂诺夫原籍苏

---

① 松林（帕英坞）制片厂（Pinewood Studios）是英国最著名的电影制片厂之一，它是许多大片的诞生地，最有名的当属007系列影片。——译注

联，他还是剧作家、画家、歌手、音乐家、导演，具有一切才能，包括幽默感。这人太聪明了，他说自己是："用英语说话，俄语做梦，法语写作。电影，一个'漂亮的金丝笼'！"

电影节的这个高参出了一个高招，组织一场有趣报告会，主题是"新浪潮"，很快就赢得了大家的喜欢，最著名的和最年轻的导演都参加了。但德尔伯特·曼的一句话引起了麻烦，这位曾因《君子好逑》而获"金棕榈"的导演说："对我来说，电影如果不讲故事，不讲一个好故事，那就没有意义！"

让-吕克·戈达尔一听就不高兴了，突然气愤地大喊："可是，曼，正是你们所拍的那些商业故事电影让我没法拍我喜欢的电影！"

全场混乱起来。

克洛德·勒路许（他有个也许根本没有机会入围的小片子《一个男人和一个女人》被选中了）试图让大家平静下来："让-吕克，我知道，你不喜欢我的所有电影（勒路许已经拍了五部电影，其中包括《骗子》），但我要感谢你给我们开辟了一条新的道路，你自由的新电影……"

罗伯特·布列松是个习惯克制、礼貌的人，这时也忍不住强烈指责勒路许："但你的电影是反真实的。最不讲真实的就是对演员说，'你想怎么演就怎么演！'"

喊声四起！所有的导演都愤怒了，大声抗议，互相讽刺，有人嘲讽"过时的老电影"，有人嘲讽年轻人的新浪潮……让·德兰诺瓦保持尊严，没有发作，但气愤地离开了大厅。在西班牙政府的要求下携影片《战争终了》退出竞赛的阿伦·雷奈也跟了上去，再一次摔电影节的门而去。接待人员开始担心：里面是不是打架了？还没有，但离拳脚相向也差不多了。前来宣传《大鸟与小鸟》的皮埃尔·保罗·帕索里尼用意大利语大骂，声音盖过了其他人。看到这些"发怒的法国人"，《青年特尔勒斯》的导演沃尔克·施隆多夫吓坏了。这时，特吕弗爬到椅子上，他显然是支持戈达尔、勒路许和雅克·里维特的，信息部长伊冯·布尔吉想查禁他根据狄德罗的小说改编、安娜·卡里娜出演的"丑闻"电影《修女》，他现在还气呼呼的。安德烈·马尔罗和伊冯·布尔吉之间曾就这部影片大吵一场，最后是文化部长以艺术的名义赢得了信息部长。

雅克·里维特的影片没能入选，这场以他为焦点的高层决斗使他极其气愤，他大胆地捍卫朋友戈达尔、勒路许和特吕弗的电影，抨击政府介入与它毫无相关的事情当中，也就是说电影！他大声谴责针对“他的”《修女》的阴谋。

“耻辱！丑闻！”戈达尔和勒路许也火上浇油，“别人想拍什么拍什么，想怎么拍就怎么拍，想什么时候拍就什么时候拍！不想讲的东西就不讲！”

“里维特，我们支持你，把那些老蠢货赶出去！”大厅里有人喊。

这太过分了。大卫·里恩是来宣传他的非参赛片《日瓦戈医生》的，只见他站起来，沉默了一会儿，大家都屏住了呼吸。这时，他一副怀疑的样子，说：“我很希望有人能告诉我，这种用不讲述的方式来讲述究竟是怎么回事。我本人对此一无所知。”

就像在莎士比亚的戏剧中一样，大卫·里恩有尊严地站了出来。至于其他年轻导演，他们自己待在一起，长时间讨论他们的电影。不管怎么说，人不可能老是三十岁，天天去嘲笑生了气的“老阿姨”。

许多明星都在场，有的是第一次出席，有的是常客，比如奥森·威尔斯。弗朗索瓦丝·萨冈对这个天才非常尊重，把他叫做“迷人的金刚”，她在《我最美好的回忆》中写道：“他笑声响亮，目光有趣而又像看破红尘，是外国人的那种黄眼珠。”威尔斯来戛纳推介根据莎士比亚的戏剧改编的西班牙影片《法斯塔夫》。

三个好伙伴布尔维尔、泰瑞·托马斯和路易·德费内斯不停地笑，不停地开玩笑。对他们来说，在戛纳，没有什么是正经的，尤其是“新浪潮”。他们拍些好看的老电影，谁也没想到会那么成功，比如热拉尔·乌里的《虎口脱险》。

维托里奥·加斯曼和朱丽叶·梅尼尔也来了戛纳，麦克·凯恩的身边总不乏女崇拜者，阿努克·艾梅、皮埃尔·巴洛夫和让-路易·特林提格南特焦急地等待放映他们的影片，他们知道，他们的导演克洛德·勒路许口袋里已分文不剩，他把宝全都押在《一个男人和一个女人》上面了，他现在除了债务什么都没有了。卓别林的长女杰拉丁与安娜·卡里娜、索菲娅·罗兰相处很好。拉蔻儿·薇芝庄重地参加所有的盛会，玛蒂娜·卡洛尔也如此。扮演日瓦戈医生的奥玛·沙里夫一刻不离大卫·里恩，对他来说，那个讲英语的埃及人拥有一切：英俊、聪明、才华、幽默，可惜，他喜欢桥牌胜过喜欢电影。

玛格丽特公主也要来参加约瑟夫·罗西的《女金刚智破钻石案》的

放映。大家都在等，一直等……等了二十分钟，灯灭了，影片开始了。玛格丽特非常气愤，在黑暗中深一脚浅一脚地进来。有人大声地讽刺说："准时是王室必需的礼貌！"

5月12日，颁奖晚会终于到了。索菲娅·罗兰穿着银色的长裙，显得雍容华贵，发饰显然是由专为明星、王妃和公主服务的理发师亚历山大设计的。她坐在她的男性评委中间。

"最佳处女作奖"颁给了米尔恰·穆雷尚导演的罗马尼亚影片《起义》。

谢尔盖·尤特凯维奇导演的苏联影片《列宁在波兰》获得了"最佳导演奖"。

"最佳男演员奖"颁给了丹麦影片《饥饿》中的主演彼特·奥斯卡森。

获"最佳女演员奖"的是瓦妮莎·雷德格瑞夫（诽谤她的人恶毒地说她是"行业里的悲剧性错误"，因为她的政治立场往往非常极端甚至有暴力倾向）。这个高大的演员在卡雷尔·赖兹的《摩根》中出演女主角。

意大利著名喜剧演员托托获得了特别提名。

第十九届"国际电影节奖"颁给了奥森·威尔斯，以表彰"他对世界电影的贡献"。那个身材高大的巨人非常激动，他上台领取他的战利品，感谢戛纳电影节和法国，法国总是热烈地欢迎他；而在好莱坞，奥森在某些影片中亏了许多钱，制片人都唯恐避之不及。

最后是"电影节大奖"，它其实就是"金棕榈奖"，由索菲娅·罗兰亲自颁发，克洛德·勒路许的法国片《一个男人和一个女人》和皮亚托·杰米的意大利影片《绅士现形记》双双获奖，但台下马上就有人给那部意大利影片喝倒彩："庸俗！下流！可笑！"

而大部分与会者则马上报以掌声："太棒了！杰作！独一无二！妙极了！"

勒路许激动地与男演员特林提格南特拥抱。阿努克·艾梅也来到他们身边，三个人一起跳起了华尔兹。勒路许二十八岁，在戛纳电影节的历史上，他是获"金棕榈"的年纪最轻的导演。马塞尔·帕尼奥尔被他的高兴劲儿感动了，拍拍他的肩膀："祝你好运，小伙子，这是你生命中最美好的时光。好好享受吧！"

而可怜的皮亚托·杰米则回应谩骂者说："如果是这样的话，下次，我就设法烦你们……”

雅克·里维特的《修女》什么都没有得到，但安娜·卡里娜进入了大明星的行列。

由皮埃尔·巴鲁作词、弗朗西斯·雷谱曲、妮可·克瓦西尔演唱的《达巴达巴》，响彻在电台里，深入到了每个人的心中，大家都在唱。《一个男人和一个女人》是划时代的，由于这一巨大成功，克洛德·勒路许可以还清他的债，开办自己的制片公司了。他的事业因戛纳而腾飞。

“戛纳就在那儿……有点像在加尔各答……海防已被夷为平地。希腊发生军事政变已经十一天了……在戛纳的沙滩上，还有一些美国水手，他们和刚刚出道的女明星在拍照！”

那天下午，在卢森堡电台听到玛格丽特·杜拉斯大发雷霆的那些人应该警觉了。杜拉斯之所以这样说，是因为她预感到了什么东西。也许是神经质？

前来参加1967年4月27日到5月12日举办的第二十届电影节的客人都到了戛纳。意大利大导演亚历山德罗·勃拉塞蒂任评审团主席，他导演过五十多部电影，其中包括《法波奥拉》。不过，评委中不能不提的明星是雪莉·麦克雷恩，开幕式那天晚上，她穿着白色的丝网袜，粉红色的超短裙，披着长围巾，十分引人注目。

有个美国导演带来了一部非参赛影片《艳侣迷春》，没有人注意到他的名字：弗朗西斯·福特·科波拉。但他再次来的时候，以他的直升机和“女武神的骑行”轰动了戛纳。

罗伯特·何森也来推介他的非参赛片《我杀了拉斯普京》。大家都在说罗伯特·布列松的《少女莫夏特》会得“金棕榈”，也在谈论安东尼奥尼的《放大》以及吕基·康曼西尼的《爱的世界》，但他的电影和片名一样完全无法理解。影片结束时，全场喝倒彩、吹口哨、哭泣，只有几个人鼓掌。不过已经有进步了，人们没有打起来！米切尔·西芒以其全部作品获得了一枚金奖章，他感到非常意外：“其实，我就像个老仆人。”他自嘲地说。杰瑞·刘易斯以“伊丽莎白·泰勒的派头”来到戛纳，开来三辆小汽车，另有一辆小卡车以及十五个随员和一吨行李。然而，他永远不换行头，总是穿着同样的黑礼服，引得众人发笑。

大家都在等待的隆重时刻，是碧姬·芭铎的到来。她同意来戛纳，仅仅是因为她当时的丈夫昆特·萨克斯是法国影片《巴图克舞》（让-雅克·马尼戈导演）的制片人。该片不参赛，但将在电影节期间放映。碧姬·芭铎在她的回忆录中写道："我讨厌戛纳电影节，这是一个你争我夺的丑剧。但昆特让我作选择：要么来推介影片，要么立即离开他！我当时选择了戛纳！"当时在台阶上方的贝纳尔·斯潘德莱告诉我们，在来宾和公众的记忆中，从来没有见过这样失控的场面。碧姬·芭铎受到了粗暴的对待，疯狂的人群推搡挤压得她喘不过气来，但她仍然保持微笑。她和她丈夫已和穿制服、戴大盖帽的警察隔开，她的脚几乎都被架离了地面，就在她快要晕倒在大厅里的时候，贝纳尔·斯潘德莱把她接到了蒙特卡罗电台的玻璃直播间里，她这才缓过气来。而斯潘德莱则得到了一场简短但绝对是独家的采访。他的上司十分惊讶，因为碧姬·芭铎通常是拒绝谈个人私事的。事实上，这是戛纳历史上从未有过的歇斯底里的晚会，尽管有这位著名明星到场。这太危险了！以后，组织者便开始设立围栏。最后碧姬·芭铎似乎对这个被叫做"芭铎狂"的"疯狂晚会"感到很高兴，尽管她不愿意承认。从她在台上拍的照片（米切尔·西芒站在她旁边）看来，她非常漂亮，一头金发，光彩照人，笑得非常灿烂。

后来在"Canal+"当了很多年老板的皮埃尔·莱斯屈尔发现贝纳尔·斯潘德莱是一个到处钻的"滑稽的家伙"[①]。他是第一个在两年前进入"阿拉摩堡垒"的人，即伊甸罗克酒店的豪华大厅，披头士曾躲在那里拒绝一切采访，而他们的粉丝却兴奋到极点，高唱全世界流行的歌曲，如《爱我》和《黄色潜水艇》以及一些电影中的歌曲如《一夜狂欢》和《求救》。贝纳尔·斯潘德莱整个下午都和他的录音师及有趣而迷人的"披头士"在一起。就在蒙特卡罗电台播音之前的三分钟，他带回了与"披头士"的长篇谈话：约翰·列侬、乔治·哈里森、保罗·麦卡特尼和林戈·斯塔尔。别的人谁都无法靠近他们。斯潘德莱的这一出色表现深得同行的赞赏。

像以往一样，奖项揭晓后，有人欢喜有人愁。

"电影节大奖"（"金棕榈"）颁给了英国影片《放大》。安东尼奥尼的这部影片奇特而优美，从此，大家都看懂了，尽管前面的部分

① 暗指尼尔·卡斯特导演的同名电影，讲述一个独身女记者的故事。——译注

有些艰深。

两部影片并列获得“评审团特别奖”：一部是约瑟夫·罗西导演、哈罗德·品特编剧的英国影片《车祸》；让人有些吃惊的是，亚历山大·佩特洛维奇导演的南斯拉夫影片《愉快的吉普赛人》也获得了该奖。克洛德·勒路许被这部影片深深地打动了，诚实地辞去了评委一职，购买《愉快的吉普赛人》在法国的发行权。勒路许的嗅觉很灵，他获得了巨大的成功。

罗伯特·布列松获得了“终身成就奖”。不过，他也许更希望他的《少女莫夏特》能获一个奖。

法国的一位年轻导演阿兰·杰胥亚以《屠杀游戏》获得了“最佳剧本奖”。

“最佳处女作奖”颁给了阿尔及利亚影片《奥雷斯山上的风》，导演是身高体壮的穆罕默德·拉克达·哈米纳，这一奖项来得正是时候：1962年7月1日阿尔及利亚独立之后，法国人全都想把它忘了，也许除了那些黑脚①，《埃维昂协议》②之后，他们回去的时候可能也是光着脚的。

《瑟堡的雨伞》获得“金棕榈”之后，雅克·戴米让人粉刷了他在罗什福尔城的房子，把房子刷成粉红色、绿色和黄色。他开始拍摄一部更加庞大的音乐剧，还是和拉米歇尔·勒格朗搭档。绝妙的主张。戴米找来银幕姐妹弗朗索瓦丝·多莱亚克和凯瑟琳·德纳芙来出演。她们在片中唱道：

我们是一对孪生姐妹
出生在双子星座之下……

真是不可思议！不过，迄今，四十多年了，《柳媚花娇》仍没有过时。故事很吸引人：雷谢夫建了一个市集，这对孪生姐妹来此参加庆典和舞会。这两个女孩，青春而美丽，一个金发、一个褐发，在城里满街跑，寻找着爱情。成功之路甚至凯旋之路展现在多莱亚克和德纳

---

① 指曾经生活在阿尔及利亚的法国人。——译注
② 又称《阿尔法协议》，即法国承认阿尔及利亚独立的协议，1962年3月签署。——译注

芙这对真姐妹面前。

罗贝尔·法弗尔-勒布埃和他的团队在办公室总结刚刚结束的电影节，突然，一个可怕的消息吓得他们呆若木鸡，整个“街头卖艺”行业的人也同样，当然也包括无数普通的崇拜者。1967年6月26日，在尼斯附近的埃斯泰雷尔的高速公路上，人们刚刚发现弗朗索瓦丝·多莱亚克死在方向盘前……她只有二十五岁。凯瑟琳·德纳芙后来说：“我很长时间都不敢提起她。我不得不接受这个无法接受的事实。”

这件震惊全行业的事情发生之后，法弗尔-勒布埃和他的团队还是得恢复工作，准备将于1968年5月10日至24日召开的下一届电影节。他们审看了许多影片，认真而慎重地进行了选择，其中，一个三十六岁的捷克斯洛伐克导演拍摄的长片引起了戛纳火枪手们的注意。这位导演名叫米洛斯·福曼，在西方不太出名。法弗尔-勒布埃决定选择这部影片参赛。影片的片名带有预兆性，但也有讽刺意义：《消防员舞会》。

第二十章
暴风雨来临

“如果要引起安德烈·马尔罗、评审团或是戛纳电影节领导层的注意，只需像当年一样，朝着他们发难。”米歇尔·科诺特愤怒地在《洛桑日报》上写道。为了证明自己说的话，他还补充说：“戛纳电影节证明、肯定和宣告，电影首先是金钱、阴谋、懦弱和愚蠢！”尽管如此谩骂和侮辱，米歇尔·科诺特还是经不起诱惑，来戛纳宣传他的《蓝高卢》，这部影片已被正式选中，代表法国参加新一届电影节。

1968年5月10日晚，一束束玫瑰花揭开了盛大的开幕式。仪式由摩纳哥王妃格蕾丝主持，她穿着迪奥设计的白色绸缎套装，显得十分漂亮和出众。站在她旁边的苏丹王妃永远都那么珠光宝气，她坐着豪华的“劳斯莱斯”，挽着评审团主席安德烈·尚松的胳膊。像往年一样，评委们都聚集在她家的“迦伊爱”讨论奖项。在评委当中，有莫妮卡·维蒂、路易·马勒（他一脸胡子，刚从印度回来，在孟买和加尔各答拍片）、罗曼·波兰斯基和他年轻的太太沙伦·泰特（看得出来他很爱她）以及导演过多集《詹姆斯·邦德》的特伦斯·扬。大厅里，漂亮的明星们坐在正厅后排，等待揭幕，他们是：奥马尔·萨里、丹尼·凯耶、朱丽叶塔·玛西娜、阿努克·艾梅（《一个男人和一个女人》的大赢家）和杰拉丁·卓别林。在这个盛大的晚会上，将放映非参赛片《乱世佳人》。米高梅电影公司在加利福尼亚的卡尔弗城电影厂对其进行了加工，将其改成了七十毫米、双声道。信息部长乔治·戈尔斯没有赴会，说自己“忙于监视大事”……

什么大事呀？在戛纳，人们离巴黎的“若干”风波非常遥远。好像自5月2日起，拉丁区就出了点什么事。大学生们甚至在马路上设立了路障。没什么大事。类似的事情多了！自从圣路易与罗贝尔·德·索邦为穷学生们创办了索邦大学以来，圣米歇尔大街不时会发生点骚乱，但很快就会平息。

《乱世佳人》是第七艺术的一座真正丰碑，放映结束后，掌声如雷。人们在台上向刚刚去世的费雯·丽致敬。激情很快过去，片中四位明星唯一在世的奥利维娜·德哈维兰也没来。有人说，她索要十二万五千法郎的出场费。我了解奥利维娜，所以不太相信这种说法。很可能是好莱坞哪位忠心的经纪人提出这个数额，甚至没有告诉她本人。

五百名嘉宾来到康托港观看美丽的焰火，让人想起影片中的亚特兰大火。终于，吃晚饭了，大家有些提不起劲来。电影放了三个半小时，然后是长时间的演讲和盛大的焰火晚会，格蕾丝王妃、苏丹王妃和客人们也许累了。埃德加·施奈德在《法兰西晚报》上抱怨："笑声和欢乐在哪呢？电影节成熟了，变成了令人烦闷的一种仪式……希望它能在前进的路上绽露笑容！"施奈德没有等太久。

以后几天，5月11日至13日，电影节依旧沉闷。几个习惯制造气氛的影星，如丹尼·凯耶和奥玛·沙里夫已经离开。人们在焦急地等简·方达、伊夫·蒙当、米歇尔·皮寇利和森塔·伯格。莫妮卡·维蒂在沙滩上激动地对贝纳尔·斯潘德莱和几个在场的记者说，安东尼奥尼向她求婚了！同居了十一年之后，应该承认他并不太急。这事在记者当中引起了小小的轰动，但也仅此而已。

展映的电影许多人都不感兴趣，放映厅几乎都空了，但苏丹王妃仍给已经疲惫的评委提供客厅和饮食。费里尼、路易·马勒和罗歇·瓦迪姆的影片《勾魂摄魄》没有燃起人们的激情，阿尔伯特·芬妮的《查理·巴布斯》也同样，萨尔瓦多尼·桑别尼的《来和我一起玩》则让人打瞌睡，米洛斯·福曼的《消防员舞会》让评论家们醒来了，但对看电影的人来说，时间太晚了。

是罗伯特·夏扎尔在5月13日惊醒了众人。他不无艰难地终于接通了巴黎的电话，因为所有的电话都忙音。他发现戛纳完全游离于正在酝酿之中的骚乱。夏扎尔这么说了一句："暴风雨来了！"

索邦大学被抗议的学生占领了，楼顶飘动着红旗。乱糟糟的争论不分白天黑夜，苏瓦乔和科恩-班迪喊得比别人都响，他们成了眼前这场文化革命的明星。学生们扔着街上的铺路砖，大喊："C.R.S.–S.S！"[①]

罗伯特·夏扎尔买了一个晶体管小收音机，用来收听新闻，因为他知道法国广播电视公司在淡化巴黎的学生运动。法国政府似乎完全缺席了，戴高乐将军在罗马尼亚，乔治·蓬皮杜总理取消了旅行。具有讽刺意味的是，就在这群情激愤、一片混乱当中，关于越南的和平谈判却在巴黎举行。没有南下戛纳的米歇尔·皮寇利大喊："乱够了，该停止了！"他组织了一场无声的游行，与罗杰·哈宁、德菲因·塞里格、埃玛妞·丽娃、阿伦·雷奈、爱丽丝·萨普里希、罗伯特·泽利和雷蒙·鲁洛一道，绕着法国广播电视公司的圆型建筑示威。这些反抗的艺术家希望法国广播电视公司的围墙也能像杰里科[②]的围墙一样倒塌……但他们绕着水泥围墙白走了，法国广播电视公司围墙坚固得很，岿然不动。

安德烈·马尔罗已经决定解雇发起人亨利·朗格卢瓦和电影馆的乔治·弗朗瑞。这等于是火上加油。弗朗索瓦·特吕弗在戛纳领导一个委员会支持朗格卢瓦。他与克劳德·贝黎、罗歇·瓦迪姆、克洛德·勒路许和从"杰里科"回来的阿伦·雷奈组织了一场新闻发布会，当着激动万分的记者的面，谴责……

安德烈·马尔罗着了什么魔？朗格卢瓦是不是太放任自由了？是不是一意孤行，抵抗部长的指示？当然，但马尔罗将败在越来越愤怒的民众面前，而朗格卢瓦将成为电影界的英雄。让-路易·博里在电影大厦的台阶上接待了来自尼斯的一个大学生代表团，他们高喊着与巴黎学生同样的口号："不许禁止！""爱情自由，爵士乐万岁！"

让-路易·博里大声地鼓励他们："权力属于学生们！"

他被学生们当做英雄高高地抬了起来。

战火蔓延到了电影节。可怜的米歇尔·科诺特，他对《蓝高卢》抱以巨大的希望，现在却不能放映这部影片。戛纳，他太恨这个地方了，这地方对他进行了报复，不让他得到眼看就得到的成功，因为所有的评论家都想让他出名。当电影人得知，沃吉拉路的摄影与电影学校的学生高喊着"革命万岁"口号，投票支持电影界全体大罢工，要求占领电影中心，立即停办戛纳电影节时，电影节突然出现了欢乐和

① C.R.S意为"共和保安队"，S.S意为"纳粹党卫军"。——译注

② 约旦西岸城市。《圣经》述及约书亚率领犹太人攻下此城。——译注

狂喜的气氛。电影界的各个环节、摄制和剪接都停止了，影院也关了门。5月17日晚，艾迪·巴克利还是来到了戛纳。满大街的白裙子和礼服，好奇怪的气氛！5月18日上午，总罢工开始。巴黎的地铁和火车都不开了，连飞机也不飞了，加油站和银行也关了门。对于那些出现财政赤字的人来说，问题还不大，但缺乏现金！那就用支票有时甚至用"空头"支票来支付。

5月18日上午，本来应该在电影大厦的小放映厅放映西班牙导演、杰拉丁·卓别林的伴侣卡洛斯·绍拉的电影《胡椒薄荷叶》，后来所发生的一切全被总是来得很巧的贝纳尔·斯潘德莱看在眼里，他跟我们讲述了台上最美的对话。

弗朗索瓦·特吕弗这个"无所忌讳的冒险家"走到台上，后面跟着他的捍卫者：路易·马勒、让-吕克·戈达尔、米洛斯·福曼、克洛德·勒路许和罗曼·波兰斯基。他一把抓住麦克风，向一半空着的大厅宣布（毕竟还是有人来看《胡椒薄荷叶》的）："鉴于目前所发生的事件，我们在沃吉拉路的同志们已经举行罢工，我建议，我们在戛纳也停止活动，以配合电影界的整体行动。"

参赛者突然激动起来，马上报以热烈的掌声。捷克导演米洛斯·福曼受到了现场气氛的感染，往前走上一步，勇敢地宣布："我收回我的参赛影片《消防员舞会》！"

勒路许和科诺特马上也跟着仿效。

"太好了！太好了！乌拉！"

突然，让-吕克·戈达尔大吼一声，声音盖过了狂热的掌声："评审团不应该再在苏丹王后家里聚会，那是丑闻！请评委们立即到我们这里来会合！这是命令！"

"太好了！太好了！不要西装、礼服和钻戒！"

罗曼·波兰斯基是波兰的犹太人，父母都死于纳粹的集中营里。他平静地插话说："这些方式让我想起我在东欧国家常见的某种主义。不是吗，米洛斯？"

米洛斯来不及回答，戈达尔就朝罗曼·波兰斯基"开炮"了："你站在哪边？支持我们还是反对？"他愤怒地大喊。

波兰斯基耸耸肩说："你想制止电影节……好吧，如果你愿意，你就制止吧！反正，现在谁也不在乎它了……法国人甚至不知道它的存在！"

戈达尔和波兰斯基越吵越凶。涌入大厅的人群开始起哄，人们大喊、鼓掌、喝倒彩。“够了，华丽的闪光片！”很多人都站在了椅子上。这很危险。罗贝尔·法弗尔-勒布埃出奇地冷静，远远地看着这混乱的场面，心里在想如何让这些愤怒的人平静下来。让·科克多厅太小了，导演们换到了大厅里，后面跟着激动的人群。一来到台上，大家马上又跟让-吕克·戈达尔争论起来。

“我们什么都慢半拍。巴黎发生的事情，我们慢了一个半星期。学生们被打得头破血流，而我们的电影却完全无视社会现实。我要求你们与占领雷诺汽车厂的工人们团结起来，你们却跟我讨论镜头的推移和近景！”戈达尔对公众大喊。

评审团被“强行”搬回电影大厦。莫妮卡·维蒂、特伦斯·扬、路易·马勒和罗曼·波兰斯基马上就辞职了。苏丹王妃想出去走走，还是坐着“劳斯莱斯”。她来到克鲁瓦塞特大街时，受到了辱骂，还有人朝她扔西红柿、臭鸡蛋，吐口水。

“哦……滚！别再来这一套，砸了你的‘劳斯莱斯’！”

她被吓坏了，回家把自己关在“迦伊爱”里，很长时间都没有出去。

昂蒂布路的电影市场仍平静地继续着。克洛德·贝黎紧急召见制片商雷蒙·达能，命令他停止商业放映，马夏·梅里也支持贝黎。对他们来说，一切都必须停止，包括昂蒂布路“邪恶”的贸易。骂声如雨，大家一起高喊：“法西斯！反动派！虐待狂！”

让-加百利·艾比棵寇过来在“极端派”和“反动派”之间进行调停。很像是1830年雨果和浪漫主义者在愤怒抨击崇古派。只有一个人完全独立于所有这些混乱，那就是奥森·威尔斯。他住在伊甸罗克酒店，利用相对的平静专心写作。

该放映卡罗尔·索拉的影片了。大厅里人满为患，有人跺着脚，要求放映：“电影！”“电影！”

另一些人拒绝：“不要电影，要罢工！”

帷幕拉开了。历史性的一幕就是在这个时候发生的，特吕弗和戈达尔抓住红色的帷幕不让放映。卡罗尔·索拉和杰拉丁·卓别林也奇怪地赶过来帮忙，他们也抓住帷幕，并且大喊：“自由！自由！不要电影！我们禁止‘我们的’电影！”

大厅里，叫喊声越来越响。电影节的保安也上了台，因为这些人发了疯似的要把一切都拆掉。戈达尔挨了一拳，特吕弗挨了一个耳光，杰拉丁倒在了地上。戈达尔做出一个了不起的举动，抢过麦克风，喊道："电影属于制作电影的人！你们没有权利违背他们的愿望擅自放映！"

在叫喊与辱骂当中，有人点着了打火机，还有人点着了火柴！这太可怕了！贝纳尔·斯潘德莱向我们承认说，他怕那些疯子把帷幕和影院点着。但现场突然静了下来，密集的人群害怕着火，像一阵风似的慌慌张张地逃走了。

"喂，紧急情况！"

晚上，罗贝尔·法弗尔–勒布埃接到情报总局的一个电话。

"情况令人担忧，勒布埃先生。我们先通知您，如果电影节发生更暴力的攻击，我们无法保护您。"

5月19日星期天，上午10点，罗贝尔·法弗尔–勒布埃宣读了一份公报。他一边向外国来宾表示道歉，一边宣布，第二十一届戛纳电影节立即结束。这时，开幕才一个星期。

让–路易·博里也大声地说："电影交易也结束了！"

罗贝尔·法弗尔–勒布埃、乔治·克拉韦纳和路易塞特·法尔热特还有一项工作，在一个完全瘫痪的国家，这似乎是不可能完成的：外国客人乃至法国人都得回家。他们好不容易才租到几辆车，因为大部分司机都罢工了。汽油太珍贵了，很难弄得到。有的车子把外国客人送到意大利或瑞士，想找到开放的机场或没有被困停机坪的飞机。至于法国人，他们则像一个懒懒散散的夏令营，北上回巴黎了。

米洛斯·福曼犹豫不决，不知道是否该马上回捷克斯洛伐克。他最后决定坐车去巴黎，尽管发生了这样的事件，他还是希望能为他的下一部影片找到一些经济来源。8月21日，当苏联的坦克开进布拉格的时候，他仍在法国。在捷克，不再是反抗的声音和主张，而是一场非常血腥的镇压。米洛斯·福曼的精神崩溃了：他的家人被困在那里。他想回去，但有可能被抓，甚至更糟。米洛斯·福曼的好友，也是他的制片人克洛德·贝黎说服了他，替他去了一趟捷克斯洛伐克——他有法国护照的保护。他救出了米洛斯·福曼的家人，把他们带到了法国，这证明他可以是"完全疯了的电影人"，也可以是一名杰出的勇士。

米洛斯·福曼的生活将发生改变。他离开了东欧待在西方，他伟大的职业生涯将在美国度过，他拍摄了包括非常著名的《飞越疯人院》和《莫扎特传》等作品。

在巴黎，大家都坚信，电影节已经完蛋了，遭到这样的打击恐怕再也无法恢复了。

第二十一章
游戏规则

“今晚踏上红地毯，是穿跳蚤市场买的破牛仔裤，还是穿传统的无尾常礼服？”

1969年5月12日，在克鲁瓦塞特大街，新一届电影节的来宾都在问这个问题。这是个大问题。一年来，发生了多少大事啊！左派政府被1968年的反抗动摇了，尽管它赢了当年6月的议会选举。当然，官方是不会承认这一点的。冬天过后，大家缓过气来，戴高乐将军亲自发起了关于“议会地方化和议会改革”的全民公决，但他输了：52.5%的人说“不”。他马上有风度地退居科隆贝双教堂。共和国代理总统阿兰·波厄和前总理乔治·蓬皮杜之间展开了激烈的总统之战，6月15日，乔治·蓬皮杜掌握了最高权力。

在这样的政治背景下，戛纳电影节却奇迹般地凤凰涅槃。受1968年的影响，大家都急着想知道，是否应该拒绝盛装登上那个神圣的台阶，而是自由散漫、表现得像个无产者一样？罗贝尔·法弗尔-勒布埃在一场深受欢迎的演说中，想给那些无政府主义的念头降降温：“戛纳不是红的，也不是白的；不是资产阶级的，也不是无产阶级的；它唯一的梦想是保持本色，也就是说，成为电影界最重要的年度聚会，成为所有为这门艺术而工作的人和参加电影工业建设的人的大聚会。”

这些有力的语言是想再次告诉大家，游行、路障和抗议，这些都结束了！总干事拒绝对在各个方面都取得胜利的电影节作出任何改变，这一电影界的盛宴其风头盖过了所有的竞争者，包括威尼斯的电影节。为了支持罗贝尔·法弗尔-勒布埃，好莱坞电影业的沙皇杰克·

瓦伦蒂断然地说："戛纳是个竞技场，影片能否成名全取决于它！"

大家选出来的这届评审团的主席无可指摘，他就是卢奇诺·维斯康蒂。评委有高大的法国女演员玛丽·贝尔、英国的斯坦利·多南和萨姆·斯皮格尔、苏联的钦吉斯·艾特玛托夫和捷克的雅罗斯拉夫·布塞克，他们都不怕回到戛纳这旋涡中。

有十九个国家参赛，其中包括一直都很忠诚的日本，以及德国、以色列、波兰、意大利、比利时、罗马尼亚和捷克斯洛伐克。苏联缺席。

"导演双周"成立了，评审团表决的地点更换了：再见了，豪华的"迦伊爱"别墅！苏丹王妃受到了抨击，内心难以释怀。今年，她谨慎地不再乘坐"劳斯莱斯"露面了，而是躲在一辆茶色玻璃的黑色"标致"里。她永远也不会忘记也不会原谅"电影界那帮歇斯底里的人"对她的侮辱。但评委们去哪讨论呢？到一个十分简陋、毫不奢华的地方？根本不是那么回事：到萨姆·斯皮格尔的游艇上。萨姆·斯皮格尔原籍奥地利，为逃离纳粹而去美国，后来发了财。他很有才华，担任过《桂河桥》的制片人。他把自己漂亮的"大楼"停泊在纳布尔海湾。不过，这年的争论不再发生在戛纳的现实生活里，而是发生在银幕上。

影片《大风暴》在放映之夜受到热烈欢迎。广大的专业人士，平时往往都很挑剔，在影片放映结束后，站起来向导演科斯塔·加夫拉斯和演员伊夫·蒙当、伊莲娜·帕巴、雅克·贝汉、让-路易·特林提格南特、皮埃尔·迪克斯和朱利安·吉奥马尔（最后两人很不情愿地分别扮演法西斯将军和上校）鼓掌，这在电影节是很少见的事。马塞尔·博祖菲总是那么出色，弗朗索瓦·佩里埃、尼瓦多·萨瓦特利和玛加丽·诺尔也同样。大部分由雅克·贝汉的法国和阿尔及利亚合资公司制作、在阿尔及利亚拍摄的这部影片，演员的阵容相当强大。

影片谴责20世纪60年代希腊军人的独裁统治，但没有特别点这个国家的名字。《大风暴》以各种形式控诉集权主义，讲述一个反政府议员（伊夫·蒙当扮演）揭露军政府的欺骗讹诈，后者决定要除掉他，但一个正直的法官成功地判政府的主要领导人以谋杀罪。

在传统的希腊语言中，"Z"[①]（Zai）的意思是"他还活着"。音乐

---

① 《大风暴》原文名为《Z》。——译注

家被当权的上校关到伯罗奔尼撒的监狱里，当米基斯·西奥多拉基这个名字说出来的时候，全场沸腾了，掌声经久不息。皮埃尔·比亚尔在《快报》上这样描写那种激奋："去年，影城爆发抗议，今年，抗议爆发在影片里。"林赛·安德逊的《如果》也是这样的情况，这部影片以现实主义的手法出色地反映了发生在英国一家学院里的骚乱。瑞士导演波·维德伯格的《1931年的阿达伦》则让人们发现了瑞士的喋血罢工，而大家都以为那个国家有多平静。这还没完呢，最有"异国情调"的影片来了！在美国，这是嬉皮士时代，是"权力归花儿"的时代[①]，是性自由的时代，是哈雷·戴维森的时代，是杰克·克鲁亚克的66号公路的时代，是抽大麻的时代。

放映该片的那个晚上，三个主角——丹尼斯·霍珀（导演兼演员）、比特·方达和一个名叫杰克·尼可森的离奇的陌生人（在这之前他只在罗杰·科曼导演的低成本影片中扮演过角色），三个人都穿着南北战争时期的制服，抽着大麻烟卷，进入了放映厅。

他们的影片《逍遥骑士》成了一部偶像剧，观众看完都不想站起来，这种"公路电影"[②]深受人们的欢迎。两个主人公从洛杉矶到新奥尔良，穿越美国，有点像《性、毒品和摇滚乐》。杰克·尼可森就是凭这部电影走红的，律师在狱中醉酒的场面让人难以置信，他后来在好莱坞被提名奥斯卡最佳男配角。

5月16日那场隆重的颁奖晚会首次成功地对颁奖仪式进行直播，并由法国广播电视公司传送欧洲电视联盟，这是一个辉煌的胜利。雅克·马丁同意担任这一盛大晚会的明星主持，因为确实有许多明星出席，比如娜娜·穆斯库莉和迪昂妮·沃威克，还有伊韦特·肖维埃歌剧院在《天鹅之死》中表演舞蹈的明星，他们在颁奖间隙穿插演出。从单子上来看，节目是相当精彩的。

晚会将在欧洲时间晚上7点准时开始，11点"金棕榈奖"揭晓和颁发后结束。

这次，不单是艺术家，连记者也抗议了。

"愚蠢！这是不可能的！太可笑了！我们只能在节目结束之后才能写稿……那就太迟了，无法赶上第二天的报纸……还谈什么独家新闻！"

---

① 嬉皮士的口号是"权力归花儿（Flower power）。爱情与和平"。——译注

② 原文为"road movie"，指故事和情节主要发生在路途中的影片。——译注

这种抱怨是有道理的，法弗尔-勒布埃让克拉韦纳和他的团队想出一个解决办法。经过商议之后，克拉韦纳建议把记者关在一个房间里，事先把获奖结果告诉他们。

“这样你们就可以安安静静地写稿了！”

三十来个记者接受了这个方案，而其他记者则表示还是想看现场，以便更好地报道盛会。于是，记者们分成了两拨：“囚徒”派将与颁奖结果被严密关在房间里，甚至有三个警察在门口站岗……但窗口没有岗哨！法兰西通讯社一个机灵的女记者用小纸团把结果扔给藏在外面小树丛里的同事。法新社马上就发布了评奖结果，而此时评奖还在进行。就在歌剧院的舞蹈演员在跳击脚舞的时候，大厅里响起了一片喧嚣。

“丑闻！叛徒！可耻！”现场记者大喊，他们刚刚得到一个“间谍”的报告。

“嘘！安静！让我们看完！”观众们喊。

“不能这样做的！”身材高大的荷莫·弗朗尼带领他的人马开始进攻了。

“自由的”记者们“乒乒乓乓”地离开直播现场，不顾正在唱歌的娜娜·穆斯库莉，跑去“咚咚咚”地猛敲关着“囚徒”的门。

“叛徒！把犯罪分子交出来！”

乔治·克拉韦纳赶到了。人们开始骂他，然而，像戛纳的所有事情一样，慢慢地，大家平静了一点……平静了很多。记者们都开始写自己的稿子，在蓝酒吧里写到很晚；而在大厅里，雅克·马丁在雷鸣般的掌声中出奇地平静，开始宣布评奖结果：

“最佳处女作奖”颁给丹尼斯·霍珀和比特·方达的《逍遥骑士》。

获“评审团奖”（一致同意）的是科斯塔·加夫拉斯的《大风暴》。

“最佳男演员奖”颁给《大风暴》的主演让-路易·特林提格南特。

在卡雷尔·赖兹的《绝代美人》中扮演女一号的瓦妮莎·雷德格瑞夫再次获得“最佳女演员奖”。

获“评审团大奖”的是波·维德伯格的瑞典影片《1931年的阿达伦》。

一直被叫做“电影节国际大奖”的“金棕榈奖”颁给了林赛·安德逊的《如果》。

要补充一句，获短片类“评审团特别奖”的是让-克洛德·卡里埃的《指甲钳》，他好像在自己的传记中忘了提了。

电视对电影界进行了大规模的……热烈的干预。从此，电影所妒忌的电视回到了戛纳，吸引人，但也遭嫉恨，而电影呢，尽管对它的竞争对手仍高昂着头，但它很快就明白，它需要小屏幕来为它做宣传。就像狗与狗，最后总会相安无事，如果说不是相亲相爱的话。

尽管出现了记者风波，1969年的这届电影节，对罗贝尔·法弗尔-勒布埃的团队来说，确实是一场大胜利。电影非常棒，大家的意见可以说是一致的，只有几个人对侯麦导演、弗朗索瓦丝·法比安出演的《慕德家一夜》没有获奖感到遗憾。有几个不怀好意的家伙竟认为瓦妮莎·雷德格瑞夫"偷"了法比安的"最佳女演员奖"。

那天晚上，大家像以往一样，在卡尔顿酒店讨论到很晚。

"好啦，晚安……明天，又要为下一届电影节而忙活了！"

罗贝尔·法弗尔-勒布埃把灯给关了！

1970年5月2日至16日举办的第二十三届电影节，让戛纳客房爆满，人们找不到地方住。可以说，这是一个巨大的转折。1946年只有三百人参加，而1970年有一万人踏上电影大厦的台阶。客房价格昂贵，电影大厦真的要"爆棚"了。据说要建一栋更大、更实用的。在卡尔顿酒店，人太多了，挤来挤去，半个小时才能穿过大堂。现在，大家都想来戛纳，来看电影节，来参加电影节。

这一届的评审团主席是原籍瓜特马拉的米格尔·安赫尔·阿斯图里亚斯，诺贝尔文学奖获得者。评委当中，有罗歇·阿南的妻子、女制片人克莉丝汀·谷兹-瑞娜，有坚决地爱上了电影节的柯克·道格拉斯，还有费里西安·马索和沃克·施罗多夫。人们谈论得最多的电影，当然是根据保罗·吉玛的小说改编、克洛德·苏泰导演的《生活琐事》，主要演员除了一个叫罗密·施奈德的漂亮女演员，还有米歇尔·皮寇利和蕾雅·马萨利。放映这部影片的晚上，大家都被这个如此微妙的主题吸引住了：建筑师皮埃尔（米歇尔·皮寇利饰演）在一场可怕的车祸中受伤，他被抛出车子，摔得很厉害，当场昏迷，瘫痪了。他回想起情妇埃莱娜（罗密·施奈德扮演）、妻子凯瑟琳（蕾雅·马萨利扮演）和生活中所有美好的日常琐事。这题材被处理得相当好，大家都相信克洛德·苏泰会得"金棕榈"。但在电影节如同在生活中一样，谁都不知道结果。

美国送来了西德尼·波拉克导演的《孤注一掷》，简·方达和罗伯特·雷德福在片中为了赢得马拉松比赛，一直跳到筋疲力尽。大家都认为波拉克应该获得“金棕榈”……但这是一部非参赛片。

还有一部长片，让·德布隆塞利认为是“人们迫切等待的炸弹”，那就是迈克尔·沃德利在1969年8月纽约州三天三夜的嬉皮士游行和摇滚乐音乐会期间拍摄的纪录片《胡士托疯狂实录》。片中有四十万年轻人和四十个乐队，完全符合一直在法国悄悄流行的反社会情绪。可是，很不幸，《胡士托疯狂实录》也是非参赛影片。

放映罗伯特·奥特曼的《陆军野战医院》时，观众们被深深地吸引住了。这是一部值得让人脱帽致敬的影片，黑色的、血淋淋的超级喜剧，故事发生在朝鲜战争期间的一所战地医院里，伤员在担架上奄奄一息时，医生和护士却在快活地通奸。这部无视传统观念的影片把参赛者分成了“双手赞成”和“竭力反对”两派。

评论家让·罗什洛在《十字报》中震惊地写道：“美式的足球赛……极其精湛，不过，《陆军野战医院》，创意太低级了。”

而于根斯·韦希纳却在《晚报》上宣称：“终于诞生了一部了不起的电影，一阵狂风吹得铺石路边‘乒乓’作响，掀起了女性的裙子……我刚刚看了《陆军野战医院》，笑坏了。”

埃利奥特·古尔德和唐纳德·萨瑟兰放肆粗鲁，盛气凌人。在体育沙滩和克鲁瓦塞特大街的蓝酒吧里，人们针锋相对……就像在评审团里一样，因为总有人出溜。主席阿斯图里亚斯火了，不想再听到有人谈论《陆军野战医院》，但柯克·道格拉斯，评委中的唯一演员，誓死捍卫这部影片，他觉得拍得太有才了……

颁奖晚会上，评委们集体上台，围坐在麦克风四周。大家都注意到主席阿斯图里亚斯没来。场内骚动了，他是病了，还是在跟谁争论时打起来了？

克莉丝汀·谷兹-瑞娜宣布：“最佳处女作奖”颁给拉乌尔·库塔尔导演的《和平》，他是皮埃尔·施恩多弗所有电影的忠实摄影师。

“评审团奖”同时颁给伊斯特旺·加尔的匈牙利影片《鹰隼》和斯图华·海格曼的美国影片《草莓宣言》。

“最佳导演奖”颁给了约翰·布尔曼导演的英国影片《最后的莱奥》。

获“最佳女演员奖”的是在莫洛·鲍罗尼尼的影片《麦泰洛》中出演主角的意大利女演员奥塔维亚·皮科洛。

法国人很喜欢的意大利演员马塞洛·马斯楚安尼获“最佳男演员奖”，他是伊托·斯柯拉导演的《妒忌梦》中的主演。

“评审团特别奖”颁给了埃里奥·贝特里的《对一个不容怀疑的公民的调查》。

最后，柯克·道格拉斯亲自站了起来。大家都明白了，这位明星战胜了评审团主席，后者以自己极明显的缺席对评选结果表示反对。

“电影节国际大奖”（“金棕榈奖”）颁给罗伯特·奥特曼的影片《陆军野战医院》，柯克·道格拉斯用一口纯正的法语高兴地宣布。

全场轰动、沸腾，鼓掌的人要比批评的人多。可怕的女记者埃尔莎·麦克斯韦尔迅速移动她丰腴的身体，前去向她喜爱的柯克·道格拉斯祝贺。吉贝尔·贝科和夏尔·阿兹纳夫都很高兴，马斯洛·马特罗亚尼、李萨·明奈里、奥托·普雷明格、查尔斯·文恩、玛丽娜·维拉迪和玛丽-若塞·纳特都马上鼓起掌来。

媒体都争先恐后地采访柯克·道格拉斯，他向弗朗丝·罗什承认说：“我向你发誓，这辈子再也不当评委了……太难了！”

但十年后，柯克·道格拉斯又回去电影节当主席救场去了……

被大奖遗忘的克洛德·苏泰竭力保持自己的尊严，罗密·施奈德肯定也非常失望。米歇尔·皮寇利和蕾雅·马萨利强作欢颜地去参加闭幕式的晚宴。

这是演戏的法则：在落幕前，“表演必须进行下去”。

在红地毯台阶上虚惊一场之后，本书作者蒙西妮和爱德华夫妇进了电影节大厅。（1971）

难忘的传奇故事。安妮塔·艾克伯格和马塞洛·马斯楚安尼在费里尼的影片《甜蜜的生活》中。(1959)
© AGIP/ Rue des Archives

克劳迪娅·卡汀娜和伯特·兰卡斯特在卢奇诺·维斯康蒂的《豹》中。(1963)
© Collection BCA/ Rue des Archives

米歇尔·皮寇利在《饕餮大餐》中扮演主角。影片1973年放映时引起轩然大波。
© Collection RDA/ Rue des Archives

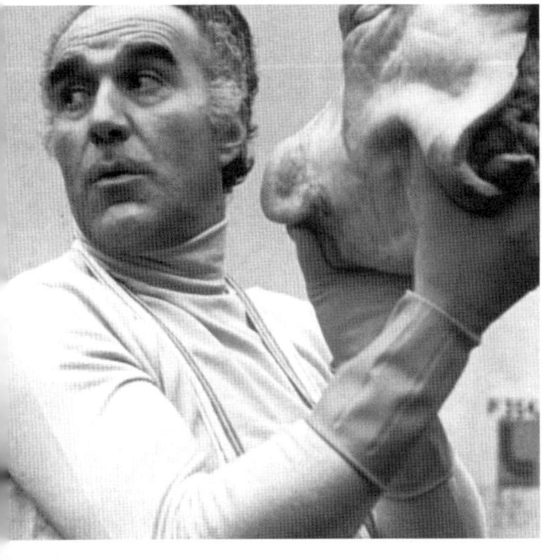

罗伯特·德尼罗在《出租车司机》中，该片让斯科塞斯和德尼罗获了奖。(1976)
© Collection RDA/ Rue des Archives

娜塔莎·金斯基在维姆·文德斯的《得克萨斯州的巴黎》中。
© Collection RDA/ Rue des Archives

在拉契得·波查拉的《光荣岁月》中大获成功的萨米·鲍亚吉拉、贾梅尔·杜布兹和鲁什迪·泽姆。(2006)
© Collection BCA/ Rue des Archives

乌玛·瑟曼在昆汀·塔伦蒂诺的神秘影片《低俗小说》中扮演主角。(1994)
© Collection BCA/ Rue des Archives

西西·迪·法兰西和热拉尔·德帕迪厄在哈维尔·吉亚诺利的《当我还是歌手时》中起舞。(2006)
© Collection BCA/ Rue des Archives

苏丹王妃喜欢电影节。(摄于1968年)
© AGIP/ Rue des Archives

相爱的伊丽莎白·泰勒和迈克·托德。(1957)
© Toscani/Alinari/ Roger-Viollet

埃斯泰拉·布兰和阿兰·德龙是否有点像未婚夫妻?(1958)
© Mirkine/ Corbis

《甜蜜的生活》受到打击之后,朱丽叶塔·玛西娜和费里尼终于镇定了下来。
© Mirkine/ Corbis

凯瑟琳·德纳芙很关照非常害羞的比约克。(2000)
© Robert Eric/ Corbis

莫尼卡·贝鲁奇和文森·卡索尔，电影节的明星夫妻。(2006)
© Stéphane Reix/ Corbis

比利·泽纳和凯莉·布鲁克踏上著名的红地毯。(2006)
© Andrew Ross/ Corbis

经历《奇遇》之战以后温柔的“豹子”奈丽·卡普兰（右）和导演安东尼奥尼（左）。

面对乌苏拉·安德丝，贝纳尔·斯潘德莱已毫不胆怯了。

年轻的贝纳尔·斯潘德莱与莫妮卡·维蒂。

佩德罗·阿莫多瓦终于得奖了，显得非常激动。（1999）

罗曼·波兰斯基的《钢琴家》获得了“金棕榈”。(2002)

17世纪末的“铁面人”。
© CAP/ Roger-Viollet

囚禁“铁面人”的圣玛格丽特岛。
© Nik Wheeler/ Photononstop

西蒙娜·西尔法和罗伯特·米彻姆出了丑闻，“一个女人露出了乳房，不可思议！”（1954）
© AGIP/ Rue des Archives

美丽而外向的碧姬·芭铎。（1956）
© Collection BCA/ Rue des Archives

这时的让娜·莫罗已是戛纳电影节的王后了，事事成功，身边围着小崇拜者。（1958）
© Huffschmitt/ Sipa

米拉马尔酒店和马丁内斯酒店。
© Hachette Photos

法国人和美国人的后代让·雷诺回到了戛纳。（2006）
© Telba/ Sipa

“不许禁止！”1968年5月15日的游行。
© AGIP/ Rue des Archives

1968年5月，“红色戛纳”进行了革命，领头的是特吕弗和戈达尔。
© Huffschmitt/ Sipa

索菲娅·罗兰，戛纳电影节的又一个“王后”。（1959）
© AGIP/ Rue des Archives

安妮·拜登斯和丈夫柯克·道格拉斯。（1971）
© ITAL/ Rue des Archives

伍迪·艾伦不再害羞了，面对记者侃侃而谈。（2005）
© Taamallah/ Sipa

布鲁斯·威利斯，今天已经很少有人知道他了。（2006）
© Vincent Capman/ Sipa

马里纳港有很多豪华的游艇，也有简朴的小船。
© Hachette Photos

马杰斯特酒店，明星们在酒吧开派对，绝对应该去看看。
© Xavier Rossi/ Gamma

马杰斯特酒店很漂亮，住进去可不容易。
© Dazay / Sipa

卡尔顿酒店本身就是一个传奇。两座高塔据说象征着美丽的奥泰罗（世界上第一位电影明星）的乳房。
© Jaubert/ Sipa

两家豪华酒店为争夺贵宾而竞争。

著名的红地毯，戛纳电影节荣誉与成功的象征。
© Ericben/ Sipa

本书的两位作者刚刚写完了这本书。
© Jean Marc Ayral/ Gamma,Natacha Zarra/ Gamma

第二十二章
电影节美丽的眼睛

“喂，亲爱的米歇尔·摩根……我打电话给你是为了祝贺一个年轻人生日的事。”

“哦，是吗？谁的生日啊？”那位法国大明星的声音非常好听。

“戛纳电影节呀，它今年二十五周年了……金色年华！你是我们1946年初次试水的得奖者，我觉得1971年的评审团主席这个角色，非你莫属！”

罗贝尔·法弗尔-勒布埃放心了，因为米歇尔·摩根马上就同意了。他知道她优雅细腻，善于外交，富有教养，而且十分冷静。她是罕见的人才，电影节一直需要这样的人。二十五年了，如今的戛纳电影节已壮大得无法想象。菲利普·艾蓝杰和法弗尔-勒布埃请求制片人送影片过来，又请艺术家们都来参加。

1971年5月10日24日，戛纳的酒店又家家爆满了。相机都对着评审团的女主席，她的身后跟着来自各国的男性评委，英国的、匈牙利的、南斯拉夫的、巴西的、瑞士的，人们还认出了美国著名作家埃里奇·西格尔，他那部《爱情故事》在全世界都引起了轰动，让人流泪；评委中还有塞尔乔·莱昂内，他曾发起意大利式的“西部意大利面条”，让克林特·伊斯特伍德一炮走红。拍完令人难以置信的系列剧《镖客》之后，他正在准备《美国往事》；作家、拍卖估价人莫里斯·雷恩和著名电影记者皮埃尔·比亚尔也是评委。

放映一开始，米歇尔·摩根就明白了，她将很困难地在两位杰出的电影人中作出抉择：一个是约瑟夫·罗西，美国导演，为逃离麦卡锡主义而前往英国，他的参赛片是哈罗德·品特编剧的《送信人》；另一个是携《魂断威尼斯》来到戛纳的卢奇诺·维斯康蒂，片子是根据托马斯·曼的小说改编的，迪克·博加德和肖瓦纳·曼加诺主演。两部影片都相当精彩，与会者开始打赌：罗西胜还是维斯康蒂胜？这两位大家虽然互相客客气气，但都决定决一死战。有一双漂亮蓝眼睛的米歇尔·摩根和她的评审团将如何解决这个问题？两位大师都嘉奖，当然，要做得非常巧妙，不要伤害他们敏感的自尊心。

幸亏，为了缓解气氛，人们请来一位荣誉满身的贵宾。查理·卓别林从他所居住的瑞士来到戛纳，从法国新任文化部部长雅克·杜阿梅尔的手中接过荣誉军团一级勋章。所有在场的人都激动地望着那位八十二岁的先生（卓别林生于1889年），他一头白发，脸色红润，部长给他别上勋章之后，他在拥抱部长的同时还做了个恶作剧，突然拿走部长的拐杖，在头顶旋转，并以他特有的步伐走了几步……让人难忘的步伐！

欢呼声和喝彩声从四面八方响起："夏尔洛，夏尔洛回来了！太棒了，卓别林先生！卓别林万岁！"

全场观众都站了起来。前来推介他的首部美国影片《起程》（与让-克洛德·卡里埃尔合写）的米洛斯·福曼忍不住流泪了，他从来没有亲眼见到过这位他一直以来所崇拜的电影偶像。查理·卓别林为自己的小把戏成功而扬扬得意，终于把拐杖还给了部长。他不知道，部长已经病得很重，没有拐杖站不稳，差点跌倒。卓别林在欢呼声中与温柔的太太奥娜退场的那一刻，将永远铭刻在电影节的历史上。

几年后即1975年，那位电影大师获得了英国女王的加冕，成了查理·斯宾塞·卓别林勋爵。两年后的1977年，他离开了人世。夏尔洛去世后还开了最后一个玩笑：他的尸体神秘失踪了，被人从瑞士的沃韦墓地盗走，然后又神奇地被找了回来！

在展映的影片中，记者们当然注意到了福曼的《起程》，影片讲述的是两代人的冲突：一对夫妇为了理解离家出走的女儿，竟然体验吸毒……同时放映的还有路易·马勒的影片，这部影片也造成了一定的轰动，或者不如说引起了风波，让人感到有些不舒服。影片叫《好奇心》，故事很温情，处理得很细腻，但讲的是母亲与儿子乱伦的故事。谁都没有这样的心理准备，能接受这么让人震惊的事情。不过，一部名叫《约翰尼上战场》的电影，还将给电影节带来一个让人震惊的问题，一个大问题。影片的导演达尔顿·特朗勃也是麦卡锡主义的受害者，名列黑名单榜首，他不得不在好莱坞躲了十年，用“罗伯特·里奇”这个假名创作，后来是柯克·道格拉斯在《斯巴达克斯》的字幕中第一次恢复了他的真名。

特朗勃的影片讲述的是一个年轻士兵（蒂姆斯·伯特姆斯扮演）的痛苦生活，他在一次战斗中四肢受伤，失去了所有的知觉，只靠梦想活着。他通过莫尔斯密码请求死亡，但他的“刽子手们”，也就是医生，以为他什么都感觉不到了，就想利用他来做科学试验，于是拒绝给他安乐死。在看电影的过程中，许多女性都吓晕了。特朗勃的这部电影是根据他本人1938年创作的小说改编的，可能至今为止还是最可怕、最让人难以忍受的反战影片。

颁奖之夜，大家都急于知道米歇尔·摩根和她的评审团将如何评判罗西和维斯康蒂的决斗。

“评审团奖”颁给了瑞士影片《乔·希尔》，波·维德伯格的这部影片讲述的是20世纪初美国一个工会成员的故事。

这时，发生了一件让大家吃惊的事：苏丹王妃回来参加颁奖晚会了，还是浑身珠光宝气，身边围着追随者。她一到场就立即为《乔·希尔》鼓掌，贝纳尔·斯潘德莱忍不住幽默地说：“我在想，她对工会懂得些什么……”

获“最佳处女作奖”的是尼诺·曼弗莱迪的意大利影片《为了既得的恩宠》。

“最佳女、男演员奖”分别颁给了在美国影片《毒海鸳鸯》（杰瑞·沙茨伯格导演）中扮演主角的蒂·温和意大利影片《萨可与方齐迪》（奥里亚诺·蒙塔尔多导演）中的主演里卡多·库乔拉。《萨可与方齐迪》讲述的是1920年发生在马萨诸塞州的一个血腥持械抢劫案，给观众留下了十分深刻的印象。尽管缺乏证据，两个来自意大利的所谓的无政府主义者还是被逮捕，被送上了电椅。里卡多·库乔拉获得了“最佳男演员奖”，但吉昂·马利亚·沃隆特无疑也和他的搭档一样演得非常真实。

“评审团特别大奖”同时颁给了福曼的《起程》和特朗勃的《约翰尼上战场》。

现在，一个重要人物上台了，米歇尔·摩根亲自向大家宣布：“获‘国际电影大奖’（‘金棕榈奖’）的是，约瑟夫·罗西的《送信人》!”

罗西自豪地跑上舞台，拥抱了主席，接过奖品。

那维斯康蒂呢？大家的目光都转向另一位大师，他保持尊严，心里也许有点不快。但米歇尔·摩根已经料到大家会感到意外。

罗密·施奈德和让-路易·特林提格南特也上了台，他们先后宣布，在征得罗贝尔·法弗尔-勒布埃的同意之后，评审团决定设立“戛纳电影节第二十五周年国际大奖”。罗密激动地喊出了卢奇诺·维斯康蒂的名字，用自己美丽的双手把奖颁给了他。大家都鼓起掌来。由于米歇尔·摩根杰出的外交才能，罗西和维斯康蒂这两个竞争对手都皆大欢喜。卢奇诺·维斯康蒂在舞台上晃动着因《魂断威尼斯》而获得的战利品，显然非常高兴，但他还是是想夺得最后的胜利。他大声地说：“这个奖，我敢肯定，再也没有人能够得到了!”

1972年，评审团主席是约瑟夫·罗西，评委有瑞典女演员毕比·安德森，那是英格玛·伯格曼的御用女星之一；法国著名作曲家乔治·奥里克、米洛斯·福曼、弗莱德里克·罗西夫和美国作家俄斯金·卡德威尔，他写过著名的《上帝的小块土地》。他的英语（美国）南方口音很重，其他评委很难听懂；还有原籍乌克兰的苏联导演马克·顿斯阔依，他说话很快。人们给他请了一个躲避戛纳半个多世纪的白俄当翻译。那个可怜的翻译，一句都听不懂夹杂着乌克兰语的俄语，他说：列宁上台后他就匆匆离开了，此后的俄语一定发生了很大的变化!

电影节的工作人员找来一个学东方语言的大学生来替换那个可怜的俄国人，但大学生也马上宣布退出了。第三个翻译是位女士，父母是莫斯科移民，但顿斯阔依热情洋溢地讲了五分钟，她最后只归纳成两个短短的句子。莫里斯·贝西是罗贝尔·法弗尔-勒布埃新任命的总干事，法弗尔-勒布埃现在是电影节主席。格劳乔·马克斯是老评委了，以前就受到过邀请。他还是叼着雪茄，胡子已经灰白，为了向法国人表示友好，头上扣了一个贝雷帽。罗贝尔·法弗尔-勒布埃亲自授予他三级荣誉军团勋章。格劳乔习性难改，总是以“马克斯主义”思想为指导，他挥动着奖章，放肆地问：“我能把这枚奖章送到当铺去吗?”

全场笑疯了。记者们都想知道格劳乔为什么在银幕上给自己画了黑胡子。

“我很讨厌贴假胡子！我和我的兄弟们总是反对秩序，所以孩子们都喜欢我！”

有二十三个国家参加了那年的电影节，包括苏联，其参赛片是安德烈·塔科夫斯基的《索拉里斯》。罗伯特·雷德福亲自陪同西德尼·波拉克来宣传他主演的抒情片《杰里迈亚·约翰逊》。格利高里·派克也带太太韦罗尼科来了，那是他从《巴黎竞赛画报》“绑架”来的法国记者。

主演《我们不愿互诉衷曲》的让·雅纳由斯蒂芬妮·奥德安陪同而来，拍片期间，这位演员跟他的导演莫里斯·皮亚拉发生过许多争执。八十一岁的弗朗索瓦丝·罗珊是第一次来戛纳，她高兴坏了，非常喜欢。菲利普·德普劳加则在克鲁瓦塞特大街宣传他的影片《亲爱的路易莎》。让娜·莫罗、让-克洛德·布里亚利、罗伯特·奥特曼、雅克·布雷尔、马里奥·阿多夫、吉娜·劳洛勃丽吉达和由摩纳哥王妃格蕾丝陪同而来的希区柯克都至少在戛纳待了一天。

乔治·罗伊·希尔是来推介《第五号屠宰场》的，这部影片把观众惊呆了。影片的主人公在盟军对德国德累斯顿进行“千机大轰炸”时被关进“第五号屠宰场”，后来无法从轰炸的巨响中恢复过来，过正常的生活，他把过去、现在和将来都混在了一起。影片非同寻常，很吸引人，极其独特，堪称大手笔。

但在戛纳，总会有争论的声音：“妇女解放运动”的几个人用颜料在费德里科·费里尼的电影（《费里尼罗马》）广告上乱涂，把大家都熟悉的那头古罗马母狼画成了一个女人。还有两个意大利导演，埃里奥·贝特里和弗朗切斯科·洛西分别推介他们的参赛片《工人阶级上天堂》和《企业家之死》。这两个导演旗鼓相当，影片也同样出色，于是又发生了跟去年相同的事。如何定夺？今年，该由约瑟夫·罗西来找一个智慧、诚实而又公正的办法了。

在等待评选结果的时候，罗贝尔·法弗尔-勒布埃接受了《世界报》记者让·德布隆塞利的独家采访，以下是若干片段：

“……我觉得，要让电影节生存下去并继续得到改善，最重要的是要摆脱一切政治、经济和意识形态的影响，无论如何都不能成为某某领域的独家园地。电影节不属于任何人，因为它是大家的财富……我们都知道，电影节不是长生不老的，我们可不要自己消灭了电影节！”

颁奖之夜到了。小野洋子和丈夫约翰·列侬来到了大厅。约瑟夫·罗西作了一个关于电影的很精彩的讲演，并请毕比·安德森颁发“评审团奖”。

得奖的是乔治·罗伊·希尔的《第五号屠宰场》。开门红！

“最佳导演奖”颁给了匈牙利的米克洛斯·杨索，很少代表看过他导演的《红色赞歌》。

接着是“最佳女演员奖”“最佳男演员奖”——

苏珊娜·约克首先欣喜地获奖，她在罗伯特·奥特曼的《幻象》中扮演女主角，之后是让·雅纳，他在皮亚拉的《我们不愿互诉衷曲》开心地扮演卑鄙的丈夫，但这个死脑筋的雅纳，引起了一场小小的风波。风波必须有，哪怕再小。他拒绝上台领奖，也许是因为他在拍摄过程中跟皮亚拉吵过架。

获奖名单在继续，斯蒂芬妮·奥德安、让-克洛德·布里亚利等演员在台上给获奖者颁奖。

“评审团特别大奖”颁给了苏联导演安德烈·塔科夫斯基的《索拉里斯》，他杰出的才能在戛纳得到了认可。他可以昂首挺胸地回苏联了。大家把他与伯格曼、布列松和安东尼奥尼相比。他后来选择了自由的法国，于1986年苏联拒绝把儿子归还他的时候逝世，他显然是死于伤心。

现在，大家都屏住了呼吸。谁将赢得“金棕榈”？贝特里还是洛西？颁奖者是一个名叫吉娜·劳洛勃丽吉达的漂亮女士，由希区柯克陪同，两个获奖者各站在一边……埃里奥·贝特里和弗朗切斯科分别以《工人阶级上天堂》和《企业家之死》双双获得“国际电影节大奖”。

而且，约瑟夫·罗西还提及去年被遗忘的吉昂·马利亚·沃隆特，赞扬她出色的表演。像以往一样，晚宴之后，大家都迟迟不愿回去休息，继续谈论着获奖者和获奖影片。

法弗尔-勒布埃主席一直在跟创办了“电影导演协会”的“加比”，即加百利·艾比棵寇导演聊天。特吕弗、戈达尔、侯麦、贝黎、科斯塔、加夫拉斯、勒路许、多尼奥-瓦克罗兹，还有皮埃尔·卡斯特，雅克·德雷、安德烈·泰西雷等，他们当然都参加了这个协会。罗贝尔·法弗尔-勒布埃很快就明白，要避免1968年5月那样的风波重新出现，最好是接受导演们的建议，给他们提供讨论的场所——“非电影节”场所。一些外国人很快就报名了，比如加拿大的吉尔斯·卡勒和丹尼斯·阿康特、日本的大岛渚、匈牙利的玛塔·梅莎洛丝。人们在戛纳火车站对面给他们租了房间，并给他们提供影院，放映他们的影片。

“导演双周”也得到了很大的发展。

人们还设立了“法国电影新貌”，接着，在莫里斯·贝西的提议下，又设立了其他正式的单元奖，但与电影节没有竞争，如“时代气息”“丰富的眼睛”“过去完成时”等。

1978年，吉尔·雅各布代替退休的贝西，创办了“特别关注奖”和“金镜头奖”，用来奖励年轻导演的最佳处女作。

法弗尔-勒布埃完全赢了：他没有抛弃有时非常吵闹的年轻导演，而是邀请他们来电影节；他不像人们讽刺的那样是“紧紧地拥抱以窒息他们”，而是相反，给他们打开窗户，让他们能宣传自己的作品。

第二十三章
饕餮大餐

“卑鄙！”
“讨厌！”
“亵渎！”
“粪便！”
“呸！厕所！”
“反对！”
“垃圾！”

大厅里群情激愤，喊声震天。

让·科发火了：“简直是地狱！噩梦，恶心……太恶毒了！”

然后，有人开始说漂亮话，《十字路报》（如今已经消失）的一个记者愤怒地说：“天哪，它竟然把我们的国家糟蹋到这种地步！”

1973年5月17日，电影节正在进行，马尔科·费雷里的《饕餮大餐》正式参加戛纳电影节的放映。这是一部法国片，台词是由弗兰西斯·布朗什写的。摄制组成员全都衣着笔挺，跟着导演，准备上台领奖。马塞洛·马斯楚安尼、米歇尔·皮寇利、菲利普·努瓦雷、乌戈·托格内吉和安德烈亚·费雷奥尔向热烈鼓掌的观众们开心地笑着。导演马尔科·费雷里，那是一个专门在上帝面前捣乱的家伙，一脸大胡子，来戛纳参加如此盛大的晚会，他感到很自豪。然而，他知道得很清楚——他可一点都不傻——他将扔出的是什么炸弹。电影开映时，全场还算安静，大家尊重银幕上的男影星：四位中年朋友，马塞洛是飞机驾驶员；乌戈是饭店老板；米歇尔是电视导演；菲利普则是个法官。他们对生活感到失望，决定大吃，把自己吃死。来了几个妓女，加入他们的行列，但只有一个——安德烈亚扮演的妓女一直留到最后。马塞洛在性骚扰方面是一把好手；米歇尔穿着黑色短裙；乌戈在狂吸妓女们的臀部；在假惺惺地玩长毛绒胖狗熊的菲利普，也关在房间里和其他人一道狂吃、狂喝、滥交。他们全都选择了最粗鲁的死亡方式。

新闻发布会真是恐怖。与会者对台上的马尔科·费雷里及其摄制组成员破口大骂。一个外国记者粗暴地谴责米歇尔·皮寇利：“你是个有魅力的人，有教养的人，拍出这样的东西真是奇耻大辱，它会让你遭千人骂！这是个丑闻！我永远也不会原谅你！”

皮寇利很有风度，没有马上回答。在蓬皮杜统治时代末期，人们从未见这样过分的事情，用语言、“亲吻”“拉开裤裆”和性暴力极尽挑衅之能事。弗兰西斯·布朗什这个无视传统观点的人，有马尔科·费雷里陪伴，开心地投入这一游戏。

电影结束后，愤怒的观众、专业人士和非专业人士都聚集起来，向费雷里和他的演员们喝倒彩。费雷里他们都没想到会引起那么大的抗议，他们更不知道，三十年之后，《饕餮大餐》将进入戛纳电影节的丑闻名单，成为一个永远无法脱身的神话。

大家对这一年的评审团主席赞不绝口，因为她是英格丽·褒曼。大家都爱戴她，首先是评委们：从1948年的挨骂中复苏过来的大导演让·德兰诺瓦、小说家劳伦斯·杜雷尔、作家弗朗索瓦·努里西耶、导演西德尼·波拉克和罗伯特·安利可。

英格丽是国际电影界的“贵妇人”。1949年，她与瑞典医生林斯皮特·卓姆离婚，引起全球轰动，之后，她与罗伯托·罗西里尼再婚，生了三个孩子，然后又离婚，嫁给了另一个瑞典人——戏剧导演拉尔斯·施密特。作为主席，英格丽·褒曼必须保持沉默，尽管大家都知道她也感到很震惊，也讨厌《饕餮大餐》。还有更麻烦的呢！主席还要接受其他考验：让·尤斯塔奇的电影《母亲与娼妓》（伯纳蒂特·拉方特、让-皮埃尔·莱奥和弗朗科西斯·勒布伦主演）又引起了同样大的风波。大家形成两派，针锋相对，有的坚决支持“已经旧了的新浪潮的现实主义色彩”；有的说影片大大地过时了，令人厌烦，可以出去喝一杯再回来而不会漏掉任何东西。

“说啊，说啊，让-皮埃尔·莱奥只会说！”卡洛斯·杜兰在《鸭鸣报》中写道。《国际先驱论坛报》的名记者托马斯·奎因·柯蒂斯到体育沙滩来找我们，他非常激愤，用他的外国口音对我们说：“那个妈妈、那个妓女，朋友们，完全是十年前安迪·沃霍尔的翻版！”

但亨利·夏比埃表示强烈反对，他用自己独特的声音说：“让·尤斯塔奇通过感情爆发创造了一种新的抒情手法……”

在这片吵闹声中，来了一对爱侣，他们显得十分宁静。那就是保罗·纽曼和乔安妮·伍德沃德。他们是来宣传纽曼的影片《雏凤吟》的，纽曼让妻子在这部美国参赛片中扮演了角色。乔安妮在丈夫的导演下（第一个欣赏她才能的人），扮演了一个丈夫死后便精神失常的女子。她梦见自己开了一家小饭店，赚了大钱，但女儿马蒂尔达却喜欢物理……所以有射线，有万寿菊[①]。

大家都在卡尔顿酒店的沙滩上欣赏一位特别的贵宾：高大而英俊的弗兰克·卡普拉。这个男人本身就是一个传奇，他的电影也同样，不管是《纽约—迈阿密》《史密斯先生上美京》《迪兹先生进城》《毒药与老妇》还是《消失在地平线》。

卡普拉于1897年生于西西里的巴勒莫，这年七十六岁，他喜欢戛纳的一切。弗朗丝·罗什问他，他当年拍的电影中的那种快乐和喜悦如今都去哪了，卡普拉狡黠地回答说：“您知道，夫人，从来没有比压抑时期的电影笑得更欢了，没饭吃的时候人才会穷开心……”

5月24日的颁奖晚会上，人们在大厅里感到有些紧张，坐在大厅后排的有凯瑟琳·德纳芙和马塞洛·马斯楚安尼（他们去年生了一个女儿）、基亚拉、朱丽叶·格雷科、让娜·莫罗、杰奎琳·比塞特、娜塔丽·贝伊、黛安娜·罗斯、瓦伦蒂娜·格特斯、马尔科姆·麦克道威尔、达尼埃莱·德洛姆、让-皮埃尔·奥蒙特、玛丽莎·帕云、约瑟芬·贝克、米歇尔·皮寇利、菲利普·努瓦雷、乌戈·托格内吉……

担任司仪的是若塞·阿瑟。他上台时谨慎地要求大家：

“无论发生什么事，请大家保持安静！”

显然，他担心会发生最糟的事情：《饕餮大餐》获奖。明星们先后

---

① 《雏凤吟》原名直译应为《伽马射线对万寿菊行为的影响》（The Effect of Gamma Rays on Man-in-the-Moon Marigolds）。——译注

上台，宣布获奖者名单。

“最佳男演员奖”颁给《爱与无政府》（里娜·韦特缪勒导演）中的吉安卡罗·吉安尼尼。

获“最佳女演员奖”的是在《雏凤吟》扮演主角的乔安妮·伍德沃德。保罗·纽曼欣喜若狂，他那双为大家所熟悉的蓝眼睛闪耀着喜悦的光芒，他为自己的妻子而骄傲。

“评审团特别大奖”颁给了一部法国影片，让全场大吃一惊，获奖的是《母亲与娼妓》。大家马上喝起倒彩来！大厅里都是反对的声音，只有几个人疯狂鼓掌表示支持！好在还没有打架，但如果《饕餮大餐》获得了“金棕榈”，那确实会发生冲突。最后宣布结果的是杰奎琳·比塞特，她显得极为冷静，站在她身边的让-皮埃尔·奥蒙特则竭力露出轻松的笑容：

“‘国际电影节大奖’（‘金棕榈’）同时颁给杰里·沙茨贝格导演的美国影片《稻草人》和……”

还有另一部获奖片……哪部？当时，全场静得连一只苍蝇飞过都听得见。

“……阿兰·布里吉斯导演的英国影片《受雇者》!”

啊！若塞·阿瑟松了一口气。《饕餮大餐》被电影节忘了。最糟糕的结果避免了！然而，晚宴时却发生了一个小风波，英格丽·褒曼完全忘了自己的主席身份，毫不遮掩地大声说：“法国送《饕餮大餐》和《母亲与娼妓》这两部影片来参评，我觉得很遗憾，这是电影节中最肮脏、最下流的两部影片，我没有投它们的票!”

桌子四周，大家一片沉默，显得很尴尬。许多人都认为，特吕弗的《日以继夜》如果参赛，是可以获“金棕榈奖”的。

但戛纳就是戛纳。要成为一个好玩家，必须经得起任何考验。

马尔科·费雷里和他四个快活的小伙子自信地离开了，他们认为，尽管兵败戛纳，但他们在观众当中获得了巨大的成功。

大家都知道乔治·蓬皮杜病了，但1974年4月3日，他突然去世。不过，选举期间，戛纳电影节仍在5月9日至24日照常举行。5月19日，瓦莱里·吉斯卡尔·德斯坦以50.81%的票击败弗朗索瓦·密特朗，当选法国总统。密特朗于七年后反击成功。有的来宾去投票了，还有的，太热衷于电影了，忘了自己的选举义务。

评审团主席是电影大师勒内·克莱尔，他拍过许多默片，后来又和其他人成功地拍了许多有声片，如1942年在好莱坞拍摄的《最后一个百万富翁》《我娶了一个女巫》，以及他自己中意的（和他视之为子的杰拉·菲利普一同拍摄）《魔鬼的美》和《夜美人》。1959年杰拉·菲利普早逝，给了他沉重的打击，但他仍勇敢地拍了四部影片，直到1965年才突然停止。

勒内·克莱尔来到戛纳似乎很高兴。电影节开幕式上放映了他1924年拍摄的无声短片《幕间节目》，当然是非参赛的。离开大厅时，他受到了大家的热烈欢迎。他用冷幽默对乔治·克拉韦纳抱怨道："太失望了，观众甚至没有给《幕间节目》喝倒彩，不过，我敢说，这是一部在当时具有挑衅性的影片。"

勒内·克莱尔开始工作，他对评审团感到非常满意：评委当中有漂亮的莫妮卡·维蒂、剧作家让-卢·达巴迪、美国小说家欧文·肖。欧文的畅销书《百战雄狮》后来被拍成著名电影《百战雄狮》，爱德华·迪麦特雷克导演，马龙·白兰度、蒙哥马利·克利夫、迪恩·马丁和马克西米连·谢尔都在片中扮演角色，马克西米连扮演的是一个可怕的纳粹军官，充满魅力，但很讨厌。

我们是在一场鸡尾酒会上认识欧文·肖的，相遇的情景十分特别。弗朗索瓦·沙莱给我们作了介绍，我们祝贺他的《百战雄狮》获得成功。我好奇地问他，书中和电影中在犹他沙滩上登陆的场面，他是否有类似的经历。

"当然啦……我们冒着德国人的子弹往上爬……如果不是和二十来个战友躲在一座小屋的墙后，我早就完蛋了！"

我追问道："是一座红顶的木屋，四周围着高墙？"

"一点不错。我们甚至就是在那座漂亮木屋的废墟中恢复勇气的。"

我笑了，告诉他说："欧文·肖先生，那是我奶奶的屋子。小时候，我每年都在那里度假。"

参加酒会的客人都惊奇地望着我，欧文·肖当着他们的面，一把搂住我，紧紧地拥抱。

"让我拥抱一会儿吧……你奶奶的屋子救了我的命……我们之间，是生死之交啊！"

我们和欧文·肖一起在电影节度过了很长时间。回到巴黎后，爱德华和他一道修改一部纪录片的文字。欧文·肖不是个等闲之辈，他回美国坐的是一艘跨大西洋货轮，行驶了半个月。他带走了我的一本小说《企鹅镜》，他说他很喜欢，要拿去送给他的出版商。几年后，当我们在多维尔的美国电影节重新见到他时，他什么都没忘，又把我紧紧地搂在怀里，大声地说："你们知道吗，雅克琳娜·蒙西尼的奶奶救过我的命！"

1974年电影节的开幕出了一件大事：夏尔·贝尔蒙和玛丽埃尔·伊萨泰尔的纪录片《A的故事》是一部支持堕胎的影片，它被安排在昂蒂布路的一家影院放映。可这部影片是被有关部门禁止了的。许多记者，其中包括米歇尔·布瑞、贝纳尔·斯潘德莱都去看了影片。刚开始放字幕，共和国保安队就破门而入，闯进来见人就打。贝纳尔·斯潘德莱头上挨了一棍，倒在地上；还有人流血了。场面暴力得惊人。所有的观众都魂飞魄散，跌跌撞撞地逃到克鲁瓦塞特大街，往自己刚才来的电影大厦跑去。

大家得知这一情况后，都非常气愤，自发地组织游行，在戛纳的大街上呼喊1968年的旧口号："保安队，纳粹！""西蒙娜·韦伊万岁！""支持韦伊法！解放妇女！"

结果，这部被禁影片第二天还是在昂蒂布路平静地放映了。第二年，经过激烈的争论，关于自愿停止妊娠的《西蒙娜·韦伊法》终于在国民议会上通过。

曾以《教父》大获成功的弗朗西斯·福特·科波拉带着他的新片《窃听大阴谋》来到了戛纳。奇特而有天分的皮埃尔·保罗·帕索里尼也带来了他的《一千零一夜》，雅克·塔蒂带来的是一部非参赛片《游行》，而阿伦·雷奈的《斯塔维斯基》是来参赛的，让-保尔·贝尔蒙多在片中出色地扮演了一个国际大骗子。他也跟导演来捍卫这部影片和他所扮演的角色了。

让娜·莫罗、安妮·杜普蕾、玛丽-若塞·纳特、玛加丽·诺尔、托尼·柯蒂斯都来了。帕特里克·迪瓦尔、缪缪和热拉尔·德帕迪厄带来了伯纳德·布莱尔的《远行他方》，当然引起了轰动。德帕迪厄当时还很年轻，但已经开始惹事了。他是惹事者的象征，后来却成了评审团主席，规规矩矩。

他们和简·伯金一道，从马杰斯特酒店里出来，全都穿着裤腿撕成毛边的牛仔裤和紧身T恤衫；缪缪则披着有流苏的披肩，一袭镶着“让·布甘”式样边饰的裙子。突然间，反习俗主义也渗透到戛纳了，想穿什么就穿什么，爱说什么就说什么。人们自由了，有大量的友谊、爱情和胆量。很快，车站咖啡馆的人全都跟克拉维尔、巴拉思科、雷尔米特、科鲁彻和罗曼·布特耶下来了，制造了氛围。

杰克·尼可森头戴鸭舌帽，坐在卡尔顿酒店的平台上喝咖啡。继五年前的《逍遥骑士》之后，他又回来了，他在哈尔·阿什贝的《最后的细节》扮演一个海员，很大男子主义，但心地善良。杰克·尼可森可以说代表着新好莱坞，掌握着美国的电影业。西尔维亚·克里斯泰尔也来了，尽管贾斯特·杰克金的《艾曼纽》被禁止发行，但禁令没有持续太久。

颁奖之夜到了。

担任司仪的是皮埃尔·泰尼亚。有了他、有了他和善的模样，组织者希望不会出什么问题。

“最佳编剧奖”颁给了史蒂文·斯皮尔伯格导演的《横冲直撞大逃亡》。那位年轻的导演没有到场，他为此一直后悔，但后来作了弥补。

莫妮卡·维蒂把“评审团奖”颁给了卡洛斯·绍拉导演的《安杰丽卡表妹》。

安妮·杜普蕾宣布“最佳男演员奖”……获得该奖的是杰克·尼可森！他在阿什贝的《最后的细节》中扮演主角。尼可森跳上台去拥抱安妮·杜普蕾。

大家都在等待“最佳女演员奖”揭晓，因为人们听到了一些小道消息。在戛纳，小道消息总是不断。人们希望这次是法国得奖。

皮埃尔·泰尼亚宣布：

“‘最佳女演员奖’颁给……在其丈夫的影片《舞会的小提琴》中扮演角色的玛丽-若塞·纳特。”

大家全体鼓掌。可爱的玛丽-若塞·纳特，一头褐发，穿着绣着花边的白色裙子，非常激动地登上了舞台。这是全家幸福的一刻。这种神奇的时刻在戛纳非常罕见。来得太快了！米歇尔和玛丽-若塞九岁的儿子戴维也到台上与父母会合，他也在片中扮演了一个角色。贝纳尔·斯潘德莱告诉我们，面对这幸福温馨的一幕，他激动得喉咙哽咽。

“评审团特别大奖”颁给了皮埃尔·保罗·帕索里尼的《一千零一夜》，影片由六个十分“帕索里尼化”的故事组成，男性性器官成了顶礼膜拜的偶像，处处炫耀！可怕的帕索里尼微笑着上台去领奖，这太罕见了！不幸的是，以后再也没见他来戛纳。1975年，刚拍完他的最后一部电影，也就是那部片名富有暗示意义的《索多玛一百二十天》，他就被一个十七岁的男青年以极其恐怖的方式打死了。

这时，勒内·克莱尔很尴尬地宣布，他本人和评审团谨向在《斯塔维斯基》扮演拉乌尔男爵的查尔斯·博耶表示敬意。外交辞令……因为阿伦·雷奈和贝尔蒙多也是空手而归。

最后是"国际电影节大奖"，获奖的是科波拉导演的《最后的细节》。这是一部出色的影片，吉恩·哈克曼的表演相当出色，剧本无可挑剔，让人一时忘了《窃听大阴谋》的巨大成功。

弗朗西斯·福特·科波拉说："我喜欢戛纳，但戛纳不喜欢我……我的一切都要归功于媒体。其实，评审团还没形成意见，媒体就已经为我赢得了这个奖！"

第二十四章
炸弹事件

“呼！”电影大厦的窗户都被震得发抖。

1975年5月9日，电影节开幕那天，一个炸弹揭开了电影节的序幕，但这不是电影里的特技，而是一个真正的炸弹。两公斤重的塑料炸弹在一个侧门边爆炸，把这个街区的人以及克鲁瓦塞特大街上的海鸥都惊醒了。电影节在警方的高度戒备之下，因为一个神秘组织“民众斗争委员会”声称对这一恐怖事件负责。接着，马塞尔·达索在戛纳的高级别墅也成了爆炸的目标。参赛电影节的来宾当然感到有些紧张。今晚是开幕式，要放映丹麦导演海亨宁·卡尔森的两部片子《向路易·卢米埃尔致敬》和《幸福的离婚》，如果再爆炸怎么办？

针对电影节的这些威胁，好像并没有影响到评审团的新主席让娜·莫罗，她总是那么漂亮，穿着镶嵌着银箔的长裙，在台上介绍她的评委们，她的英语和法语都非常好：意大利女演员蕾雅·马萨利、作家安东尼·伯吉斯、比利时导演阿德烈·德尔沃、美国导演乔治·罗伊·希尔、西班牙演员费尔南多·雷依、美国著名记者即肯尼迪总统时代的白宫新闻办公室主任皮埃尔·塞林格（法国的好朋友）。尽管有人放置炸弹，电影节期间，影片还是在相当友好的气氛中放映。

几天后，凌晨4点50分，迪斯坦戈饭店的墙边又发生了剧烈爆炸。居民们穿着睡衣和衬衣跑出来，和赶到的警察一起，发现了一个年轻人的尸体。就是他引爆的炸弹。这个不幸被炸死的人是“民众斗争委员会”的唯一成员。在克鲁瓦塞特大街，人们一上午都在谈论这件事。爆炸者的名字传遍了戛纳，他叫让-吕克·米兰，二十一岁。马里奥·布伦在《尼斯晨报》写了几行关于这个“本来有可能造成很大的破坏的走火入魔的无政府主义者”的文字。但大家很快就在太阳底下和漆黑的放映厅里忘了这不吉利的开头。

电视在克鲁瓦塞特大街进行直播，后来又到了海边的沙滩，达尼埃尔·吉贝尔每天都在为她的节目《午间30分》采访在场的明星：马塞洛·马斯楚安尼、达斯汀·霍夫曼、雅克·贝汗、迈克·隆斯达尔、莉莉·帕尔默、评审团主席让娜·莫罗、雅克·迪特隆、迈克·约克、维托里奥·加斯曼。这种现场直播，采访往往是即兴的，达尼埃·吉贝尔在嘈杂的人声和公众的掌声中总是那么镇静，脸上挂着笑容。这些节目让电视观众“真实地”发现了明星，体会到了电影节的气氛，戛纳的名气因此而变得越来越大。戛纳象征着奇迹，代表着“不可能的梦想”。电视直播让全体法国人民真正发现了电影世界，让它变得可以触及了，结果是越来越多的电影爱好者以各种方式来到戛纳，甚至像伊夫·蒙当在歌中所唱的那样，骑着自行车来，他们都想在拥挤的台阶上，用手碰一碰登上红地毯的“偶像”。

一个年轻的电影人带着《再见爱丽斯》回到了戛纳，那就是马丁·斯科塞斯。去年，他和瘦瘦的罗伯特·德尼罗在“影评人周”推介《穷街陋巷》，没有引起任何人的注意。电影节替他们在戛纳订的客房据他们说太寒酸，于是他们去了尼斯，住在尼斯内格斯酒店。他们毕竟已经有了一些钱。

1975年，马丁·斯科塞斯住得好些了，也被接待得好一些了。他的《再见爱丽斯》已正式入围，用他自己的话来说，语气变了：“生意就是生意。”斯科塞斯的身价提高了，不断有记者来采访。约瑟夫·罗西也来推介他的非参赛片；肯·罗塞尔也同样，他带来了《冲破黑暗谷》。参赛者私下都在说，评审团非常喜欢迪诺·里西的《闻香识女人》，维托里奥·加斯曼在片中扮演的上尉，在七年前的一场事故中瞎了双眼，但仍对女性很有诱惑力，他能根据她们身上的香水味猜出是谁。这么一个具有戏剧性的题材，难怪迪诺·里西和加斯曼总能让观众大笑。

前来参赛的还有鲍勃·福斯的《列尼传》，讲述的是列尼·布鲁斯的真实故事，一个被人爱或被人恨的演员。影片由瓦莱丽·佩莱恩和达斯汀·霍夫曼主演，瓦莱丽是个年轻的美国女演员，这是她演的第三部电影；霍夫曼与列尼太像了，大家都不敢相信。这部电影，在参赛者看来，极有可能获得“金棕榈”，这个奖现在又开始颁发了，并将一直颁发下去。

打赌开始了。科斯塔·加夫拉斯的《特别法庭》讲的是1941年法国政府与纳粹合作时发生的一件十分卑鄙的事情：抵抗组织谋杀了一个德国军官后，许多无辜的人质遭到逮捕、折磨和处决，而这一切都是经维希政府同意的。皮埃尔·迪克斯、迈克·隆斯达尔、弗朗索·瓦迈斯特、亨利·赛尔、罗朗·伯汀、路易·塞尼耶、雅克·贝汗、海因茨·本南特、朱利安·吉奥马尔、莫里斯·泰纳克和于贝尔·吉努形成了一个罕见的演员阵容，非常吸引眼球。

也有人说，阿尔及利亚导演穆罕默德·拉达·哈米纳可能会得“最佳导演奖”。《烽火岁月志》讲述的是艾哈迈德的故事，第二次世界大战爆发几天后，他就离开自己的村庄到了城里，参加了法国军队去打纳粹。回到被蹂躏的祖国后，他又强烈谴责法国殖民者的态度……宣告了1954年11月1日阿尔及利亚革命的开始……

放映米开朗基罗·安东尼奥尼的非参赛片《职业记者》时，这部杰出的影片仍受鼓噪。安东尼奥尼对戛纳的事情已经习惯，有时难以理解！莫妮卡·维蒂也不再趴在他肩上哭了。安东尼奥尼像个哲学家，甚至都没有生气，只是轻声地说：“戛纳像个漂亮女人那么任性！”

闭幕晚会仍在严密保安下进行。法国国家宪兵和法国防爆警察把来宾围了起来，不让公众靠近他们，弄得公众很气愤。但谁知道会不会又出现一个无政府主义者呢？

让娜·莫罗披着金色的纱缎，雍容华贵，满脸微笑，在闭幕晚会上发表了简短的演说：

“1975年是女性年，我们和评审团都想嘉奖……现在我宣布获奖者名单：获得‘最佳导演奖’的是加拿大影片《合众秩序》的导演米歇尔·布罗特……”

掌声有礼貌地响了起来。

“以及……《特别法庭》的导演科斯塔·加夫拉斯。”

有人高兴得大喊，也有人失望地大叫。科斯塔难道不配吗？主席夫人沉着地继续宣布：

“获‘最佳男演员奖’的是迪诺·里西《闻香识女人》中的主演维托里奥·加斯曼。”

大家都热烈鼓起掌来，加斯曼兴奋地三次拥抱让娜·莫罗。让娜·

莫罗又接着宣布：

"'最佳女演员奖'颁给鲍勃·福斯的《列尼传》中的女主角瓦莱丽·佩莱恩。"

非常年轻的瓦莱丽·佩莱恩激动得热泪盈眶，上台领奖。达斯汀·霍夫曼一无所获，但作为一个好同事，他热烈地祝贺了他的搭档。霍夫曼后来获得了很多奖，尤其是在《克莱默夫妇》和《雨人》中，那两部影片都得了奥斯卡奖，足以安慰他在戛纳的失败。

"评审团大奖"颁给了沃纳·赫尔佐格的电影《卡斯帕尔·豪泽尔之谜》，影片讲述的是1928年发生在纽伦堡一个真实故事：卡斯帕尔·豪泽尔也许是王位继承人，他被人从德国王家绑架，关在小牢里。他孤独，没有文化，连自己的名字都说不清。这个神秘失踪的年轻人深深地打动了观众。赫尔佐格让人对德国电影黄金时期的复苏产生了希望，他高兴地登台，从让娜·莫罗手中接过奖品。西德代表非常激动，东德代表却掩饰不住自己的气愤，他们也送来了一部电影参赛《洛蒂在魏玛》。

这时，让娜·莫罗深深地呼吸了一口气，宣布：

"'国际电影节金棕榈奖'颁给……穆罕默德·拉达·哈米纳的《烽火岁月志》。"

尽管有人对法国和阿尔及利亚合拍的影片获得最高奖感到气愤和不满，如雷的掌声还是很快就盖过了批评和指责的声音。戛纳的专业观众成熟了，他们现在已经知道，面对才能和开放的思想，所有的政治热情都应该平息。

评审团及其女主席让娜·莫罗的工作非常出色。

1976年，电影节办了三十来年了，但并未到周年庆典。不过，大家很快就你争我夺，想在"导演双周"弄几张票。所有的人，真的是所有的人，都想看一部不正式参加比赛、但大家都在谈论的法国和日本合拍的《感官世界》。日本导演大岛渚的这部影片被美国海关查禁了，因为它在美国如同在日本一样，被认为是"马拉松式的通奸，真正的性骚乱，过于暴力，情欲太强"。显然，弄张票去看这部长片，成了来宾最热衷的活动，贝特朗·塔维涅幽默地称他们为"昂蒂布路的淫荡者"。有的观众，或真或假地受到刺激，走出电影院时都面红耳赤地说："这完全是一部色情片！"

而大作家、诗人安德烈·皮耶尔·德·曼迪亚则泰然自若地坐在马杰斯特酒店的酒吧里，喝着香槟，对一群洗耳恭听的崇拜者说："他们去看的，是一场关于性的神意审判。一个男人，就像被捆在树上的圣塞巴斯蒂安[1]，性器官被绑在他爱的女人身上，那个女人以爱做箭，要了他的性命！"

无论如何，这一年，落在克鲁瓦塞特大街上的，是来自日本的色情炸弹，它让参加电影节的来宾跑得气喘吁吁。

田纳西·威廉斯担任评审团主席，但有点不愿意，他说是他的经纪人替他接下来的。

夏洛特·兰普林是最年轻的评委，才三十岁。她太漂亮了，所有的摄影记者都把镜头对准了她。其他评委还有著名画家和装饰师让·卡鲁兹、导演科斯塔·加夫拉斯和秘鲁的一个很出名的作家、拉美学校校长马里奥·巴尔加斯·略萨。

法国参赛的有不少影片，其中有罗曼·波兰斯基的《怪房客》，演员有当时才二十八岁的伊莎贝尔·阿佳妮；有约瑟夫·罗西导演、阿兰·德龙主演的《克莱恩先生》。

美国的制片商毫无希望地送来了斯科塞斯的《出租车司机》，那个怪怪的马丁·斯科塞斯带着罗伯特·德尼罗和一个十四岁的天才少女朱迪·福斯特，她尽管在另一部影片中也扮演了角色，但谁也没有注意到她。那部由艾伦·帕克导演的影片《龙蛇小霸王》将在电影节放映，但不参赛。朱迪·福斯特懒洋洋地待在沙滩上，有点赌气的样子，她躺在折叠式帆布椅里吃着雪糕生闷气。

为了庆祝吉恩·凯利的非参赛片《好莱坞好莱坞》，电影节邀请了许多大明星，如赛德·查里斯、莱斯利·卡伦、弗雷德·阿斯泰尔、伯特·兰卡斯特、索菲娅·罗兰、罗伯特·瓦格纳、娜塔丽·伍德和……加里·格兰特。格兰特现在头发已经斑白，但还是那样魅力四射。

"人猿泰山"也来了，约翰尼·韦斯默勒亲自到场，穿着漂亮的礼服。他讲着笑话，逗得大家哈哈大笑。尽管如此，还是没有人敢把他摁到马杰斯特酒店的游泳池里，看看他的肌肉有多棒。总之，气氛相当好，卡伦请他模仿一下"泰山"的著名叫声，韦斯默勒开心地叫了

---

① 宗教人物，公元3世纪基督教迫害时期被古罗马皇帝杀死。在文艺作品上，他常被描绘英俊健美的男子形象。他被捆在树上，用乱箭射死。——译注

许多遍。

田纳西·威廉斯接受了许多采访，他对记者说，他讨厌电影中的暴力。

尽管科斯塔·加夫拉斯在威廉斯面前对《出租车司机》赞不绝口，斯科塞斯还是肯定威廉斯会反对他的这部比较暴力的影片，相信自己什么奖都得不到，留下罗伯特·德尼罗和朱迪·福斯特，自己回好莱坞去了。

人们伤心地向遭到暗杀的帕索里尼表示了哀悼，然而第二天又传来一个可怕的消息，震惊了全戛纳：阿兰·德龙死了！大家都感到很恐慌。怎么？这怎么可能？车祸？女人的复仇？卑劣的谋杀？斗殴？在拍片时摔下来了？……什么可怕的猜测都有。幸亏，很快就辟谣了：传错了！

闭幕式的前一天晚上，约瑟夫·罗西向记者抱怨了法国总统有点让人吃惊的行为。

“一年前，我遇到了你们的总统吉斯卡尔·德斯坦。得知我想拍摄《追忆逝水流年》时，他咄咄逼人地扔过来这么一句话：‘你有什么权力改编普鲁斯特的作品？你来自中西部，你甚至连法语都讲不好！’我很生气，用法语回答他说，作为一个艺术家，同时也作为一个知识分子，我完全有权、也有能力改编和理解普鲁斯特的作品。为了让自己更有说服力，我还补充说，我和《克莱恩先生》一样，受到了某种政治迫害，麦卡锡主义的迫害。我是一个真正的犹太人！吉斯卡尔·德斯坦哑口无言，突然转身走开。”

颁奖晚会上，大厅里挤满了讲法语的欧洲演员，如朱利安·克莱尔、缪缪、皮埃尔·理查德、简·伯金、米歇尔·皮寇利（自《饕餮大餐》以后，他更出名了）、伊莎贝尔·阿佳妮、玛莲妮·乔伯特、尼诺·曼弗莱迪、让-克洛德·布里亚利。布里亚利从来没有落下过一届电影节，他想去哪就可以去哪，完全不用邀请函。

评审团主席田纳西·威廉斯首先致词，向电影节的组织者和文化部长米歇尔·盖伊表示感谢，接着，由英法双语都很出色的夏洛特·兰普林宣布获奖者名单。

“最佳导演奖”颁给了伊托·斯柯拉（《惊恐、污秽、邪恶》）。

意大利电影才子伊托·斯柯拉，在尼诺·曼弗莱迪的陪同下，从索菲娅·罗兰手中接过了那张宝贵的证书。尼诺还不忘做个“斗牛舞”

动作。

夏洛特·兰普林很难让尼诺·曼弗莱迪走下舞台，他在热烈的掌声中不断地做着滑稽动作，因为斯柯拉的这部电影，既滑稽，又坏坏的，具有一种漫画式的讽刺。年轻而富有魅力的尼诺在片中杰出地扮演了一个一脸沧桑、一只眼睛已经看不见的老人。

在理查多·弗兰科的西班牙影片《巴斯瓜尔厄一家》中扮演主角的何塞·路易斯·戈麦兹和在莫洛·鲍罗尼尼的意大利影片（意大利是主宾国）《遗产》中扮演主角的多米尼克·桑达双双获得了“最佳男演员奖”；“最佳女演员奖”颁给了在吉鲁阿·马尔的《德里夫人您在哪》中的玛丽·托洛斯克。所有看过这部匈牙利影片的人都说，这个女演员太棒了。玛丽从米歇尔·皮寇利手中接过奖品时的那种幸福，感动了全场的每一个人。

“评审团特别奖”同时颁给了卡洛斯·绍拉的《饲养乌鸦》和侯麦导演的《侯爵夫人》。《侯爵夫人》的故事发生在1789年，那个被F伯爵从不体面的事情中解救出来的O侯爵夫人，完全是侯麦式的。影片介于戏剧与绘画之间，像侯麦所有的作品一样，片中对话滔滔不绝，光线被弄得美轮美奂。

最后，大家等待已久的时刻来到了：

“‘国际电影节金棕榈奖’颁给……马丁·斯科塞斯的《出租车司机》！”

大厅里响起了雷鸣般的掌声。田纳西·威廉斯在台上毫无表情，但他的评委们，首先是科斯塔·加夫拉斯，心花怒放。显然，评委们战胜了主席。这种事情并不是不会发生！罗伯特·德尼罗和朱迪·福斯特上台替马丁·斯科塞斯领了奖。斯科塞斯后来后悔不迭，他因为认定自己不会得奖而离开了戛纳。《出租车司机》讲的是出租车司机特拉维斯（罗伯特·德尼罗扮演）的故事，他从越南战场上回来之后，天天晚上开着车穿行在邪恶与腐败盛行的纽约街头，强行救出了一个十二岁的妓女（朱迪·福斯特扮演）。由于戛纳，这部关于一个世界、一个时代的影片一步登天。它情节曲折，拍摄得非常成功，不久就成了一部重要作品。

盛大的晚会结束后，罗贝尔·法弗尔-勒布埃和他的火枪手们松了一口气。一切都进行得很顺利。今年，没有真炸弹，也没有什么风波。当然，约瑟夫·罗西失望地离开了。他的《克莱恩先生》一无所获，部分地参加这部影片拍摄的阿兰·德龙也没有获得他也许应该获得的表演奖。

每年为电影节工作三百五十天的罗贝尔·法弗尔-勒布埃心想，在继续审看数百部影片之前，他可以暂时离开，稍事休息了，然后再继续没完没了地打电话发邀请："您好，您有空来参加……"

短暂的假期一结束，法弗尔-勒布埃就回来工作了。他要为下一届电影节寻找评审团主席。制片人丹尼尔·托斯坎·杜普兰蒂尔和吉尔·雅各布（明年将成为总干事，替代已疲惫不堪、提出辞职的莫里斯·贝西）都推荐了罗伯托·罗西里尼。法弗尔-勒布埃起初有点犹豫，托斯坎和雅各布对他说，罗西里尼虽然已成了一个孤独、孤单、被老朋友抛弃的电影人，但他最初拍摄的那些电影辉煌依旧。罗贝尔·法弗尔-勒布埃突然被说服了，打电话去罗马找罗伯托·罗西里尼："您好，亲爱的罗伯托，您能来担任1977年5月12日到27日举办的下一届戛纳电影节的评审团主席吗？"

"嗨，您怎么现在才想起我来！"

"是这样，我希望能由您来坐这个位置，只有您能行。您是个大师，拍出了《罗马不设防》那样的影片，可惜，电影节在1946年没能发现它的真正价值，把他与其他影片混为一谈了，嗯……三十一年了……有了您，富有经验的您，我就可以放心了！一切都会顺顺当当。"

罗伯托·罗西里尼被恭维得有点飘飘然，显得有些激动，他不像有的大演员那样小气，他答应把时间留出来。罗贝尔·法弗尔-勒布埃激动地挂上电话，对托斯坎·杜普兰蒂尔和吉尔·雅各布说："你们的主意太好了，有罗伯托·罗西里尼挂帅，我们就可以高枕无忧了。"

法弗尔-勒布埃没想到的是，在富有诗情画意的童话中，溜进来三个"命运女神"，她们将改写这段已经写完的历史。

第二十五章
不能就这样死去!

献给特别的一天，特别的电影节。

“我是一个人来的，没有特定的想法，我是来见一个老朋友的，那就是电影!”1977年5月12日，意大利后现实主义之父从他宽大的菲亚特汽车中走出来，对记者们这样说。他是亲自开车从罗马来戛纳的。

他最后的几部电影《弥赛亚》和《路易十四的崛起》，把观众们搞糊涂了。七十一岁的罗伯托·罗西里尼，一直保持着自己的名声和威望。他跟评委们见了面：制片人阿纳托尔·达奥曼、导演雅克·戴米、墨西哥小说家亦即前驻法大使卡洛斯·芬特斯、苏联导演尤里·奥泽洛夫、非洲社会学家苏安·阿格·布雷马农以及三个杰出的职业女性——因在电视连续剧《亚维农的少女》（弗莱德里克·埃布拉和路易·韦尔导演）而出名的女演员玛尔特·克勒尔，后进入好莱坞，与大名鼎鼎的阿尔·帕西诺搭档拍摄了《霹雳钻》《黑色星期日》和《夕阳之恋》；伯努瓦特·格鲁，著名作家，很深地介入了妇女解放运动；美国著名电影评论家宝琳·凯尔。

让电影节的常客们感到意外的是，除了在卡尔顿酒店的露天平台、马杰斯特酒店的酒吧或运动沙滩上放映电影之外，罗伯托·罗西里尼还决定每天组织大型研讨会，谈论“导演在其职业活动中的道德责任”，各国的影迷、导演、编剧和演员起初还拖拖拉拉，慢慢地全都争先恐后去听那位大师满怀激情地谈论电影，回答所有的问题。罗西里尼太成功了，不得不找更大的地方来接待粉丝们。

但罗西里尼一看参赛影片的名单，马上就发现会产生一个大问题：两部参赛的意大利影片，他已经看过，而且看了许多遍，片子拍得相当棒，非常罕见：保罗·塔维亚尼和维托里奥·塔维亚尼的《我父我主》是一部严肃而内容扎实的作品，根据大作家佳维诺·莱达的自传体小说改编，讲的是一个叫佳维诺的孩子，遭到父亲艾里西奥——撒丁岛的一个农民虐待的故事。枯燥单调的背景，农田一望无际，撒丁岛的狂风在上面肆虐，穷人和富人剑拔弩张。幸存下来的孩子后来成了一个很有天赋的知识分子，离开了撒丁岛，如同逃出牢笼，也逃脱了可怕的棍棒，去寻找自己的生活。

塔维亚尼兄弟这两个意大利后现实主义的“孩子们”，大家还相当陌生，但他们有自己的拍摄方式，这无疑会打动罗西里尼。这部电影原先是用十六毫米的胶片为意大利广播电视公司拍的，打算在电视上播放，后来改成三十五毫米，在银幕上放映。电视如此闯入“大”电影，让许多纯洁主义者感到很不愉快，他们一点都不给面子，大声说了出来。

戛纳弥漫着一种愤怒情绪。

伊托·斯柯拉是罗西里尼的好友，他的《特殊的一天》讲一个当母亲的（索菲娅·罗兰扮演），天天洗衣洗被，累得要死，与马塞洛·马斯楚安尼扮演的邻居不得体地来往。这个邻居是个同性恋者，纽扣眼里系着一条侮辱同性恋者的粉红色布条，正等着被流放到地中海的某岛屿上去。在这部关于“普遍的法西斯主义”的影片中，两人都演得非常好：楼里的住户全都有法西斯倾向，纷纷跑去听墨索里尼的演讲。

大家都打赌《特殊的一天》会获得“金棕榈”。罗贝尔·法弗尔-勒布埃是影片的制片人卡罗·庞蒂以及索菲娅·罗兰、马塞洛·马斯楚安尼的好朋友，他毫不掩饰地表示将支持伊托·斯柯拉的这部电影。他永远无条件地忠于戛纳，认为把“金棕榈”颁给《特殊的一天》，会使电影节成为媒体的焦点，从而被更多的民众所了解。

然而，背后的议论引起了他的警觉：他得知，玛尔特·克勒尔“将掌控罗西里尼”。她置评审团主席于她的影响之下，让他支持《我父我主》。法弗尔-勒布埃非常气愤，找了一个机会把玛尔特拉到走廊的角落里。起初，一切都很顺利，但法弗尔-勒布埃说话太绝了，说最大的赢家必须是斯柯拉的电影。玛尔特·克勒尔反叛了，开始抗议，说“评审团是独立的”。法弗尔-勒布埃气疯了，不幸地说了那几句话："亲爱的，对你这样一个年轻演员来说，能成为戛纳电影节的评委，已是你莫大的荣幸。我希望你能意识到这一点。别跟我闹什么情绪！对你的唯一要求，就是好好投票！"

法弗尔-勒布埃的这几句话太狠了，就像一个炸弹。玛尔特·克勒尔被大大地激怒了，她联合评审团中的另两位女性评委——伯努瓦特·格鲁和宝琳·凯尔，给法弗尔-勒布埃制造障碍，当然也给《特殊的一天》制造了很多麻烦。这几个冲动、激进的女人让几个举棋不定的评委改变了主意，并蓄意围在罗伯托·罗西里尼身边，罗西里尼说，要在斯柯拉和塔维亚尼兄弟这三个意大利电影人当中作出抉择，他都要被"撕裂"了，大家都是战壕里的"兄弟"。

就在他们进行这种拉锯战时，影片在一部部地放映，包括玛格丽特·杜拉斯的《卡车》，热拉尔·德帕迪厄在片中扮演了角色。大厅里的观众很快就糊涂了，那辆卡车在路上开啊、开啊，什么事情都没有发生，只有杜拉斯的旁白，她变得越来越歇斯底里，声音刺耳。于是，在杜拉斯与公众之间发生了一场超现实主义的对话——

杜拉斯的声音："在电影的放映过程中，另一个司机可能睡着了。"

一个观众大喊："跟我们一样。我们也睡着了！"

杜拉斯说："电影票应该不是太贵。"

另一个观众嘲笑说："一文不值。"

讥笑、讽刺、嘲弄越来越厉害，直至杜拉斯这个愤怒但不为所动的王后在口哨声中离开了放映大厅。

压力越来越大，评奖结果揭晓的那天，罗西里尼没别的办法了，为了不受外界的影响，只好使用了戛纳观众从未见识过的计谋。

那三个兴奋的"女神"把事情搞得越来越复杂，他只好劫持评委，让他们悄悄地离开卡尔顿酒店的大会议厅，自从撤出苏丹王后的"迦伊爱"之后，评审团都在这里开会。他们先是来到三楼的小会议室；接着，罗西里尼还不放心，再次更换开会的时间和地点，来到一个小单间里，大家拥挤着席地而坐，或坐在两张同样的床上。

此时，气疯了的法弗尔-勒布埃正满戛纳地寻找"蒸发"的评审团。当他气喘吁吁、精疲力竭、怒不可遏地终于找到他们时，已经太晚了！罗伯托·罗西里尼在那三个扬扬得意的女人的簇拥下，把评审团刚刚投票通过并签字的获奖者名单递给了电影节主席。

获“金棕榈”的是《我父我主》。

而且，评审团打破常规，只评了三个奖而不是五个。法弗尔–勒布埃很难接受罗西里尼和他的评审团的这种反叛。冲动之下，或者是太气愤了，他立即辞退了所有的评委，大声地对他们说：“今天晚上，我们不需要你们了！”

“我们马上收到了要结算的费用和额外开支，”伯努瓦特·格鲁说，“立即离开了戛纳，像小偷似的。”

法弗尔–勒布埃气疯了，决定否决他不赞同的一个奖。好像是为了凑热闹，就在颁奖晚会的前一天，放映间旁边又发生了手制炸弹爆炸。5月27日，罗伯托·罗西里尼在十分凄凉的气氛中，独自一人宣读评奖结果：

“最佳处女作奖”颁给里德利·斯科特的《决斗者》。这个年轻导演的这部电影是在法国的多尔多涅省拍摄的，凯特·卡拉丁娜和哈维·凯特尔主演，只花了九十万法郎（很少，即使是在当时）。影片根据约瑟夫·孔拉德的小说改编，残忍而迷人，讲述拿破仑军队里的两个军官，因微不足道的分歧而对立，在拿破仑统治时期、“百日政变时期”和复辟时期，受一种非理性的仇恨所驱使，一直在进行决斗。

在戛纳获得的这个奖，尽管是在这种情况下获得的，将使里德利·斯科特事业得到腾飞。

“最佳男演员奖”颁给了西班牙电影《艾丽莎，我之爱》（卡洛斯·绍拉导演）中的费尔南多·雷伊。

“最佳女演员奖”同时颁给加拿大电影《摄影家马丁》（让·博丹导演）中的莫尼克·梅居尔和具有寓言性的影片《三妇女》中的雪莉·杜瓦尔。

“金棕榈奖”颁给保罗·塔维亚尼和维托里奥·塔维亚尼的《我父我主》。

法弗尔–勒布埃离开了大厅，不想看到塔维亚尼兄弟热泪盈眶地扑到罗伯托·罗西里尼怀里。

“我觉得这个奖完全不妥当，我这样讲还算是轻的……”法弗尔–勒布埃在大厅里咆哮。

接着又补充说（还是那么狂怒）：“以后，所有……我说的是所有的奖，都得由评审团来颁发。”

伊托·斯柯拉、索菲娅·罗兰和马塞洛·马斯楚安尼预料到自己会一无所获，没有参加颁奖仪式。

第二天上午，疲惫而沮丧的罗伯托·罗西里尼独自开着他的大“菲亚特”回意大利去了。在去罗马之前，他想在佛罗伦萨停一停，看看他的兄弟。罗贝尔·法弗尔-勒布埃也精疲力竭，心里痛苦而不满：对自己不满，对罗西里尼不满，也对那三个“女神”不满。他去瑞士休息了。

海边的沙滩上，有个奥地利健身运动员还待了几天，以享受阳光。电影节期间，不时有崇拜者去摸他的肌肉，但没有一个人能正确地念出他的名字：阿诺德·施瓦辛格！他甚至还在昂蒂布路展示了一个关于“肌肉健美”的纪录片，并将很快成为“蛮王柯南”和“终结者”，成为好莱坞明星；再后来，是成为加州州长。

莱芒湖的轻风让罗贝尔·法弗尔-勒布埃冷静了一点，他还是决定给已经回到罗马的罗伯托·罗西里尼打电话，冷静地“总结一下电影节，并感谢这位评审团主席的出席”。罗西里尼捍卫自己的主张，并向法弗尔-勒布埃坦白，他给《世界报》和罗马的日报写了一篇文章，并给对方念了几行：

“……在戛纳这样的电影节里，这是非商业电影大集团制作的影片第一次获胜……我们知道，电影市场的审查制度是如此严格，像塔维亚尼兄弟那样的影片很有可能被排除在外……”

两个男人在电话里互相安慰，罗西里尼在挂上电话前，笑着对罗贝尔·法弗尔-勒布埃说了这么一句：“说到底，这不过是个电影节，不要为了它而死！”

几天后，6月3日，罗伯托·罗西里尼穿衣服时感到有些不适。人们把他放倒在长沙发上。他睁大眼睛，喃喃地说：“千万不要我把送到维斯康蒂死去的那家诊所。”说完，《战火》《荒岛怨侣》和《意大利的旅行》的导演便闭上了眼睛，永远地睡着了。

不幸被一语言中。是戛纳电影节杀死了罗伯托·罗西里尼？当然不是。在巴黎和罗马之间不断旅行，他应该心脏出了问题而自己却不知道，或者不想知道，他从来不作检查，怕听到医生说：“好好休息，罗西里尼先生……您要休息了！”

在这悲哀的气氛中，人们开始准备新一届电影节时，心情都很沉重。1978年的电影节选在5月17日到29日举行。

在罗贝尔·法弗尔-勒布埃的请求下，刚进入雷蒙·巴尔政府的新任文化部长米歇尔·多尔纳诺正式决定，吉尔·雅各布任戛纳电影节总干事。

吉尔·雅各布是《快报》的老记者；也是一位作家，写过一些相当不错的小说，比如《一天，一只海鸥》；他还是一个博学、杰出的评论家，非常喜欢电影。作为一个管理者，他意志坚强，思想上又高度诚实。法弗尔-勒布埃早就注意到他了，认为如果哪天要找一个人接替自己来主持电影节，非吉尔·雅各布莫属。雅各布充满热情，又高又瘦，每天工作十六个小时，奔波于纽约、伦敦、莫斯科、洛杉矶、东京，去发现和寻找好电影。他有“银幕”饥渴症，每年要看四五百部电影，还不包括许多短片，然后长时间地谈论、闲聊、建议，以挑选影片，或采取必要的外交手腕拒绝某部影片。吉尔·雅各布很快就改革了“金棕榈”，用它来奖励最佳处女作。罗曼·古皮尔、克莱尔·戴维斯、维塔里·卡涅夫斯基等我们马上就要认识的导演，这才获得了这个将改变他们职业生涯的大奖。

新当选的评审团主席是艾伦·J·帕库拉，他导演过相当成功的《总统班底》，获得了奥斯卡奖。罗伯特·雷德福和达斯汀·霍夫曼在那个真实的故事中分别扮演《华盛顿邮报》记者鲍勃·霍华德和卡尔·伯恩斯坦，他们发现了水门阴谋，此事后来迫使尼克松从白宫辞职。

帕库拉领导的评委有挪威女演员丽芙·乌曼（英格玛·伯格曼的伴侣和御用演员）、弗兰科·布鲁萨蒂（意大利导演）、弗朗索瓦·沙莱、米歇尔·西蒙（评论家）及瑞士导演克洛德·果雷塔，他也许是被邀请来弥补去年之憾的，他的《编织的女孩》（伊莎贝尔·于贝尔出演）去年未能获奖。此外还有著名布景师乔治·瓦克维奇、苏联剧作家兼导演安德烈·康查洛夫斯基和美国制片人哈里·萨尔斯曼。

这是一个十分专业的评审团，感觉到出自罗贝尔·法弗尔-勒布埃主席之手，他曾说“不想再找业余爱好者当评委”。法弗尔-勒布埃的这句狠话，也许指的是那三个女反叛者，而不是罗西里尼。

吉尔·雅各布当然心情沉重，因为是他和托斯坎·杜普兰蒂尔提出让那位大师来戛纳的，他设立了一个“罗伯托·罗西里尼奖”，颁给“继承《罗马不设防》的作者的人道主义精神的人”。

那年，我们应邀观看一个四十二岁的波兰导演的非参赛片，那部陌生的影片叫做《大理石人》。影片讲什么、是什么主题，我们一概不知。

事实上，安杰依·瓦依达用前所未有的特技手法，让他的演员们与新闻、格但斯克的罢工和反叛混淆在一起，揭示主人公在专制下感到的压迫和瓦勒沙创办的独立工会“团结工联”最初的斗争。可惜，在放映过程中，胶片的顺序搞错了，从尾开始倒放，然后又跳过了几段，所以有时完全看不懂。椅子“噼噼啪啪”地响起来，开始走人。观众一边大声抗议，一边成群离开。但我们还是留下了，很冷静，继而也被迷住了。等我们走出放映厅的时候，我们发现最后剩下的只有五十来个人。尽管放映时出现了技术错误，但我们知道，我们刚刚看了一部大片、一部巨片。梅骋和弗朗索瓦·沙莱也在场，他们大声地说，对那些离开的人来说，这是一个耻辱。但那个瓦依达是什么人呢？谁也想不起来，大家都想知道。他的影片是怎么离开共产党统治的波兰的？最后，大家平静了下来，和梅骋、弗朗索瓦·沙莱去喝一杯。在戛纳总是这样。沙莱是评审团成员，但非参赛影片，哪怕再好，他们也无法推荐。

安杰依·瓦依达后来凭借《铁人》获得了胜利，苏联报纸《消息报》发起了一场论争，那是莫斯科共产党的真正喉舌，它指责戛纳电影节“选择一部反社会主义的影片，犯下了卑鄙的罪行”。

“来‘吉娜别墅’吃饭吧……”达尼埃莱·德洛姆建议，她和她当演员的丈夫伊夫·罗贝尔勇敢地成立了拉盖维尔制作公司。

她还对客人补充了一句：“是我做饭啊！”

千真万确。客人到达时，达尼埃莱·德洛姆穿着围裙，正在做饭。她在法国南方很认真地上过一个大厨师的课。我们的消息来源绝对可靠，因为我们在诺曼底的叔叔若阿基姆·勒佩勒蒂埃，是科唐坦半岛夏朗丹小城的工业家，喜欢美食，参加过就在达尼埃莱家隔壁举行的美食研讨会，他很欣赏作为演员也作为厨师的达尼埃莱·德洛姆。

这是在戛纳最大的“必须”。大家都想得到“吉娜别墅”的邀请，拍完《纽扣的战争》之后，达尼埃莱和罗贝尔夫妇就在这里为他的新片筹到了款：《穿黑靴的高个金发男士》《大象骗人》《相会在天堂》，影片由伊夫导演，与让-卢·达巴迪合作编剧。菜谱好像有“巨大的才能，好菜能给戛纳带来好看的电影”。

不过，要小心电影爱好者：带着小锅和好菜来到电影节是不够的，你完全可能对着精美的菜肴独自哭泣。事实上，在戛纳，没有任何菜谱能保证你成功，只有各种各样的情况、冒险和运气！好像是为了证明这一说法，克洛德·夏布洛尔嘲讽了一番之后——在戛纳，这是家常便饭，同意携影片《维奥莱特·诺齐埃尔》来戛纳参赛。伊莎贝尔·于贝尔扮演的女主人公杀了人，被判死刑，后被赦免。大奖揭晓前，尖刻而喜欢讽刺人的夏布洛尔一字一句地大声宣称：“说真的，应该用摇奖来代替评审团！”

这句俏皮话当然传到了艾伦·J·帕库拉和他的评委耳里，他们耸耸肩。他们都知道夏布洛尔，知道他痛恨戛纳。确实，克洛德是因为伊莎贝尔·于贝尔的缘故才来戛纳的，她在这部影片中表演得非常出色，扮演一个十九岁的“维奥莱特·诺齐埃尔”，她美丽迷人却罪恶滔天，毫不犹豫、凶残地杀害了自己的父母，却讲不出任何理由。

这部影片围绕着伊莎贝尔·于贝尔而展开，把我们带入了一个情结、一个谜，一个完全是夏布洛尔式的痛苦中。离颁奖晚会还有一个小时，夏布洛尔悄悄地对伊莎贝尔·于贝尔耳语说：“咱们别去了，你知道那些人的，我们什么都得不到的！”

伊莎贝尔·于贝尔满脸微笑，已经换上晚礼服。她表示坚决反对，她把去年罗西里尼送给她的钻石蝴蝶紧紧地贴在胸前。老人家曾十分遗憾地说，没能把奖颁给在《编织的女孩》扮演角色的她。

“不，克洛德，我们不该泄气。我们要去！”

伊莎贝尔坚信，大师漂亮的蝴蝶会给她带来好运。

大厅里热闹非凡，连拳击手卡修斯·克莱也来了，1964年后他成了穆罕默德·阿里。他十分和蔼在台阶上给兴奋的观众分发他的传记。威廉·霍尔登、成了希腊议员的玛丽娜·墨蔻莉、大卫·鲍伊、安妮塔·艾克伯格、让·卡米特、斯蒂芬妮·奥德安、帕特里克·迪瓦尔、简·方达、安·玛格丽特、费拉·福赛特引起了一场骚动，像往常一样，人们把半晕过去的福赛特抬到蒙特卡罗电台的直播室里，贝纳尔·斯潘德莱很有风度地急忙过来安慰她。

晚会现场，角逐正酣。大多数代表都肯定，“金棕榈”将颁给亚莉安·莫努虚金的《莫里哀》，亚莉安很有信心地等待，因为菲利普·科贝尔出演莫里哀的这部影片，放映时就引起了轰动。

吉尔·雅各布讲话之后，颁奖就开始了。罗贝尔·法弗尔-勒布埃已经很有风度地把接力棒交给了他。晚会由罗密·施奈德主持。威廉·霍尔登、大卫·鲍伊、安·玛格丽特、艾伦·鲍斯汀等演员一一上台为获奖者颁奖。

“最佳导演奖”颁给了大岛渚的《爱之亡灵》，那部影片有点像是《感官世界》的续片。

“最佳男演员奖”颁给《荣归》（哈尔·阿什贝导演）的主角乔恩·沃特，他是在《午夜牛郎》中崭露头角的。

“最佳女演员奖”颁给……有两人同时获奖，第一位获奖者《不结婚的女人》（保罗·马佐斯基导演）中的吉尔·克雷伯格。接着，威廉·霍尔登扶了扶眼镜，开始念小卡片。伊莎贝尔·于贝尔紧紧地按着胸前的小蝴蝶，夏布洛尔则垂头丧气。

“另一位获奖者是……在克洛德·夏布洛尔的《维奥莱特·诺齐埃尔》中扮演角色的伊莎贝尔·于贝尔！”

大厅里响起了雷鸣般的掌声。伊莎贝尔·于贝尔激动得脸色发白，她接过奖品，又接受了罗密·施奈德的一个吻。当她走下舞台的时候，已经与戛纳和解的克洛德·夏布洛尔紧紧地拥抱着她，轻声说：“谢谢……不过，这是完全应该的。你是我认识的最伟大的死刑犯！”纯粹是夏布洛尔式的玩笑。

马尔科·费雷里（他终于获了奖）的《猴子再见》和杰兹·斯科利莫夫斯基的《叫喊》双双获得了“评审团特别奖”。《叫喊》讲的是一个奇特的故事：一个伟大的徒步旅行者环游世界回来之后，具有了无穷的力量。

最后是由罗密·施奈德颁发“金棕榈”。这个奖大家一致同意颁给埃曼诺·奥尔米的《木屐树》。影片仍由意大利电视台资助，对伦巴地的一个贝加摩农民与旺代的一个保守党人进行了比较。这是意大利人擅长的一部简朴、动人而优美的影片。

艾伦·J·帕库拉的英国影片《午夜快车》、亚莉安·莫努虚金的《莫里哀》一无所获，路易·马勒的《艳娃传》也没有得到任何奖项。

一群朋克在门口大喊：“戛纳，去他妈的！”

英国导演德里克·贾曼则绷着脸说起了冷笑话：“戛纳出现了达达主义的革命精神！”

库尔特·尤尔根斯非常镇静地邀请朋友们到他的圣保罗德旺斯新居继续尽兴，结果去了三百人。英俊的库尔特向大家介绍了他的第五任太太玛吉，一位身高一米八零的漂亮女人。

最后的告别词是奥地利乐团的大指挥家赫伯特·冯·卡拉扬说的，他对他的朋友说："就像贝多芬的交响乐一样，第五是最好的！"

第二十六章
抵制科波拉

“好的，我来！”弗朗索瓦丝·萨冈同意担任将在1979年5月10日至24日举办的20世纪70年代最后一届戛纳电影节评审团主席。

弗朗索瓦丝·萨冈是国际知名的小说家，也是颇具才能的剧作家，在美丽的家中深居简出。这是一个很迷人也很大方的女性。2004年9月去世时，她的所有财产不是给了别人就是被她挥霍一空。然而，她的脾气有时也让人难以预料，说话时常语出惊人。

评委当中有莫里斯·贝西、朱尔斯·达辛、苏姗娜·约克、路易·贝朗加（导演）、保尔·卡洛东。第一次开会，弗朗索瓦丝·萨冈就忍不住尖刻地讽刺道：“戛纳混杂着阴森森的闹剧和滑稽歌剧的味道。”

这种讽刺让评委们有些惊讶，接着，萨冈又像她擅长的那样，变得可爱起来，在十天当中一切都非常顺利。

评审团开始第一轮投票。这是常规。排名最先的是沃尔克·施隆多夫的《铁皮鼓》，这是根据君特·格拉斯的同名小说改编的，年轻的戴维·贝内特扮演奥斯卡这一角色。那个小家伙有一天决定不再长大，因为他讨厌成人世界。

所有的评委都同意。《铁皮鼓》远远超过其他送选的影片，尽管那些影片也不错，比如雅克·杜瓦隆的《野丫头》、詹姆斯·伊沃里的《欧洲人》、阿兰·柯诺的《黑色系》、詹姆斯·布里奇斯《唐人街》、安德烈·泰西内的《勃朗特姐妹》等。除非最后一秒钟出现意外，《铁皮鼓》将胜券在握。

但意外总是会来的，就像雷电免不了一样。弗朗西斯·福特·科波拉特别为戛纳电影节拍摄的《现代启示录》完成了剪接和混响。这是根据约瑟夫·康拉德的小说改编的关于越南战争的巨片，战火纷飞，腥风血雨。

为了按时交片，该片的法国发行人克劳德·贝黎和保尔·拉桑忙得像陀螺一样团团转，因为广告已经打出去，不参赛，但将在戛纳放映。科波拉甚至谦逊地亲口说，这是“一部有待提高的作品”。

但是，5月19日，看完影片，评委们都惊讶得说不出话来，这部充满血与火和爱情大片太棒了！他们意识到，科波拉的这部影片，尽管有些缺陷，尤其是结尾部分，但绝对是电影界的一个大手笔。

可罗贝尔·法弗尔–勒布埃像当年对待坞尔特·克勒尔一样，又做了一件蠢事。他当着萨冈（只有她撅着嘴）的面，挥动着星期天出版的大赞《现代启示录》的报纸，想向她证明，影片既征服了大众，也震惊了媒体。他还宣布，《现代启示录》现在参赛！

萨冈不干了！她赌气了。自法弗尔–勒布埃要求该片参赛后，女主席就不断领导评审团反对科波拉的这部“好莱坞大机器”。朱尔斯·达辛不甘让人操纵，作为一个高素质的专业人士，他竭力赞赏科波拉这部野蛮但出色的影片。他说服了几个犹豫不决的评委顶住了的压力。萨冈看到自己的打压不起作用，便想挑动一派斗一派。大家的关系变得非常糟糕。朱尔斯·达辛和苏姗娜·约克不再听主席的话。

“弗朗索瓦丝，请原谅，我要告诉您，您完全弄错了，《现代启示录》不是好莱坞大企业制作的美国大机器，而是一部独立的电影，是科波拉用自己的资金拍摄的，他现在已经身无分文了……您要明白，《现代启示录》其实是对越战的巨大讽刺和猛烈批判，那些直升机在疯狂地轰炸无辜的村民……”朱尔斯·达辛说。

弗朗索瓦丝·萨冈听不进去。她在与评委赌气，火气越来越大。24日上午10点半的最后一轮投票是在极其对立的气氛中进行的。朱尔斯·达辛和支持他的评委对最后的结果感到担心，要求罗贝尔·法弗尔–勒布埃参加投票。这是很不正常的。法弗尔–勒布埃很谨慎，保持尊严，抱着双臂，默默地坐着，不到关键时刻不开口。经过秘密投票，《铁皮鼓》与《现代启示录》这两部电影旗鼓相当：五票比五票。弗朗索瓦丝·萨冈突然发现，两个来自东方的评委，若尔·特克迪–科瓦克和罗伯特·罗捷斯特万斯基起初是反对科波拉的，现在受达辛的影响，对越战有看法了，开始竭力支持这部影片。于是，萨冈提出要行使主席的双票权。在某种极端的情况下，电影节是可以赋予主席这种权力的。这属于罗贝尔·法弗尔–勒布埃的权力范围之内，但他只回答了两个字："不行！"萨冈变得歇斯底里了。事情越闹越大。莫里斯·贝西赶紧来救火，今年，他不再是电影节的干部，而是普通评委。他建议说："为什么'金棕榈奖'不能同时颁给两部影片呢，就像1966年我们同时颁给勒路许的《一个男人和一个女人》和杰米的《绅士现形记》那样？"

萨冈最后接受了这个办法。

当着新任文化部长让–菲利普·勒卡（自从安德烈·马尔罗1959年参加电影节之后，共有三十一个文化部长来过戛纳，其中杰克·朗来过六次）和满堂贵宾的面，其中包括劳伦·白考尔、伊夫·蒙当、利诺·文图拉、凯瑟琳·德纳芙、约翰·休斯顿、娜丝塔西娅·金斯基、罗曼·波兰斯基、米洛斯·福曼、柯克·道格拉斯、维托里奥·加斯曼杰克·莱蒙、玛丽·特兰蒂尼昂、帕特里克·迪瓦尔、玛丽–弗朗丝·皮西尔、玛瑞儿·海明威（缺席的伍迪·艾伦《曼哈顿》中的明星之一），弗朗索瓦丝·萨冈开始宣读获奖者名单。开始，她还难以掩饰自己生气的表情，但慢慢地，气氛缓和了，因为朱尔斯·达辛来救场了，像劳伦·白考尔、凯瑟琳·德纳芙、维托里奥·加斯曼、伊夫·蒙当这些大明星也一一登台颁奖。在大厅里，仍有几个人在嚼舌头，因为大家都听说评审团里闹意见了。他们嘀嘀咕咕地说："应该给弗朗索瓦丝·萨冈颁一个不称职奖！"

萨冈针对罗贝尔·法弗尔–勒布埃的报复性言论产生了很不好的后果。

"最佳导演奖"颁给了泰伦斯·马力克（《天堂之日》）。

"最佳男演员奖"颁给了《唐人街》（詹姆斯·布里奇斯导演）中的杰克·莱蒙。

杰出而罕见的莎莉·菲尔德获得了"最佳女演员奖"（马丁·里特《诺玛蕾》）。

获"评审团特别大奖"的是安德烈·康查洛夫斯基的《西伯利亚颂》。

最后，到了大家都期盼的时刻，因为，来宾们也许听说过评委意见有分歧，但并不知道最后的结果。宣布评选结果的是伊夫·蒙当：

"'金棕榈奖'同时颁给《铁皮鼓》的导演沃尔克·施隆多夫……"

施隆多夫兴奋地上台领取他梦寐以求的“金棕榈”时，全场掌声雷动。不过，人们也在焦急地等待另一个获奖者。

“……和《现代启示录》的导演弗朗西斯·福特·科波拉！”

科波拉赢得了大家的喝彩！

两位获奖的导演有力地握了握手，沃尔克·施隆多夫对媒体说：“与科波拉分享这个奖，我并没有感到不光彩，恰恰相反。”

结局好就一切都好。

然而，事实并非完全如此。七个月后，12月份，很遗憾，弗朗索瓦丝·萨冈在《巴黎晨报》发表了一大篇文章，“揭露”罗贝尔·法弗尔-勒布埃和电影节的弄虚作假和勾心斗角，说法弗尔-勒布埃“曾想强迫她”。这还不算，她还抱怨说，为了报复，戛纳电影节还要她支付一万二千法郎的酒水、电话和餐费。而电影节办公室却指出，这笔不小的数额，是萨冈女士的额外消费和邀请费用，其余的全都由电影节报销了。萨冈反驳说，评委们都聚在她的套房里讨论，他们在那里打电话可不能由她来买单。至于酒吧的费用，她说：“我都戒酒三年了，但评委们可不客气！”

再这样下去就没意思了。无论是萨冈还是电影节的组织者，最好还是把它当做是莎士比亚的喜剧：《无事生非》！

电影节这艘大船告急了：几个月前同意担任1980年评审团主席的英格玛·伯格曼，在5月9日开幕晚会的前三天突然提出辞职，理由是他太害羞！伍迪·艾伦后来也以同样的借口拒绝当评委。法弗尔-勒布埃和吉尔·雅各布委托乔治·克拉韦纳在最后一刻找人替代。得找个什么借口？撒谎有什么好处？克拉韦纳的地址本像三本电话黄页那么厚，他气急败坏地打电话去好莱坞，向那个大明星说了实话：“喂，柯克……我们处境很糟……英格玛·伯格曼在最后一刻把我们甩了。如果你有时间，只有你能拉我们一把了！”

“把你们甩了？不行！我来。”柯克·道格拉斯只说了这么一句。

尽管加利福尼亚和戛纳有九个小时的时差，柯克·道格拉斯却精神抖擞，颇有风度地穿上了主席服。他对电影节非常熟悉，马上就跟评委们混得相当好。这一届的评委有：阿比纳·德布瓦-卢弗莱（女制片人）、莱斯利·卡伦（舞蹈家，演员）、迈克尔·斯宾塞（加拿大导演）、罗伯特·贝纳永（评论家，电影编剧）、韦利科·布拉伊茨（南斯拉夫导演）、卢基·迪隆（比利时作家）等。

参赛的影片很多都不错：

鲍勃·福斯的《浮生若梦》、莫里斯·皮亚拉的《情人奴奴》、阿伦·雷奈的《我的美国舅舅》、塞缪尔·富勒的《铁血军营》、让-吕克·戈达尔的《人人为己》及贝特朗·塔维涅的《一周的假期》。塔维涅原来是新闻秘书，后改行搞电影，已拍过一些很引人注目的影片，如《圣保罗的钟表匠》《法官与杀人犯》《死亡的窥伺》等。黑泽明的日本影片《影子武士》人们也谈得很多，片中讲述一个高级军官武田信玄在战斗中被打死，一个与他酷似的“影武者”接替他指挥部队长达三年……这是一幅历史风景画，把战士都神化了，但血腥的战斗有时恐怖得让人难以忍受。

在戛纳，电影节一届届进行，每次的评审团主席都多多少少给人出点难题。柯克·道格拉斯这个救星——他还像个主席吗？——有点任性，不很严肃，让评委和组织者都有点生气。法弗尔-勒布埃没有批评克拉韦纳去接他是完全正确的！但人们很快就把他忘了，因为吉尔·雅各布和法弗尔-勒布埃要求，无论如何都要放映安德烈·康查洛夫斯基的《潜行者》，他们成功地把这个受迫害的导演悄悄地从苏联弄到了戛纳。

两个伙伴配合默契地导演了一台“费多”[①]式的大戏。为了避免片子被苏联代表扣走，吉尔·雅各布和法弗尔-勒布埃只宣布要放一部“让人吃惊的电影”。大家都这样说，那些苏联电影的胶片盒上写着鲍里斯·维昂的小说《我唾弃你的坟墓》的名字。上午10点，《潜行者》开始放映，全场座无虚席。刚放了几个镜头，苏联代表团团长奥尔格·鲁德涅夫就气疯了，站起来要求停止放映，但是……根据吉尔·雅各布和法弗尔-勒布埃的命令，放映员被里三层外三层地保护了起来。苏联人“嘭嘭”地使劲敲门，白费力气。奥尔格·鲁德涅夫一边骂（当然是用俄语），一边气急败坏地冲到吉尔·雅各布的办公室里，威胁说要进行报复。事先已接到通知的吉尔·雅各布显得十分冷静，他拉鲁德涅夫去见主席法弗尔-勒布埃。法弗尔-勒布埃不在办公室，好像还在酒店里。他们在克鲁瓦塞特大街上来来回回地走，花了不少时间，而此时《潜行者》在继续放映。最后，法弗尔-勒布埃装出刚

① 乔治·费多（Georges Feydeau），19世纪晚期至20世纪初期法国著名喜剧作家。——译注

睡醒的样子，在卡尔顿酒店的套房里接见了衣冠笔挺的苏联代表。他彬彬有礼地请客人们喝咖啡，吃羊角面包，喝橙汁和……伏特加——这太受欢迎了。面对那么和气的法弗尔-勒布埃，加上伏特加，苏联人慢慢地冷静下来了，没猜到这是主席和总干事导演的滑稽剧。不管怎么样，他没有别的任何办法。

在电影大厦里，康查洛夫斯基的那部杰出电影《潜行者》放完了，大家都泪流满面。影片不参赛，但大家都看了，都在谈论它。报纸上发表了大标题的文章："康查洛夫斯基的才能可与托尔斯泰和陀思妥耶夫斯基媲美！"苏联无法再谴责这个无法掌控的导演了！

那一年，许多女性获了奖。首先是让娜·莫罗，她在台上十分激动地从部长让-菲利普·勒卡手中接过了荣誉军团勋章；拉斐尔·比耶杜前来宣传其处女作《女人与孩子》的；各方面都取得骄人成绩的伊莎贝尔·于贝尔出现在三部电影的海报上：马尔塔·梅萨罗斯的《遗产》、让-吕克·戈达尔的《人人为己》和莫里斯·皮亚拉的《情人奴奴》。

摩纳哥王妃格蕾丝来戛纳主持仪式，纪念刚刚去世的希区柯克。她受到了鼓噪，因为她迟到了。人们不知道的是，她的车子在科尼什遇到了大塞车，无法动弹。格蕾丝总是轻车简从，不用警方护送。

闭幕晚会开始的时候，大家都认为这届电影节没有遇到大麻烦，除了跟苏联人发生了一点小摩擦。在某些人看来，这甚至有点太平静了。杰出的"豪情四兄弟"[1]、丹尼·凯耶、卡洛埃·劳拉、吉尔斯·卡勒、罗伊·施奈德、鲍勃·福斯、克劳迪娜·奥格尔、让娜·莫罗、克洛德·布拉瑟、娜塔丽·贝伊、让-吕克·戈达尔、米歇尔·皮寇利、阿努克·艾梅、比特·塞勒斯以及阿伦·雷奈的《我的美国舅舅》中的演员罗歇·皮埃尔和尼古拉·加西亚都参加了晚会。

阿伦·雷奈挽着罗歇·皮埃尔手臂走上台阶。皮埃尔是个喜剧演员，与让-马克·蒂博搭档演过许多受欢迎的幕间短剧。他悄悄地对阿伦·雷奈耳语道："我向你发誓过，我们将去戛纳，现在我们来了！"

仪式先由柯克·道格拉斯讲话，然后很快由莱斯利·卡伦、阿比纳·德布瓦-卢弗莱、让娜·莫罗、卡洛埃·劳拉和玛丽-若塞·纳特宣布

---

① 指巴瑞·莱文森导演的《豪情四兄弟》中扮演四兄弟的演员。——译注

评奖结果。

“评审团奖”颁给了波兰导演克里日托夫·扎努西的《山巅的呼唤》。

“最佳编剧与台词奖”颁给了《平台》的作者伊托·斯柯拉。

“最佳男演员奖”颁给了在马可·贝罗奇奥的《虚无缥缈》的男一号米歇尔·皮寇利。

“最佳女演员奖”也颁给同一部电影的女主角阿努克·艾梅。

这时，有人在下面提出了抗议，尽管皮寇利和阿努克·艾梅都很不错，但两个奖颁给同一部意大利影片，这还是有点过分了，但批评的矛头很快就转向接下去的获奖者了。

评委们一致同意把“评审团特别奖”颁给阿伦·雷奈的《我的美国舅舅》。雷奈终于在戛纳胜利了，既没有制造麻烦，也没有政治因素干扰他的影片。影片根据亨利·拉波里教授的事迹改编[1]，拉波里试图解释自己关于人类行为的理论，在他看来，人的行为是由消费、奖赏和禁止决定的。阿伦·雷奈在影片中把三个故事混在一起，分别由妮可·加西亚、热拉尔·德帕迪厄（没来参加电影节）和皮埃尔·阿迪提出演。

最后，像以往一样，最重要的时刻到来了，宣布“金棕榈奖”。还是两部影片同时获奖，黑泽明的《影子武士》和鲍勃·福斯的《浮生若梦》，福斯与容光焕发的罗伊·施奈德一同上台领奖。这是两部完全不同的影片。许多代表对两部影片获奖表示不满，大声地对柯克·道格拉斯和他的评审员表示了不满：“明年不妨设四个甚至十二个‘金棕榈奖’！”

罗贝尔·法弗尔-勒布埃很生气，他担心媒体会向他发难。吉尔·雅各布也坚决反对两部影片同时获奖，这不说明评审团没有能力对作品进行判断吗？柯克·道格拉斯对评委最后要挟他感到很不高兴，因为他只想奖励一部影片。闭幕式之后，他就回到了海岬酒店，第二天早上从尼斯搭机回国，不辞而别。戛纳的气氛好像总那么紧张。

---

① 亨利·拉波里（1914—1995），法国物理学家、作家和哲学家。——译注

第二十七章 惊与喜

“我们赢了！我们赢了！”

喊声响彻全国。

1981年5月10日，弗朗索瓦·密特朗以51.75%的选票，击败吉斯卡尔·德斯坦，成了法国总统。有人欢笑，有人哭泣。法国在动荡。社会党执政，这对社会来说真的是一场地震。局势变化很快，新任总统取消了死刑，同性恋也合法化了。

与此同时，第一辆高速列车以最高时速达到二百五十公里的速度奔向南方。自由电台遍地开花，获准在法国的任何地方发射信号。

前一年的3月21日，再次被雷蒙·巴尔提为文化部长的米歇尔·多尔纳诺，知道自己很快就要让位了。让给谁？秘密！人们现在还不知道路新老板的名字。皮埃尔·莫鲁瓦总理将进行组阁。

面对这样的大事，5月13日戛纳电影节的开幕确实难以引人注目，不过，电影人和记者很快就若无其事地在电影大厦和克鲁瓦塞特大街各就各位了。他们除了谈电影还是谈电影，丝毫不涉及政治。谁知道呢？最好还是小心点，不要去蹚左派或右派政治的浑水！

大家谈论得最多的，是迈克尔·西米诺的那部让人诅咒的《天堂之门》。美国媒体对它大加鞭挞，虽然三年前他们对他的《猎鹿人》（罗伯特·德尼罗和梅丽尔·斯特里普出演）赞不绝口。失望的西米诺来到戛纳，希望能重现《现代启示录》的成功，用“金棕榈”来拯救这部经济上惨败、让他在好莱坞受到致命打击的电影。这部影片具有一种野性的美，美国西部的景色充满了异国情调，伊莎贝尔·于贝尔出色地扮演了片中的妓院老鸨。

休·赫德森的《火之战车》也让人们趋之若鹜。大家都被那个十分英国化的故事迷住了：为了培养自己的速战能力，学生们在荒原上跑得上气不接下气。

波兰导演安德烈·祖拉斯基拍摄的西德影片《迷恋》（伊莎贝尔·阿佳妮主演）把观众们带到了诗一般神奇美丽的地方，伊莎贝尔·阿佳妮在影片中陷入了血腥的疯狂。电影在放映时被大家喝了倒彩，但阿佳妮的表演受到赞扬。走出影院时，大家都在问，影片在拍摄过程中，导演是否真的折磨了阿佳妮？

祖拉斯基笑着回答记者说："我希望她恨我，以便能让她摆脱自身。"

任务完成得非常出色！现在，他显得很有绅士风度，对晕倒在卡尔顿酒店露天平台上的那位女星关怀备至。

放映迪诺·里西的非参赛片《三兄弟》时，人们对扮演三兄弟父亲的查尔斯·文恩表示了敬意。八十九岁的文恩是电影界的一根栋梁，也是戛纳电影节的常客。

生于1892年的查尔斯·文恩从1912年开始在默片中扮演角色，世界大战中断了他的艺术生涯，战后他重返影坛，佳作不断，出演了六十多部传奇电影，其中包括雷蒙·贝纳尔的《木十字架》、安纳托尔·李维克的《机组》，并在朱利恩·杜维威尔的《同心协力》与让·迦本演对手戏，片中的插曲非常出名：

> 当人们在河边散步
> 一切都那么美丽
> 什么美好的东西……

他为电影在水银灯下工作了七十六年，还在的亨利-乔治·克鲁佐《恐惧的代价》、阿尔弗雷德·希区柯克的《捉贼记》、马塞尔·加缪的《世界之歌》、让-皮埃尔·梅尔维尔的《费尔肖家的老大》出演过角色。

克洛德·布拉瑟被这个伟大的演员深深地感动了，他用浑厚而美丽的声音（让人想起他父亲皮埃尔的声音），在台上宣布："查尔斯·文恩先生，您是一个磐石般坚强地穿越时代和经受职业考验的演员……

因为磐石像雨滴一样，能沿着纹路滑行……”

场内掌声如雷，当大家平静下来之后，文恩拥抱了克洛德，对他说：“谢谢，孩子……你知道，我非常喜欢你的父亲（1972年去世）……他在《天堂的孩子》扮演过勒梅特尔，他像那个伟大的演员一样，热情、自豪，正如他自己所说的那样，他是一个‘真正的戏剧艺术迷’。谢谢，谢谢你们大家！”

评审团主席雅克·德莱是一个著名的“专业人士”，是在银幕上讲故事的好手，他拍过许多极为成功的影片，比如《江湖大杀手》，当时的两个大明星阿兰·德龙和让-保尔·贝尔蒙多参加了演出；还有《游泳池》，仍由阿兰·德龙演出，罗密·施奈德和莫里斯·荣内特也参加了演出。雅克·德莱与评委的讨论是在十分友好与平静的气氛中进行的。久违了！罗贝尔·法弗尔-勒布埃为自己的选择而庆幸。雅克·德莱与艾伦·鲍斯汀（女演员）、让-克洛德·卡里埃、罗伯特·夏扎尔、克里斯蒂昂·德费、安德烈·彼得诺夫（苏联作曲家）、道格拉斯·斯洛科姆（英国摄影师）、卡洛斯·戴格斯（巴西导演）以及阿蒂里奥·多诺弗里奥（维斯康蒂的《纳粹狂魔》的意大利合作制片人）相处甚好。

顺便提一句，罗贝尔·法弗尔-勒布埃为挑选各国的专业评委作出了巨大的努力，大家对这些专业人士往往一无所知，是对电影的热爱以及他们在电影方面的丰富知识使他们走到了一起。

1981年5月27日，盛大的颁奖晚会由穆罗齐当嘉宾主持，这是一个出色的主持人，当然他像全场来宾一样穿着礼服。到场的有让-米歇尔·雅尔、夏洛特·兰普林、热拉尔·德帕迪厄、雅克·维列雷、妮可·加西亚、马沙·梅瑞尔、娜塔丽·贝伊、莫里斯·荣内特、安德烈亚·费雷奥尔、朱莉叶·贝托、阿努克·艾梅、伊莎贝尔·于贝尔和前途无量的迈克尔·西米诺、伊莎贝尔·阿佳妮、杰西卡·兰格、杰克·尼可森以及他们的《邮差总按两次铃》的导演鲍伯·拉菲尔森。

在台上，伊夫·穆罗齐一开口就显得有点紧张，这对他来说是很少见的。他说了很多遍晚会将由“文化部长先生”来主持，但一直没有说出部长的名字，因为他还不知道部长是谁。大家只知道社会党人的新部长将来戛纳。许多人感到好奇，看着旁边的空位置，猜想那可能是为部长留的。突然，一个褐发深肤、穿着粉红色衬衣、打着领带的年轻人悄悄地走到穿着礼服的那群人当中，在主席罗贝尔·法弗尔–勒布埃旁边坐了下来。

终于，有人轻声地说出新任文化部长的名字：杰克·朗。穿着便服来参加盛大的颁奖晚会，这是第一次也是最后一次，不管是不是社会党人。从此之后，这个理解电影人而又被他们所热爱的部长，将永远穿着漂亮的礼服，在妻子莫尼克的陪同下来参加晚会。在以后的许多年，他总是无处不在，关注着一切。

伊夫·穆罗齐宣布，“国际电影节最佳艺术贡献奖”颁给《黑暗时代》的导演约翰·布尔曼，那是一部关于圆桌骑士的电影，拍得很棒。

帕特里克·迪瓦尔和娜塔丽·贝伊颁发“最佳编剧奖”，获奖的是匈牙利影片《靡菲斯特》（伊斯特凡·萨博导演），克劳斯·马利亚·布朗道尔在片中成功地扮演那位名演员，他慢慢地把自己“出卖”给靡菲斯特，即纳粹。

克劳迪娜·奥格尔把“最佳男演员奖”授予了《一个可笑人物的悲剧》（贝纳尔多·贝托鲁奇导演）中的乌戈·托格内吉。

颁发“最佳女演员奖”的是在台上英气逼人的肖恩·康纳利，他吻了吻伊莎贝尔·阿佳妮的手，阿佳妮激动得说不出话来，她在詹姆斯·伊沃里的影片《四重奏》和安德烈·祖拉斯基的影片《迷恋》中分别扮演了两个角色。

获“评审团特别奖”的是瑞士天才导演——阿兰·泰纳的《光年以外》。

最后，由雅克·德莱亲自宣布“金棕榈奖”，得奖的是……安杰依·瓦依达的《铁人》。三年前，瓦依达的《大理石人》就已经引起人们的强烈关注，今年的《铁人》，评委们觉得无论从艺术上来说还是从政治上来说都应该获奖，以支持波兰团结工会和在格但斯克的莱赫·瓦文萨。

迈克尔·西米诺完蛋了，奇迹没有发生。他带着影片离去，后来还一直受到批评。多年之后，当他重返戛纳时，一个记者友好地问他这些年的近况，他回答说：“我活下来了！”

一个孤独的导演，有部很好的影片，但谁也不喜欢。多么残忍的职业！

三十五年了！戛纳出现了怀旧的气氛。

大家都知道，1982年是最后一届在克鲁瓦塞特大街的“旧”楼里举办的电影节。那座楼，人们批评了那么多次，却又那么爱它。里面很舒服，很“cosy”[①]。但没办法，随着参赛者、参赛片和研讨会越来越多，场地已经显得太小太小了。会议厅严重缺乏。在关闭旧楼的时候，人们就开始怀念它了。甚至连最高一层的女清洁工（厕所就在那层，紧挨着电梯间），也舍不得离开她的岗位。她对如今已成为蒙特卡罗电台主编的前胡尔必达说：“唉，斯潘德莱先生，我要退休了，可这是多么美好的职业啊……可以说，我认识世界上最有名的演员！”

为了周年纪念，费里尼为这届将于5月14日到26日举办的电影节制作了一个海报，上面画着一艘极具费里尼风格的大船，劈开银色的波浪，浪花在船头飞溅，让人想起许多年后的《泰坦尼克》，不过它没有沉没。

评审团主席是米兰小剧院十分著名的老板乔尔焦·斯特雷勒，后来成了阿奇奥剧院联盟总裁，他也是1983年到1990年间巴黎的欧洲剧院的老板。

罗贝尔·法弗尔-勒布埃再次毫不犹豫地把各路精英聚集在一起，只要他们有才能。评委当中有杰拉丁·卓别林、让-雅克·阿诺、加西亚·马尔克斯、西德尼·吕美特和制片人勒内·泰弗内。开幕式晚上，在人满为患的电影厅放映戴维·沃克·格里菲思的《党同伐异》。《党同伐异》是伟大的格里菲思在1916年拍摄的默片，这是一部已经六十八年的杰作。一个名叫斯坦莱·吉本的八十一岁英国钢琴家，默片时代的配音专家，在两小时四十分的放映过程中，成功地进行了即兴配乐，说是即兴，是因为他从来没有看过这部电影。当年，《党同伐异》片长四小时，现在进行了压缩。

放映结束后，斯坦莱·吉本在接受雅克琳娜·卡蒂埃的采访时，精神饱满，说话滔滔不绝：“我记得很清楚，我看的第一部有声片是《百老汇的旋律》。走出电影院时，我想，我很快就要失业了！那是发生大危机的1929年。我觉得自己要淘汰了，要被扔进垃圾筒了。不过，当我在伦敦的酒吧里弹钢琴时，约瑟芬·贝克注意到了我。战争期间，我一直陪伴她到了北非，她在那里给英国军人唱歌……她获得了多大的成功啊！……我也一样……夫人，您知道，我甚至给丘吉尔

① 英文，意为“舒适”。——译注

和戴高乐将军演出过!”

大家在斯坦莱·吉本身边围成一圈，为他的才能也为他突然浮现的那么久远的回忆鼓掌。

贵宾们最后一次登上电影大厦，行走在克鲁瓦塞特大街，在体育沙滩吃饭，坐在蓝酒吧和卡尔顿酒店的平台上。那年，前来参加电影节的贵宾有克劳斯·金斯基、杰瑞·刘易斯，让-路易·巴劳特也回来了，是的，还有杰克·莱蒙、哈里森·福特、托尼·柯蒂斯、布里吉特·福塞、玛丽娜·维拉迪、克劳迪娅·卡汀娜、卡洛尔·布凯、莫妮卡·维蒂，让-吕克·戈达尔、维托里奥·加斯曼、安德烈亚·费雷奥尔和费·唐纳薇。但人们谈得最多的代表，是一个受监视的人，所有的欧洲警察都在“正式”寻找他。他叫尤马兹·古尼，1937年生于阿达纳的一个库尔德大导演，因其政治主张被认为敌视土耳其独裁当局而坐了十年牢。他神奇地从可怕的监狱中逃了出来，到了瑞士，导演了影片《自由之路》，在法弗尔-勒布埃的要求下，他来戛纳宣传这部影片。

法国警察小心翼翼来到了这个逃犯身边……为的是别让人把他逮捕了。关于尤马兹·古尼，大家形成了一个真正的默契。放映的那天晚上，《自由之路》受到了热烈欢迎。尤马兹·古尼担心太招人注意，代表们便把他保护了起来，生怕法国警察把他遣返回土耳其。戛纳刮起了一股反抗风，纷纷前来保护这个越狱的避难者。

尽管《自由之路》取得了很大的成功，但最受欢迎的影片还是史蒂文·斯皮尔伯格的非参赛片《外星人E.T.》。

“我是第一次来戛纳，太紧张了，不敢参加放映式，”史蒂文·斯皮尔伯格说，“所以我就待在房间里。最后，我还是忍不住了，徒步来到放映厅，到的时候片子刚好放完。无论是之前还是之后，我拍的任何一部影片，都没有受到过那天晚上法国观众对《外星人E.T.》那样的欢迎。大家站起来鼓掌，整整一刻钟。我站起来，又坐下去，人们继续鼓掌。我在人群中看到了一团小火焰，那是杰瑞·刘易斯，他打着打火机，在冲我笑。这个情景，我现在想起来还很激动。那年的戛纳电影节是一次难以忘怀的经历，那个时候，人们才知道，拍电影真的很值得。我永远也忘不了。”

这几句话，从已经成为好莱坞大师的导演嘴里说出来，显得十分重要，因为它证明了哪怕是在最著名的人看来，戛纳也成了一个保护电影的堡垒，这正是大家所乐意看到并希望能永远继续下去的事情。

颁奖晚会上，戛纳的警察在台阶上方，挡住了拥挤的人流，但他们好像没有要给尤马兹·古尼戴上手铐的样子，尽管安卡拉方面提出了抗议，坚决要求引渡那个逃犯。

卡洛尔·布凯穿着白色的珠罗网纱裙，给《失踪》的主演杰克·尼可森颁发了“最佳男演员奖”。

杰克·尼可森曾以《唐人街》获得过同样的奖，但他并不嫌多，说：“我一点都没有想到……这是一个在美国很受重视的奖，也许比奥斯卡奖更受欢迎。这个奖可能会给我带来其他角色，因为我现在正失业着！”

真是太诚实了。他很高兴，但“最佳女演员奖”的获得者就没有他那么兴奋了。

光彩照人的布里吉特·福塞把“最佳女演员奖”颁给了匈牙利影片《另一个天堂》（卡罗利·马克导演）中的亚德维加·扬科夫斯卡。当她离开舞台来到后台时，记者们把她围了起来。她冷冷地说：“电影节是个竞技场。戛纳不过是一个晒太阳、游海泳、躺沙滩的地方。其余的，全是扯淡！”

据我们所知，这个匈牙利女演员以后再也没有回戛纳过，谁也没有因此而抱怨。

克劳迪娅·卡汀娜来到台上给沃纳·赫尔佐格颁发“最佳导演奖”。这个德国导演的《陆上行舟》是一个怪异的大制作，在亚马逊流域拍摄得极其艰辛。一个名叫克劳斯·金斯基的人，充满灵感，在群山中拉着一艘船。

“评审团特别奖”颁给了拍摄《圣洛伦索之夜》的保罗和维托里奥（导演《我父我主》的塔维亚尼兄弟），影片讲述的是1944年8月10日，德国军队把所有居民集合在圣洛伦索教堂里，但有人想逃跑……

现在，由穿着漂亮的白色西服的维托里奥·加斯曼宣布：“经评审团一致同意，‘金棕榈奖’同时颁给科斯塔·加夫拉斯的《失踪》和尤马兹·古尼的《自由之路》。”

大厅里响起了欢乐的叫声。大家都站起来，为加夫拉斯也为古尼鼓掌。两个导演为了真理和自由，介入了同一场斗争，他们抱着各自的“金棕榈”，紧紧地握手。

最后，是刚刚设立的“第三十五届电影节特别奖”，费·唐纳薇登上舞台，把奖颁给了安东尼奥尼的《一个女人身份的证明》。这一次，没有人喝倒彩，莫妮卡·维蒂也难得地没有在片中扮演角色。

大家都对评奖结果感到很满意。盛大的晚会结束之后，人们依依不舍，流连于酒吧或沙滩上，有人甚至在等待最后一次围着旧楼一起吃早餐。而尤马兹·古尼却在房间里匆匆收拾行李，他得知他的生命危在旦夕，他必须在天亮之前跑掉。他没有太多的时间利用他的“金棕榈”了。后来，他虽然作为流亡者留在了法国，但1984年却因癌症而去世。今天，土耳其已准许放映他的电影，前提是取消“库尔德和库尔德斯坦”这几个字。

明天，克鲁瓦塞特大街的旧楼这一页将被翻过，对电影节的老朋友们来说，一切都将变动、改变、加速，直至让人眼花目眩。

第二十八章
挨骂的新大楼

“太丑陋了！”

“像个医院！”

“一大块褐色的葡萄干布丁！”

“不，这是个朋克！”

瞧，这就是人们的评价。1983年，电影节的新楼落成，大家都很不满意，把它叫做“朋克”。人们还是怀念克鲁瓦塞特大街的那座漂亮的旧楼，那座楼，现在已经为“导演双周”单元所用，后来又不幸地消失在拆迁工人的镐头底下。新楼建在乔治·蓬皮杜广场前面的空地上，面对大海，临近港口；可惜的是，在楼内根本就看不见蓝色的大海。人们在戛纳终于就一件事达成了共识，没有任何异议：“这可怕的怪建筑会‘葬送’电影节的前途！谁都不会再来了！”

新市长安娜-玛丽·迪皮伊却好像没有听到这些刻薄的批评一样，她与吉尔·雅各布站在水泥台阶上方给这栋被人讨厌的建筑揭幕，虽然大楼是上届政府着手建设的。可怜的迪皮伊太太站在台上赞扬新楼的质量，说它是为音乐、音乐会、研讨会、唱片和电视市场而设计的……

“楼里有电影的份吗？”有个声音愤怒地喊。

慢慢地，参加电影节的代表们发现，那个叫“路易-卢米埃尔”的放映厅很大很漂亮，有两千四百个座位，有电影节自己的闭路电视系统，有西格玛公司推出的程序“Star 83”，可以二十四小时直播各类活动，并通过闭路电视传到楼内的各个房间，总之，这是一架巨大的未来机器。时间变了，世纪变了，时代变了，要进入未来了。《法国电影》《娱乐》等报纸免费分发到所有的办公室、酒吧和客房，上面的文章成了代表们的“圣经”。戛纳这部机器以时速五百公里的速度往前飞奔。必须紧紧跟上，尽管二十四个台阶很高，高得让人目眩，像是雄伟的喜马拉雅山。起初，许多高跟鞋都在那里折了腰，建筑师的这种“遗忘”后来由经验丰富的泥瓦工作了弥补，至少是进行了缓冲处理。这些著名的台阶直到1987年才铺上鲜红的地毯。不过，说到底，谁都经不起诱惑，都想设法弄到一张“金色的门票”，在警戒线后面的公众的大声欢呼下，走向那个金字塔顶，参加晚上7点30分或10点30分的放映。现在，警方拉警戒线了。

所有的人，确实是所有的人，部长、总裁、制片人、电视频道的老总，就像昔日去路易十四的宫廷，都想得到荣誉的通行证，也就是说贵宾邀请函，以进入最神圣的地方，观看夜晚的放映，哪怕自己一点都不喜欢那部电影。伊夫·穆罗齐在海滩进行电视采访，接待所有的明星，尤其是女神一样的伊莎贝尔·阿佳妮，她是来推介让·贝克的《一个死气沉沉的夏天》的。

一头金发的大卫·鲍伊现在连歌也不唱了，紧跟着他的导演大岛渚。这个摇滚歌星光彩照人，眼睛奇特，因为他的两只眼睛颜色不一样。他只想作为演员来这里，许多人喜欢电影，他也不例外。大家都说《俘虏》会得“金棕榈”。代表们要习惯大厅里的方砖地面和电影宫高高的台阶（往往都咬牙切齿）。人们互相约会，却经常在这迷宫般的大楼内找不到人。得先找张地图，或找到参照物，但熟悉了以后还是很容易找的。这个最最疯狂的新楼慢慢地被人接受了。

所有的媒体都在等待前来推荐新片《明月照沟渠》的让-雅克·贝奈克斯，影片是由热拉尔·德帕迪厄和娜塔莎·金斯基主演的。

贝奈克斯的上一部影片《歌剧红伶》受到评论界的高度赞扬，获得了四个“恺撒奖”——“最佳处女作”“最佳音乐”“最佳摄影”和“最佳音响”，最后票房成绩也很不错。人们私下传说，《明月照沟渠》在拍摄过程中，贝奈克斯和德帕迪厄之间的关系相当紧张，德帕迪厄不愿跟他说话，他高兴地对媒体说，拍这个电影简直是受难，“这部电影是狗屎”。他拒绝出席介绍影片的新闻发布会。甚至在影片放映前，被钉着耻辱柱上的贝奈克斯还被指责过分自恋。虽然德帕迪厄的指责查无实据，大家都开始讨厌贝奈克斯，媒体也准备向贝奈克斯“施暴”了。影片放映的那天晚上，情况非常糟，人们纷纷咒骂，公众的抗议声从头到尾没有停过。影片被抛弃、被放逐了，只能扔垃圾堆。娜塔莎·金斯基挽着贝奈克斯的胳膊，伤心地痛哭。这种情景人们早就见过，以前的莫妮卡·维蒂不就这样吗？

新楼最终还是没有让参赛者平静下来，安东尼奥尼式的“石刑”又重现了。曾因《歌剧红伶》受到攻击而受伤的让-雅克·贝奈克斯马上离开了戛纳，独自一人，满心痛苦。可以理解。他后来在一本关于电影的十分有趣的书中这样写道：“戛纳，是虚荣者的焚尸炉。”不过，他和其他许多人一样，三年后还是带着《巴黎野玫瑰》回到了戛纳，主演是一个年轻的女演员碧翠斯·黛尔，后来成了克鲁瓦塞特大街的红人。

1983年5月7日至18日进行的第三十六届电影节，主席是美国大作家威廉·斯泰伦，评委有亨利·阿勒冈、谢尔盖·邦达尔丘克、尤瑟夫·夏因（埃及大导演）、苏莱曼·西塞（非洲电影编剧）以及吉贝尔·戈尔德斯密特等。

在宣布评奖结果之前，杰瑞·刘易斯拥抱了皮埃尔·理查德；奥森·威尔斯和塞尔日·甘斯布在一起开玩笑；詹姆斯·梅森在跟莫里斯·切瓦力亚散步，他和以前一样，头戴一顶扁平狭边草帽；蒙提·派森在沙滩上制造气氛；摄影记者对不让他们照相的伊莎贝尔·阿佳妮感到很生气，她显得比以前更漂亮了。当她挽着让·贝克的胳膊，登上新楼的台阶时，当年遇到过的情况又发生了：所有的摄影记者都把摄影器材放在地上，他们罢工了！离开的时候也同样，可怜的伊莎贝尔挽着让·贝克惊恐地匆匆而过，记者的口哨声与拥挤在警戒线后的崇拜者的喊声混杂在一起。

戛纳，尽管有了那座“朋克”，它还是原来的戛纳！

1983年5月18日的闭幕式是由奥森·威尔斯主持的，司仪是伊夫·穆罗齐。许多明星，包括梅尔·吉布森、西格妮·韦弗、罗伯特·德尼罗、马丁·斯科塞斯、汉娜·许古拉、杰瑞米·艾恩斯、赫尔穆特·贝格、雅克·迪特隆都来到了大厅，他们一一登台，与伊夫·穆罗齐和威廉·斯泰伦一起宣布获奖者名单。

“最佳艺术贡献奖”颁给卡洛斯·绍拉导演的《卡门》。

“评审团奖”颁给了印度导演莫利奈·森的《结案》。

“最佳男演员奖”由詹姆斯·梅森颁发，获奖者是大家都很喜欢的英国名演员吉昂·马利亚·沃隆特，他是克洛德·果雷塔的《马里奥·里奇之死》中的主角。

西格妮·韦弗宣布“最佳女演员奖”颁给《皮耶拉的故事》（马尔科·费雷里导演）中的汉娜·许古拉。汉娜是原籍波兰的德国演员，曾跟法斯宾德拍过片。

杰瑞·刘易斯把“评审团特别大奖”颁给了特里·琼斯的影片《脱线一箩筐》。

蒙提·派森一家上台时全场笑疯了。

“电影创作大奖”同时颁给《钱》的编剧罗伯特·布列松和《乡愁》的编剧安德烈·塔科夫斯基，他们彬彬有礼地接过奖品，但似乎有些漫不经心，两人都期望得到更大的奖。

最后，梅尔·吉布森宣布“金棕榈奖”，获奖的是日本影片《楢山节考》的导演今村昌平。

大卫·鲍伊在安慰一无所获的导演大岛渚。他没有弄错，那部由英国、日本和新西兰合拍的起初叫做《劳伦斯先生圣诞快乐》的影片，后来改了一个具有暗示性的片名《俘虏》，获得了巨大的成功。大卫·鲍伊立了头功。

1983年是罗贝尔·法弗尔-勒布埃在任的最后一年。

他离职了，把主席的位置让给了国家电影中心主任、审计法院顾问皮埃尔·维奥。维奥有个厚厚的地址本，极大地帮助了吉尔·雅各布继续法弗尔-勒布埃的事业。法弗尔-勒布埃退休了，当名誉主席。他完全应该好好休息了，遗憾的是，他不能再来庆贺第四十届电影节了，这太令人伤心了！1987年4月27日晚至28日晨，这位八十二岁的老人去世了，与尚·杰伊一同发起电影节的“创始人”菲利普·艾蓝杰也在同一年继他而去。每个人都犯过错，有人猛烈抨击罗贝尔·法弗尔-勒布埃，说他手太长，有时太独裁。但对法弗尔-勒布埃应该实事求是，如果没有这个杰出人物的热情，戛纳绝不可能是今天这个样子。戛纳电影节，是他的事情、他的孩子、他的作品。“他是电影节的灵魂，”莫里斯·贝西这样说。戛纳电影节占据了罗贝尔·法弗尔-勒布埃的全部生活，他打造了它、创造了它，平息各种分歧，尤其可贵的是，他懂得应该把艺术、商业和庆典结合一起，不断地寻找世界各地有独特才能的新人。罗贝尔·法弗尔-勒布埃的离去，给继任者留下了一个巨大的空白，他们都感到自己成了孤儿。吉尔·雅各布后来将掌握大权，时间越长，越觉得压力巨大。然而，他以大师为榜样，成了电影节这艘大船的掌舵人之后，从来没有失过手；至今为止，他一直受到全世界电影人的尊敬。这是一个了不起的壮举。

2000年，吉尔·雅各布除了担任总干事（这是战场上的轻骑兵）外，还接替了皮埃尔·维奥，兼任电影节主席。他任命维若妮卡·盖拉为总经理，又让蒂埃里·弗雷默担任艺术总监，负责在世界范围内寻找最佳影片。

直到2002年，国际电影节才正式叫做“戛纳电影节”。

第二十九章
得克萨斯州的巴黎

"它"入侵了戛纳：沙滩、露台、酒吧、大堂、停靠着港口的游艇甲板、酒店以及便宜的小旅馆……方圆二十五公里，难以找到一个房间。我们的一个朋友，是个知名导演，却也只在火车站附近非常嘈杂的一家临时旅馆里找到一个单间，一张"单人"床。

它不会把电影节给消灭了吧?"它"，指的是电视，现在已经无处不在，在屏幕上播放关于戛纳的大量节目。

帕特里克·布瓦弗达沃在马杰斯特酒店的露台上进行电视新闻采访；贝纳尔·皮沃在卡尔顿酒店制作"文化访谈"节目，菲利普·吉尔达斯的《独一无二》在马丁内斯酒店的沙滩上直播，新的收费频道"Canal +"已经上了一艘巨船，海上的马克西姆饭店。

电影明星是不是正在成为电台和电视台的主持人?吉尔·雅各布感到很担心。

杂乱而喜悦，一切都混在一起。大家欢迎电影演员，也欢迎时装名模。至于电视连续剧的明星，根据掌声测定仪测定的结果，他们最受欢迎。电视观众和电影专业人士一样，随时都能清楚地知道戛纳发生了什么，不知不觉地成了真正的电影迷。

有一个前"朋克"，一个后"朋克"。

1984年5月11日至23日举办的电影节，富有魅力的迪克·博加德是评审团主席，评委有伊莎贝尔·于贝尔、米歇尔·德维尔、斯坦利·多南、乔治·桑普兰和意大利著名作曲家恩尼·奥莫里康等。

许多大片将在电影节期间放映，其中包括贝特朗·塔维涅的《乡村星期天》、阿兰·柯诺的《沙岗堡》(非参赛片，热拉尔·德帕迪厄主演)、马可·贝罗奇奥的《亨利四世》、伍迪·艾伦的《百老汇的丹尼·罗斯》(非参赛片)、维姆·文德斯的《德克萨斯的巴黎》，文德斯是个很少出头露面的德国导演，甚至有些害羞。尽管他拍了不少成功的影片，包括《美国朋友》，但他很有礼貌、很谦逊，容易接近，记者们都喜欢他。

迪克·博加德起初很害怕接受戛纳电影节评审团主席这个没心没费肺的角色，他打电话给他的朋友约瑟夫·罗西，想听听他的建议，那位在半诙谐半严肃的《仆人》中用过他的大导演对他说："没什么。无非是在一个黑暗的大厅里坐上两个星期。"

迪克·博加德希望能公平公正地履行自己的职责。为了保证自己不看花眼，他平静地与他的评委看了两遍《得克萨斯的巴黎》。

有的影片大获好评，诺埃尔·诺埃尔《讨厌者》尽管是1948年拍的，但仍未过时，因为这个八十七岁的喜剧导演，既能让年轻一代发笑，也能讨老一辈喜欢。向热情的观众介绍个子矮小但十分伟大的诺埃尔先生的，是在《平静的父亲》扮演他儿子的若塞·阿瑟。《平静的父亲》也是一部杰作，是诺埃尔·诺埃尔1946年参与演出的影片。

"美洲豹"奈丽·卡普兰不再露出自己的爪子。这个很有天分的女人，拍了一部献礼片《阿贝尔·冈斯和他的"拿破仑"》，影片参加"某种目光"单元的比赛，获得了巨大的成功，因为年轻一代的电影人发现，阿贝尔·冈斯的才能已经变得十分现代了。一堂真正的电影课。

有众多的来宾中，有两个"大人物"格外引人注目：一个是前来推介《美国往事》的塞尔乔·莱昂内；另一位是应邀前来接受荣誉的约翰·休斯顿，他将因自己的全部作品而受到嘉奖。休斯顿是美国电影界的大牌，他在五十多年的电影生涯中，拍摄过八十五部具有传奇色彩的电影，其中包括《浴血金沙》《盖世枭雄》《非洲女王号》《白鲸记》和《乱点鸳鸯谱》。这次，他带着他的新作——根据马尔科姆·劳瑞的小说改编的《在火山下》前来参赛。

詹姆斯·伍兹、乔·佩西、罗伯特·德尼罗、苏菲·玛索、菲利普·努瓦雷、范蕾丽尔·卡帕里斯基、朗贝尔·维尔森、玛鲁施卡·迪特马斯、简·伯金、杰奎琳·比塞特、马塞洛·马斯楚安尼、亨瑞·贝拉方特也来到了电影节现场。让-克洛德布里亚利在马丁内斯酒店的金棕榈餐厅组织了一系列颇受欢迎的午宴，明星、记者和专业人士争先恐后地前往这里。让-克洛德·布里亚利在“欧洲一号”电台的直播间会见来宾。他无处不在，没有一个人抱怨他，恰恰相反。他脸带迷人的微笑，亲切和蔼，交谈从容，给这届换了新颜的电影节“制造”了气氛。

颁奖之夜到了。

雨下得很大，要登上陡峭的台阶颇为“艰难”。多拉·道尔、玛丽·拉福莱的头发直往下淌水，克里斯多福·里夫有风度地打着伞替她们挡雨。凯瑟琳·德纳芙穿着蓝色的裙子，配以长长的耳坠，显得相当漂亮。她已经走上舞台，站在迪克·博加德旁边。皮埃尔·泰尼亚快慢有序地介绍现场，因为要配合电视转播严格的时间表。

《乡村星期天》的贝特朗·塔维涅获得了“最佳导演奖”。

大家热烈鼓掌。接着宣布“最佳男演员奖”，获奖者是马里奥·卡穆斯的《圣婴》中的两位先生——阿尔弗雷多·兰达和弗朗切西科·拉巴尔。获“最佳女演员奖”的是《卡尔》（帕特·奥康纳导演）中的海伦·米伦。

“评审团特别大奖”颁给了玛塔·梅莎洛丝的匈牙利影片《留给女儿的日记》。

最后是“金棕榈奖”，由迪克·博加德亲自宣布。获奖者是漂亮的费·唐纳薇，《得克萨斯州的巴黎》（维姆·文德斯导演）中的主演。

迪克·博加德主席和他的评委们奖励了一部以崭新的目光观察美国社会的独一无二的影片，大家对他们的选择不但没有任何异议，反而热烈支持。文德斯在掌声中不动声色，他是个谨慎的人，一边感谢大家，一边想让大家把注意力集中在他的技术团队上。他祝贺了娜塔莎·金斯基，那位偶像级的女演员穿着漂亮的裙子来到台上，站在他身边，带着一个年轻女性的那种骄傲。她怀孕了，怀着丈夫依卜拉欣·穆萨的孩子。

晚上，盛大的闭幕晚宴之后，约瑟夫·罗西打电话给迪克·博加德：“你看，你全身而退，像个元首！”

“像个苏族人，脸色苍白！”迪克·博加德马上回答说。他疲惫不堪，但心里很高兴。

1984年在电影人的忧伤中结束。10月21日，生于1932年的弗朗索瓦·特吕弗去世了。“老的新浪潮”、可怕的孩子，搭上了最后一班地铁，不再回头……

“哈利督察到这里来做什么？”

“那不过是个没见过世面的牛仔！”

看到那个笨手笨脚的大个子来到戛纳，代表们大都这样想。那个人是靠塞尔乔·莱昂内的《荒野大镖客》给他的马尔帕索制片公司挖到第一桶金的。

1985年，克林特·伊斯特伍德来戛纳宣传他自己导演的西部片《苍白骑士》。这个大明星十分低调，很有绅士风度，回答大家的所有问题，没有任何惊人之语。他很朴实，但很少人知道，他已经是个重要的电影人。文化部长杰克·朗没有看错人，就在电影节之后，他在巴黎电影资料馆举办的欢迎会上，授予克林特·伊斯特伍德荣誉军团骑士勋章。我们参加了授勋仪式，并跟那个非常懂得倾听别人说话的人谈了好久，他将以其越来越出色的“牛仔片”震惊大西洋两岸。

1985年5月8日至20日，米洛斯·福曼是评审团主席，评委有萨拉·米尔斯和我们的朋友纳斯托·艾尔孟德罗斯，纳斯托是被菲德尔·卡斯特罗驱赶出来的古巴导演（他的模样太英俊了，所有的女演员都在争夺他）；还有莫洛·鲍罗尼尼、克洛德·安贝尔（著名记者）和弗朗西斯·威柏（富有才华的电影编剧，后来改变了自己的命运，成了一个著名导演）。

1985年的这届电影节，最令人激动的也许是纪念弗朗索瓦·特吕弗的仪式，活动是由让娜·莫罗和吉尔·雅各布组织的。与特吕弗合作过的所有女演员凯瑟琳·德纳芙、德菲因·塞里格、克劳德·杰德、娜塔丽·贝耶、玛丽·杜布瓦、杰奎琳·比塞特、亚历山大·斯图尔特、芬妮·阿尔丹、伯纳蒂特·拉方特、布里吉特·福塞都来到了台上，站在让娜·莫罗身边，让娜·莫罗正在回忆特吕弗的《朱尔与吉姆》。接着，男演员也上来了，让-皮埃尔·利奥德、热拉尔·德帕迪厄、夏尔·登纳、亨利·加幸、让-克洛德·布里亚利、夏尔·阿兹纳夫、让-皮埃尔·奥蒙特，他们围成一圈，中间的位置是留给弗朗索瓦·特吕弗的。大厅里，大家都含着泪水。啊，戛纳的捣乱分子，人们是多么爱他！

不过，电影节的一切都运转得很快。

又来了一个传奇人物，一副绅士派头，挽着太太葛洛丽亚，1949

年以后就没换过。他就是詹姆斯·斯图尔特，曾在《史密斯先生上美京》《双虎屠龙》和《后窗》中扮演主人公。斯图尔特本人就是好莱坞的传奇人物，由于他在战争中出色的空中战绩，被美国空军任命为后备将军，这在演员当中绝无仅有。后来，1997年，当他去世的时候，比尔·克林顿还说他是“国宝”。这个演员非常平静，满脸微笑，彬彬有礼，容易接近。一个真正的大绅士。

一个消息在代表们当中传播：戛纳市政厅好像要把克鲁瓦塞特大街的旧楼卖给某个金融集团。反对的声音马上就响了起来：“那是电影节和克鲁瓦塞特大街昔日荣誉的象征，让它们消失，这将是一个耻辱！”

而且，如果拆了大楼，“导演双周”在哪里举办？

请愿信接连不断，最耸人听闻的预言是：“假如旧楼是因为钱的原因而拆毁，那戛纳电影节就灭亡了，它将让位于威尼斯电影节！”

有几个参加过最初几届电影节的老人说，这么多年以后，铁面人的幽灵又出来报复了。谁让电影节时不时地在他的碉楼下面制造噪音，不断地打扰他呢！

可是……克鲁瓦塞特大街的旧楼还是不幸地拆掉了，包括外墙和楼梯，被希尔顿酒店代替了。

然而，戛纳电影节并没有灭亡。

让-吕克·戈达尔带着约翰尼·哈里戴、娜塔丽·贝伊和让-皮埃尔·利奥德来推介《侦探》，在那座像“朋克”的大楼里，戈达尔被一个“职业制塔师”扔了一个大奶油塔。那个名叫诺埃尔·戈丹的比利时人是警察局的熟客了，但很快就被释放。让-吕克·戈达尔在厕所里洗了洗，只认命地说了这么一句：

“这是无声电影对有声电影的报复！”

颁奖之夜到了。

萨拉·米尔斯宣布，“最佳导演奖”颁给《情陷夜巴黎》的安德烈·泰西内。

泰西内在非常年轻的朱丽叶·比诺什陪伴下，立即上台去领奖。他刚刚给了她第一个重要角色，由于那部具有挑衅性的情色片，朱丽叶·比诺什将成为法国最耀眼的女演员之一。

弗雷德里克·密特朗宣布，“最佳男演员奖”颁给威廉·赫特，以表彰他在巴西影片《蜘蛛女之吻》（海科特·巴班克导演）中的出色表演。自1981年出演劳伦斯·卡斯丹的《体热》之后，赫特已被认为是他那一代人中最杰出的演员之一。他总是选择奇特、强大和难演的角色。在《蜘蛛女之吻》中，赫特扮演一个同性恋者穆里纳，与瓦伦丁（劳尔·朱力亚扮演）结下了友谊。在极权统治的背景下，两人慢慢地进入了一个虚幻的世界。

赫特在戛纳获得的奖，就像一个扶手，帮助他晋升于名演员的行列之中。第二年，1986年，他出演兰达·海恩斯的《悲怜上帝的女儿》，获得了奥斯卡奖。

杰奎琳·比塞特宣布，美国影片《面具》（比特·博格丹诺维奇导演）中的雪儿和阿根廷影片《官方说法》（路易斯·普恩佐导演）中的诺玛·阿莱昂德罗双双获得"最佳女演员奖"。

这些奖都毫无争议地获得了全场观众的一致赞同。米洛斯·福曼在台上松了一口气，他的评委们也一样，他们一直怕被人喝倒彩。

给艾伦·帕克的《鸟人》颁"评审团特别奖"的是漂亮的克洛德·贾德，可惜，她现在已不在人世。

热烈的掌声表明大家都肯定评委们对这部影片的选择。这部"冒险的"影片讲述的是一个青年，越战回国之后，发现朋友因整天都幻想自己化身成了飞鸟，从疯狂走向极端，从而被关在一家精神病院里。影片很抒情，戏剧性很强，那个掉了羽毛的"鸟人"，让人看了忍不住流泪。

米洛斯·福曼亲自给波西尼亚影片《爸爸出差时》的导演埃米尔·库斯图里卡颁奖。这次，全场轰动，代表们先是激动，甚至有些兴奋，然后感到愤慨。影片中的故事发生在20世纪50年代的萨拉热窝，在那个被铁托铁腕统治的国家，一个当父亲的在劳改营接受政治惩罚，全家人都对小儿子马里克说"爸爸出差去了"。米洛斯·福曼和评审团都受到了喝彩，以前起哄和咒骂的状况改变了。

明年万岁！

"哒吧哒吧哒……"

阿努克·艾梅和让-路易·特林提格南特又在克洛德·勒路许的《男欢女爱续集》中合作了。1986年，这部非参赛片在戛纳放映，没有以前那部吸引人，但两人仍亲密无间。

戛纳港来了一艘武装大商船，就是《海盗夺金冠》中的那艘船，罗曼·波兰斯基的那部影片放映但不参赛。那艘船将在那里抛锚多年，就像那部不受欢迎的影片一样开始漏水。影片在拍摄过程中麻烦不断，在影院里也一败涂地。

这年，评审团主席是导演西德尼·波拉克，他拍过《走出非洲》《杜丝先生》《秃鹰七十二小时》（罗伯特·雷德福出演）等影片。评委的质量也很高，比如达妮埃尔·汤普森、夏尔·阿兹纳夫、亚历山大·莫努虚金（制片人）、亚历山大·特劳纳（著名布景师）、伊斯特凡·萨博（匈牙利导演，曾因《雷德尔上校》获得过“评审团奖”）。

每天晚上，放映结束后，都有盛大的庆典和焰火，不过，这是一届非常平静的电影节，至少开始是这样。看完阿兰·卡瓦利埃的《圣女德莱斯》，所有的代表好像都被美艳惊人的德莱斯打动了。卡特琳娜·蒙切特在这部影片中扮演耶稣的孩子圣女德莱斯，加尔默罗修女。大家兴奋地给卡瓦利埃和他的女演员热烈鼓掌，掌声持续达十分钟之久。第二天，背景和风格都变了，放映伯纳德·布莱尔的《晚礼服》，热拉尔·德帕迪厄和米歇尔·布朗主演。米歇尔·布朗男扮女装，粗鲁无礼，目无权威。从来没有见过这样！克鲁瓦塞特大街在焦急地等待西尔维斯特·史泰龙，但“兰博”不来了。那个英雄好像是怕人谋杀！那时就已经有人想谋杀他了？他现在这么样了？

随着科鲁彻的到来，气氛变得更放肆了。科鲁彻穿着“晚礼服”——一件老太太的裙子，披着针织披肩，戴着耳环，头上扎着蝴蝶结，戴着宽大的墨镜，浑身上下抖动着珠宝。

“笨蛋们你们好！”

科鲁彻甚至让碧翠斯·黛尔也感到吃惊了。

但台上也不乏温馨的一幕，查尔斯·文恩（九十四岁）、夏洛特·甘斯布（十五岁）这一老一少出席了第三十九届电影节的闭幕式。上台时，小夏洛特害怕了，往后退。查尔斯·文恩抓住她的手，轻声地对她说：“别怕，咱们上去，老朋友！”

大家都对评奖结果感到满意，不过，缺乏热情。戛纳缺乏肾上腺素。耐心等待吧，明年会多得很！

“评审团奖”颁给了的《圣女德莱斯》的阿兰·卡瓦利埃。

“最佳艺术贡献奖”颁给了《牺牲》（安德烈·塔科夫斯基导演）中的斯文·尼科维斯特。

《晚礼服》（伯纳德·布莱尔导演）中的米歇尔·布朗和《蒙娜丽

莎》（尼尔·乔丹导演）中的鲍勃·霍斯金斯双双获得了“最佳男演员奖”。

尽管吉尔·雅各布持保留意见，不喜欢把一个奖颁给两个人，“最佳女演员奖”还是同时颁给了《罗莎·卢森堡》（玛格雷特·冯·特洛塔导演）中的芭芭拉·苏科瓦和《永远或永不爱我》（阿纳尔多·加伯导演）中的费尔南达·托里斯。

“最佳导演奖”颁给了马丁·斯科塞斯和他的影片《下班后》。斯科塞斯承认，他总是什么都怕，什么时候都怕，但与史泰龙甚至与斯皮尔伯格相反，他今年与自己的恐惧作斗争了，来到戛纳，从凯瑟琳·德纳芙手中接过了奖品。

获“评审团特别奖”的是苏联导演安德烈·塔科夫斯基的《牺牲》。

西德尼·波拉克在掌声中把“金棕榈奖”授予了罗兰·约菲的《战火浮生》，这是一部备受赞扬的影片，迷人的音乐把观众带入了亚马逊流域耶稣教神甫的隐居生活当中，罗伯特·德尼罗在片中的演出非常精彩。

西德尼·波拉克和他的评委终于出色地完成了工作，“也许，”有人认为，“过于谨慎了一点。”

到1987年的第四十届电影节，热情会上来的。

第三十章
戴安娜来了

“戴妃万岁！”

“戴安娜万岁！戴安娜！戴安娜！戴妃！”看到威尔斯王妃穿着豪华的蓝色裙子出现在戛纳时，人们大喊。

1987年的英国日，戴妃的风头盖过了她丈夫查尔斯和所有前来参加亚历克·吉尼斯爵士纪念晚会的明星。当戴妃的高跟鞋踏在刚刚给第四十届电影节而铺就的红地毯时，现场一片沸腾。

从此，每届电影节那二十五个著名台阶都将铺上鲜红的地毯。罗贝尔·法弗尔–勒布埃以前常说：“不管你愿不愿意，电影节，就是庆典！”现在是为公众喜爱的戴妃举行庆典。查尔斯背着手，一副赌气的样子，跟着她参观了戛纳电影宫，而不是白金汉宫。

在伊夫·蒙当之前，从来没有一个法国演员担任过评审团主席。

作为演员的才能得到承认，伊夫·蒙当感到非常自豪，因为作为歌手，他已经没什么可证明的了。拍了《恐惧的代价》《萨勒姆女巫事件》《百万富翁》（与玛丽莲·梦露合演）《恺撒与罗莎丽》《大风暴》《大冤狱》《引狼入室喜临门》《如火如荼》和《疯狂的贵族》之后，他成了一个大明星。

在他的评委当中，有著名评论家达尼埃·海曼、制片人热拉尔·卡尔德隆、导演杰兹·斯科利莫夫斯基、作曲家尼古拉·比奥瓦尼、美国作家诺曼·梅勒。伊夫·蒙当非常高兴，对自己对评委都充满信心。他热爱电影，但是……也许对戛纳的习俗还不完全了解。

1987年从5月7日到12日，一切顺利，没有任何纰漏。大家心情愉快，戛纳的天气很好。为了制造气氛，米基·洛克骑着摩托，“轰隆隆”地闯进卡尔顿酒店，撞得桌椅乱七八糟，吓得客人四处奔逃。没关系，就凭他那张反叛的娃娃脸，头上戴着无檐帽，人们会原谅他的一切。他和费·唐纳薇前来推介巴贝特·施罗德的《酒心情缘》，像在影片中一样，他出没于克鲁瓦塞特大街的酒吧。维姆·文德斯今年也带着他的演员布鲁诺·甘茨和比特·法尔克来了。《柏林苍穹下》的法尔克与督察科伦布[①]判若两人。人们希望，电影中的天使，能像在柏林一样，在电影节上空飞翔。

颁奖晚会上，大家似乎很安详。然而，火点着了。

许多代表喜欢维姆·文德斯的《柏林苍穹下》、巴贝特·斯科罗德的《酒心情缘》、保罗·纽曼的《玻璃动物园》或伊托·斯柯拉的《家庭》，但讨厌导演莫里斯·皮亚拉的《恶魔天空下》，这是根据天主教色彩相当浓的乔治·贝纳诺斯的小说《自由》改编的，而皮亚拉自称是“十足的无神论者”。

所以，这种改编遭到了纯洁主义者的反对。神职人员（多尼森神甫由热拉尔·德帕迪厄扮演）与魔鬼约会，孩子的复活，少女莫夏特（桑德里娜·伯奈尔扮演）之死，以及由皮亚拉亲自扮演的爱挖苦人的上司，让许多观众感到愤怒。

伊夫·蒙当携凯瑟琳·德纳芙和克里斯多夫·朗贝尔，高兴而自豪地宣布获奖名单。“评审团奖”颁给苏莱曼·西塞，这个马里的导演被认为是非洲电影的支柱之一，他的《光》告诉大家，要让孩子从小到大走正道，并不那么容易。

场内的气氛非常热烈。苏莱曼·西塞庄严地穿着蓝色的非洲长袍，走上舞台，说：“我把这个奖献给所有无权讲话的人！”

这个奖也同时颁给日本片《亲鸶白道》，该片导演三国连太郎也很快走上舞台。在伊夫·蒙当的要求下，两人都留在台上。苏莱曼·西塞稍往后站，以便最后一起向观众致意。

“最佳导演奖”颁给了维姆·文德斯的《柏林苍穹下》，场内立即响起了掌声。

马塞洛·马斯楚安尼获得了“最佳男演员奖”，他在《黑眼睛》（尼基塔·米哈尔科夫导演）中的表演几乎无可挑剔。

---

① 指法尔克主演的美国电视连续剧《督察科伦布》。——译注

《羞怯的人》（米亥克夫的兄弟安德烈·康查洛夫斯基导演）中的芭芭拉·赫希获得了“最佳女演员奖”。

苏联导演钦吉兹·阿布拉泽的《忏悔》获得了“评审团特别奖”。

现在，全场观众都屏住了呼吸，谁将获得“金棕榈”？

在代表们看来，不是《黑眼睛》，就是《羞怯的人》或者《酒心情缘》，因为塔维亚尼兄弟的《早安，巴比伦》不幸是部非参赛片。

伊夫·蒙当“荣幸”地在凯瑟琳·德纳芙和克里斯多夫·朗贝尔的陪伴下，庄严宣布：

“评审团一致同意，国际电影节‘金棕榈奖’颁给……《恶魔天空下》中的莫里斯·皮亚拉！”

大厅马上响起了震耳欲聋的叫声、吼声和口哨声。颁奖仪式是电视直播的，观众们在愤怒地叫喊，莫里斯·皮亚拉走上舞台，装出冷静的样子。咒骂声好像让伊夫·蒙当有些挂不住脸了，评委们也是。只有凯瑟琳·德纳芙保持庄严而冷静，她试图说服在场的观众：“你们错了，这样不好，请安静！”接着，她在混乱当中，面对一片愤怒的叫声，与克里斯多夫·朗贝尔给获奖者颁发“金棕榈”，神态还比较轻松。

口哨声持续不断。莫里斯·皮亚拉当然受到了巨大的打击，但他仍像竞技场的斗牛，昂起头、举着拳，对着麦克风大喊：“很高兴你们对我着吹口哨。如果说你们不喜欢我，我也可以告诉你们，我同样也不喜欢你们！”

据说，皮亚拉还向观众做了一个嘲讽的动作，这应该是可能的，但所有的影像资料都证明，他只举着拳头站了一会儿。站在后面的苏莱曼·西塞走到他身边，轻声地对他说：“莫里斯，口哨声会过去，而你的电影会留下。”

嘈杂声中，人们几乎忘了要把“电影节四十周年大奖”颁给费里尼的《费里尼访谈录》。费里尼在戛纳已经见识过这种场面！

在颁奖仪式结束的时候，一个陌生人，既不是记者，也不是代表，手里拿着麦克风，上台粗鲁地对苏莱曼·西塞大喊：“肮脏的黑鬼，真是见鬼，你怎么能得这个奖？”

苏莱曼·西塞惊跳了一下，从他手里夺过麦克风。这时，回答他的是莫里斯·皮亚拉，他一拳打在那个种族主义分子脸上，那家伙在混乱当中落荒而逃。这一拳，应该让皮亚拉心里好过了一点。

伊夫·蒙当真没想到颁奖仪式会以这样的方式结束。但在戛纳，永远都必须警觉，因为魔鬼的舞会从来没有远离过天使的天堂。

5月11日至23日举行的1988年的电影节，伊托·斯柯拉担任评审团主席，评委当中有娜塔莎·金斯基、克洛德·贝黎、澳大利亚的乔治·米勒（著名的《疯狂的麦克斯》的导演）、菲利普·萨尔德……

发生了一个小小的风波，因为需要这样的一个风波来给大家助兴：著名女演员、意大利议员西西奥莉娜走上铺着红地毯的神圣的台阶时，竟然穿着很薄很薄的婚纱，几乎遮不住任何部位，而且，她还淘气地抱着一只玩具熊。在明星们的记忆中，在戛纳还从来没有见过这样的情景。观众们在警戒线后放声大笑，来了一场美国式起哄。站在台阶高处的吉尔·雅各布掩饰不住自己的愤怒，干脆向几乎全裸的西西奥莉娜背过身去。

开幕式放映的是吕克·贝松的《碧海蓝天》。像往常一样，第一个晚上，放的总是非参赛片。这个拍过《最后决战》和《地铁》的年轻导演，身边围着他的摄制团队：让-马克·巴劳特、让·雷诺、罗姗娜·阿奎特，参赛者和评论家都很不喜欢这部影片。吕克·贝松痛苦地离开了，伤心欲绝。

但在戛纳，如同在任何地方一样，人人都有搞错的时候。后来证明，《碧海蓝天》在电影院里放映时，受到了整整一代人的欢迎，成了一部偶像片。这个根据真实事件改编的影片，讲述的是关于深海潜水专家雅克·梅欧的故事，观众们被深深吸引了。女孩男孩，也有一些年龄更大一些的观众，三番五次甚至八次十次地回到电影院去看那个在深夜里独自待在百米深水底的人，从中找到了乐观向上的精神。

前来推介影片的还有不少年轻的电影人。克莱尔·丹尼斯带来了《巧克力》，她走上红地毯时，后面跟着没有穿礼服的理查德·基尔。基尔穿着牛仔裤和皮上衣，成功地躲过了正拿着麦克风采访嘉宾让·夏泰尔。

“牛仔”也回来了，深受欢迎，不仅如此，他还成了偶像。克林特·伊斯特伍德受到了所有影迷的喜爱和尊重，他们赞赏他，宽容他。克林特是来推介《爵士乐手》的，美国黑人演员福里斯特·惠特克在片中出色地扮演外号叫“鸟”的查理·帕克，一个让人爱又让人恨的爵士乐手。福里斯特已经扮演过许多角色，尤其是在马丁·斯科塞斯的《金钱本色》中，或者是奥利佛·斯通的《野战排》中，表现不俗，但让他走红的是这部《爵士乐手》和克林特·伊斯特伍德。

罗伯特·雷德福自1992年起就没有来过戛纳，现在也来了，还是那么英俊，准备与梅拉尼·格里菲思、索妮亚·布拉加和丹尼尔·斯特恩一同登上红地毯。他来宣传以保护生态为主题的故事片《豆田战役》，受到欢迎，他的这部参赛片将获得一个奖。

常来参加电影节的代表们都惊讶地发现，四十年来，破天荒没有意大利电影人来参赛。"奇怪，奇怪！我说奇怪了吗？这太奇怪了！"路易·儒韦后来这样说。意大利的唯一代表，是主席伊托·斯柯拉，他不动声色，集中精力观看别人的影片。斯柯拉非常熟悉戛纳或戛纳的各种秘密。他要让自己的评奖结果无可挑剔，他在采访中说："不是电影节制造电影，而是电影成就了电影节。"

让-保尔·贝尔蒙多和摇滚明星斯汀同时到达。两人都引起轰动，大家你推我挤，十分危险。很少有人谈起丹麦导演比尔·奥古斯特的那部电影，大部分记者和来宾一想到要在漆黑的大厅里关上两小时四十五分，来看一个来自海盗之国的陌生导演在雪中拍摄的电影，纷纷打起退堂鼓。

《桂河桥》《阿拉伯的劳伦斯》之父，大卫·里恩爵士在欢乐中庆祝自己的八十岁生日，这个电影天才仍充满了朝气。阿丽尔·朵巴丝勒在伊甸罗克酒店的游泳池里，用脚击水打败了阿诺·斯瓦辛格，赢得了大家的掌声，阿诺这个英俊的玩伴也挥动大手向她致意。

1988年5月23日的颁奖晚会上，伊托·斯柯拉站在白色的颁奖台前，对着麦克风，开始宣布评奖结果，然后，明星和评委，娜塔莎·金斯基、芬妮·阿尔丹、碧翠斯·黛尔、梅拉尼·格里菲思和索妮亚·布拉加先后上台，给胜利者颁发战利品。

获"最佳艺术合作奖"的是《淹死老公》的导演比特·格林纳威，一位非常出名英国导演。

克日什托夫·基耶斯洛夫斯基的《关于杀人的短片》获得了"评审团奖"。

"最佳导演奖"颁给了阿根廷影片《南方》的导演费尔南多·索拉纳斯。

"最佳男演员奖"由梅拉尼·格里菲思颁发，获奖者是……克林特·伊斯特伍德的《爵士乐手》中的福里斯特·惠特克。

不知道演员和导演哪个最高兴，为了拍摄这部关于自己喜欢的爵士的电影，伊斯特伍德进行了不少斗争，戛纳的承认将使福里斯特和克林特都更上一层楼。

英国影片《隔离的世界》（克里斯·门格斯导演）中的三个女演员芭芭拉·赫希（再次）、乔迪·梅、琳达·姆夫西获得了“最佳女演员奖”。

“评审团特别奖”也颁给了《隔离的世界》。克里斯·门格斯大喜。

最后，伊托·斯柯拉宣布，大家一致同意，“国际电影节金棕榈奖”颁给比尔·奥古斯特的《征服者佩尔》。

那个四十岁的丹麦导演上台领奖时激动得发抖，说：“我不敢奢望会有此等好事，它使我多年的努力得到了回报，我们在零下二十度的极端条件拍片，整个剧组和演员，包括马克斯·冯·西多和小佩尔·贺文贾德，我九岁的小英雄，我们全都站在冰雪和齐膝深的牛粪中……”

听了他如此自然的讲话，大家都同情地笑了，但没有看过影片的记者，都跑去采访那些勇敢地看过《征服者佩尔》的人。于是，有人说坏话了，这在戛纳是免不了的：“《征服者佩尔》没有人看过就获得了‘金棕榈’！”幸亏，伊托·斯柯拉和他的评委都很十分认真，他们像大家一样，也被比尔·奥古斯特的电影迷住了。从此，比尔·奥古斯特将在国际舞台上走红。

如同燕子在春天返回，1989年5月11日至23日，电影节又开幕了。这次，评审团主席是维姆·文德斯，评委有美国演员莎莉·菲尔德、克莉丝汀·谷兹–瑞娜、阿根廷导演海科特·巴班克、奥地利电影编剧兼作家汉德克……

可爱的维姆·文德斯似乎是个不太好说话的主席。有的评委在嘀嘀咕咕，因为每天召集他们吃中饭时，如果有评委对哪部影片说不出所以然来，文德斯便会强迫他们回去重看。有了这样的主席，就可以期待评出真正的好电影来了。

杰克·朗现在穿着礼服，显得仪表堂堂，他与索菲娅·罗兰和阿兰·德龙给电影节揭幕。尼克·诺特、罗姗娜·阿奎特、伊夫·博瓦塞和深受麦卡锡主义之害的约翰·贝里都出席了。安东尼·奎恩在向观众献飞吻，前来宣传伯纳德·布莱尔的《美得过火》的乔丝安·巴拉思科，头上的帽子把这个当红明星的脸都遮住了，米歇尔·布朗无微不至地关心她，对她十分友好；简·方达和伊夫·蒙当热烈拥抱，波姬·小丝则成了摄影师追逐的对象，摩纳哥的卡洛琳王妃也站在杰克·朗旁边参加了开幕晚宴。

罗伊·施奈德和梅丽尔·斯特里普、比特·乌斯蒂诺夫、尼克·诺特一道来到电影宫前面按手印和脚印，就像在好莱坞大道那样。米基·洛克参加新闻发布会迟到了半个小时，遭到了起哄。他戴着墨镜，头上永远不离那个无檐帽，他对大家的起哄完全不当一回事。

喜欢庆典的杰克·朗组织了一场隆重的晚宴，邀请了夏尔·特雷内、鲁吉罗·雷蒙蒂、让-吕克·戈达尔、尤瑟夫·夏因、尼克·诺特、让娜·莫罗、罗姗娜·阿奎特，当然还有卡洛琳王妃……晚宴大获成功，最后甚至还请卡洛琳王妃切蛋糕，一个巨大的蛋糕。

颁奖晚会于5月23日晚上7时开始，仍进行电视直播。维姆·文德斯作了简短的讲话，但他说的话有些不大好懂："电影应该比以往都更加细腻，而且更让人感到需要……"

颁奖仪式先从"评审团奖"开始，莎莉·菲尔德把这个奖颁给了丹尼斯·阿康特的《蒙特利尔的耶稣》，这个魁北克导演曾成功地拍摄过《美洲帝国的衰落》。

阿康特也是一个爱惹事的人，可以说是加拿大的伍迪·艾伦。

"最佳艺术贡献奖"颁给了吉姆·贾木许的《神秘列车》。年轻的贾木许1953年生于美国的俄亥俄州，他出色地把美国、捷克斯洛伐克、德国、法国、爱尔兰的东西结合在一起。他在电影节上已不是陌生人，以前就来过戛纳，深受大家的喜欢，但这一次，他中了奖。波姬·小丝给他颁奖时，他那副开心的样子乐得大家哈哈大笑。

"最佳导演奖"颁给了执导《流浪者之歌》的埃米尔·库斯图里卡。

"最佳男演员奖"由娜塔莎·金斯基颁发，《性、谎言与录像带》中的詹姆斯（杰米）·斯派德，但斯派德不在场。登台代他领奖的是他的导演、年轻的斯蒂文·索德伯格。索德伯格热情地说了几句话表示感谢，然后就闪到了后台……结果在那里迷路了。一位工作人员找到他，把他带回了原位。他感到很奇怪，在这之前，所有的获奖者都要留在后台，有时就站在舞台的后方。这时，他突然想起给他的发行人向他重复了吉尔·雅各布下午对他说过的话："您将度过一个难忘的夜晚！"索德伯格耸耸肩，相信自己获不了任何奖，闷闷不乐地回到自己的位置上，看着台上继续进行的颁奖仪式。

“最佳女演员奖”由伊夫·蒙当颁给了《黑暗中的呐喊》中的梅丽尔·斯特里普，那是澳大利亚导演弗雷德·谢皮西的片子。

索德伯格最后想不辞而别。

尽管吉尔·雅各布一直反对，“评审团特别大奖”还是颁给了两部片子：伯纳德·布莱尔的《美得过火》（戴着帽子的乔丝安·巴拉思科感到很自豪）以及朱塞佩·托纳多雷的《天堂电影院》，在片中扮演角色的菲利普·努瓦雷潇洒地抱起小搭档萨尔瓦多，这个被电影深深地迷住的孩子，长大后成了雅克·贝汗的演员，他常常提起《天堂电影院》这部在他小时候给他带来那么多荣誉的影片。

这时，维姆·文德斯站起来亲自宣布：

“1989年‘金棕榈奖’的获得者是《性、谎言与录像带》的导演斯蒂文·索德伯格！”

索德伯格完全惊呆了，这个年轻的导演从人群中挤开一条路，来到台上，从简·方达的手中接过了奖品。简·方达见他脸色苍白，不安地问：“您没事吧？”

“没事，妈妈！”他美国式地回答了一句。

接着，他像个木偶一般，被文德斯和简·方达推到记者面前，他们对着他拍了差不多一小时的照。

索德伯格红了。他的这部小电影是在五个星期内拍摄的，资金少得可怜，只有一百万美元，剧本是一周内完成的。他绝对没有想到这部影片会红遍全球。

这时，电影节已经在准备下一个十年了。

第三十一章
麦当娜旋风

那座耻辱之墙倒塌了！

全球的电视都直播了1989年11月9日的那个伟大事件。在柏林人的镐头和铁锹中，东西柏林连成了一片。他们喜怒交加，拆毁了那座可恨的墙，那么多投奔自由世界的人都死在了那里。

流亡西方、丧失了苏联国籍的杰出小提琴家姆斯季斯拉夫·罗斯托洛波维奇来到墙边演奏，支持拆墙的人们，他觉得自己又成了一个俄国公民。

那张重获自由的照片马上就家喻户晓了。

对1990年的戛纳电影节来说，对吉尔·雅各布和他的整个顾问团队也一样，这一重大事件将改变一切。如同一个在世界范围内畅行无阻的船长，吉尔·雅各布马上意识到，他终于自由了，可以忘掉苏联旧领导人的专制命令，自由选择东方的影片了。以后，不用再像当年放映塔科夫斯基的影片一样，冒着危险“偷偷”地放映被禁止的电影了。

电影节开幕前两个星期，吉尔·雅各布终于收到了维塔里·卡涅夫斯基导演的第一部影片的录像带。一看片名，人们就会明白那个艺术家是从什么样的地狱里回来的:《别动、死亡或活着》。邀请函和机票及时寄到了……维塔里·卡涅夫斯基到达戛纳时一无所知，甚至有些茫然。几个小时的飞行，好像换了一个世界。人们写信告诉他，他的影片在“某种目光”单元最后入围了，组委会给他在酒店里订了一个房间。哪部影片？住哪家酒店？其实他只需去电影节办公室报到，人们就会给他胸牌、餐票和详细的日程表。

他什么都不知道，克鲁瓦塞特大街，蓝色的大海，漂亮的白色楼房，开心地笑着、叫着、拥抱着人们把他深深地吸引住了。不知不觉，他来到了港口，傍晚时分，他认识了几个瑞典水手，他们的船就停在船坞里。另一个版本说，那是一些俄国水手，“奥德赛号”的。不管是瑞典的船还是苏联的船，那天晚上他喝了很多，可能是号称“生命之水”的烈酒，也可能是伏特加。维塔里·卡涅夫斯基和水手们吃着鲱鱼和黑面包，大口喝酒，大笑着讲下流笑话。天亮时，水手们把他送上岸，这时，巡逻的警察发现了这个“流浪汉”。

“证件？干什么的？去哪里？”

“电……影……节。”卡涅夫斯基艰难地说出了这三个字。

警察耸耸肩，强行把这个满嘴酒气的人带走了。这家伙显然会干坏事。在警察局度过难熬的两个小时后，维塔里·卡涅夫斯基慢慢地酒醒了，他向刚刚睡醒、心情很不好的警长解释说：“我是……电影节……请来的……客人，叫维塔里·卡涅夫斯基……”

警长当然不相信他的话，但这个人毕竟没偷没抢，也没搞破坏，于是决定给二十四小时办公的电影节办公室打电话。

“是的，维塔里·卡涅夫斯基先生确实是电影节邀请的。他住在马杰斯特酒店……”

结果，维塔里·卡涅夫斯基又被“宪兵”带走了，但这一次，他非常荣耀，被一直送到马杰斯特酒店的豪华套房里。卡涅夫斯基在影片中讲述的其实是他自己的故事，两个在西伯利亚苏昌劳改村里长大的孩子。影片大受欢迎。对于一个来自如此遥远的地方，来自另一个世界，来自一个艰苦、封闭、寒冷、一年当中有九个月被雪覆盖的地方的人来说，戛纳的一切都过得很快。维塔里·卡涅夫斯基遇到了其他国家的一些导演，他们对他说，他的电影是一部杰作，他以为自己是在做梦。他对采访他的记者承认说：“我生活在苏联海底两万海里的地方，刚刚浮出海面，来到了天堂。”

1990年的电影节于5月10日至21日举行，评审团主席是贝纳尔多·贝托鲁奇，那是电影界的名人，导演过许多著名的、引起轰动的影片，如马龙·白兰度和玛丽娅·施奈德出演的《巴黎最后的探戈》。在评委中，人们注意到有四位女性：漂亮的芬妮·阿尔丹、高大的弗朗索瓦丝·吉鲁、身材高挑苗条的的安杰丽卡·休斯顿（约翰的女儿）以及著名的印度导演米拉·奈尔；男性评委则有伯纳德·布莱尔和英国剧作家克里斯托弗·汉普顿。

电影节上放映了一部传奇影片，让·维果的《驳船亚特兰大号》，拍摄于1934年，却没有一个人看过。这部曾被删节并改了片名（改成《驳船驶过》）的影片好像获得了新生，参赛者都被这部完整还原的影片惊呆了。

许多明星来到了戛纳：劳伦·白考尔、芭芭拉·韩翠克丝、热拉尔·朗万、安妮·吉拉尔多、吉昂·马利亚·沃隆特。一万多人在等待热拉尔·德帕迪厄的到来。德帕迪厄将与让-保尔·拉佩纽一道前来宣传根据爱德蒙·罗斯丹的剧本改编的《大鼻子情圣》。经过如此“漫长的缺席”，阿兰·德龙也回来了，但他住在伊甸罗克酒店，就在不再害怕谋杀的史泰龙和因《终结者》而成了超级明星的阿诺·施瓦辛格隔壁。

放映的影片很多，成就不一。奥地利优秀导演阿塞尔·柯蒂的《国王的娼妇》非常引人注目；保罗·塔维亚尼的《子夜的太阳》也深受大家喜欢，可惜那是一部非参赛片。《我心狂野》（大卫·林奇导演，尼古拉斯·凯奇和劳拉·邓恩演出）中狂热的爱情震撼了观众。“这是一个会引起幻觉的噩梦，那个名叫奥森·威尔斯的人可能滥用了世上的佐料。”尼古拉·萨阿达在《电影手册》中写道。

颁奖仪式的司仪是米歇尔·德鲁克尔。

获“评审团奖”的是肯·罗奇的《神秘的备忘录》。人们后来经常在戛纳看到这个英国导演，他用影片控诉英国大城市如伯明翰、利物浦民众的苦难，抨击英国对北爱尔兰的占领。

“最佳导演奖”颁给了帕沃尔·罗金的苏联影片《计程车司机布鲁斯》，这是在莫斯科城的一次难忘的游历。

美丽的伊莲娜·雅各布上台宣布“某种目光”单元的“金镜头奖”，获奖的是维塔里·卡涅夫斯基的《别动、死亡或活着》。卡涅夫斯基腿都软了，他的侄儿开心地推着他上台。

“快去，你得奖了……快去领奖！”

卡涅夫斯基恢复了勇气，可以说是跑着上了领奖台。

“赫拉晓！赫拉晓！谢谢！谢谢！”

他接过奖品，吻了吻伊莲娜·雅各布的手，然后说出了他的名言：“如果奥林匹斯山上真的住着众神，应该也就是戛纳电影节这个样子了！”

全场激奋，掌声立即就响了起来。卡涅夫斯基把金镜头扣在头上，在大家的喝彩声中和摄影师的闪光灯下跳起了哈萨克舞。那个劳改村的孩子的确是他，晚会的大赢家也是他。米歇尔·德鲁克尔激动地继续宣布：

获“最佳男演员奖”的是《大鼻子情圣》中的热拉尔·德帕迪厄。让-保尔·拉佩纽又拍了一部好片。

“最佳女演员奖”颁给了波兰影片《审讯》（赖斯扎德·布加斯基导演）中的克里斯蒂娜·扬达。

“评审团大奖”由芬妮·阿尔丹颁发给小栗康平的日本影片《死之棘》和伊德沙·渥德拉戈的《律法》，那个布基纳法索的非洲导演是第一次穿礼服。

最后，米歇尔·德鲁克尔开始宣布“金棕榈奖”的评选结果，颁奖人是安杰丽卡·休斯顿，获奖者是影片《我心狂野》中的大卫·林奇。浑身金箔的伊莎贝拉·罗西里尼（英格丽·褒曼和罗伯托·罗西里尼的女儿）为丈夫流下了幸福的泪水。

像以往一样，颁奖晚会结束后，大家总会在晚宴时评头论足。

有客人问卡涅夫斯基，他拍这部影片是否是为了拯救自己的童年。那个俄罗斯人回答说：“远不止于此，因为我在拍这部电影的同时，也拯救了自己的生命。这个故事成了一个生命的呼吸……但我从没想过到戛纳来宣传这部影片。这完全是出于偶然，也许是神的旨意……”

由于有了这个“金镜头”，维塔里·卡涅夫斯基得以继续其辉煌的职业生涯。他常常回到他喜欢的法国，当然也不忘前来戛纳。

2002年，他在女演员蒂娜拉·卓卡洛娃的陪伴下，带着《致新生活的秋天》参加了圣德尼音乐节。

1991年，一阵狂风席卷电影节。

麦当娜来戛纳进行专场宣传，推介关于她的纪录片《与麦当娜上床》。但她一连两天不见踪影，躲在岬角酒店的套间里；甚至露天平台前也加装了屏风，怕岬角酒店铁栅栏外面在大喊的粉丝们看见她。一大群保镖保护着她，不让崇拜者靠近，五十个警察配备着对讲机在院子里巡逻。热情持续高涨。麦当娜举办了一个盛大宴会，以抽奖的方式邀请了二百位客人。男女侍应几乎全都赤身裸体，或者说仅“穿”着羽毛和皮革。麦当娜也被艺术地“裸体”，让·保罗·高提耶特地为她设计了既独特又惹火的装束，乳房高耸，胸衣连着束腰吊袜带……

终于，终于，终于……5月13日星期一，一万五千人激动地涌向电影宫，想见麦当娜。像盛大晚会那样人声鼎沸，激动的人群大喊："麦——当——娜!"戛纳的警察拉了三道警戒线，仍难以阻挡人流。

明星出来了，穿得既像天使，又像魔鬼，披着纱裙，几乎裸体，一条金色的丝带扎住头发，露出两只恶狠狠的尖耳朵。阿莱克·凯西西恩的这部纪录片是怎么拍摄这个女明星的床上生活的？事实上，没有一个人讨论这个问题。大家所希望的，就是看一看世界上最具挑衅性也许也是最聪明的女明星。这个小个子女人很瘦，她来自密歇根州的海湾小城，比任何人都懂得如何让周围的人沸腾，如何让大家为她而疯狂。

5月9日至20日，电影节如期举办，新主席是罗曼·波兰斯基，评委当中有老是嘻嘻哈哈的乌比·戈德堡、有女制片人玛格丽特·梅内戈、艾伦·帕克和简朴而慷慨的让-保尔·拉佩纽。

贵宾当中则有吉娜·劳洛勃丽吉达，她坦率地承认说，自己六十四岁了，回到戛纳，受到公众的欢迎觉得非常感动，但她也说了几句让人心酸的话，好多年，没有一个导演找她演戏。"我什么都愿意演，包括演老大妈!"她大声地到处说，可惜，没有人回应。很伤悲!

许多影片放映之后引起了热烈的讨论，比如雅克·里维特的《不羁的美女》。温柔美丽的艾曼纽·贝阿在片中有全裸表演，参加演出的还有米歇尔·皮寇利和简·伯金。"里维特的这部影片像是私人谈话。"若埃尔·马尼在《电影手册》中写道。

莫里斯·皮亚拉的《梵·高》引起了激烈的争论，英俊的雅克·迪特隆在片中扮演一个被诅咒的画家。像以往一样，有人支持，也有人反对。其实，如果多看一遍，就会觉得《梵·高》是一部非常独特的影片，画家在瓦兹河畔欧韦的最后日子，动人而可怕，照料和帮助他的医生加谢也无法制止他自杀。

阿涅斯·瓦尔达的《南特的雅各》是一部纪念她丈夫雅克·戴米的影片，深深地打动了观众，让他们回想起戴米的辉煌时期，那是一个优秀而杰出的电影人才。

伊莲娜·雅各布前来宣传波兰导演克日什托夫·基耶斯洛夫斯基的《两生花》，这部电影给人带来了极大的感情冲击。基耶斯洛夫斯基后来很快又拍摄了著名的"蓝白红三部曲"。

但在电影艺术方面引起轰动的，是科恩兄弟乔尔和伊桑的《巴顿·芬克》，这是一部在银幕上真正具有冲击力的影片，两个演员出奇的棒，约翰·特托罗和约翰·古德曼简直就是《巴顿·芬克》中的天使与魔鬼。在马杰斯特酒店的酒吧里，大家都在七嘴八舌地评论影片中的画面，比如约翰·古德曼突然发疯、出现在着火的走廊里的那个烈焰熊熊的镜头。人们甚至把科恩兄弟的才能与奥森·维尔斯相比。没有比这更高的褒奖了。

颁奖晚会上，艾迪·墨菲一直在搞滑稽。罗曼·波兰斯基作了简短的讲话之后，请杰拉丁·卓别林上台来颁发“金棕榈奖”。获奖的是比利时导演雅克·范·多梅尔的《小英雄托托》，范·多梅尔高兴地从杰拉丁手中接过奖品。

获得“最佳配角奖”的是《丛林热》（斯派克·李导演）中的塞缪尔·杰克逊，他兴奋地来到了台上。

“评审团奖”由乌比·戈德堡颁发，他庄严地把奖颁给了拉斯·冯·提尔的丹麦片《欧罗巴》和马卢恩·马格达蒂的法国片《生命之外》。

乔尔·科恩和伊桑·科恩以其《巴顿·芬克》获得了“最佳导演奖”。

获“最佳男演员奖”的是同一部影片中的约翰·特托罗。

《两生花》（克日什托夫·基耶斯洛夫斯基导演）中的伊莲娜·雅各布获得了“最佳女演员奖”。

“评审团大奖”在掌声中颁给了雅克·里维特的《不羁的美女》。

最后，艾玛纽埃尔·塞尼耶宣布，“评委一致同意”，把“金棕榈奖”颁给科恩兄弟的《巴顿·芬克》。热烈的掌声盖过了几声口哨。

晚宴时，大家猛烈批评罗曼·波兰斯基主持的评审团评出来的结果，争议很大。《巴顿·芬克》尽管得到了承认，但许多人认为把三个大奖，即“最佳导演奖”“最佳男演员奖”和“金棕榈奖”颁给科恩兄弟的同一部影片，这太可笑了。皮埃尔·维奥和吉尔·雅各布对罗曼·波兰斯基很不满意，要求更改评选规则，禁止把几个重要奖项颁给同一部影片或同一个人。

罗曼·波兰斯基显得非常生气，他满脸通红，愤怒地说：“戛纳电影节不是给穷人分发鞋子的慈善机构。给了这个人鞋子，那个人也必须给，尽管他们不是同一个尺寸!”

这一反驳的理由好像没能说服电影节的组织者，次年，一项新的规定出笼了：“最佳导演奖”不能与“金棕榈奖”是同一个得主。

但是……科恩兄弟还是进入了戛纳的传奇当中。

1992年，第四十五届戛纳电影节的海报，画的是年轻而漂亮的玛琳·黛德丽。大家全都穿是起了蓝衣服。黛德丽刚刚去世。大家的偶像——“蓝天使”，永远地离开了①。

一个经常展现其身体的陌生女人成了大家狂热崇拜的对象，她叫莎朗·斯通，刚在保罗·范霍文的《本能》中与迈克尔·道格拉斯演完对手戏。片中有个著名的镜头，她坐在椅子上，脱掉内裤，“据说透过裙子能看出来”。

评审团主席是热拉尔·德帕迪厄，评委有杰米·李·柯蒂斯、佩德罗·阿莫多瓦、约翰·布尔曼、记者塞尔日·杜比亚纳和导演、著名剪接师若埃尔·万·埃芬泰尔。

电影节开幕式上，阿兰·德龙围着白色的围巾，大步流星地走向红台阶，为大批呼喊着爱他的影迷们表演了真正的“三幕剧”：登上台阶，在平台上转身，张开手臂，然后站在最高处，作恺撒状，好像是向罗马市民而不是戛纳市民致意！阿兰·德龙很懂得如何来宣传爱德奥德·尼尔曼斯导演的《卡萨诺瓦归来》。

让-克洛德·布里亚利走出放映厅时号啕大哭，他刚刚得知，杰奎琳·麦尔兰在巴黎突然去世。这对电影界、对他所有的朋友来说，都是一个巨大的损失。

那年的最佳组合无疑当属汤姆·克鲁斯和妮可·基德曼。有人不怀好意地说，克鲁斯说的最多的是《大地雄心》中的马，而不是他太太妮可·基德曼。二者之间在艺术上存在什么竞争吗？

热拉尔·德帕迪厄为纪念不幸去世的约翰·卡索维茨举办了电影专场，出席的有卡索维茨的寡妇和他最喜欢的女演员吉娜·罗兰兹。卡索维茨的《首演之夜》，法国人从来没有看过，却一夜之间成了一部大家都在谈论的影片。应该去看看卡索维茨的这部作品。吉娜·罗兰兹起初不愿来戛纳，后来非常认真地说：“关于戛纳，我想到的第一个词就是‘危险’。那里的人慷慨、热情、充满激情，在这美国是很少见的事，或者是被巧妙地掩藏了起来！……登上铺着红地毯的台阶是一种独一无二的体验。相比起来，奥斯卡显得很业余！”

毫无疑问，这段话见报后，吉娜·罗兰兹成了戛纳的女神。以前，

① 玛琳·黛德丽因出演《蓝天使》而闻名。——译注

人们都说，来参加戛纳电影节的人，挑剔、刻薄、恶毒、偏颇、焦躁、喧闹，很容易冲动，往往很疯狂。在吉娜·罗兰兹嘴里，现在变成慷慨、热情、充满激情了。戛纳变得一片明净。

罗宾斯急着回美国。他太太苏珊·萨兰登刚刚给他生了第二个儿子。杰米·李·柯蒂斯没有向他透露任何信息，只建议他留下来不要走。

1992年8月18日举行的第四十五届戛纳电影节的颁奖晚会，比以往更加隆重，参加的人数也更多。在热拉尔·德帕迪厄请求下，凯瑟琳·德纳芙来到了台上，给晚会揭幕。

“短片金棕榈奖”颁给了《列车》的主演、法国杰出演员萨姆·卡曼。

罗伯特·奥特曼以其《幕后玩家》获得了“最佳导演奖”。

“最佳男演员奖”颁给了《幕后玩家》中的蒂姆·罗宾斯，可惜，蒂姆没有听杰米·李·柯蒂斯的话，已经回国了——他急于见到苏珊·萨兰登和刚刚出生的儿子。罗伯特·奥特曼代他从凯瑟琳·德纳芙手里接过了奖品，还获得了一个吻。

《善意的背叛》中的佩尼拉·奥盖斯特获得了“最佳女演员奖”，她也是该片导演比尔·奥古斯特的妻子。

“电影节四十五周年大奖”颁给了令人震惊的《霍华德庄园》，艾玛·汤普森和安东尼·霍普金斯在詹姆斯·伊沃里执导的这部影片中扮演主角。

最后，“金棕榈奖”颁给了英格玛·伯格曼编剧、比尔·奥古斯特导演的《善意的背叛》。这位瑞典电影大师以前从来没有在戛纳得过奖，大家却觉得比尔·奥古斯特这次获得的第二个奖，是看在英格玛·伯格曼面上。大厅里开始议论纷纷，热拉尔·德帕迪厄和他的评委们受到了严厉的批评。本乡中人无先知[①]！

第四十五届电影节结束了，大家都觉得，评奖结果过于谨小慎微。詹姆斯·伊沃里的《霍华德庄园》本来应该获得“金棕榈奖”的。

午夜进行的专场放映中，影迷们观赏了年轻导演昆汀·塔伦蒂诺的《落水狗》，这部影片重现了“黑色电影”和原始状态下的暴力，让人震惊。确实很有味道的影片，对话非常精彩，鸡尾酒会的场面气氛紧张，演员兴高采烈。所有看过这部“惊人影片”的参赛者都希望能在戛纳再次见到塔伦蒂诺。

---

① 法国谚语，喻有才能的人在本乡本土不易受到重视。——译注

第三十二章
不老的明星

“他们没有一丝皱纹！”

“太漂亮了！”

大家发出了一致的赞叹。1993年，第四十六届戛纳电影节的海报成了人们的收藏品。

似乎是为了回顾过去，海报上印着加里·格兰特和英格丽·褒曼在《美人计》中热吻的镜头。1946年，希区柯克曾亲自来戛纳参加第一届电影节，宣传这部影片。选择这一著名镜头也许是为了表明，伟大的电影是永恒的，永远不会过时。是的，加里·格兰特和英格丽·褒曼在这张海报上永远都那么年轻、漂亮、时髦。

这一年的明星，是马塞洛和德纳芙的女儿奇亚拉·马斯楚安尼。这个年轻演员成了摄影记者们追逐的对象。凯瑟琳·德纳芙是个好母亲，始终陪伴着她，给她揭示戛纳的秘密。这位法国女星也是来戛纳再次主持电影节开幕式的，“Canal+”将进行直播。

路易·马勒任主席的评审团，其成员有克劳迪娅·卡汀娜、朱迪·戴维斯（澳大利亚女演员）、埃米尔·库斯图里卡、加里·奥德曼（曾在吕克·贝松的《第五元素》中担任过角色的英国演员）等。

巴塔巴斯也前来宣传她的处女电影《马泽帕》。这个不同凡响的人，能“跟他的马说话”，看见伊丽莎白·泰勒带着庞大的跟班以及数百只箱子隆重抵达时，他惊讶得不敢相信自己的眼睛。伊丽莎白·泰勒是来举办慈善晚会的，为艾滋病研究筹款。与她一同前来的还有史泰龙，史泰龙来宣传雷尼·哈林的《绝岭雄风》。这是一部让人头晕目眩的影片，史泰龙在片中被挂在高高的地方，用手抓着墙。心脏不好的人千万不要看！

自从1985年她的好友和拍档罗克·赫德森去世之后，伊丽莎白·泰勒就十分忠诚地为预防艾滋病而努力，她在慕琴斯磨坊酒店举办了烛光晚餐，邀请了很多人。大家都想得到邀请。只是有个“小小的”大问题：八人一桌要两万五千美元。尽管价格高得吓人，还是有四百人响应了。一夜之间就募得了一百万美元，因为还有隆重的实物摇奖。

据说，为人谨慎、喜欢绷着脸说冷笑话的制片人马林·卡密兹收到伊丽莎白·泰勒的邀请时回答说，他不那么饿，但会寄一笔钱用于法国的艾滋病研究。

大家的焦点马上都集中在肯尼思·布拉纳和艾玛·汤普森身上，他们堪比是劳伦斯·奥利弗和费雯·丽。当他们与基努·里维斯和丹泽尔·华盛顿登上红地毯时，观众发出了巨大的欢呼，尤其是年轻女孩，激动得差点晕过去。具有讽刺意义的是，这些艺术家是来宣传肯尼思在托斯卡纳拍摄的《无事生非》（根据莎士比亚剧本改编）的。艾玛·汤普森迷人、智慧、满脸笑容，穿着一身白，但最让记者惊讶的还是她泼辣的回答，人们把她叫做是英国电影中的铁娘子。一个记者壮着胆子问她喜不喜欢巴黎。

她直来直去，严肃地回答说：“我以前喜欢那座城市，可是现在，噗！污染太厉害了！简直让人无法呼吸！”

没有人敢问她，雾中的伦敦怎么样，也没人敢问她戛纳怎么样。

放了不少电影，影迷们最喜欢的有罗歇·普朗雄的《路易斯，孩子王》、维姆·文德斯的《咫尺天涯》、肯·罗奇的《石雨》、简·坎皮恩的《钢琴课》。坎皮恩是新西兰女导演，这是她的第三部影片，记者很少采访她，因为大家都不怎么认识她。她的影片怪异、美丽，非常特别，但在专业人士看来，她也许会得个小奖，但绝不可能获得“金棕榈奖”。而且，在代表们的记忆中，这个奖还从来没有颁给过一个女性。

闭幕式上的王后是伊莎贝尔·阿佳妮，摄影师的镜头总对着她。她漂亮极了，戴着钟形帽，插着一朵紫罗兰，鬓角的鬈发遮住了她的半张脸，但因为这是阿佳妮，所以大家会原谅她的一切。

担任司仪的是安东尼·德科内。大厅里坐满了明星：艾曼纽·贝阿、热拉尔·朱诺、米歇尔·布朗、瓦莱丽·勒梅西埃、阿尔伯托·索迪、蕾雅·马萨利、让娜·莫罗、霍利·亨特、哈威·凯特尔、山姆·尼尔、罗伯特·德尼罗、西尔维斯特·史泰龙。颁奖仪式开始了。

“评审团奖”颁给了肯·罗奇执导的《石雨》。肯·罗奇迈向辉煌胜利的长征开始了，一路不再停顿。

同获这个奖的还有台湾侯孝贤执导的《戏梦人生》。

迈克·李执导的《赤裸》获得了“最佳导演奖”，他是英国后现实主义“之子”，首领是肯·罗奇。

《赤裸》中的大卫·休里斯获得了“最佳男演员奖”。

“最佳女演员奖”颁给了美国影片《钢琴课》（简·坎皮恩导演）中的霍利·亨特。

没有任何异议，大家都为这位女演员出色的表演才能鼓掌。

“评审团大奖”颁给了维姆·文德斯，他的《咫尺天涯》是文德斯式的影片，梦游一般，在天地之间诗意地流浪……

谁将得到“金棕榈奖”？

让娜·莫罗宣布，“金棕榈”同时颁给《钢琴课》和陈凯歌导演的《霸王别姬》。

尽管吉尔·雅各布一再反对，路易·马勒和他的评审团还是把这个奖同时颁给了这两部同样精彩、同样独特的影片，尽管它们彼此之间很不一样。这是女性第一次获得“金棕榈”；也是中国大陆的从影人员第一次获奖。陈凯歌的团队在台上激动极了；简·坎皮恩也一样，霍利·亨特、山姆·尼尔和片中十分漂亮的哈威·凯特尔站在她身边。至于巴塔巴斯，他的技师加罗纳和阿诺蒂因《马泽帕》获得了“声像技术贡献奖”，这让他欣喜若狂，首先是为他的马而高兴，然后是为他的合作者而高兴……

灯光熄灭了。

克鲁瓦塞特大街上，斯瓦辛格为《幻影英雄》做宣传的巨大的充气娃娃还将停留几天，戛纳的孩子们向它扔沙子和石头玩。很快，绑着浮桥上的气球瘪了，掉到了海里，市政厅的清洁人员得把它们捞起来进行回收。

1994年的评审团主席是克林特·伊斯特伍德。在戛纳，大家热爱他、崇拜他，他也非常感谢法国人对他的兴趣和热情，他们首先把他当做是一个大导演，而不是一个美国人。这一年的特别之处，是凯瑟琳·德纳芙被任命为评审团副主席，伊斯特伍德感到很高兴。当他们俩穿着白色的服装登上舞台时，全场响起了欢呼声。他们不仅充满魅力、大名鼎鼎，而且“漂亮潇洒”。评委都经过精挑细选，包括两个法国人、一个流亡的古巴人、一个意大利人、一个日本人、一个阿根廷人、一个俄国人和一个韩国人。他们七嘴八舌地讲个没完，幸亏，大家都懂英语。

两年前，戛纳发现了昆汀·塔伦蒂诺的《落水狗》，今年，昆汀·塔伦蒂诺又带着《低俗小说》来了。戛纳爱憎分明。大家都认为塔伦蒂诺有才能，但许多人认为，影片太暴力。已经听到有人争论了，有人赞成颁给他“金棕榈”，有人反对。但塔伦蒂诺懂得如何对法国媒体说话，他对《电影》杂志的洛朗·蒂拉尔是这样说的：“我是让-皮埃尔·梅尔维尔的狂热崇拜者。他在影片中让人物像骑士一样穿着某种‘盔甲’。那是一种有腰带的雨衣……我呢，在我的影片中，盔甲是约翰·特拉沃塔的黑色服装……《低俗小说》中那个大场景，也就是乌玛·瑟曼和约翰跳舞的那个场景，我是受戈达尔的《不法之徒》启发。在他的那部影片中，人物一边跳舞一边互相开玩笑。我对约翰和乌玛说，别像吉恩·凯利那样！开心点！我需要一些活泼的、有趣的东西……”

是的，昆汀·塔伦蒂诺除了才华，还是一个很让人开心的人。

在“某种目光”单元的非参赛片中，一部叫做《沙漠妖姬》的澳大利亚影片引起了许多人的关注。这是一部公路电影，从悉尼穿越澳大利亚沙漠直到斯普林斯，三个不可思议的演员——盖·皮尔斯、雨果·维文和特伦斯·斯坦普分别扮演三名人妖。在戛纳，斯蒂芬·埃利奥特导演的这部影片因媒体放大和人们口口相传而闻名，后来在放映时获得了巨大的成功。

罗曼·波兰斯基开始发牢骚，但没有用：“电影节成了一个动物园，遗憾的是演员和导演弄错了笼内笼外！”

若塞·阿瑟也在悲叹：“我以前就喜欢电影节，现在还很喜欢。它没以前那么有趣了，不过，更自重了。”

因为现在一切都是透明的，大家什么都看得到、都知道。最后一场大风波应该就是莫里斯·皮亚拉对着镜头举拳的那次。此后，咒骂仍有，但都在幕后进行。

颁奖晚会上，“评审团奖”（好像是作为一种安慰）颁给了帕特里斯·夏侯的《玛戈皇后》，这是根据大仲马的小说改编的影片，十分血腥，展示了圣巴泰勒米岛和1572年8月23日晚至24日晨发生在卢浮宫的大屠杀。伊莎贝尔·阿佳妮为夏侯感到失望，但还可期望得到别的东西。

萨宾·阿泽玛把“最佳导演奖”颁给了才华横溢的意大利导演南尼·莫莱蒂，以表彰他的《亲爱的日记》。

米歇尔·布朗的《累得要命》得了“最佳编剧奖”，剧中的女演员卡洛尔·布凯掩饰不住自己的兴奋。

“最佳女演员奖”由凯瑟琳·德纳芙颁发，获奖的是在《玛戈皇后》中扮演凯瑟琳·德·美第奇的维尔娜·丽丝。维尔娜神采飞扬，在台上拥抱了她的奖品。伊莎贝尔·阿佳妮感到有些难受，虽然她是个美丽、动人的玛戈王后，但是……戛纳就是戛纳！

最后，“金棕榈奖”颁给了昆汀·塔伦蒂诺的《低俗小说》。

掌声稀稀拉拉，欢呼声也不很热烈。塔伦蒂诺挥舞着金棕榈，像是挥动一把象征荣誉的佩剑。这时，像几年前莫里斯·皮亚拉所遇到过的那样，鼓噪声和抗议声越来越响亮。塔伦蒂诺向那些对他表示不满的人漂亮地做了个凯旋的动作，这比皮亚拉当年举起拳头更张扬。

有几个记者对“蓝白红三部曲”之《红》的导演克日什托夫·基耶斯洛夫斯基没有获得任何奖感到遗憾，但观众给他颁了奖，大家都去影院看他的三部曲。克林特·伊斯特伍德颇有风度地感谢凯瑟琳·德纳芙的帮助，感谢电影节和戛纳人民，而吉尔·雅各布则在幕后祝贺凯瑟琳·德纳芙和克林特·伊斯特伍德评出了好影片：

“我一直希望，‘金棕榈’不要颁给某部，用你们美国人的话来说，‘不入流’的电影。这次，观众一定很多！”

步出电影大厦时，一位女士过来向吉尔·雅各布索要传记，雅各布感到十分惊讶：“可我并不是演员！”

“对不起，雅各布先生，你在米歇尔·布朗的《累得要命》中演过角色！”

这是真的。吉尔·雅各布乐了，亲切地表示歉意。

1995年，让娜·莫罗担任评审团主席。

尼克·诺特陪同詹姆斯·伊沃里前来宣传《杰弗逊在巴黎》，她是片中的演员；约翰尼·德普则来推介《艾德·伍德》，他在蒂姆·波顿的这部影片中，非常独特地扮演了一个“有史以来最糟糕的导演”。好莱坞确有此人，他尤其以帮助贝拉·卢戈西（由杰出的马丁·兰道扮演）摆脱毒品而著名[①]。

开幕式晚会上，让娜·莫罗讲完开场白，下来坐在乐池第一排给她预留的位置上，观看节目的进行。

这时，年轻漂亮的金发女演员凡妮莎·帕拉迪丝唱着电影《朱尔与吉姆》中的“生活的旋风”走上舞台。让娜·莫罗是1962年这首歌的首唱，她不由自主地站了起来，完全是自发的。凡妮莎·帕拉迪丝在她面前跪了下来，两人握着手，对着麦克风，一起唱起了这首西律斯·巴夏克作词、乔治·德勒律谱曲的著名歌曲：

我们相逢，再次相逢，
我们分手，重又分手，
再次相见，重又相逢
然后，又说再见。

这是美妙、神奇的一刻，难得一见，数百万观众通过“Canal+”电视直播都看到了这一幕，两代人如此相遇，激动人心。

马修·卡索维茨的《怒火青春》也获得了巨大的成功，那个叫文森·卡索的演员所扮演的角色，确实很可怕，让人恨从心生。

幽默的亨利-让·塞尔瓦总有很多妙语，他说：“杜邦上台的时候戴着一个无檐帽，下来的时候却戴着另一顶无檐帽。”雅克·杜邦周三来的时候是巴拉迪尔政府的文化部长，让他感到惊讶的是，他的太太丽丝更惊讶，当他走下电影宫红台阶的时候，他却成了司法部长。起初，这事闹得有点乱，政府在电影节期间换部长了。但如同在舞台上一样，新部长道斯特·布拉齐第二天上午就赶到了戛纳。代表们看到了他，这完全正常。

约翰·马尔科维奇、休·格兰特、安迪·麦克道威尔、莎朗·斯通、约翰尼·德普、布里吉特·福塞以及演员们的牧师，很有吸引力的迪法科神甫也在场。

---

① 艾德·伍德（Edward D. Wood Jr., 1924—1978），美国导演，以拍烂片而著称，因不懈的努力和对电影的执著追求而受到后人的尊敬。——译注

在颁奖晚会上，“评审团奖”颁给了马修·卡索维茨的《怒火青春》。大家都想到了，但有的人还期望得到更多，包括卡索维茨。

“最佳男演员奖”颁给了《卡林顿》中的乔纳森·普雷斯。这部影片是英国导演克里斯托弗·汉普顿的处女作。

英国演员海伦·米伦获得了“最佳女演员奖”，2006年，她在斯蒂芬·弗雷斯的《女王》中出色地扮演了伊丽莎白二世。

“评审团大奖”颁给了西奥·安哲罗普洛斯的《尤利西斯的生命之旅》，这部希腊影片对巴尔干人的和解进行了独特的探讨。

“金棕榈”由让娜·莫罗颁发，埃米尔·库斯图里卡再次获奖。他在影片《地下》中，以带有乐感的强烈节奏，讲述了他的祖国南斯拉夫的痛苦故事。

1995年的电影节由著名作家、人道主义者帕特里克·塞加尔画上了句号。他因一场事故而被永远困在了轮椅上。这个“儿童太阳基金”的主席，总是满脸微笑，他把战利品颁给了蒂埃里·雷尔米特的《都市外来客》，这部影片揭露了亚马逊森林正在消失的可悲状况，吸引了大批观众，不管是成人还是孩子。

第三十三章
踏上红地毯

"我看见她了！太漂亮，她在对我着笑！"被挡在警戒线后的一个女粉丝说。

她敢肯定，莎朗·斯通、凯瑟琳·德纳芙、妮可·基德曼、芬妮·阿尔或伊莎贝尔·于贝尔注意到人群中的她了。她不知道是不是，她讲的话跟1858年小伯纳蒂特·苏毕鲁丝在卢尔德说的话一模一样[①]。

这个铺着红地毯的宽大的台阶，像玛雅的金字塔一样，从此将刻在人们的集体记忆中。灯光、花饰，明星们在闪光灯下，在人们的欢呼声中，一步步迈向荣誉的祭坛。1996年，人们的热情更加高涨，因为大家都知道，明年将庆祝戛纳电影节五十周年，大家都在想办法参加了。

今年的电影节就已经很热闹了。两次获得"金棕榈"的导演弗朗西斯·福特·科波拉担任评审团主席，评委有娜塔丽·贝伊、格列塔·斯卡奇（英国–意大利女双国籍演员）、著名的亨利·夏比埃（他用独一无二的声音天才地对影片进行评论）、法国导演陈英雄、文德斯和法斯宾德的摄影师迈克·包豪斯、日本服装设计师石冈瑛子、波兰剧作家克日什托夫·皮尔斯维奇。这一名单表明，吉尔·雅各布在保持自己个性的同时，继承了罗贝尔·法弗尔–勒布埃的政策，也就是说，寻找具有各种才能的各地评委。评审团由吉尔·雅各布一个人组织，这项

① 据宗教传说，1858年，圣母玛丽亚曾在法国的卢尔德向一名十四岁女孩贝尔纳黛特显灵，如今该地每年吸引了五百多万游客或朝圣者的到访。——译注

工作是在完全保密的情况下进行的。主席的名字则会在前一年冬天就向媒体公布，但评委的名单一直保密，评委们也被要求不对外说，他们也不知道其他评委是谁。这是电影节开幕蛋糕上的樱桃。

科波拉十分细心，给每个评委都发了一个漂亮的小笔记本，让他们把自己的第一印象都记录下来。

5月9日，电影节开幕，放映帕特利斯·勒孔特的非参赛片《荒谬无稽》，芬妮·阿尔丹在片中大获成功，勒孔特收获更大，《荒谬无稽》马上就被米拉麦克斯影业公司以一百万美元的价格买走了在美国的发行权。时代比人们的思想变化得要快。凡尔赛的高雅人士取笑外省土财主胆敢进入“那个地方”，这类故事几年前还时兴；而现在，大西洋彼岸的发行商对此已完全没有兴趣了。

丹麦导演拉斯·冯·提尔的《破浪》，人们谈论得很多。冯·提尔已来戛纳多次，1984年他的第一部影片《犯罪分子》给观众们留下了深刻的印象，但“金棕榈”颁给了维姆·文德斯的《德克萨斯的巴黎》。冯·提尔毫不尴尬地大声疾呼，说自己应该获得“金棕榈”。1991年，他又带来一部新片《欧罗巴》，维金人又愤怒地闹了一次。今年，他没有再来，借口说——这也许是真的——幽闭恐惧症。他什么都试了，火车、汽车，除了飞机，但他病得太重了，不得不折返哥本哈根。

比利时导演雅克·范·多梅尔的《第八日》，讲的是染色体与平等问题，震惊了所谓的“正常”观众，丹尼尔·奥图和帕斯卡尔·杜奎奈在片中扮演了两个关系十分微妙的角色。

《四个婚礼和一个葬礼》中英俊的英国演员休·格兰特和他的女友伊莉莎白·赫莉，一个漂亮的尤物在散步。雪儿、维多利亚·阿布里尔、佩德罗·阿莫多瓦、罗姗娜·阿奎特、霍利·亨特、詹姆斯·斯派德、斯派克·李、奇亚拉和他已经生病的父亲马塞洛·马斯楚安尼（这是他最后一次来戛纳，他很快就要去跟费里尼永远会合了），以及拉斯·冯·提尔的影片中的明星艾米丽·沃森、斯特兰·斯卡斯加德、让-马克·巴劳特等，都来参加电影节了。

戛纳湾将举办一场盛大的焰火晚会，然后是晚宴，所有的客人都在等待。但焰火的质量出了问题，无法按时燃放，大家在港口急得直跺脚。最后，大海上空终于升起了美丽的焰火，尽管晚了一个小时。焰火结束之后，参加“儿童募捐”的客人都争先恐后地前往大使酒店，他们都饿坏了。晚餐终于上来了，但都是加热过的。

弗朗西斯·福特·科波拉带着娜塔丽·贝伊和格列塔·斯卡奇来到台上，宣布颁奖晚会开始，大家都急于知道评选结果。

大卫·柯南伯格的《欲望号快车》获得了“评审团特别奖”。

“最佳编剧奖”颁给了雅克·奥迪亚尔的《自制英雄》，雅克是米歇尔·奥迪亚尔的儿子，他比父亲更有才能，尽管两人的风格不一。

“最佳导演奖”颁给了科恩兄弟的《冰血暴》。

《第八日》中的丹尼尔·奥图和帕斯卡尔·杜奎奈双双获得了“最佳男演员奖”。掌声热烈而响亮，为评审团勇敢地把这个奖颁给这两位演员而喝彩，其中一人也许与别人不完全一样，但这不妨碍他与别人精诚合作，他不但令人感动，而且公正、专业。

“最佳女演员奖”颁给了《秘密与谎言》（迈克·李导演）中的布兰达·布莱斯。

在哥本哈根，拉斯·冯·提尔不安地给他在颁奖现场的女制片人打手机，想知道结果。他的情绪显然不好，他又将失去在戛纳的机会了。突然，他伸长了耳朵，因为他听到娜塔丽·贝伊宣布，1996年戛纳电影节的“评审团大奖”颁给……他的《破浪》。他听到了观众的欢呼声，但只高兴了一半，这不是“金棕榈奖”。尽管如此，他还是继续听他的制片人用手机给他报告接下去的情况：与艾米丽·沃森上台替他领了奖之后，他的制片人又回到了自己的座位上。

这时，安杰丽卡·休斯顿宣布，“金棕榈奖”颁给迈克·李的《秘密与谎言》。肯·罗奇的弟子超过了老师，拍出了一部即兴电影，没有真正的剧本，只有天大的胆量。迈克·李一脸大胡子，以“英国式”的冷静，从安杰丽卡手中接过了金棕榈。安杰丽卡一袭白色的纱裙，一头黑色的长发，像极了让·科克多笔下的天使赫尔比斯。迈克·李在获奖词当中，感谢评审团和电影节，然后承认说，《秘密与谎言》中的人物，在影片拍摄之前、期间和之后，像幽灵一样，天天晚上纠缠着他……

半个世纪了！

为了庆祝戛纳电影节五十周年，吉尔·雅各布和他的班子想尽一切办法，让戛纳这个世界电影的殿堂，在1997年5月7日至18日，来的人比以往任何一届都多。著名的影星都接到邀请，吉尔·雅各布还决定，这届电影节将特设“金棕榈之金棕榈”，作为一个终身成就奖。方圆三十公里，酒店全都爆满。组委会和戛纳市政厅预计将接待万余人：编导、演员、技师、各类专业人士以及来自五大洲的记者或是普通的电影爱好者。

由伊莎贝尔·阿佳妮任主席的评审团，其成员包括美国著名作家保罗·奥斯特、加利福尼亚导演蒂姆·波顿、巴黎歌剧院舞星帕特里克·杜蓬、上一届“金棕榈”得主迈克·李以及意大利编剧、演员兼导演南尼·莫莱蒂。

在这大喜之年，所有国际知名的大导演都作出积极回应。安杰依·瓦依达、丹尼斯·霍珀、罗曼·波兰斯基、克洛德·勒路许、约翰·布尔曼、让-吕克·戈达尔、罗伯特·奥特曼等穿着礼服，在台上排成几行，每人都被邀请就戛纳和电影节说几句话。

让-吕克·戈达尔在电影放映之前分发了他的《电影史》。该书共八章，由戈达尔解说的文字和他认为重要的图片组成。无论如何，戈达尔都是一个受所有电影人尊敬的传播者，尽管观众不再急着去电影院看他的电影，但他将把《电影史》写成一部五集的“电影”!

在这周年庆典上，也出现了法国影坛的新面孔，男演员有塞缪尔·勒·比汉、塞尔奇·哈赛纳维奇、梅尔维尔·珀波、樊尚·埃尔巴兹、马克·迪莱特、伯努瓦·马吉梅、格莱戈尔·科林，而让娜·莫罗就是他们的“战时代母”。女演员也不少，萨宾·阿泽玛穿着白色的纱缎，显得格外漂亮，她懂得在戛纳该怎么做。这个淘气而有趣的女孩，踏上红地毯时一点也不胆怯。凯瑟琳·德纳芙一年比一年漂亮，每届电影节好像都属于她似的。她是电影节的女神，像女王一样站在红地毯上方向公众致意。这一年，她勇敢地捍卫了莱奥·卡拉克斯的一部难懂的影片《宝拉X》。

毕比·安德森和丽芙·乌曼代表老师英格玛·伯格曼而来，劳伦·白考尔、吉娜·劳洛勃丽吉达、西格妮·韦弗、李安和电影《冰风暴》的整个摄制组都来了；查尔登·海斯顿在跟史泰龙、伊基·波普和约翰尼·德普说话。法国总统雅克·希拉克也来参加这一盛典了，评委和科波拉在电影宫的平台前围在他身边，让摄影师拍照。人们也焦急地等待迈克尔·杰克逊前来宣传他的音乐片《鬼》。至于开幕式上放映的，是吕克·贝松的电影《第五元素》，布鲁斯·威利斯和米拉·乔沃维奇观看了影片。海边的沙滩上、伊甸罗克酒店、慕琴斯磨坊酒店、卡尔顿酒店、马杰斯特酒店、马丁内斯酒店，每天都有盛大的庆典和娱乐活动，与此同时，电影也在不断地放映。

颁奖之夜终于到了。到时候了，没完没了地开心了十一天之后，晚上又睡得那么少，来宾们都累了。主席伊莎贝尔·阿佳妮和帕特里克·杜蓬、迈克·李、南尼·莫莱蒂、蒂姆·波顿和保罗·奥斯特分别宣布获奖结果。

“评审团奖”颁给了法国导演曼雷埃尔·波希耶的《西方》，获得了热烈的掌声。

中国香港的王家卫以《春光乍泄》获得了“最佳导演奖”。

获“最佳男演员奖”的是《她是如此可爱》中的西恩·潘，该片导演尼克是吉娜·罗兰兹和约翰·卡索维茨的儿子。

“最佳女演员奖”颁给了《切勿吞食》中的凯西·伯克，该片导演加里·奥德曼本身也是演员。

“评审团大奖”颁给了阿托姆·伊戈扬导演的加拿大电影《莫失莫忘》。

“电影节五十周年大奖”（“金棕榈之金棕榈”）颁给了尤瑟夫·夏因，奖励他的全部作品。这一嘉奖让夏因十分激动。这时，全场起立，向这位埃及大导演致意。

最终，由伊莎贝尔“王后”亲自宣布：

“‘金棕榈奖’同时颁给日本导演今村昌平的《鳗鱼》和伊朗导演阿巴斯·基亚罗斯塔米的《樱桃的滋味》。”

克林特·伊斯特伍德的《绝对权力》是一部非参赛片，幸亏放映的时候希拉克不在。影片讲述的是美国某任总统在白宫被刺，这个悲惨的故事也许会让爱丽舍宫的人感到不舒服。

盛大的晚宴之后，夜已经很深了，但大家都像以往一样难以入眠，也许今晚更加特别。明天会怎么样？十年后还能来庆祝2007年的第六十届戛纳电影节吗？

1998年的戛纳显然比前一年平静。马丁·斯科塞斯是个非常严肃的主席，他的评委有基娅拉·马斯特洛亚尼、薇诺娜·瑞德西格妮·韦弗、阿兰·柯诺……

明星方面，有尼可莱塔·布拉斯基、玛丽莎·佩雷德斯，他们来宣传罗伯托·贝尼尼的影片《美丽人生》。影片放映时受到了热烈欢迎，尽管主题有点“烫手”：一个男人和他的孩子被关在纳粹的集中营里，他像玩游戏一样向儿子解释所处的环境和所发生的事情。贝尼尼在克鲁瓦塞特大街的露天座上不断地笑、不停地讲笑话，他快乐的生活态度非常具有传染力……

马丁·斯科塞斯从吉尔·雅各布和电影节主席皮埃尔·维奥手中接过荣誉军团勋章时，显然非常激动，甚至有些受宠若惊。漂亮的蕾蒂莎·科斯塔、克里斯蒂汀·克拉维尔和热拉尔·德帕迪厄则一道前来宣布《美丽新世界》的推出。

黑眼镜、黑帽子，一场萨克斯化妆音乐会重现了电影《福禄双霸天》的氛围。人们成双成对地在克鲁瓦塞特大街散步：玛丽-安娜·沙泽尔和克里斯汀·克拉维尔手拉着手，大卫·卡拉丁和妻子在台阶上跳舞，莎朗·斯通和丈夫相亲相爱；瓦莱里亚·布吕尼-泰特琪和帕特里斯·夏侯没有结婚，他们是为《爱我就搭火车》而来。

《出卖》的整个剧组，桑德琳娜·基贝兰、基娅拉·马斯特洛亚尼、让-弗朗索瓦·斯泰弗南都来了，围着导演拉埃蒂恰·玛松。前来接班的是一批年轻的法国演员，其中包括马修·戴米和维吉妮·拉朵嫣。

电影节期间，来了一位重要人物，那是就联合国秘书长安南，他喜欢电影，法语讲得相当好，陪同他的是新任文化部长卡特琳娜·特洛曼。

1998年5月24日，颁奖仪式开始，还是由“Canal+”直播。马丁·斯科塞斯宣布获奖者名单，然后由明星让娜·莫罗、凯瑟琳·德纳芙、西格妮·韦弗、安迪·麦克道威尔等给获奖者颁奖。

“评审团奖”同时颁给很受欢迎的法国导演克洛德·米勒的《雪地里的魅影》和丹麦导演托马斯·温特伯格的《家族庆典》。

“最佳编剧奖”颁给美国作家霍尔·哈特利的《傻子亨利》。

“最佳导演奖”颁给《将军》的导演约翰·布尔曼。

“最佳男演员奖”颁给在肯·罗奇的《我的名字是乔》中饰演主角的比特·穆兰。

然后，马丁·斯科塞斯非常不小心地站起来宣布：

“‘评审团大奖’颁给罗伯托·贝尼尼的《美丽人生》。”

全场轰动，伴随着笑声、惊叹声和哭声。贝尼尼大步在几个观众前面跨过，发疯般地跑到过道上，却发现弄错了方向，于是又跳着、跨着折返，朝另一个阶梯跑去，最后，他终于登上了舞台，激动得忘乎所以。典型的意大利人！他趴在马丁·斯科塞斯脚下，拥抱着他的大腿，又吻他的鞋子，弄得斯科塞斯一愣一愣的。大家都站起来高兴得大叫，拼命鼓掌，场面十分动人，像是喜剧，又像是现实。马丁·斯科塞斯是个十分严肃的人，大家都叫他“教士先生”，他不知道如何对付这种场面。站起来会更糟糕。贝尼尼紧紧地搂着他，吻他，最后终于松开了他，泪流满面地感谢主席，感谢评审团，感谢戛纳，感谢克鲁瓦塞特大街，感谢法国和法国人……

罗伯托·贝尼尼真的是激动了，这种毫不掩饰的感情流露就是证明，所有的电视观众都通过直播看到了这一幕。他那部令人注目的电影《美丽人生》红了，大家都将生活更美好。但他这一闹，几乎让人们把“金棕榈奖”都忘了，西奥·安哲罗普洛斯觉得，他导演的《永恒的一天》好像被人偷了“金棕榈”。

第三十四章
明天就是新世纪

“难以置信……我们到了！”导演大卫·柯南伯格在卡尔顿酒店的露台上大喊。

“到了什么？”杰夫·高布伦问。他像所有的美国人一样，喝咖啡要加奶沫。

三年前，曾以《欲望号快车》获得过“评审团特别大奖”的大卫·柯南伯格，脸上带着狡黠的微笑，回答说：“到了什么？到了2000年！我们这些20世纪的孩子！我们还以为永远到不了了呢！明天，是的，明天，我们就将成为21世纪的父亲。”

“噗……”高布伦被咖啡烫着了，说，“不如想想今天晚上怎么办吧！”

继法国电影界的女大腕让娜·莫罗和凯瑟琳·德纳芙之后，现在轮到伊莎贝尔·于贝尔当家了。1999年5月13日至24日举办的这届电影节，由她担任开幕式司仪。

她优雅自信地介绍了评审团主席大卫·柯南伯格及其评委：多米尼克·布兰科（才气逼人的法国女演员）、霍利·亨特、芭芭拉·亨德里克（合唱队歌手）、雅丝米娜·雷札（剧作家）、乔治·米勒（澳大利亚导演）、安德烈·泰西内（法国导演）、杰夫·高布伦（美国演员，曾在史蒂文·斯皮尔伯格的《侏罗纪公园》中扮演过角色）。

气氛非常好，大家都被阿莫多瓦的西班牙影片《关于我的母亲》感动了，甚至祝愿它能获“金棕榈”。佩德罗·阿莫多瓦是戛纳的老熟人了，但至今没有获得过一个像样的奖。但这个鬈发男人，身边总是围着被他捧红的女演员，如佩内洛普·克鲁兹或维多利亚·阿布里尔，他深受大家的喜欢。为了制造气氛，国民卫队在电影放映之前登台演奏了一支军乐。皮埃尔·泰尼亚也是戛纳的常客，参加过几次这样的晚会。费·唐纳薇和大卫·林奇也出现了，后者在茜茜·斯派塞克陪伴下携《史崔特先生的故事》而来。男男女女都站在风中，贝诺特·波尔沃尔德（在法国出名的比利时人）是来宣传《天下无敌》的，阿丽尔·朵巴丝勒、卡拉·布吕尼、艾尔莎·泽贝斯坦、娜塔丽·贝伊则吸引了大批摄影记者，克莱尔·内布和玛蒂尔德·塞尼耶陪同托尼·马歇尔前来推介《维纳斯美女沙龙》。

当然，迈克尔·道格拉斯的夫人凯瑟琳·泽塔–琼斯和肖恩·康纳利的到来也引起了媒体的疯狂追逐，他们来宣传非参赛片《偷天陷阱》。

一切都很有利于制造一个安静和谐的氛围。在由风度翩翩的克里斯汀·斯科特–托马斯主持的闭幕晚会上，评审团主席柯南伯格和他的评委们都非常放松，对自己的工作十分满意，在台上纷纷入座，殊不知他们很快就将成为被指责的对象。大卫·柯南伯格并不知道他将面对一生中最糟糕的夜晚！然而，开始的时候一切都很好，漂亮的女演员们，艾尔莎·泽贝斯坦、杰拉丁·卓别林、玛丽·吉莲、克莱尔·内布、玛蒂尔德·瑟妮，先后给获奖者颁奖。

“评审团奖”颁给了曼努埃尔·德·奥里维拉的《情归何处》。掌声。这个葡萄牙导演很受大家的尊敬。

亚历山大·索科洛夫的《莫洛赫》获“最佳编剧奖”。同样，人们在大厅里有些激动。

获“最佳导演奖”的是佩德罗·阿莫多瓦的《关于我的母亲》。响起了一些反对声和口哨声。因为喜欢这部电影的“老戛纳”马上就知道，佩德罗·阿莫多瓦得不到“金棕榈”了。不过，那位西班牙导演感谢了评审团之后就下去了，显然对自己终于在电影节获得了一个奖感到高兴。

当“最佳男演员奖”颁给《人，性本色》（布鲁诺·杜蒙导演）的埃玛纽艾尔·肖特时，事情开始变糟了。

“哦！不！可怕！恶心！业余！”有的代表非常气愤，当着肖特的面残酷地大喊，那个不幸的人显得非常尴尬。

埃玛纽艾尔·肖特确实不是专业演员，但却是一个出色的业余爱好者，他在布鲁诺·杜蒙的片中演出就足以证明。可惜，大家都很不喜欢他。

叫喊声持续不断，克里斯汀·斯科特-托马斯试图让大家安静下来，但没能做到。皮埃尔·泰尼亚过来救驾，就在这时，大卫·柯南伯格站起来，向大家解释他和评委的选择理由，但一阵咒骂声劈头盖脸地向他袭来，让他无法继续申辩，不得不坐下去。现场的情况越来越糟。

“最佳女演员奖”由庄严的约翰尼·哈里戴颁发，同时奖励《人，性本色》（布鲁诺·杜蒙导演）中的塞维里娜·康斯勒和《美丽罗塞塔》（达内兄弟导演）中的埃米莉·杜奎奈。康斯勒也不是专业演员，而是一个纺织女工。

这时，叫喊声和口哨声又响了起来，变本加厉。

“业……余……！戛纳不允许！哦！滚出去！”

“滚回老家去！耻辱！这是对我们的蔑视！”

起哄得越来越厉害。两个年轻的女孩——塞维里娜·康斯勒，尤其是埃米莉·杜奎奈，已经是名专业演员了，后来拍的许多影片将证明这一点；但在那个时候，两人都快要掉眼泪了。约翰尼·哈里戴非常同情她们，想安慰两人。而三位导演，布鲁诺·杜蒙和达内两兄弟，则在大厅里脸色苍白。然而，这还不算！大卫·柯南伯格利用这短暂的寂静，站起来，好像是想向大家挑战：

“‘评审团大奖’颁给布鲁诺·杜蒙的《人，性本色》！”

大胡子朗贝尔·维尔森和凯特·布朗歇特被现场的喧闹弄得心神不宁，嘴角露出尴尬的微笑，硬着头皮给杜蒙颁奖，而杜蒙则试图与现场的风暴对抗。结果，大家都站了起来，举起拳头大喊：“三个奖，这是耻辱！丑闻！违反规则！”

原则上，电影节最多只给一部电影颁发两个奖。

大家一致“反对”到这种程度，这在电影节倒也很少见。都以为电影节已经平静了。代表们都说，这是最荒谬的评选结果。

“这是一个灾难，前所未有的丑闻！”

有个声音大叫：“这是柯南伯格噩梦！”

“说得对！说得太好了！”人们愤怒地跟着大喊：“柯南伯格噩梦！”

大家都鼓起掌来。

“《人，性本色》是一部让人看不懂的电影！”记者奥迪尔·特朗布莱大喊。

比较节制的让-克洛德·卡里埃也大胆地说："杜蒙给了我机会，让我梦想……想象那些人物会做什么、说什么，而我们却见不到那些人物……这太美妙了，太美妙了!"

在大厅里，只有卡里埃一个人提出了这条意见，但他的这条意见很重要。这么说，大家平静下来了？没有！在这震耳欲聋的喧哗中，大卫·柯南伯格决定要把这苦酒喝干，因为他又接着宣布：

"电影节的'金棕榈奖'颁给吕克和让-皮埃尔·达内的《美丽罗塞塔》。"

"阿莫多瓦呢?"大厅里群情激愤，"'金棕榈'……'金棕榈'……颁给阿莫多瓦!"

达内兄弟勇敢地在这片喧嚣中上台去领奖。尽管叫喊声不断，吕克·达内还是大胆地说出了这番话：

"……罗塞塔是个幸存者，她像大家一样，总有生存所必需的东西。那个水壶，她总是装得满满的……她是位女战士，把裙子当做了军装……"

慢慢地，现场平静下来。让大家气愤的是杜蒙的电影，同时也因为阿莫多瓦并没有获得"金棕榈"。至于《美丽罗塞塔》，是部好电影，但对如此挑剔的戛纳观众来说，显然还缺乏说服力。不过，达内兄弟和他们的女主角已经出名了。

至于"明天"，为了让大卫·柯南伯格在那个噩梦般的夜晚受尽苦难后高兴高兴，我们将与他一道去迎接新的世纪。

对吉尔·雅各布来说，2000年开局顺利。他接替皮埃尔·维奥，正式成了电影节主席，维奥现在是电影基金会主席。吉尔·雅各布任命他的助手维若妮卡·盖拉为总经理，蒂埃里·弗雷默为艺术总监。电影节办公室也将于2000年10月15日启用，开始在巴黎接待年轻的电影人。吉尔·雅各布被选为主席时曾这样写道：

"电影节的作用是发掘新人。让处女作获奖，就是给艺术家赢得时间……因为处女作是未来的希望，未来的作品就萌芽其中……所以，戛纳电影节在迎接世界电影的未来，同时也在不懈地迎接世界的未来。"

从此，吉尔·雅各布成了戛纳电影节唯一的掌舵人，他通过这几段精彩的话，给自己定了位，他将继续贯彻罗贝尔·法弗尔–勒布埃的文化政策。

担任2000年的评审团主席，吕克·贝松并不害怕。他的评委有妮可·加西亚、克里斯汀·斯科特–托马斯（已从《人，性本色》事件中恢复过来）、帕特里克·蒙迪亚诺（著名小说家）、芭芭拉·苏科瓦（德国女演员）和杰瑞米·艾恩斯，大家工作得十分认真。

利奥内尔·若斯潘总理和他的太太雪维安·爱嘉辛斯基出席了开幕式，越来越多的政客被戛纳所吸引。电影节开幕的第二天，尚格·云顿就在马杰斯特酒店的浮桥上练哑铃了。这是一个难以形容的比利时人，凭借功夫电影在好莱坞走红。伊丽莎白·泰勒尽管已经七十岁，但还是那么漂亮，不过她的腰有些问题，她正在跟服装师吉案弗兰科·费雷讨论她的慈善组织举办晚宴的事。伊丽莎白·泰勒一直致力于做善事，但她要让粉丝们失望了，因为她无法登上红地毯，只能乘坐电梯。

《暗流》（马修·卡索维茨的非参赛片）剧组的成员，包括演员让·雷诺和娜迪亚·法尔丝，正在跟乔治·克鲁尼聊天。克鲁尼是为科恩兄弟的参赛片《逃狱三王》而来。

法国、丹麦、瑞典、德国、挪威、荷兰和爱尔兰合拍了拉斯·冯·提尔导演的《黑暗中的舞者》，凯瑟琳·德纳芙和冰岛女歌手比约克在片中客串。

大家高兴地发现了一部病态的喜剧——《一切都是为你好》，让人啼笑皆非，颇有希区柯克的风格。导演多米尼克·摩尔是一个很有才气的年轻人，片中的哈利（西班牙卡塔兰演员塞吉·洛佩兹扮演）精神有些问题，他与一个朋友重逢，“想给他帮忙”，先后杀了他的全家人，因为他认为他的朋友什么都没做，但家人却处处作梗。围绕着这个必须摆脱的精神病患者，发生了许多许多有趣的故事……这完全不是戛纳风格的影片，专家们都说，但大家都很喜欢。多米尼克·摩尔成了2000年的新星。吉尔·雅各布希望闭幕晚会不要像去年那样动荡，他让大家重新学习译成英文的评选规则。应该承认，英文版的规则和法文版的一样，就一部影片最多只能获两个奖而不是三个奖这点并不是很清楚。雅各布相信吕克·贝松，评委们也似乎意见统一，没有吵啊闹的。万事俱备，应该会有一个公正的评选结果。

首先是“特别提名奖”，颁给《爱，婚了头》的所有演员。这是一部暴风骤雨般的电影，充满了希望，继承了帕沃尔·罗金的俄罗斯伟大传统。

“评审团奖”由米拉·乔沃维奇（《第五元素》中的女演员）颁发，获奖的是莎米拉·玛克玛尔巴夫导演，由意大利、伊朗和日本合拍的《黑板》和北欧五国加上法国和德国联合拍摄、罗伊·安德逊导演的《二楼传来的歌声》。

娜塔莎·阿玛尔穿着金光闪闪的裙子，披着大衣，光艳照人。她把“导演奖”颁给了日本和台湾合拍的《一一》。导演杨德昌是中国上海人，曾在佛罗里达大学念书，后来去了香港。

“最佳男演员奖”由蕾蒂莎·科斯塔颁给了《花样年华》中的梁朝伟。那是香港导演王家卫执导的电影。

颁发“最佳女演员奖”的是英气逼人、穿着白色礼服的菲利普·努瓦雷。获奖的是个子小小的比约克，一位著名歌手，她在《黑暗中的舞者》中演一个爱唱歌的女工。她好像一直都有幽闭恐惧症。凯瑟琳·德纳芙过来支持这个正在经受成功“煎熬”的十分敏感的女歌手。

“评审团大奖”由克里斯汀·斯科特-托马斯颁给姜文导演的中国电影《鬼子来了》。

远东的电影受到了嘉奖。从此，中国（大陆、台湾、香港）、日本以及韩国的导演互相合作、切磋、交流，共同拍片。这是戛纳的奇迹。

接下去，吕克·贝松亲自宣布：

“‘国际电影节金棕榈奖’的获得者是拉斯·冯·提尔的《黑暗中的舞者》。”

掌声热烈地响了起来，尽管有人感到有些遗憾，东道主法国又一无所获。

多米尼克·摩尔的《一切都是为你好》和奥利维耶·阿萨亚斯的《情感的宿命》应该获个什么奖的。

但事情就是这样，输赢都必须坦然面对！

2001年的第五十四届电影节，主席是挪威著名女演员丽芙·乌曼，她拍过英格玛·伯格曼导演的七部影片，并跟他有个女儿。这是一个非常有个性的女人，不知疲倦地与评委们争论，甚至连菲利普·拉布罗都很难驳倒她。这届的评委当中有桑德利娜·吉贝尔兰、朱莉娅·奥蒙德、夏洛特·甘斯布、马修·卡索维茨、特里·吉兰和杨德昌。

弗朗索瓦·杜佩隆的一部法国影片引起了大家的关注，那就是根据马克·杜甘的同名小说改编的《军官屋》。故事可怕而又精彩，几个在第一次世界大战中被毁容的伤员，在疗养院的房间里深居简出。萨宾·阿泽玛扮演的护士是个温柔而善解人意的女孩，她照顾着这群年轻而强壮的男人，他们虽然模样可怕，但同时又很有吸引力。安德烈·杜索里埃扮演他们的外科医生，表现出十足的人道主义精神。

大卫·林奇的《穆赫兰道》讲述的是好莱坞的疯狂。穆赫兰道这条通往山顶的著名小路，崎岖曲折，路边有超级豪华的别墅，里面可能充满幸福，也可能藏污纳垢，烦恼、酗酒、毒品和性滥交。埃罗尔·弗林、马龙·白兰度和杰克·尼可森就住在那样的别墅里，洛杉矶星空下的悲剧、自杀和斗殴也发生在那里。

大卫·林奇是个强大的对手，迈克尔·哈内克也一样，人们经常谈论他的影片《钢琴教师》，伊莎贝尔·于贝尔勇敢地在片中扮演一个自虐受虐的角色，最后甚至当着伯努瓦·马吉梅的面，划破自己的皮肤。马吉梅当时就已经是个很出色的演员了，他演的对手戏不逊于贝尔。梅拉尼·格里菲思和丈夫安东尼奥·班德拉手拉手在散步，显得十分恩爱。走上红地毯时，夫妇俩一袭黑色的服装，引得公众一片惊呼。在开幕式上，妮可·基德曼和巴兹·鲁赫曼的《红磨坊》摄制组都获得了大家的掌声。基德曼甚至去跟粉丝们握手，他们都被这个漂亮的澳大利亚女人惊呆了，她“好像是个十分单纯的大女孩”。

歌手格莱丝·琼斯、举止文雅的萨米·纳塞利、艾曼纽·贝阿、肯·罗塞尔、米歇尔·摩根的孙女莎拉·马歇尔、理查德·波林热、奥黛丽·塔图、卢·杜瓦隆及其父亲雅克·杜瓦隆、安妮·吉拉尔多（在《钢琴教师》中演伊莎贝尔·于贝尔深受困扰的母亲）、《穆赫兰道》中的两个女主角娜奥米·沃茨和劳尔·埃莱娜、西恩·潘、罗宾·怀特、回来宣传《现代启示录》新版本的科波拉、让-保尔·贝尔蒙多的伴侣纳蒂以及达妮埃尔·汤普森，主持了一个纪念热拉尔·乌里的晚会。

卡洛尔·布凯和热拉尔·德帕迪厄也来宣传罗曼·科波拉的非参赛片《CQ》。5月9日至20日，这十一天过得真快 。

代表们都觉得闭幕式来得太快了。

“最佳导演奖”颁给了大卫·林奇的《穆赫兰道》和乔尔·科恩的

《缺席的人》，这又要让吉尔·雅各布生气了。林奇在台上受到他的女演员娜奥和劳拉的热烈拥抱，他说在戛纳获得这个奖感到非常自豪。

法国人在大厅里叹气，担心大奖又与他们擦肩而过。

“最佳女演员奖”由理查德·波林热颁发，《钢琴教师》中的伯努瓦·马吉梅获奖。法国人全都鼓起掌来。终于，法国的演员获得了这个奖，应该了。

伊莎贝尔·于贝尔非常紧张地咬着手帕。丽芙·乌曼亲自宣布：

“获得‘最佳女演员奖’的是……在迈克尔·哈内克的《钢琴教师》中扮演角色的伊莎贝尔·于贝尔。”

全场欢声雷动。于贝尔的演技受到各方的赞扬，也许外国人比法国人还喜欢她。得了两个奖了，希望又来了，《军官屋》可能会得大奖，因为熟悉电影节的人都知道那条评奖规则。严格来说，一片是绝对不能得到两个以上的奖的。

梅拉尼·格里菲思和安东尼奥·班德拉宣布“评审团大奖”颁给……梅拉尼放慢了宣读的速度……颁给迈克尔·哈内克的《钢琴教师》。失望的叹息声很快就被掌声盖住了，因为所有参加电影节的人都承认，迈克尔·哈内克具有突出的才能，他的那部电影，有时看起来很残忍，但仍不失为一部真正的杰作。

这时，丽芙·乌曼站起来宣布：

“‘金棕榈奖’颁给南尼·莫莱蒂的《儿子的房间》。”

没别的话说了，除了鼓掌。这是一部让人流泪的影片，讲述一个年轻人之死。南尼·莫莱蒂既是一个大演员，也是导演和编剧。大卫·林奇已经被吉尔·雅各布挑中，将成为2002年戛纳电影节的评审团主席。

第三十五章
满嘴蒜味

“法国人对我犯了两个错误，他们以为我是个知识分子，因为我戴眼镜；他们以为我是真正的艺术家，因为我拍的电影全都亏本！”

世界上只有一个人敢说这样的话，那就是伍迪·艾伦。他是平生第一次参加戛纳电影节，被记者和摄影师激动地团团围住，好像他是摇滚歌星似的。

他最后接受了吉尔·雅各布和蒂埃里·弗雷默的建议，来戛纳领取将于2002年5月15日颁发给他的“金棕榈奖”（奖励他的全部作品）。领奖之前，伍迪·艾伦和他年轻的太太宋宜双双徒步去看望他们的朋友卡拉·芬迪，芬迪在克鲁瓦塞特大街44号开了一家商店。

去年因《穆赫兰道》而获得“最佳导演奖”的大卫·林奇成了第五十五届戛纳电影节评审团主席，这时，离2007年的六十周年只有五年了。

大卫·林奇生于蒙大拿的密苏拉，在好莱坞是个别具一格的人。那部极为动人的《象人》就是他拍的，还有《蓝丝绒》，他当时的妻子伊莎贝拉·罗西里尼在这部既情色又神秘的影片中扮演主角。他还拍过一部非常好看电视连续剧《双峰》，自己既是导演，也是片中的演员，片子很难归类。大卫·林奇的评委都是精心挑选出来的，和他一样风格独特、富有才华：杨紫琼，生于马来西亚的香港女演员，十多年前就在亚洲拥有大量粉丝，西方观众是通过《卧虎藏龙》发现她的；莎朗·斯通自从拍了《本能》之后就成了最红的影星之一，《赌城风云》（与罗伯特·德尼罗和乔·佩西合演）使她获得了“金球奖”最佳女演员奖；拉乌尔·鲁兹，智利导演，住在巴黎的美丽城，拍过包括根据普鲁斯特的小说改编的《追忆似水流年》和根据让·吉奥诺小说改编的《强力友人》；克里斯汀·哈金，印度尼西亚演员兼制片人，她的《枕上叶》在戛纳曾入选“某种目光”单元；比尔·奥古斯特，丹麦大导演，他的《征服者佩尔》在戛纳获得过“金棕榈奖”，本人还被法国政府授予文艺骑士勋章；克洛德·米勒拍过许多片，其中包括根据米歇尔·奥迪亚尔的剧本和部分对话拍摄的《审判》，他是法方导演，米歇尔·塞罗、利诺·文图拉和盖伊·马尚参加了表演，三人在法庭的辩论十分精彩；沃尔特·塞勒斯是生于里约热内卢的巴西导演，正准备《摩托日记》，该片讲述1952年，两个年轻人骑着一辆旧摩托进行发现之旅，这是一部拉美式样的公路电影；导演雷吉斯·瓦格涅，成功地拍过《印度支那》，凯瑟琳·德纳芙在片中扮演角色，影片获得过奥斯卡奖、西班牙戈雅奖“最佳外国片奖”、金球奖以及法国的五个“恺撒奖”。

马丁·斯科塞斯非常喜欢戛纳电影节，一直高兴地担任短片奖评审团及“电影基金”主席。对他来说，所有的电影创作都始于短片，在接手长片之前，这是一个不可缺少的阶段。

“我从不隐瞒对电影史的兴趣，对我来说，它与我的导演生涯，甚至与我的一生都不可分割。我试图为别人做一些我的老师为我做过的事：帮别人找到了一条他以前并无概念、后来才慢慢地意识到那才是属于他的道路。”

1976年《出租车司机》获“金棕榈奖”之后，马丁·斯科塞斯并没有觉得自己可以卸去短片奖评审团主席一职了。恰恰相反，他仍在给一些充满热情的年轻导演上电影课。

由于大选的缘故，2002年的戛纳电影节比往年推迟了几天，改在5月15日到26日举行，这样戛纳就避开了4月21日，让·玛丽·勒庞在第二轮选举中紧逼雅克·希拉克和利奥内尔·若斯潘退出政坛所带来的冲击。

闭幕晚会上，梅拉尼·格里菲思在她深具魅力的丈夫安东尼奥·班德拉的陪伴下，给获奖者颁发“金棕榈”。

像以往一样，最后一刻，总会有些变化。

开幕式和闭幕式都由漂亮的女明星维吉妮·拉朵嫣主持，她曾在许多影片中扮演过角色，包括弗朗索瓦·奥宗的《八美图》，她是她那一代人中最成熟的女演员之一。必须慢慢地替换电影节著名的“干部”，把位置留给新人了。

改朝换代是不可避免的，好像是为了证明这一点，晚会一开始，就由伊莲娜·德芙吉霍尔上台给《疯狂之石》的导演杰斯·罗森史维特（加拿大）颁发“短片奖”，给《雨后》的匈牙利导演比特·梅莎洛丝颁“短片金棕榈奖”。

接着，玛尔特·克勒尔、克洛德·勒路许和杰拉丁·卓别林上来把“金镜头——最佳处女作奖”颁给了朱莉·洛普-库瓦的《海之边缘》。这个奖是吉尔·雅各布创立的，他非常重视。

之后，维吉妮·拉朵嫣又一脸喜悦地来到台前，请评审团主席大卫·林奇和评委们上台就座。那个时候，一切都已由电视直播。大卫·林奇作了简短的讲话，赞扬影片的质量并感谢了评委，希望评出的影片能继续给大家带来巨大的惊喜。

颁发“戛纳电影节五十五周年大奖”的是《穆赫兰道》的女演员娜奥米·沃茨，她把这个特别的奖项颁给了戛纳选出来的第一部长纪录片——迈克尔·摩尔的《科伦拜恩的保龄》。

迈克尔·摩尔这个来自美国的巨人，是个“恶作剧”高手，亵渎神灵的办法一套一套的，自从他拍摄了猛烈抨击通用汽车公司的《罗歇与我》之后[①]，他便成了正统人士眼中的黑兽。迈克尔·摩尔出生于密歇根州的弗林特，作为该书的美国合作者[②]，他是拍片调查的领军人物。他从来不遮遮掩掩，总是直来直去。1999年，科伦拜恩中学发生悲剧，十三名学生被枪杀。迈克尔·摩尔调查之后发现，这一暴力事件是由美国枪支自由买卖所造成的。他指责武器贸易、明星查尔登·海斯顿所领导的国家联合会和……新总统乔治·布什！在领奖台上，迈克尔·摩尔的异国情调征服了许多观众，他在演说中建议布什总统去看他的电影，然后以法语结束了他的讲话，“感谢电影节和法国的邀请，这将给我带来幸运”，这时，全场雷动。

接着由安迪·麦克道威尔宣布，“评审团奖”颁给伊利亚·苏雷曼的《神圣的介入》。

---

① 通用汽车公司为压低成本，关闭在美国的部分工厂，搬至墨西哥，造成大批美国工人失业。片中的罗歇为该公司董事总经理。——译注

② 疑指Ben Hamper反映通用汽车公司事件的《流水线上的故事》，迈克尔·摩尔曾为该书作序。——译注

颁发“最佳编剧奖”的是嘉莲·维雅，《甜蜜十六岁》（肯·罗奇导演）的编剧保尔·拉弗蒂获奖。拉弗蒂利用这个机会祝贺迈克尔·摩尔的《科伦拜恩的保龄》获奖。然后该由佩德罗·阿莫多瓦颁发“最佳导演奖”了，获奖的是《狂野之爱》的导演保尔·托马斯·安德森。

“最佳男演员奖”由克里斯汀·斯科特-托马斯颁发，她已经成了戛纳不可缺少的人物。获得该奖的是在达内兄弟的《儿子》中扮演主角的比利时演员奥利弗·古尔迈。

很有英国绅士风度的杰瑞米·艾恩斯上台颁发“最佳女演员奖”，获奖者是《没有过去的男人》中的卡蒂·奥廷宁。该片导演阿基·考里斯马基是芬兰人，常和他的兄弟米卡一道工作。

最后，略经犹豫和商量，梅拉尼·格里菲思让她丈夫安东尼奥·班德拉——出于宣传的需要——带着他在《蛇蝎美人》（布莱恩·德·帕尔玛导演）中的搭档丽贝卡·罗梅恩上台颁奖。

两人把“评审团大奖”颁给了阿基·考里斯马基的《没有过去的男人》。大家以为北欧的男人都冻在了赫尔辛基了呢！考里斯马基高兴地带着他最喜欢的女演员卡蒂·奥廷宁上台领奖。

这时，大厅里出现了一阵骚动。现在，该由朱丽叶·比诺什颁发“金棕榈奖”了。赢家是《钢琴家》的导演罗曼·波兰斯基，这是他最出名、最个性化的影片。掌声长时间地响起。波兰斯基小时候曾被关在克拉科维的居住点，父母都死在流放中，他是华沙轰炸中的幸存者。他以钢琴师维拉德斯娄可怕的回忆为素材拍成了这部电影。战争一结束，斯普尔曼就开始写回忆录，讲述他如何逃出华沙的居住点，被一个喜爱音乐的纳粹军官所救。

罗曼·波兰斯基显然非常激动，说：“这部影片是在东德的巴贝斯堡电影厂拍摄的，我是为所有的波兰人而拍，我把我喜欢的这个‘金棕榈’献给他们。”

“去蒜香园？好主意！”帕特里斯·夏侯大叫起来。夏侯是2003年的评审团主席。

戛纳议员兼市长贝纳尔·布罗尚邀请全体评委以及媒体记者到历史悠久的苏凯区一家南方饭店吃饭，尝尝该地区的特色菜蒜泥蛋黄酱。不知道是不是像外面传说的那样，外国评委梅格·瑞恩（美国女演员）、艾里·德卢卡（意大利作家、电影编剧）、姜文（中国导演）、艾西瓦娅·雷（前世界小姐、印度宝莱坞著名女演员，“宝莱坞”这个名字由“孟买”与“好莱坞”这两个词合成）、丹尼斯·塔诺维奇（波西尼亚导演），吃了以后满嘴蒜味，两天也散不去。总是乐意为别人的服务的法国评委让·雷谢夫和嘉莲·维雅可能教了他们小秘诀，嚼咖啡豆！好险，就在当天下午，因《无主之地》而于2001年曾获戛纳电影节“最佳编剧奖”、奥斯卡“最佳外语片奖”的导演丹尼斯·塔诺维奇，被法国文化部长让-雅克·阿雅贡授予了文艺军团荣誉勋章。

在颁奖仪式上讲话，如果一嘴大蒜味喷到部长脸上，那可就糟了。法兰西饭店的咖啡豆救了他的驾，解决了口气问题。生于波斯尼亚-黑塞哥维亚的丹尼斯·塔诺维奇，以《无主之地》把观众带进了1993年的巴尔干半岛冲突。他非常简短地以寥寥数语感谢部长和电影节：“有些人做美国梦，而我却梦想成为一个法国人！”

5月14日至25日举办的第五十六届戛纳电影节，由婀娜多姿的莫尼卡·贝鲁奇主持开幕式。白色的纱裙光滑如缎，显出了她的魔鬼身材。之后，她带着典型的意大利式的美，告别了司仪的角色，直到闭幕晚会才又重新出现。

两部非参赛片让人们期待已久。吕克·贝松任制片人、热拉尔·克瓦兹克导演的《芳芳郁金香》，文森特·佩雷斯在片中扮演芳芳，佩内洛普·克鲁兹扮演阿德琳娜。尽管这部新版的侠客片质量无可挑剔，观众们仍感到不满足。克里斯蒂昂-雅克导演的黑白版《芳芳》中让人乐疯了的场面不见了，这也许是我们唯一的遗憾。杰拉·菲利普逃上屋顶，嘲笑诺埃尔·罗克韦尔，又把赞赏的目光投向迷人的吉娜·劳洛勃丽吉达的袒胸露肩服，这些镜头我们又怎能忘记呢？

让人期盼的《黑客帝国》续集也是一部非参赛片。两个导演带着剧组，沃卓斯基兄弟安迪和拉里，身穿漂亮的礼服，在人们的欢呼声中登上了红地毯。大家已看过《黑客帝国》第一集，基努·里维斯（扮演尼奥）、凯莉·安·摩丝（扮演崔妮蒂）、劳伦斯·菲什伯恩（扮演莫菲斯）、莫尼卡·贝鲁奇（扮演佩瑟芬）以及朗贝尔·维尔森扮演的角色挫败了可怕的墨络温。二十五万想歼灭人类的外星人将攻击地球上的最后一个堡垒。幸亏有尼奥（基努·里维斯扮演，他已见过其他外星人），他把我们带到了火星，拯救了我们。走出这个未来世界，观众们都心跳怦怦。

明天，正事就要开始了：放映参赛片，今年有些影片相当不错。

帕特里斯·夏侯是戏剧和电影两栖人，也是演员，他敢于尝新，喜欢冒险，有一种磁场，比如在他当导演的阿芒迪埃剧院，或者是在电影《玛戈皇后》中，其主张和判断总是别具一格，深深地吸引了评委。

在颁奖之前，吉尔·雅各布介绍了一部纪录片《行走》，这是一部音乐剧式样的影片，首先是献给已经离开我们的电影天才的：布努埃尔、费里尼、黑泽明、安东尼奥尼、特吕弗等。接着，在巴赫的乐曲声中，来自世界各地的明星们先后登上红地毯：罗伯特·雷德福、凯瑟琳·德纳芙、让娜·莫罗、娜塔莎·金斯基、塞尔日·甘斯布、麦当娜、妮可·基德曼、伍迪·艾伦、西西·迪·法兰西等。

大会对让娜·莫罗进行了表彰，她在答谢时说："随着时间的流逝，女演员们变得令人尊敬了。人们没有忘记却原谅了她们的'惹是生非'，衣着神秘、诱人、性感……我还有路要走。谢谢吉尔·雅各布，谢谢组委会。这一奖赏是个总结，让我回头看看自己走过的路。这不是句号，而是一个惊叹号！"

让娜·莫罗总是很会说话。

衣着华丽的莫尼卡·贝鲁奇走上了闭幕式的舞台。尽管场内群情激奋，摄像机的镜头都对准她，她却镇定自如，邀请帕特里斯·夏侯和评委们上台来到她身边。接着，主席开始说话："我想强调一点，评审团对评奖结果的意见相当一致，我们的工作得到了电影节组委会的大力支持。"

《爱的肉体》的导演太谨慎了！他是不是事先就想做好自我保护，免得像1999年的大卫·柯南伯格那样，面对公众的指责不得不狼狈地辩解？大厅里，喧闹声越来越响。大家都隐约感到会有"很糟"的事情发生。最后，大家沉默下来，因为颁奖仪式开始了。

获"评审团奖"的是莎米拉·玛克玛尔巴夫的《下午5点》。莎米拉是大导演莫森·玛克玛尔巴夫的女儿，在阿富汗的坎大哈拍过片，虽然未经允许。她没有给父亲丢脸，二十五岁的时候就成了伊朗电影界的英雄，敢于在这个表面上已经摆脱塔利班的国家拍摄阿富汗的女性。夏侯和塔诺维奇都是"卡布尔电影"协会的成员，他们显然很喜欢这部长片。

魁北克的丹尼斯·阿康特获得了"最佳编剧奖"，早在1986年，他的《美洲帝国的衰落》就已经取得了巨大的成功，在《野蛮的入侵》

里，《美洲帝国的衰落》的所有伙伴都来到垂死的雷米身边。看到朋友们都围着自己，雷米不再害怕死去，他和朋友们勇敢地面对着逼近的死亡。阿康特受到了非常热烈的欢迎。

“最佳男演员奖”颁给了土耳其演员穆扎菲·奥德梅尔和伊敏·托普拉克，他们在导演努里·比格·锡兰的影片《远方》中分别扮演玛穆德和尤素福，两个男人被迫一起住在伊斯坦布尔，但这种同居很快就变成了一场噩梦。

获“最佳女演员奖”的是《野蛮的入侵》中的玛丽–乔西·克罗兹。参赛者们提出了严重的抗议，因为在他们看来，《野蛮的入侵》中的每一个演员都应该获得集体奖。

“最佳导演奖”颁给了格斯·范·桑特的《大象》。这部黑色电影讲述的是在一所中学里，突然发生了类似《科伦拜恩的保龄》中的谋杀案。一个年轻人通过互联网订购了一支步枪！埃里克和阿列克斯是两个潜伏着的杀手，表面上装得很善良，但杀人不眨眼。格斯·范·桑特的这部电影非常残酷，深受欢迎，也大遭诋毁。

“评审团大奖”由莫尼卡·贝鲁奇颁给了的《远方》。影片的导演努里·比格·锡兰像约翰·卡索维茨一样，喜欢在自己家里拍摄朋友和家人。他是土耳其十分著名的导演，在戛纳也获得了巨大的成功。

最后，在评委们的簇拥下，帕特里斯·夏侯亲自宣布：

“‘金棕榈奖’颁给格斯·范·桑特的《大象》。”

现场响起了一片口哨声。这就是为什么帕特里斯·夏侯在晚会一开始就那么谨慎的原因。根据（正式）规定，同一个导演不能同时获得“导演奖”和“金棕榈奖”。但规定难道就不能改动吗？

格斯·范·桑特是个很有威望的电影人，已经拍过像《迷幻牛郎》《心灵捕手》《不羁的天空》以及《杰瑞》这样的影片，并在瑞士洛加诺国际电影节上获得过金豹奖。反对声慢慢地平息了。不管怎么样，帕特里斯·夏侯说，这是吉尔·雅各布同意的！那么，显得比吉尔·雅各布还认真，有这个必要吗？

很晚了。大家饿了，都去吃夜宵。至于帕特里斯·夏侯，他第二天就回去了，他要和多米尼克·布兰科一道导演拉辛的《费尔德》……

2004年5月12日至23日举办的第五十七届戛纳电影节，昆汀·塔伦蒂诺重新担任评审团主席……克鲁瓦塞特大街已经热闹起来了。这次，昆汀·塔伦蒂诺的日子没那么好过了，电影节一开始，演艺界签约演员就示威了。他们从希尔顿酒店门口开始游行，一直来到电影宫。法国劳工总联盟的组织者预告说："我们有许多人，不单单是演艺界签约演员！"

他们要求进行新的改革，并威胁要让活动走上极端。事实上，许多参赛的影片拷贝已被扣押。气氛一下子紧张起来。加上在神话一般的卡尔顿酒店，员工们也进行了有史以来的第一次罢工。没有人再把早餐送到明星们的房间里来了。床也没人整理，房间也没人打扫了，后来是酒店的管理人员亲自出来打扫房间和端盘子。

新任文化部长雷诺·多纳迪约·德瓦布雷斯在"欧洲一台"呼吁演艺界签约演员和工会："戛纳是我们国家进行文艺聚会的重要场所。我想，甚至包括猛烈批评它的人，他们有权批评，也有很大的责任不让它陷入瘫痪，否则，这将对我们大家都致力于捍卫的文化方面的就业是一个灾难。"

在这期间，好像什么事也没发生过一样，布拉德·皮特、汤姆·汉克斯、阿涅丝·夏薇依、让-皮埃尔·巴克里、阿兰·夏巴、凯文·克莱恩、乌玛·瑟曼、碧翠斯·黛尔、尼克·诺特、文森特·佩雷斯、西恩·潘纷纷来到了戛纳……

至于昆汀·塔伦蒂诺，他在这嘈杂的环境中，心无旁骛，和评委在认真审看片子。这一届的评委有：法国女演员艾曼纽·贝阿、英国女演员蒂尔达·斯文顿、美国女演员凯瑟琳·特纳、比利时演员贝诺特·波尔沃尔德、美国导演杰瑞·沙茨伯格、中国导演徐克、美国作家伊迪韦吉·丹蒂凯特、芬兰评论家彼特·冯·巴赫。

昆汀·塔伦蒂诺带着他的御用女演员乌玛·瑟曼介绍了他的非参赛片，《杀死比尔》下集。乌玛·瑟曼站在导演身边，获得了大家热烈的掌声。塔伦蒂诺成了戛纳宠爱的孩子，他什么都可以说，什么都可以做……不会感到什么不合适。人们会原谅他的一切，甚至原谅他违反规定。

尽管发生了演艺界签约演员的示威风波，戛纳还是来了四千多名记者。估计会有十四万来宾，加上七万居民。不少客人都租住在当地居民的阁楼或是车库里。

这一年有十八部电影参赛，其中包括奥利维耶·阿萨亚斯的《清洁》、托尼·加列夫的《流亡》、科恩兄弟的《老妇杀手》、安德鲁·亚当森的《怪物史莱克2》、埃米尔·库斯图里卡的《生活是奇迹》、韩国导演洪常秀的《女人是男人的未来》。在影片中，人们还注意到有著名的"煽动者"、美国导演迈克尔·摩尔的长纪录片《华氏911》。在《儿子的房间》中扮演女主角的意大利女演员劳拉·莫瑞特担任开幕式和闭幕式司仪。

我们的朋友沃尔夫冈·彼德森也带来一部非参赛片《特洛伊》，这是一部真正的"重磅炸弹"，布拉德·皮特、艾瑞克·巴纳、奥兰多·布鲁姆和黛安·克鲁格（漂亮的艾莱娜）都在片中担任了角色。影片将在法国制作七百多个拷贝。这是件大事。彼德森以讲述战时德国潜艇故事的《海底出击》闻名，他像往常一样，欣喜地投入梅涅拉斯国王的激烈战斗中，想从帕里斯手中夺回在特洛伊城被抢走的妻子海伦。

阿喀琉斯（布拉德·皮特扮演）是当时最勇敢的战士，号称战无不胜。一个有趣的细节，据说，拍摄布拉德穿着盔甲短裙作战的时候，人们认为他的大腿不够粗，拍近景时便替他找了一个健壮魁梧的替身。这毕竟是电影！但布拉德的小白脸太英俊了，当著名的"阿喀琉斯的脚跟"被砍下来的时候，大厅里观众纷纷痛苦地大叫起来。终于，那匹大家都熟悉的马进了特洛伊城，经过最后的战斗，这已经到了片尾，观众也和被打败的特洛伊人一样，筋疲力尽了。

塔伦蒂诺主席和他的评审团该怎么办？电影节上流传着一句俏皮话："昆汀·塔伦蒂诺有张大嘴，也有双大耳朵。"这话的意思是，据评委们说，就是他既懂得下命令，更懂得认真听取每个人的意见。所以，塔伦蒂诺是个名声很好的合格的主席。不过，塔伦蒂诺就是塔伦蒂诺，他在悄悄地准备给电影节一个惊雷。

罢工、示威游行、各种风波、扣押电影拷贝（最后一刻归还了）、法国劳工总联盟的威胁、让-皮埃尔·拉法兰总理的干预（他说了一句只有他自己才明白的话："我们要改革，但哪里有粗暴，我们就要还哪里以人道"）……尽管出现了这么多问题，参加电影节的代表还是高兴地庆祝了神话般的米高梅电影厂成立二十八周年，并全球首映了一部关于科尔·波特的影片《小可爱》。走出放映厅的时候，大家都在高唱"重新再来"。

两年前以《科伦拜恩的保龄》获奖的迈克尔·摩尔，推介了他的新纪录片《华氏911》之后，仍在戛纳待了几天。他肯定今年不会再得什么奖，便和太太也是他的制片人的凯瑟琳·吉恩返程回国了，"幸亏”，在巴黎停了一下。21日星期五，吉尔·雅各布打电话到他下榻的酒店，要他返回戛纳，但没有多说什么。他不知稿子该怎么办，心想可能会得个特别提名奖或是一个纪录片奖吧。他犹豫不决，在太太的催促下，才和她回到戛纳。

5月22日晚，劳拉·莫瑞特穿着一袭黑白相间的长裙，主持第五十七届戛纳电影节的闭幕仪式。迈克尔·摩尔和凯瑟琳坐在大厅里，继续在想，评审团会给他一个什么安慰奖？他有点后悔了，不该回来的。

昆汀·塔伦蒂诺和他的评委上台入座后，颁奖仪式就开始了。

以色列导演凯伦·叶达雅的《我的宝藏》获得了“金镜头奖”。

“评审团奖”颁给《老妇杀手》和科恩兄弟以及他们的女演员伊尔玛·霍尔。阿涅丝·夏薇依和让-皮埃尔·巴克里以《宛如幻象》获得了“最佳编剧奖”。这对演员/作家/导演夫妇将一个胜利接着一个胜利。夏薇依解释说，在这部影片中，他们俩接触了他们都很喜欢的题材，社会与知识界的虚伪以及权力，“不是以暴君的角度，而是从原谅暴君的那些人的角度”。夏薇依和巴克里受到了热烈的鼓掌。这是他们在法国获得的第一个奖。

“最佳导演奖”颁给了托尼·加列夫的法国影片《流亡》。加列夫本人也获得了巨大成功，他在戛纳深受大家的喜欢。

迈克尔·摩尔坐在椅子上，看了看他的妻子。他一点也不明白为什么要让他紧急返回，目睹别人的成功，尽管他也很喜欢加列夫，很喜欢看到别人成功。颁奖在继续。

获“最佳男演员奖”的是日本影片《无人知晓》(是枝裕和导演)中的柳乐优弥。

“最佳女演员奖”则颁给了《清洁》中的张曼玉，那是法国导演奥利维耶·阿萨亚斯的片子。

迈克尔·摩尔热烈鼓掌，但坐立不安。他只能相信自己得了“评审团大奖”!

“评审团大奖”由艾曼纽·贝阿宣布：

“获得‘评审团大奖’的是韩国导演朴赞郁的《老男孩》!”

这太过分了！迈克尔·摩尔对雅各布很生气。他真想离开，但凯瑟琳拦住了他，安慰他。这时，评审团主席昆汀·塔伦蒂诺站起来，脸上露出灿烂的笑容，大声宣布：

“第五十七届电影节‘金棕榈奖’，评委们一致同意，颁给……迈克尔·摩尔和他的影片《华氏911》!”

在凯瑟琳的催促下，摩尔站了起来，如腾云驾雾一般。他不相信一部纪录片能获“金棕榈奖”，哪怕拍得再好。这符合规定吗？他在台上拥抱了昆汀·塔伦蒂诺。塔伦蒂诺像个淘气鬼，开了个大玩笑，开心极了。当查理兹·塞隆把“金棕榈”颁给迈克尔·摩尔时，全场掌声雷动，大家都激动地站了起来。迈克尔·摩尔摇摇头，问塔伦蒂诺：“您搞了什么鬼？”

塔伦蒂诺跟迈克尔·摩尔耳语了几句。我们后来从摩尔嘴中得知，昆汀·塔伦蒂诺是这样对他说的：“我们想让你知道，让影片获奖的，不是片中的政治性。我们的任务不是奖励政治影片，我们当中的某些人甚至没有政治信念。我们给你这个奖，是因为影片的艺术质量。”

确实，迈克尔·摩尔在这部引起人们争议的影片中，以别人没有的胆量讲述了那个历史事件，分析了导致美国“9·11”世纪灾难的原因。他还告诉我们，他的国家之所以要向伊拉克开战，有两个巨大的原因：石油和贪婪!

“我确实不知道该如何向电影节的组织者，向吉尔·雅各布、蒂埃里·弗雷默、影片的制作方米拉麦克斯公司，向整个剧组表达我的感谢之情……由于这个‘金棕榈奖’，你们等于让美国公众也看了这部影片，尽管有人想扼杀它。我把这个‘金棕榈’献给我的女儿，献给美国和伊拉克的儿童，献给全世界所有受难的人。”

激动的时刻过去之后，那个善于捣乱的人以讽刺的口吻这样结束他的讲话：“我还要感谢这部影片的‘演员们’，乔治·布什、迪克·切尼、保罗·沃尔福威茨、唐纳德·拉姆斯菲尔德!”

人们在大厅里笑疯了。原先注定要偷偷放映的《华氏911》，现在全球公映了，在纽约电影院门口排队的人也越来越多。

尽管塔伦蒂诺不愿意承认，这部影片还是在舆论和政治方面，向美国共和党阵营狠狠地开了一炮。

第三十六章
快乐的尾声

“我们去哪吃晚饭?”

“去……‘金棕榈’，庆祝它的生日!”

位于马丁内斯酒店中心的这家餐厅，以外省风味而闻名，1985年5月1日由“移民”到克鲁瓦塞特大街的阿尔萨斯大厨克里斯蒂昂·韦勒创办。于是，金棕榈餐厅便成了与会者庆祝“金棕榈”诞生二十周年的必选约会之处。2005年5月11日至22日举办的这届电影节，似乎一切都很顺利。那年，苏菲·玛索成功地吸引了媒体的眼球，她的吊带滑落到一边，露出了迷人的乳房。这也许是受朱利安·克莱尔和阿兰·苏松所唱的歌曲的启发。人们在等待贵宾、好电影和大量的新庆典，但最后还是从电影节的一个“老”客人开始：两次获得“金棕榈”的埃米尔·库斯图里卡。他是本届电影节评审团主席，其成员来自世界上的四面八方：印度女演员南迪塔·达斯、墨西哥女演员萨尔玛·海耶克、美国黑人小说家托尼·莫里森（曾获普利策奖和1993年诺贝尔文学奖）、法国导演阿涅斯·瓦尔达、西班牙演员雅维尔·巴登、原籍土耳其的德国导演费斯·阿金、多次在戛纳入围的法国导演伯努瓦·雅克和中国导演吴宇森——后者原先在香港拍片，后跳到好莱坞，拍摄了包括《变脸》和《谍中谍2》等影片。主角已到，帷幕可以拉开了。电影宫的外墙正面，挂着一些人质的照片，被扣伊拉克的法国《解放报》的女记者弗洛伦斯·欧伯纳和伊拉克籍的导游哈森·哈努纳，被扣哥伦比亚的英格丽德·贝当古。这些照片在提醒众人，自由是最宝贵的东西。

毋庸置疑，非参赛片《星球大战前传3：西斯的复仇》会赢得许多观众。没有一个人，哪怕是“最纯粹的”电影节迷能抵挡得住这部影片的诱惑。乔治·卢卡斯的这个系列传奇故事的“最新一集”，讲的是克隆之战引起了人们的愤怒，绝地团内部意见纷纭。白卜庭议长反对一切，年轻的绝地骑士安纳金·天行者夹在两股势力之间，不知道该怎么办。受到神秘的原力驱使，他向达斯·西迪厄斯发了誓……于是成了故事开头的达斯·维德。

说起来有点复杂，但《星球大战》的粉丝却觉得挺好，而且，影片的最后以安纳金和欧比王之间的壮烈血刃而结束，欧比王将决定银河系的命运。长达两小时二十分的星际大战，让观众们从放映厅里出来之后都感到很疲惫，但同时也很兴奋。他们恢复了童心，这正是乔治·卢卡斯所希望的，观众们完全被扮演欧比王的伊万·麦克格雷格吸引了。杰出的海登·克里斯滕森在片中扮演安纳金·天行者，即达斯·维德，王后艾米达拉则由娜塔丽·波特曼扮演，常青树克里斯托弗·李扮演杜库伯爵，塞缪尔·杰克逊扮演梅斯·云度。

据说有两个大腕要来。一个是“黑衣人” 汤米·李·琼斯[①]，他来宣传他的参赛片《艾斯卡达的三次葬礼》，他在片中扮演主角。汤米是个难以预料的人，他有时非常可爱，有时却非常粗暴地对待采访他的男女记者。但戛纳的气氛好像让这个性格多疑敏感的大演员平静了下来，他甚至在克鲁瓦塞特大街给热情的观众送了几本自传。

《艾斯卡达的三次葬礼》是一部公路影片，讲的是发生在得克萨斯州和墨西哥公路之间的故事：墨西哥人艾斯卡达的三次葬礼。艾斯卡达的尸体被人在沙漠中找到，他的好朋友彼特（汤米·李·琼斯扮演）抓住了凶手，强迫他挖出尸体，骑着马，跟着自己，危险地踏上回墨西哥的漫长之旅，以便把艾斯卡达的尸体送回家，这是他答应过艾斯卡达的。观众们都被汤米·李·琼斯的这部影片惊呆了，他们根本没有想到会这样！实际上，导演的意图是想揭示把南北分开的格兰德河两边，即美国和墨西哥之间的差别。曾写过《爱情是狗娘》的著名编剧吉勒莫·阿里加原先是用西班牙文写的，汤米·李·琼斯让人进行翻译改编，分别请了三个不同的作者，最后还是亲自动手。与原著比较，汤米·李·琼斯的这部电影显得很好莱坞化，三场埋葬的讲述方式都不

---

① 汤米·李·琼斯曾在巴里·索南菲尔德导演的《黑衣人》中扮演主角。——译注

一样。

克鲁瓦塞特大街还来了一个很另类的人物：曾在《捉鬼敢死队》一、二集中与“纽约幽灵”较量的比尔·默瑞现在大变了，索菲娅·科波拉的杰作《迷失东京》使之跻身于大演员的行列。他目光疲惫，难以用日语跟人交流，这在电影中是难得一见的。比尔·默瑞是来推介吉姆·贾木许的《破碎之花》的。贾木许是电影节的老熟人了，但走的时候往往一无所获或只得一个小奖，不过，大家都很喜欢他。《破碎之花》讲的是一个很平常的故事，唐·约翰斯顿（比尔·默瑞扮演）是个独居者，生活艰难，日渐老去，一天，他收到一封玫瑰色的匿名信，告诉他，他有个十九岁的儿子。于是，他手里拿着一束花，去寻找他二十年前爱过的四个女人，想弄清真相，找回儿子。这其实也是一部公路片，只是，行走的目的是寻找过去。

达内兄弟也来了，带来了他们的影片《孩子》。麦可·汉内克在演员朱丽叶·比诺什、丹尼尔·奥图、安妮·吉拉尔多和贝纳尔·勒科克陪同下，登上红地毯，准备宣传《隐藏摄像机》。汤米·李·琼斯非常守纪律，严格按照礼仪，走上了那个神圣的台阶。多米尼克·摩尔与夏洛特·甘斯布、夏洛特·兰普林和安德烈·杜索里埃一同来宣传《旅鼠》。完全是摩尔风格的影片：奇特而有才气。影片讲述年轻夫妇贝内蒂克特和阿兰请阿兰老板及其夫人请饭，却在洗涤槽里发现了一个神秘的啮齿动物的尸体，事情闹大了。该片揭示了体面生活中荒谬的一面。拉斯·冯·提尔也带着丹尼·格洛弗、伊萨赫·德班克尔、威廉·达福和布莱丝·达拉斯·霍华德（扮演片中的格蕾丝）来到了戛纳，他们的参赛影片《曼德勒》讲述的是1933年曼德勒庄园里的故事，那里的生活让我们觉得70年前奴隶制好像并没有被取缔。

从几天前开始，人们就在克鲁瓦塞特大街玩输赢游戏了：预测“金棕榈”的结果，当然，不是指金棕榈餐厅。担任第五十八届电影节闭幕式司仪的是美丽惊人的西西·迪·法兰西，这个演员尽管姓法兰西，却是个比利时人，她和评审团主席埃米尔·库斯图里卡一同宣布评奖结果。

“评审团奖”颁给中国导演王小帅的《青红》，影片讲述的是一些中国家庭被迫从北京、上海等大城市撤到偏远地区的故事。王小帅深受欢迎，因为他的电影非常棒，而且，大家都知道他为了来戛纳参加电影节，成功地避开了电影审查。吉尔·雅各布和蒂埃里·弗雷默是这方面的专家，很有可能帮了他很大的忙。

“获得‘最佳男演员奖’的是……”西西·迪·法兰西宣布：“《艾斯卡达的三次葬礼》中的汤米·李·琼斯。”

一炮打响！汤米·李·琼斯是第一次来戛纳，总那么沉默寡言、沉着冷静的他，这时掩饰不住自己的喜悦和自豪，他完全不相信自己能获得“最佳男演员奖”。

“最佳女演员奖”颁给了以色列影片《自由地带》中的女主角汉娜·拉斯洛。

阿莫斯·吉泰导演的这部影片讲述的两个妇女，一个美国妇女（娜塔丽·波特曼扮演）和一个以色列妇女（汉娜·拉斯洛扮演）前往耶路撒冷的“自由区”，去取回巨额金钱。但到了那里之后，一个巴勒斯坦女人莱拉去告诉她们说，钱不见了。阿莫斯·吉泰的忠实观众都很喜欢汉娜·拉斯洛，阿莫斯在影片中常常勇敢地用倒叙和穿插的方式来讲故事。

获得“最佳导演奖”的是麦可·汉内克的《隐藏摄像机》，这个大导演也许希望还能多得点奖，尤其是为他的那些出色的演员们。这部让人不安的影片讲述的是电视台一个著名记者收到了一些病态的录像带，难以破解。

“评审团大奖”颁给了吉姆·贾木许的《破碎之花》。贾木许终于登台了，他高兴地招呼比尔·莫瑞也上台。吉姆·贾木许差点达到他的最高目标。他不知道他与“金棕榈”失之交臂。埃米尔·库斯图里卡和一些评审团成员投他的票，但据一些口风不牢的人说，阿涅斯·瓦尔达和伯努瓦·雅克好像做了一些小动作，反对吉姆·贾木许，力挺……

这时，西西·迪·法兰西接着宣布：

“‘金棕榈奖’颁给让-皮埃尔·达内和吕克·达内的《孩子》。”

今晚，比利时大胜，西西·迪·法兰西和达内兄弟，他们继1999年的《美丽罗塞塔》之后，又收获了第二个“金棕榈”。

达内兄弟像以往一样，在影片中对边缘人物感兴趣：布吕诺和索妮娅靠微薄的补贴生活，他们生了一个孩子杰米，但一贫如洗的布吕诺不得不把孩子卖给有钱的人家……

电影节结束了。5月22日，夏尔·阿兹纳夫庆祝他的八十一岁生日，成了戛纳的荣誉市民，并获得了戛纳城的“金棕榈”。当他被问及将来的打算时，他回答说：

“我打算退休……一周退休一天。我爱戛纳，因为我还记得，年轻时，我曾在克鲁瓦塞特大街滑滑轮……今天，滑不动啰！”

法国电影界的一个传奇人物，同意在2006年担任将于5月17日至28日举办的第六十九届戛纳电影节的开闭幕式司仪。他叫文森·卡塞尔，1966年11月23日生于巴黎，父亲是大演员让-皮埃尔·卡塞尔，妻子是美丽动人的莫尼卡·贝鲁奇。文森·卡塞尔今年就要四十岁了，这是一个收获成功的年龄。他像外星人一样进入了影坛，从1988年开始拍第一部影片《各有各的办法》（迪迪埃·卡明卡导演）起，他就不断接片，但让大家真正熟悉他的，是1994年马修·卡索维茨导演的《怒火青春》。在文森·卡索扮演主角的众多影片中，有年轻导演扬·高能的《太保密码》和《西部幽灵》、马修·卡索维茨的《暗流》、克里斯多夫·甘斯的《狼族盟约》、雅克·奥迪亚尔的《唇语惊魂》、加斯帕·诺的一部可怕的作品《不可撤消》，还有弗雷德里克·施恩多弗让人呼吸停止的《超级特工》，弗雷德里克是皮埃尔·施恩多弗的儿子，接了父亲的班，职业生涯也是有声有色。

文森·卡索穿着合身的白色西装，英俊潇洒，尽管面对大厅里的两千四百多名观众心里有些紧张，但他十分自信，在台上介绍了评审团主席王家卫。王家卫是中国香港的导演，1997年凭《春光乍泄》获得过戛纳电影节“最佳导演奖”，之后去好莱坞与妮可·基德曼拍摄《上海来的女人》。王家卫的评审团成员包括美国著名黑人演员塞缪尔·杰克逊，他曾在《杀戮战警》《不死劫》《星球大战》《杀死比尔》等影片中出演过角色；莫尼卡·贝鲁奇，文森·卡塞尔介绍她的时候当然没有任何问题，他们不但共同生活，而且在电影《狼族盟约》《不可撤消》《超级特工》中也合作过；来自中国北京的女演员章子怡，她因李安的《卧虎藏龙》和张艺谋的《十面埋伏》而闻名；帕特利斯·勒孔特，《艳阳假期》一、二、三集的主创，尤以折中主义著称，他拍过《协力车》《荒谬无稽》《易尔先生》《雪地里的情人》《我最好的朋友》等。他什么题材都不怕，从超级搞笑的到悲剧，什么都敢拍；阿根廷“新浪潮电影”出身的女导演卢奎西亚·马特尔，她的第一部长片《鬼城》曾在柏林和犹他州帕克城的罗伯特·雷德福电影节[1]获奖；巴勒斯坦导演伊利亚·苏雷曼，他生于拿撒勒，曾在纽约生活过两

① 指圣丹斯电影节，美国本土的小电影节，由罗伯特·雷德福1984年创办。——译注

年，后来返回耶路撒冷拍摄《神圣的介入》，2002年曾在戛纳获“最佳外语片奖”。人们经常拿苏雷曼与雅克·塔蒂或巴斯特·基顿相比，因为他擅长拍滑稽电影；生于伦敦的英国女演员海伦娜·伯翰·卡特，她曾拍过包括《玛丽·雪莱的弗兰肯斯坦》（肯尼思·布拉纳导演）《非强力春药》（伍迪·艾伦导演）在内的许多影片；最后还有英国演员兼导演蒂姆·罗斯，他曾与斯蒂芬·弗雷斯和罗伯特·奥特曼一道拍片，但到了美国之后，他在《落水狗》和《低俗小说》（昆汀·塔伦蒂诺导演，1994年获“金棕榈奖”）中表现出来的才能使他在全球出了名，1998年，他在漂亮而奇特的《海上钢琴师》（朱塞佩·托纳多雷导演）中出演主角，其出色的表演完全应得奥斯卡奖。

俄罗斯大导演安德烈·康查洛夫斯基今年是短片奖评审团主席，马丁·斯科塞斯以前曾担任过这一职务。跟斯科塞斯一样，康查洛夫斯基认为新的人才都是从短片中诞生的。他的评审团成员有法国女演员桑德里娜·伯奈尔、美国导演蒂姆·波顿、马里导演苏莱曼·西塞，波兰作曲家茨比涅夫·普莱斯纳和德国演员丹尼尔·布鲁赫。

吉尔·雅各布每年都很关注评审团成员的多元化和多国化。开幕式上放映的是朗·霍华德导演、根据丹·布朗的畅销书改编的《达·芬奇密码》，据说小说已在全世界销售了三千万册，汤姆·汉克斯、奥黛丽·塔图和让·雷诺都在片中扮演主要角色。结果，戛纳又有麻烦了：梵蒂冈的要人把《达·芬奇密码》形容为“反基督教的邪恶之作”，东正教教堂更谴责它是亵渎神灵：“耶稣从来就没有私生子！这对是信徒的侮辱！”

主业会[1]控诉说，丹·布朗是在影射。现实在何处？想象从何开始？罪行和血淋淋的自笞就是最严重的后果！

不难想象，一票难求，大家都想一睹这“新时代”文化的成功之作为快。最后，看完漫长的片子，从放映大厅里出来的时候，观众们都说没有受到《达·芬奇密码》的狂热影响。影片开始杀死卢浮宫看守的场面惊心动魄，之后节奏就慢了下来，许多观众干脆就睡着了，直到奥黛丽·塔图惊讶地发现自己竟然是耶稣的后人时，大家才醒过来。因为那个时候，一阵热烈的笑声惊醒了全场的观众。

去吃晚饭吧，因为明天，正事就要开始，要放参赛片了。前来宣

---

① 主业会，全名为圣十字架及主业社团，天主教自治社团。——译注

传《A盲区行者》的基努·里维斯和小罗伯特·唐尼到来，引起大家议论纷纷。理查德·林克莱特导演的那部电影，像“美好的时代”的影片一样色彩缤纷，但是通过电脑特技处理后，演员们好像都成了动画片中的人物。

人们担心——或者是希望——小罗伯特·唐尼会惹出许多风波，他在美国常在驾车时被捕，要么是醉酒，要么是藏毒，曾被加州法院送去心理疗养所戒毒。但像以前的埃罗尔·弗林一样，戛纳和电影节的气氛好像让美国电影界这个可怕而又天才的演员冷静了下来，他曾在银幕上扮演过卓别林。

这一年，有些影片引起了很多影迷的注意，如佩德罗·阿莫多瓦的《回归》、拉契得·波查拉的《光荣岁月》、妮可·加西亚的《塞隆·查理》。妮可·加西亚的身边总是围着她的男演员们：让-皮埃尔·巴克里、文森特·林顿、伯努瓦·马吉梅和贝诺特·波尔沃尔德，他们好像对她非常忠诚，在新闻发布会上，对他们的导演赞不绝口。妮可·加西亚外柔内刚，她懂得怎么跟这些先生们打交道，她让他们变得服服帖帖，温顺如羊。

南尼·莫莱蒂讽刺贝鲁斯科尼的意大利影片《凯门鳄》给大家带来不少快乐；哈维尔·吉亚诺利的《当我还是歌手时》也获得了许多人的支持，热拉尔·德帕迪厄在片中扮演一个疲惫的酒吧歌手，美丽的西西·迪·法兰西也在片中出演了角色。据说还将放映一部非参赛片，索菲娅·科波拉的《绝代艳后》，大家都争先恐后地赶去看，就像去年赶去看《达·芬奇密码》一样。终于，电影节等待已久的大论争到来了。

正如罗贝尔·法弗尔-勒布埃以前曾说过的那样，“这是不可避免的，甚至是我们所希望的”。拍过《处女自杀》和《迷失东京》的索菲娅·科波拉是美国演员，她怎么能扮演法国王后呢？影迷们感到很不安：不会是一部穿着戏服的滑稽的模仿剧吧？这个女科波拉会不会在迷宫般的凡尔赛宫里迷路？她对凡尔赛宫应该并不熟悉。要忘掉她如此独特的风格，忘掉她对21世纪妇女的独特观点？她会如何接近启蒙时期和法国王朝的末期？

索菲娅·科波拉的这部影片让某些人感到了震惊，因为玛丽-安托瓦内特在凡尔赛的小花园里娱乐或在舞厅里踏着“弗兰茨·费迪南”①

① 苏格兰格拉斯哥的摇滚乐队，由四个帅小伙组成。——译注

的摇滚音乐跳舞的时候，导演把四步舞和时尚的摇滚结合在了一起。不过，这并不碍事，恰恰相反。这种混合收到了很热烈的效果。导演想展示一个“新潮”的玛丽-安托瓦内特，一个烦闷的年轻妇人。如果是今天，她会在巴黎住希尔顿酒店，在夜总会里泡到天亮。戛纳的“王国”为这个女导演和她的演员团队组织了一场新闻发布会：克尔斯藤·邓斯特（扮演玛丽-安托瓦内特）、詹森·舒瓦兹曼（扮演路易十四）、朱迪·戴维斯（扮演诺阿伊伯爵夫人）、雷普·汤恩（扮演路易十五）、艾莎·阿基多（扮演巴里伯爵夫人）、萝丝·拜恩（扮演波里尼亚克公爵夫人）、奥萝尔·克莱芒（夏特尔公爵夫人扮演）全都出席了。

“什么？大厅里有人吹口哨？”索菲娅·科波拉镇静地回答记者说，“我觉得吧，你们这些法国人太敏感了，别人一碰你们的历史，你们就紧张。可我认为，有人喜欢，有人不喜欢，这是很正常的事。”

科波拉小姐很有胆量。奥萝尔·克莱芒最后在新闻发布会作了这样的总结：“其实，读了剧本，我就想到戛纳电影节。当年的凡尔赛，就是现在的戛纳；那时的贵族，就是现在的阔佬。”

听了这番评论，就没有人再批评这个玛丽-安托瓦内特了，那是一个迷失在陌生世界里的残忍的年轻妇人，她是在“治疗乐队”或“鼓击乐团”的舞曲声中跳的舞，而不总是像在凡尔赛宫里那样，踩着吕利的音乐起舞。

闭幕晚会终于到了，像开幕式一样，还是由文森·卡塞尔主持。这天晚上，他穿着黑色的礼服。评委们上台，各就各位。观摩了十天的电影，他们显然都非常疲惫。现在，颁奖仪式可以开始了：

“评审团奖”颁给英国和丹麦合拍的《红色之路》。安德里亚·阿诺导演的这部影片十分引人注目：一个叫杰基的女人，负责监控录像。一天，她希望永远不再见面的一个男人出现在她的镜头前……影片被认可，漂亮的女导演十分高兴，上台领奖时还给了文森·卡塞尔一个吻。

“最佳编剧奖”颁给了创作《回归》的佩德罗·阿莫多瓦，那个感情丰富、才华横溢的西班牙人高兴得不得了，让大家看了也很开心。

“最佳导演奖”颁给了墨西哥的亚利桑德罗·冈萨雷斯·伊纳里多。他的《巴别塔》讲述了三个互相穿插的故事，分别发生在摩洛哥、墨西哥和日本。摩洛哥沙漠里响起了一声枪响，引起了一系列悲惨的事件。

“最佳女演员奖”颁给了《回归》中六个出色的演员：佩内洛普·克鲁兹、卡门·莫拉、约汉娜·科宝、罗娜·布恩诺斯、布兰卡·帕蒂罗和达兹·莱姆波瑞夫。

获得“最佳男演员奖”的也是一个集体体：《光荣岁月》（拉契得·波查拉导演）中的贾梅尔·杜布兹、萨米·纳塞利、鲁什迪·泽姆、萨米·鲍亚吉拉和伯纳德·布兰卡恩。

获得这个奖，又受到了大家的热烈鼓掌，四个原籍摩洛哥和阿尔及利亚的法国演员（只有萨米·纳塞利有点“放不开”）踏着非洲军团战歌强烈的节奏，在台上唱起歌来：

我们是非洲人，来自远方
我们来自殖民地拯救祖国
抛弃了一切，亲人和家庭
心中藏着巨大的热情
因为我们愿意高高地举着
法兰西美丽的旗帜，昂首挺胸。

全场起立，向他们喝彩，他们热泪眼眶，对大家说：“我们把我们的表演奖献给‘土著’，也就是十三万非洲和马格里布的战士，1943年至1945年，他们为了法国的解放而英勇战斗，流血牺牲。”

拉契得·波查拉的这部《光荣岁月》拍得相当好，从某种角度来看，可以与斯坦莱·库布里克的《光荣之路》媲美。这是巨大的赞誉。“土著”战士在意大利的蒙卡西诺进攻德军强大的堡垒，那场战斗的镜头成了经典片段。掌声渐渐平息，激动的时刻也慢慢地过去，大家平静下来，接着听台上宣布评奖结果：

布鲁诺·杜蒙的《弗朗德勒》获得了“评审团大奖”。这是一部战争片，一个叫德迈斯特的士兵，前往一个遥远的国家作战，他的女朋友芭尔布在等他。凶险的环境和恐惧把德迈斯特变成了一个真正的战士。他能与芭尔布重见吗？演员阿德莱德·勒鲁和塞缪尔·鲍伊丁表演得十分动人。场内观众分成两派，就像以前他们对待布鲁诺·杜蒙的其他影片一样。

“金棕榈奖”由评审团主席王家卫宣布，获奖的是《风吹稻浪》。肯·罗奇终于获得了配得上他巨大才能的奖赏。

影片的片名取自一首歌的歌词“吹动大麦的风”，作者罗伯德·威尔·乔伊斯是19世纪的爱尔兰人，他在歌中反映了1798年爱尔兰人民的起义。影片《风吹稻浪》讲述1920年两兄弟的故事：戴米安和泰迪先是联合起来反对英国侵略者，在爱尔兰内战中，却又互相对抗。这个“金棕榈奖”让肯·罗奇欣喜若狂，由于这个奖，这部影片在一百零五家英国影院放映。破了纪录！

肯·罗奇所属的政党“团结联盟”也呼吁英国民众，第一个周末就去看这部影片。

2006年结束了。又要准备迎接2007年的电影节了。

离开之前，每个人都在问戛纳电影节六十周年的事，但大家只知道电影节将于2007年5月17日至27日举行，眼下，吉尔·雅各布没有吐出任何口风，好像那是一个巨大的谜。这是他的行事风格，这无疑是对的，否则，大家早就七嘴八舌了。

据说，斯蒂文·索德伯格已经同意担任2007年的戛纳电影节评审团主席，开幕影片则是他导演的《十三罗汉》，片中的主要演员有乔治·克鲁尼、布拉德·皮特和马特·达蒙。

但直到最后一刻都会有变数！评审团主席最后变成了英国导演斯蒂芬·弗雷斯，他拍过《危险关系》，最近的作品是《女王》。

司仪好像已经定了，几乎可以肯定是黛安·克鲁格。这个漂亮的女演员扮演过许多角色，其中包括讲述第一次世界大战的动人影片《圣诞快乐》。

在电影节六十周年的时候——包括1939年和战争期间的那几年——我们有些怀念那些已经离开我们的电影人，他们各有各的性格：有的热情，有的易怒，有的迷人，有的滑稽，有的独特，有的哀伤，有的不幸；但他们全都热爱电影艺术，全都是为电影而生的真正的电影人，他们有优点，也有缺点，有自己的喜怒哀乐，跌倒了是为了更好地站起来。他们曾前去敲门，回来却满腔怒火，但最后，他们的才能都得到了承认，甚至得到了“金棕榈”。

我们不会忘记那些杰出而无私的人物：创造了电影节的菲利普·艾蓝杰和尚·杰伊，把电影节视为掌上明珠的罗贝尔·法弗尔-勒布埃，以及所有参与创造戛纳电影节这个真实故事的人，它比最精彩的虚构故事还要精彩得多。

我们祝吉尔·雅各布和他的团队2007年好运，祝第六十届戛纳电影节成为全球电影艺术的辉煌焰火。

至于铁面人，戛纳的第一个明星，我们希望他继续安眠，永远保守他在圣玛格丽特岛小囚室的秘密。

不过，作为一个小小的题外故事吧！我们在苏格兰旅行途中，去海兰高地城堡咨询一位幽灵大师弗格森·麦克劳德先生，这是一个九十岁的老英雄，曾是英国特种部队的一员，参加过最后一次缅甸战争。回国之后，他就再也没有离开过他亲爱的苏格兰。

我们一直想知道的，是那个故事的真假问题。

“铁面人于1703年死于巴士底狱，他的灵魂应该在那里萦绕，而不是在圣玛格丽特岛或是戛纳。”

“可是，”弗格森·麦克劳德先生说，“许多年来，狱卒们的确看见过铁面人的幽灵在巴士底狱的塔顶徘徊，他们被吓得要死。亲爱的朋友，你们忘了一件对他来说改变了一切的大事。”

“是吗？什么大事？”

“1789年，巴士底狱被毁，这让他受到了很大的干扰。铁面人的灵魂无处藏身了，只好回到圣玛格丽特岛，他毕竟在那里的阳光下度过一段美好的日子。”

“这么说……铁面人还可能影响戛纳的命运，制造闪电、旋风，发起争端，设置路障……以便……得到一点快乐？”

“对幽灵来说，什么都是可能的。有的灵魂沉睡很久，只是为了醒来之后能造成更大的破坏。就像我的先人邓肯·麦克劳德，他是1307年在斯特灵的高地战役中掉脑袋的……”

“哦……掉脑袋？那是怎么回事？”

“被斧头砍下来的！后来，邓肯一直在寻找这颗脑袋，顽固地徘徊在北面的高楼，但我们相安无事。亲爱的朋友，你们今晚想睡在这里吗？”弗格森·麦克劳德先生友好地向我们建议道。

我们借口说还有要紧的约会，热情地感谢了他的接待和他关于幽灵的解释，希望铁面人不要莫名其妙地醒来，在2007年肆意扰乱第六十届戛纳电影节。

结尾

朋友间的小小建议

“劳斯莱斯”“法拉利”“美洲豹”、游艇、奢华的大街、充满高级昂贵时髦商品的漂亮商店、华丽的大楼和价格惊人的酒店……当然，戛纳电影节期间甚至在非电影节期间，这些超级豪华和奢侈的东西都在，不过，和某些人的成见相反，不要一想到置身于亿万富翁之间就心里发慌，觉得自己像个穷光蛋。首先，要知道并不是所有的戛纳人都很有钱，职员、店员、小饭店老板、海滨浴场的经营者、理发师、卖明信片的，远远不是亿万富翁。当然，在非电影节期间和非旅游旺季来戛纳要方便得多，也便宜得多，您可以以十分便宜的价格在苏凯区的小旅馆找个舒适漂亮的房间，甚至可以到卡尔顿酒店、马杰斯特酒店或马丁内斯酒店去享受一番，冬天的时候，那里的价格确实是“一落千丈”。躺在凯瑟琳·德纳芙、克林特·伊斯特伍德、妮可·基德曼、汤姆·克鲁斯或莱昂纳多·迪卡普里奥睡过的大床上享受享受，那是多大的幸福啊！

不过，如果您是个铁杆儿影迷，决定不惜一切代价地在电影节期间来戛纳，我最好还是先告诉您：这是不可能的！

然而，法语中没有“不可能”这个词，尤其是对那些“真正痴迷银幕的人”来说。在这种情况下，还是有许多小窍门的。首先，到几公里远的非闹市去找个睡觉的地方，当然不要去穆琴斯、戈尔夫瑞昂、圣保尔德旺斯或纳布尔，那些地方离戛纳太近，小旅馆和饭店都很出名。

如果要找不太贵的地方，也可以租艘一直停在海堤的九米长的四人电动船，价格是每周四百五十欧元到八百欧元，除以四，那就不贵了。最好是提早一年向“老港”预订，电话：04 94 56 16 59。帆船要漂亮一些，但也要稍微贵一些，十三米长，也一直停在岸边，可以住六个人，每周七百到一千二百欧元。还可以去青年旅馆“夏利”，加利尼元帅大街27号，电话：04 93 99 22 11。电影节期间二十七欧元一晚，平时十八欧元。很实惠，离火车站只有三百米，但宣传手册没有说直到多少岁才不是青年。

至于爱好体育的人，可以在美景公园（称得上三星级）露营，拉博卡06150，莫里斯骑士路67号，电话：04 93 47 28 97。开着自己的旅行挂车或带帐篷去参加电影节，是一个明智而实惠的办法，什么时候到都不怕。不过，到了以后，事情就复杂了，要设法登上那二十四个著名的台阶去看电影。否则还来干什么？别忘了电影节的规定清楚而严格：“这是电影界专业人士的盛会。”

如果你不是记者，也不是制片人、发行人、摄影师、演员、导演、编剧、技师……那就另想办法吧！您是拿不到入场券的，观看某些影片所需的“芝麻”珍贵得很！不过，如果您脑子活，总有办法找到对策的：电影节每年都给戛纳市政厅发一部分票，市政厅会在其工作人员当中组织抽奖，所以有的雇员能得到“金不换”的门票。去看看能不能找到一个戛纳人，他幸运地抽到了票，却又准备在电影节期间离开戛纳，他也许能把那张难得的票送给您（严格禁止出售），这样，您就能近距离地看到明星了，而不是站在警戒线的后面。

还有，要是您真的不可思议地弄到了进门的“芝麻”，却忘了带礼服，或您根本就没有礼服，那只有一个办法：赶快去租一套男式西装或女式晚礼服，因为穿便装、牛仔裤或皮背心是不允许登上那个著名台阶的。只有里察·基尔、毕加索或杰克·朗能让规定对他们网开一面。戛纳也有几家打折的服装店，式样很多，价格也不贵：“节日气氛”，加扎内尔医生路16号，电话：04 93 39 15 97；“琳婚纱”，加尔诺大道14号，电话：04 93 39 04 23。

想近距离看到明星甚至最著名的明星，还有个窍门：一大早就去克鲁瓦塞特大街50号希尔顿酒店对面沙滩上的“Canal+”摄影棚登记，设法弄张请帖，参加傍晚由米歇尔·德尼索或亚丽安娜·马斯内主持的节目。一般来说，明星在摄像台上更容易接触，尤其是公众热情的话。

除了以上这些办法，我们还建议大家去老港，乘坐“埃斯泰雷尔-蓝色海岸海洋公司”的船只，十分钟到圣玛格丽特岛，参观参观王家的碉楼和……铁面人的囚室。直通大海的卫生设施会让您啧啧称赞，尤其是戛纳湾，从囚室的铁栅栏后面望去，美不胜收，一定会让您心潮澎湃。我们去过三次，其中有一次是晚上去的，但铁面人的幽灵没有来找我们的麻烦。

白天，我们大可在埃斯卡尔饭店的树下吃饭，二十七欧元就可吃到丰富的自助餐，冷盘、烤鱼、意式牛肉、各种各样的馅饼。近在眼前的圣奥诺拉岛上有座修道院，住着尼姑，想体验过平静的隐居生活的信徒，可以在那里吃住。写信寄到：戛纳旅业，邮编06400，莱兰路157号，圣母修道院收。食宿每天三十五欧元到四十欧元，房间嘛，当然很朴素，但干净实用——伙食也同样。这确实不贵。早晚的祈祷仪式不一定要参加，但如果您每天早上都悄悄地溜到戛纳电影节去看那些“不检点的行为”，那最好还是不要欺骗诚实的尼姑们，让她们以为您是来默祷的。

当然，如果可能的话，一定要去离戛纳七公里的戈尔夫人瑞恩，到特图饭店吃一次，不，是品尝，品尝普罗旺斯鱼汤！那里的鱼汤最正宗！当然，价格不菲，每人一百二十欧元，但食物非常丰富。除非您像马克斯兄弟那样，点一份十个人吃，一人坐桌前，九人藏桌下。

不吃饭，也可以到圣保罗德旺斯的金鸽酒店喝茶，伊夫·蒙当和西蒙娜·西尼奥莱曾在雅克·普雷维尔的陪同下在此居住。如果您有幸在餐厅吃饭，可以看到头顶挂着米洛的作品……之后可以到游泳池附近，在月光下做做美梦，考尔德的一个动态雕塑在来自萨尔皮耶的风中轻轻地晃动。

穆琴斯磨坊酒店，当然是在穆琴斯，四星级，属于“度假休闲与城堡酒店”连锁集团。伊丽莎白·泰勒就是在那里举办了每桌八人的两万五千美元的著名晚餐。今天，一百欧元到一百五十欧元就可以吃一顿。

请注意，如果您衣着得体，这在哪儿都一样，您也完全可以耍耍明星派头，在卡尔顿酒店的露台上吃早餐，在马杰斯特酒店的酒吧里喝开胃酒，在马定内斯酒店喝咖啡，然后，有礼貌地请求参观金棕榈餐厅，欣赏一下“艺术装饰”的桌椅以及挂在墙上的有明星签字的照片。

别忘了克鲁瓦塞特大街63号的费利克斯饭店。克洛德·勒路许就是在那里拍摄《新年快乐》的，夏尔·特雷内在那里一直保留着自己的桌子。“费利克斯”是一家豪华的酒吧式餐厅，属于克鲁瓦塞特大街的首选餐厅，那里还有私人阳台。但在港口，也能吃到十欧元一块的美味比萨饼，那里的贝壳类海鲜牡蛎、蛾螺、缀锦蛤等非常新鲜，价格无与伦比。再往前走一点，在一些小饭店里，比如市场路4号的路居路斯饭店，例菜九点五欧元一份；埃莱娜-瓦格里亚诺路14号的马戈饭店，菜很不错，价格从十一欧元起。许多戛纳的工薪阶层都到这里来品尝普罗旺斯的佳肴。

对于喜欢怀旧的人来说，离戈尔夫瑞恩两公里的瓦洛里斯有许多排档，甚至可以买到让·科克多用过的陶瓷家用器皿，或者是让·马雷的东西。让·马雷在那里有自己的店铺，收购并且亲自出售自己的作品，价格低廉。人们还可在那里找到无数碗碟和普罗旺斯的物品。

在戛纳，不要忘了著名的昂蒂布路，那条商业街上有许多电影院。如果您有勇气从圣安托万路登上老戛纳，您可以在池塘广场看到一些玩滚球游戏的老人，他们离电影节很远很远，甚至不知道下面“那些傻子”发生了什么事。不过，在电影节期间，不止一个老人会以一副嘲笑的神气，用手中的小滚球指着下面，嘟囔道：“电影节，是在4月份，你现在来是看不到电影的！”

他们好像已经忘记，电影节早就改在5月份了。但影迷们没有忘记，他们虔诚地去参观星光大道和“朋克”大楼左边的蓬皮杜广场。

从1985年起，有二百八十位影星在黏土砖上印上了自己的手印，然后刻上他们的签名。

凯瑟琳·德纳芙、让娜·莫罗、妮可·基德曼、阿尔·帕西诺、让·雷诺、维姆·文德斯等都在戛纳留下了他们的足迹。

我们可以一直这样写下去，写个没完，因为关于戛纳电影节的内容太多太多。

最后一个建议，绝不要学爱德华和我在1971年做过的事。那时，我们结婚不久，爱德华很出名，由于拍了许多电视连续剧，如《环球旅行者》，还有那年的《海狼》，大家都认识他。而我则一直在电视台当主持人和制片人，我已经出过两本小说《弗洛里，我的爱人》和《圣彼得堡骑士》。前面说过，我们曾分享过贝纳尔·斯潘德莱的客房——当他不在的时候——我们很高兴地在戛纳住几天，见见老朋友，如弗朗索瓦·沙莱、荷莫·弗朗尼。一天，电影节办公室的一个朋友让-皮埃尔·阿贝阿斯哈友好地问我们是否参加当晚的影片放映。

“我们没有邀请函!”

“今晚7点半到大门口找我，我给你们两张!”

我们高兴坏了，马上着手准备。爱德华一套丝绒镶边的礼服，当时十分时髦，我则从洛里丝·阿扎罗那里借了一条浅绿色的裙子，绣着金丝，非常漂亮。

到了时候，我们便徒步前往。距离并不远，世纪酒店就在卡尔顿酒店的后面，前往电影宫的马路上空无一人。

到了克鲁瓦塞特大街，我们大吃一惊：数千人拥挤在警戒线后。根本无法从人行道前往电影宫。但有几个警察很友好，看见我们后，马上就打开一个缺口，于是我们上了克鲁瓦塞特大街，街上就我们两人，在众目睽睽下快步朝电影宫走去。人群中有人认出了我们，向我们鼓掌，并且大喊：“爱德华！看这边！看着我们！看过来！来张照片！这里!”

我们向热情的人群致意，向他们微笑、送飞吻，有几辆送影星的车子开过来，放慢速度，怕撞到我们。这是“电视战胜电影”的时代，尽管爱德华和许多国际级大导演拍过许多影片，电视观众却对他更加熟悉，对我来说也一样，尽管当时我的两部小说已取得了很大的成功。总之，我们在观众们的掌声、祝贺声和赞扬声中向电影宫走去，他们对我们比对坐着明星的车子更关注。突然，我们远远地看见了电影宫和台阶前的大批人群和戴着帽子的警察。

我嗫嚅道：“要是我们的票不在门口怎么办?”

爱德华突然不安地扫了我一眼，他好像有些不自信，对我轻声说：“我不信阿贝阿斯哈会忘了!”

我一边笑着，一边从嘴里蹦出这几个字来：“听着……如果我们的票不在那儿，我绝没有勇气再从台阶上走下来！那是奇耻大辱……”

“那怎么办?”爱德华问。

“我先告诉你，我会大喊一声晕过去，你把我架到贝纳尔·斯潘德莱的蒙特卡罗直播室去……”

我们登上台阶时，摄影师的闪光灯对着我们狂闪。受罪啊!

台阶上方，是新闻处的吉尔·杜里厄在负责接待。我敢打赌，他看到我们时，有点吃惊地颤抖了一下。我们穿得漂漂亮亮的，却不是应邀嘉宾。我已经准备倒在他脚下了，以前在上塔妮娅·巴拉硕娃的戏剧课时，我学过这一招。

然而，杜里厄像个魔术师似的，微笑着挥动两张邀请函，递给我们。我们花了很长时间才平静下来。必须承认，我们已完全忘了看的是什么电影。事实上，我们根本不知道我们的朋友让-皮埃尔·阿贝阿斯哈是忘了给我们留票，还是把票交给了吉尔·杜里厄。第二天，我们问他的时候，他很尴尬地回答我们说："不管怎么样，有了杜里厄，我敢肯定一切都会解决的。"

这话说得很晦涩！那个晚上对我们来说终生难忘，从那以后，口袋里没有邀请函，我们再也不敢去参加庆典或放映仪式了。

祝大家好运！请记住，戛纳电影节永远是但又不仅仅是一场"英雄的狂欢节"[①]。

---

① 暗指雅克·费代尔导演的法国电影《英雄的狂欢节》。——译注

致 谢

著名丛书“神奇之地”的文学主编弗拉迪米尔·费多罗夫斯基策划了选题，并请我们撰写这本《戛纳电影节的故事》；罗歇出版社的总编范尚·瓦肯海姆热情地与我们签了合同——感谢他们，也感谢众多的朋友和遇到的人，关系或远或近：报刊、电台、电视台的记者，他们主动向我们讲述“他们的”电影节，他们的历险，他们的所见、所闻、所记录和所经历的事情。

尤其要感谢我们亲爱的“前胡尔必达”——蒙特卡罗电台电影专栏记者贝纳尔·斯潘德莱，他写了四十多部关于汽车运动的电影本子，如今是蒙特卡罗电视台的台长，也是一个知名作家，写过许多出色的历史小说，其中包括马上就要出版的《欧也妮王后逃出了杜伊勒利宫》。他十分慷慨地让我们使用由他优秀的妻子安妮挑选分类的所有图片与文字资料。

我们也要特别感谢热洛姆·拉珀先生，这个文艺界的朋友大方地让我们使用他收藏的关于多届戛纳电影节的照片。

谢谢奈丽·卡普兰，她难得地见证了围绕着米开朗基罗·安东尼奥尼的《奇遇》而展开的“欧那尼之战”；谢谢克洛德·马科夫斯基、詹·克什内、克洛德·苏泰、塞尔日·科贝、克洛德·吉卢、乔治·罗纳、克洛德·米勒、皮埃尔·道格拉斯、路易·巴宗、让-克洛德·罗麦、苏珊娜和路易·努塞拉、梅骋、戛纳的大老板弗朗索瓦·沙莱、伊丽莎白·泰勒、理查德·伯顿、皮埃尔·雷、帕斯卡尔·罗贝尔、雅克·佩西斯、雅克·夏塞尔、阿兰·格拉塞、路易·鲍威尔、皮埃尔·贝尔马尔、雅克·鲁朗、罗伯特·米彻姆、让-保尔·鲁朗、皮埃尔·泰尼亚、达尼埃·吉贝尔、米歇尔·让诺、菲利普·杜萨尔、让·德鲁克尔、《电视七日》的阿兰·拉维尔、《法兰西时代》的埃德加·施奈德、《电影杂志》的贝纳尔·阿莱斯、法国电视三台的安德烈·拉里厄、《棕榈海滩》的新闻专员亨利·马夏尔、《巴伐利亚》的制片人西格弗里德·特里切、在电影节期间玩滚球的亨利·萨尔瓦多、《费加罗报》的布里吉特·博丹、朱尔斯·达辛、克林特·伊斯特伍德、路易丝·维尔莫兰、勒内·克莱尔、让-吕克·戈达尔、乔治·克拉韦纳、碧姬·芭铎、摩纳哥王妃格蕾丝·凯利、弗朗索瓦丝·萨冈……

我们还查阅过尚·杰伊、菲利普·艾蓝杰、罗贝尔·法弗尔-勒布埃、吉尔·雅各布留下的关于戛纳电影节的文字资料，他们动人、有趣而又敏锐，一砖一瓦地建起了电影节这座大厦，请他们接受我们巨大的感谢，因为他们让一代代后人对电影更加热爱。

附录

片名对照表

为方便读者查对书中出现的主要片名，特编写此表。片名按拼音字母顺序排列，后附外文。西文基本照其原文，俄语及少数其他文字的片名，则使用英语或法语。中文片名，如已有通译，则不再另译；如有多种译名，则作标注。

《A的故事》Histoire d'A

《阿贝尔·冈斯和他的拿破仑》Abel Gance et son Napoléon

《1931年的阿达伦》Adalen 31

《阿尔巴尼亚伟大的战士——斯坎德培》Velikiy voin Albanii Skanderbeg

《阿拉伯的劳伦斯》Lawrence d'Arabie

《埃勒克特拉》Electre

《艾德·伍德》Ed Wood

《艾丽莎，我之爱主》Elisa,vida mía

《爱，婚了头》Svadba

《爱德华与卡罗琳》Édouard et Carrorine

《爱的肉体》Flesh of the Orchid

《爱的世界》L'Incompreso

《爱情故事》Love Story

《爱与无政府》Film d'amore e d'anarchia

《爱之亡灵》L'Empire de la passion

《安杰丽卡表妹》La Cousine Angélique

《安娜·卡列尼娜》Anna Karenina

《暗渡陈仓》Le Corniaud

《奥菲斯》Orphée

《奥雷斯山上的风》Rih al awras

《巴顿·芬克》Barton Fink

《巴黎妇人》Une parisienne

《巴黎野玫瑰》37.2 le matin
《巴斯瓜尔厄一家》Pascual Duarte
《巴图克舞》Batouk
《把车开走》Circulez
《爸爸出差时》Papa est en voyage d'affaires
《白鲸记》Moby Dick
《白朗宁版本》The Browning Version
《百老汇的丹尼·罗斯》Broadway Danny rose
《百老汇的旋律》Broadway Melody
《百灵鸟》Pacsirta
《百万富翁》Le milliardaire aux États-Unis
《百战雄狮》The Young Lions
《柏林苍穹下》Der Himmel uber Berlin
《宝拉X》Pola X
《豹》Il Gattopardo
《北方的法律》La Loi du Nord
《本能》Basic Instinct
《碧海蓝天》Le Grand Bleu
《碧玉青山》Green Fire
《编织的女孩》La Dentellière
《变脸》Face/Off
《镖客》Dollars
《冰风暴》The Ice Storm
《玻璃动物园》La Ménagerie de verre
《驳船亚特兰大号》L'Atalante
《勃朗特姐妹》Les Soeurs Brontê
《不法之徒》Bande à part
《不羁的美女》La Belle Noiseuse
《不结婚的女人》La femme libre
《不可撤消》Irréversible
《布尔人》 Boefje
《苍白骑士》Pale Rider
《查理·巴布斯》Charlie Bubbles

《忏悔》Pokayaniye
《长别离》Une aussi longue absence
《长日入夜行》Long Day's Journey into Night
《超级特工》Agents secrets
《痴汉艳娃》 Pote tin Kyriaki
《赤裸》Naked
《赤裸裸》Naked
《冲破黑暗谷》Tommy
《重返生活》Retour à la vie
《出埃及记》Exodus
《出卖》Ávendre
《出租车司机》Taxi Driver
《雏凤吟》The Effect Of Gamma Rays On Man-In-Moon Marigolds
《处女自杀》The Virgin Suicides
《穿黑靴的高个金发男士》La Grande Blond à la chaussure noire
《春梦之结》Nexus
《唇语惊魂》Sur mes lèvres
《丛林热》Jungle Fever
《达·芬奇密码》Da Vinci Code
《大鼻子情圣》Cyrano de Bergerac
《大地雄心》Far and Away
《大风暴》Z
《大海航行》Cap au large
《大家庭》Bolchaia Semia
《大鸟与小鸟》Uccellacci e uccellini
《大象骗人》Un éléphant ça trompe énormément
《大冤狱》L'Aveu
《党同伐异》Intolérance
《岛上的战斗》Le Combat dans l'î le
《稻草人》Scarecrow
《得克萨斯州的巴黎》Paris Texas
《德里夫人您在哪》Deryne ,Hol Van
《迪兹先生进城》Mr. Deeds Goes to Town

《地铁》Subway
《地下》Underground
《地下水道》Kanal
《第七封印》 Det Sjunde Inseglet
《第四十一》Sorok Pervyl
《第五屠宰场》Slaughterhouse-Five
《第五元素》The Fifth Element
《奠边府》Dien bien Phu
《吊死鬼之林》Padurea spânzuratilor
《冬天里的一只猴子》Un singe en hiver
《都市外来客》Un Indien dans la ville
《豆田战役》The Milagro Beanfiel War
《毒海鸳鸯》Panic In Needle Park
《毒药与老妇》Arsenic and Old Lace
《赌城风云》Casino
《杜丝先生》Tootsie
《队长的荣誉》 A Captain's Honor
《恶魔天空下》Sous le soleil de Satan
《217号注册证》Girl No. 217
《儿子》Le Fils
《二楼传来的歌声》Sânger frân andra vâningen
《法官与杀人犯》Le Juge et l'Assasin
《法兰西是个帝国》La France est un empire
《法斯塔夫》Falstaff
《犯罪分子》The Element of Crime
《梵·高》Van Gogh
《芳芳郁金香》又译《勇士的奇遇》Fanfan la Tulipe
《放大》Blow up
《飞越疯人院》Vol au-dessus d'un nidde coucou
《非洲女王号》The African Queen
《匪徒》O'Cangaceiro
《费尔肖家的老大》L'Aîné des Ferchaux
《费里尼访谈录》Fellini Intervista

《费里尼罗马》又译《罗马风情画》Fillini Roma
《疯狂的贵族》La Folie des grandeurs
《疯狂的麦克斯》Mad Max
《疯狂之石》The Stone of Folly
《烽火母女泪》La Ciociara
《烽火岁月志》Chronique des années de braise
《弗拉卡西上尉》Le Capitaine Fracasse
《俘虏》Furyo
《浮生若梦》All that Jazz
《盖世枭雄》Key Largo
《感官世界》Empire des sens
《钢琴教师》The Piano Teacher
《钢琴课》La leçon de piano
《歌剧红伶》 Diva
《革命前夕》 Prima della rivoluzione
《隔离的世界》A World apart
《各有各的办法》Les cigognes n'en font qu'à leur tête
《公民凯恩》Citizen Kane
《勾魂摄魄》Histoires extraordinaires
《怪房客》Le Locataire
《怪谈》Kwaidan
《关于我的母亲》Todo sobre mi madre
《官方说法》La Historia oficial
《光》Yeelen
《光年以外》Les Années Lumière
《光荣岁月》Indigènes
《广岛之恋》Hiroshima mon amour
《广岛之子》Les Enfants d'Hiroshima
《鬼城》La Ciénaga
《国境线上》À la frontière
《国王的娼妇》La Putain du roi
《孩子》L'Enfant
《海豹岛》Seal Island

《海盗的未婚妻》La fiancée du pirate
《海盗夺金冠》Pirates
《海港的玛丽》Marie of the Port
《海牙》Les maudits
《海之边缘》Bord de mer
《好奇心》Le Souffle au coeur
《何日君再来》 Goodbye Again
《和平》Hoa Binh
《黑暗时代》Excalibur
《黑暗中的呐喊》Evil Angels
《黑板》Tékhté Siah
《黑客帝国2：重装上阵》The Reloaded
《黑人奥菲尔》Black Orpheus
《黑色系》Série noire
《黑色星期日》Black Sunday
《黑岩喋血记》Bad Day at Black Rock
《黑眼睛》Les Yeux Noirs
《亨利四世》Enrico IV
《红磨坊》Moulin-Rouge
《红气球》Le Ballon rouge
《“红十月”合作社》Le Kolkhoze octobre rouge
《红色赞歌》Még kér a nép
《红色之路》Red Road
《洪水之夜》Avant le déluge
《侯爵夫人》La Marquise d'O
《猴子再见》Ciao Maschio
《后窗》Fenêtre sur cour
《胡士托疯狂实录》Woodstock
《蝴蝶春梦》The Collector
《虎口脱险》La Grande Vadrouille
《花样年华》In the Mood for Love
《华府千秋》Advise & Consent
《环游世界八十天》Around The World in Eighty Days

《幻象》Images
《幻影英雄》Last Action Hero
《荒岛怨侣》Stromboli
《荒谬无稽》Ridicule
《荒野大镖客》Pour une poignée de dallars
《回归》Volver
《魂断威尼斯》Morte a Venezia
《火之战车》Les Chariots de feu
《伙伴你好》Salut les Copains
《饥饿》Sult
《机组》L'équipage
《吉尔达》Gilda
《吉普车上的四个人》Quatre dans une Jeep
《计程车司机布鲁斯》Taxi Blues
《寂静的世界》Le Monde du silence
《家族精神》L'sprit de famille
《家族庆典》Festen
《假如明天发生战争》Si demain c'était la guerre
《江湖大杀手》Borsalino
《将军》The General
《叫喊》The Shout
《教父》Le parrain
《节日》Jour de fête
《杰弗逊在巴黎》Jefferson in Paris
《杰里·特伦卡的木偶》Loutky Jiriho Trnky
《杰瑞》Gerry
《结案》Kharij
《她是如此可爱》She's so Lovely
《金钱本色》La Couleur de l'argent
《筋疲力尽》À bout de souffle
《紧急法令》Les Ordres
《惊恐、污秽、邪恶》Brutti, Sporchi, Cattvi
《酒心情缘》Barfly

《诀窍》The Knack and How to Get it
《绝对权力》Absolute Power
《绝岭雄风》Cliffhanger
《君子好逑》Marty
《卡比里亚之夜》Le Notti di Cabiria
《卡尔》Cal
《卡林顿》Carrington
《卡萨诺瓦归来》Le Retour de Casanova
《卡斯帕尔·豪泽尔之谜》Jeder für sich und Gott gegen alle
《恺撒与罗莎丽》César et Rosalie
《科迪内》Codine
《科伦拜恩的保龄》又译《科伦拜校园事件》Bowling for Columbine
《可惜她是个妓女》Addio fratello crudele
《克莱默夫妇》Kramer contre Kramer
《恐惧的代价》Le alaire de la peur
《狂野之爱》Punch-Drunk-Love
《来和我一起玩》 Grazie Zia
《兰闺春怨》Come Back, Little Sheba
《兰闺惊变》What Ever Happened to Baby Jane?
《蓝白红三部曲之红》Rouge
《蓝高卢》Les Gauloises bleues
《狼族盟约》Le Pacte des loups
《老男孩》Old Boy
《雷德尔上校》Colonel Redl
《累得要命》Grosse Fatigue
《莉莉》Lili
《恋人们》Les Amants
《两分钱的希望》Duo soldi di speranza
《两生花》The Double Life of Veronique
《列车》Omnibus
《列尼传》Lenny
《列宁在波兰》Lénine en Pologne
《列宁在1918》Lénine 1918

《猎鹿人》The Deer Hunter
《猎人之夜》The Night of the Hunter
《另一个天堂》Un autre regard
《流放》又译《北非行路遥》Exils
《流浪者之歌》Dom za vesanje
《留给女儿的日记》Hungarian: Napló gyermekeimnek
《陆军野战医院》M.A.S.H.
《陆上行舟》Fitzcarraldo
《路易十四的崛起》La Prise du pouvoir par Louis XIV
《驴皮公主》Peau d'âne
《律法》Tilaî
《乱点鸳鸯谱》The Misfits
《乱世忠魂》From here to Eternity
《罗马帝国的衰亡》La Chute de l'Empire romain
《罗密欧与朱丽叶》Roméo et Juliette
《罗莎·卢森堡》Rosa Luxembourg
《洛蒂在魏玛》Lotte in Weimar
《落水狗》Reservoir Dogs
《马布斯博士》Le Docteur Mabuse
《马里奥·里奇之死》La Mort de Mario Ricci
《马泽帕》Mazeppa
《玛戈皇后》La Reine Margot
《玛丽娅·康德莱西娅》Maria Candelaria
《鳗鱼》Unagi
《曼哈顿》Manhattan
《漫长的炎夏》The long hot Summer
《猫头鹰桥事件》La Rivière du hibou
《美得过火》Trop Belle pour toi
《美国朋友》L'Ami américain
《美丽的磨坊女主人》La Belle Meunière
《美丽罗塞塔》Rosetta
《美丽新世界》Astérix et Obélix contre César
《美女与野兽》La Belle et la Bête

《美洲帝国的衰落》Le déclin de l'empire américain
《蒙娜丽莎》Mona Lisa
《蒙特利尔的耶稣》Jésus de Montréal
《弥赛亚》Messie
《迷恋》Possession
《迷失东京》Lost in Translation
《靡菲斯特》Méphisto
《秘密与谎言》Secrets & Lies
《面具》Mask
《明月照沟渠》La Lune dans le caniveau
《摩根》A Suitable Case for Treatment
《摩托日记》Diarios de motocicleta
《陌生人之屋》The House of Strangers
《莫里哀》Molière
《莫失莫忘》The Sweet Hereafter
《莫扎特传》Amadeus
《母亲与娼妓》La Maman et la Putain
《木屐树》L'Albero Degli Zoccoli
《木十字架》Les Croix de bois
《幕后玩家》The Player
《幕间节目》Entr'acte
《慕德家一夜》Ma nuit chez Maud
《拿破仑》Napoléon
《那不勒斯马车》Carosello Napoletano
《纳粹狂魔》Damnés
《纳扎林》Nazarin
《男人的争斗》Rififi
《南方》Sur
《南特的雅各》Jacquot de Nantes
《你爱勃拉姆斯吗?》Aimez-vous Brahms
《鸟人》Birdy
《纽扣的战争》La Guerre des boutons
《纽约—迈阿密》New York-Miami

《怒火青春》La Haine
《女金刚智破钻石案》Modesty Blaise
《女人就是女人》Une femme est une femme
《女人是男人的未来》Woman Is the Future of Man
《女人与孩子》Le Femme et l'enfant
《女王》The Queen
《诺玛蕾》Norma Rae
《诺言》O Pagador de Promessas
《欧罗巴》Zentropa
《霹雳钻》Marathon Man
《皮耶拉的故事》Storia di Piera
《骗子》Une fille et des fusils
《漂亮的赛尔日》Le Beau Serge
《平静的父亲》Le Père tranquille
《平台》（又译《草坪》）La Terrase
《凭栏远眺》Au grand balcon
《破碎之花》Broken Flowers
《仆人》The Servant
《普拉多先生》Monsieur Plateau
《奇连先生》Monsieur Klein
《奇遇》Avventura
《琪琪》Gigi
《起义》Rascoala
《千面人方托马斯》Fantomas
《千面珍宝金》 Jane B Par Agnès V
《钱》L'Argent
《强力友人》Les âmes fortes
《乔·希尔》Joe Hill
《乔达摩佛陀》Gotoma the Bouddha
《巧克力》Chocolat
《切腹》Seppuku
《切勿吞食》Nil by Mouth
《窃听大阴谋》Conversation secrète

《亲爱的日记》Caro Diaro
《亲鸶白道》Shinran
《青年特尔勒斯》Young Torless
《情归何处》A Carta
《情人奴奴》Loulou
《情欲之网》Plexus
《穷街陋巷》Mean Streets
《琼斯》Jones
《求救》Help
《群鸟》The Birds
《人，性本色》L'Humanité
《人人为己》Sauve qui peut la vie
《日本之巅》Shiroi Sammyaku
《日以继夜》La Nuit américaine
《日正当中》High Noon
《荣归》Coming Home
《柔肤》La Peau douce
《如歌的行板》Moderato cantabile
《如果》If
《如火如荼》Tout feu tout flamme
《萨可与方齐迪》Sacco e Venzetti
《萨勒姆女巫事件》Les Sorcières de Salem
《塞隆·查理》Selon Charlie
《三妇女》3 Women
《三兄弟》Trois Frères
《三艳嬉春》Boccace 70
《317分队》La 317e Section
《瑟堡的雨伞》The Umbrellas of Cherbourg
《杀诫》Krotki Film O Zabijaniu
《杀戮战警》Shaft
《杀人狂时代》Mine Own Excecutioner
《杀死比尔》Kill Bill
《杀死一只知更鸟》To Kill a Mockingbird

《沙漠妖姬》The Adventures of Priscilla, Queen of the Desert
《砂之女》Suna No Onna
《傻子亨利》Henry Fool
《山巅的呼唤》Constans
《善意的背叛》Den Goda Viljan
《伤心泪尽话当年》I'll Cry Tomorrow
《上帝创造女人》Et Dieu créa la femme
《上流社会》Room at the Top
《少女莫夏特》Mouchette
《蛇蝎美人》Femme fatale
《摄影家马丁》J.A.Martin photographe
《绅士现形记》Signore e Signori
《神秘的备忘录》又译《致命档案》Hidden Agenda
《神秘列车》Mystery Train
《审判》Garde à vue
《生活是奇迹》Zivot je cudo
《生活琐事》Les Choses de la vie
《生命的边缘》Nara livet
《生命之外》Hors la vie
《圣保罗的钟表匠》L'horloger de Saint-Paul
《圣诞快乐》Joyeux Noêl
《圣洛伦索之夜》La Nuit de San Lorenzo
《圣女德莱斯》Thérèse
《圣女贞德的审判》Le Procès de Jeanne d'Arc
《圣婴》Los santos incentes
《失去的周末》The Lost Week-End
《失踪》Missing
《诗人之血》Le Sang d'un Poete
《蚀》L'Eclisse
《史崔特先生的故事》The Straight Story
《斯塔维斯基》Stavisky
《士兵之歌》Ballad of a Soldier
《世界之歌》Le Chant du monde

《手提箱女郎》La ragazza com la valigia

《首演之夜》Opening Night

《受雇者》The Hireling

《水之歌》La Chanson de l'eau

《死囚越狱》Un condamné à mort s'est échappé ou Le vent souffle où il veut

《死亡的窥伺》La Mort en direct

《死之棘》Shi no Toge

《四百击》Les Quatre Cents Coups

《四海一家》Friendly Persuasion

《四重奏》Quartet

《饲养乌鸦》Cria Cuervos

《送信人》The Go-between

《苏联的阿塞拜疆》Azerbaidjan soviétique

《苏联的爱沙尼亚》Estonie soviétique

《苏联的公共卫生》La Santé publique au pays des Soviets

《苏联的立陶宛》Lettonie soviétique

《随心所欲》Vivre sa vie

《索多玛一百二十天》Salo ou les 120 jours de Sodome

《索拉里斯》Solaris

《太平洋231》Pacific 231

《太太的苦闷》The Pumpkin Eater

《太阳的孩子》Children of The Sun

《唐人街》Le Syndrome chinois

《饕餮大餐》La Grande Bouffe

《讨厌者》Les Casse-Pieds

《特别法庭》Section spéciale

《特鲁埃尔情人》Les Amants de Teruel

《特洛伊》Troy

《特殊的一天》Une journée particulière

《体热》La Fièvre au corps

《天伦泪》One Potato-Two Potatoes

《天色破晓》Le jour se lève

《天堂的孩子》Les Enfants du
《天堂之门》Heaven's Gate
《天堂之日》Days of Heaven
《甜姐儿》Funny Face
《甜蜜的生活》le Dolce vita
《甜言蜜语》A Taste of Honey
《铁皮鼓》The Tin Drum
《铁血军营》The Big Red One
《通天塔》Babel
《同床鸳梦》The Conjugal Bed
《同心协力》La Belle équipe
《偷天陷阱》Entrapment
《秃鹰七十二小时》Les trois Jours du condor
《屠杀游戏》Jeu de masssacre
《拖车》Remorques
《脱线一箩筐》Monty Pytho, The Meaning of Life
《外星人E.T.》E.T.
《宛如幻象》Comme une image
《晚礼服》Tenue de soirée
《王子的教育》Éducation de prince
《网》La Red
《危险关系》Dangerous Liaisons
《为了既得的恩宠》Per Grazia Ricevuta
《维奥莱特·诺齐埃尔》Violette Nozière
《维莉迪安娜》Viridiana
《维纳斯美女沙龙》Vénus Beauté
《闻香识女人》Parfum de femme
《我的宝藏》Mon Trésor
《我的舅舅》Mon oncle
《我的美国舅舅》Mon oncle d'Amérique
《我的名字是乔》My Name Is Joe
《我父我主》Padre Padrone
《我们不愿互诉衷曲》Nous ne vieillirons pas ensemble

《我娶了一个女巫》I Married a Witch
《我杀了拉斯普京》J'ai tué Raspoutine
《我唾弃你的坟墓》J'irai cracher sur vos tombes
《我心狂野》Sailor et Lula
《我最好的朋友》Mon Meilleur Ami
《卧虎藏龙》Hidden Dragon
《无人知晓》Nobody Knows
《无主之地》No Man's Land
《五至七时的奇奥》Cléo de 5 à 7
《午夜快车》Midnight
《午夜牛郎》Macadam cowboy
《舞会的小提琴》Les Violons du bal
《夕阳之恋》Bobby Deerfield
《西伯利亚颂》Siberiada
《牺牲》Offret, Sacrificio
《洗衣女的一生》Gervaise
《戏梦人生》Hsimeng Rensheng
《戏演完了》Les jeux sont faits
《侠盗风云》Cartouche
《下班后》After Hours
《下午5点》At five in the afternoon
《夏日时光》Lumière d'été
《夏夜的微笑》Sommarnattens Leende
《现代启示录》Apocalypse Now
《鲜花盛开的乌克兰》Ukraine en fleurs
《乡愁》Nostalghia
《乡村星期天》Un dimanche à la compagne
《乡下姑娘》The Country Girl
《相逢》又名《红心杰克》Knave of Herats
《向路易·卢米埃尔致敬》Hommage à Louis Lumière
《消防员舞会》Horí, má panenko
《消失在地平线》Lost Horizon
《逍遥骑士》Easy Rider

《小兵》Le Petit Soldat
《小国王》Le Petit Roi
《小可爱》De-Lovely
《小英雄托托》Toto the Hero
《协力车》Tantem
《心灵捕手》Good Will Hunter
《新年快乐》La Bonne Année
《死刑台与电梯》Elevator to the Gallows
《行走》Les marches
《幸福的离婚》Un divorce heureux
《幸福的设计》Antoine et Antoinette
《性、谎言与录像带》Sex，Lies and Videotape
《性、毒品和摇滚乐》Sex，drugs and rock and roll
《性爱之旅》Sexus
《凶手》M - Eine Stadt sucht einen Môrder
《修女》La Religieuse
《修女乔安娜》 Matka Joanna od Aniofow
《羞怯的人》Shy People
《虚无缥缈》Salto nel vuoto
《雪地里的魅影》La Classe de neige
《淹死老公》Drowning by numbers
《艳侣迷春》You're a Big Boy Now
《艳娃传》La Petite
《艳阳假期》Bronzés
《艳贼》Marnie
《雁南飞》The Cranes Are Flying
《阳光下成长》A Raisin in the Sun
《阳光下的十万美元》Cent mille dollars au soleil
《野餐》Picnic
《野蛮的入侵》Barbarian Invasions
《野丫头》La Drôlesse
《野战排》Platoon
《夜》La Notte

《夜间来客》Les Visiteurs du soir
《夜美人》Les Belles de nuit
《夜与雾》Nuit et brouillard
《一个可笑人物的悲剧》La Tragédie d'un ridicule
《一个女人身份的证明》Indentification d'une femme
《一个死气沉沉的夏》L'Été meurtrier
《一切都是为你好》Harry,un ami qui vous veut du bien
《一夜狂欢》A Hard Day's Night
《一一》Yi Yi
《一周的假期》Une semaine de vacances
《伊甸园之东》East of Eden
《遗产》Inheritance
《遗产》L'Héritage
《易尔先生》Monsieur Hire
《意大利的旅行》Viaggio in Italia
《意大利式离婚》Divorzio all'Italianna
《隐藏摄像机》Caché
《樱桃的滋味》Ta'm e guilass
《鹰隼》Magasiskola
《影子武士》Kagemusha
《永恒的回忆》L'éternel retour
《永恒的一天》Mia aioniotita kai mia mera
《永远或永不爱我》Eu Sei Que Vou Te Amar
《幽灵马车》La charrette fantôme
《尤利西斯的生命之旅》Ulysses' Gaze
《游行》Parade
《游泳池》La Piscine
《楢山节考》Narayama Bhshi-ko
《有来无回》Sans retour
《愉快的吉普赛人》Skupljaci perja
《雨后》Eso Utan
《雨人》Rain Man
《玉女奇遇》The Bad and the Beautiful

《浴血金沙》The Treasure of the Sierra Madre
《欲望岛》Skepp Till Indialand
《欲望号快车》Crash
《原始女人》La donna scimmia
《圆舞曲女郎》Les Valseuses
《远方》Uzak
《再见爱丽斯》Alice Doesn't Live Here Anymore
《在火山下》Under the Volcano
《在那上面》Là-haut
《早安，巴比伦》Good Morning Babylonia
《战火》Paisà
《战火浮生》The Mission
《战争与和平》War and Peace
《战争终了》La guerre est finie
《这个男人很危险》Ça va barder
《这里没有蝴蝶》Motyli Zde Neziji
《侦探》Détective
《枕上叶》Daun di atas bantal
《征服者佩尔》Pelle Erobreren
《蜘蛛女之吻》Kiss of the Spider
《职业记者》Profession reporter
《咫尺天涯》In weiter Ferne, so nah!
《指甲钳》La Pince à ongles
《致新生活的秋天》L'automne d'une nouvelle vie
《朱丽特或梦的关键》Juliette ou la clé des songes
《朱门孽种》Compulsion
《侏罗纪公园》Jurassic Park
《追忆似水年华》Le Temps retrouvé
《捉贼记》La Main au collet (To Catch a Thief)
《子夜的太阳》Il Sole anche di notte
《自由地带》Free zone
《自由之路》Yol
《自制英雄》Un héros très discret

《走出非洲》Out of Africa
《最长的一日》The Longest Day
《最后的莱奥》Leo the Last
《最后的细节》La Dernière Corvée
《最后一个百万富翁》Le Million